GLI INSUPERABILI
GOLD
597

Della stessa autrice:

*Urla nel silenzio*
*Il gioco del male*
*La ragazza scomparsa*
*Una morte perfetta*
*Linea di sangue*
*Le verità sepolte*
*Il primo cadavere*
*Quelli che uccidono*
*Vittime innocenti*
*Promessa mortale*
*La mossa dell'assassino*



Titolo originale: *Dead Memories*

First published in Great Britain in 2019
by Storyfire Ltd trading as Bookouture.


Traduzione dalla lingua inglese di Giulio Lupieri
Prima edizione in questa collana: giugno 2024


www.newtoncompton.com

Realizzazione a cura di Pàgina
Stampato nel giugno 2024 da Puntoweb s.r.l., Ariccia (Roma)

Angela Marsons

# La memoria dei morti

Newton Compton editori

*Questo libro è dedicato a Maureen King che,
benché scomparsa, non sarà mai dimenticata.*

# Prologo

*17 giugno*

Amy Wilde chiuse gli occhi mentre l'oro liquido le entrava in vena e iniziava il suo viaggio in tutto il corpo. Riusciva quasi a visualizzare il biancore incandescente della scia che avanzava verso il cervello.

Gli effetti furono quasi immediati. Il piacere, di un'intensità quasi dolorosa, si diffuse in ogni centimetro del suo essere. L'euforia la trasportò in un altro pianeta, in un altro mondo, un luogo inesplorato. Non si era mai sentita così bene in vita sua. Ondate di pura estasi le accarezzarono la pelle, i muscoli, i tendini, facendola fremere fino al midollo, e si sforzò di aggrapparvisi mentre la sentiva indebolirsi.

*Non andare. Ti amo. Ho bisogno di te. Non andare.* La sua mente gridava, supplicava, implorava disperatamente affinché la sensazione durasse più a lungo possibile.

Mentre gli ultimi fremiti si placavano, girò la testa verso sinistra per scambiare un sorriso complice con Mark, il suo amante, il suo amico, la sua anima gemella, come faceva sempre quando condividevano una dose di eroina.

Ma dietro la nebbia e il senso di spossatezza che calavano su di lei dopo ogni dose, Amy si rese conto che Mark non stava bene.

Sapeva che erano seduti sul pavimento di una stanza sconosciuta. Sentiva il calore del termosifone attraverso la giacca di jeans e sapeva di avere un polso ammanettato, ma non le importava. Dopo una botta come quella non le importava più di nulla.

Cercò di pronunciare il nome di Mark, ma dalla bocca non le uscì alcun suono.

C'era qualcosa che non andava in lui.

I suoi occhi non erano chiusi, appesantiti da un velo di torpore. Erano spalancati, e fissavano un punto sul soffitto.

Amy avrebbe voluto allungare un braccio per scuoterlo, scambiare con lui quel sorriso prima di soccombere al buio.

Ma non riusciva a muovere nemmeno un muscolo.

Non era normale. Quando l'eroina entrava in circolo, il senso di pesantezza la faceva sentire letargica e infiacchita, ma non al punto da non avere abbastanza energia per voltarsi e abbracciare Mark.

La spossatezza la stava sopraffacendo, le palpebre erano diventate pesanti come piombo. Amy voleva soltanto abbandonarsi al sonno, ma prima doveva sforzarsi di toccare Mark.

Attraverso la nebbia sempre più fitta che la stava circondando, cercò invano con tutte le forze di muovere almeno un dito. La sua mente si rifiutava di trasmettere il messaggio al corpo.

Amy si sentiva debole e impotente contro le tenebre che l'avviluppavano. Sapeva che Mark aveva bisogno di lei, ma non poteva fare nulla.

Mentre le sue palpebre iniziavano ad abbassarsi, udì la porta dell'appartamento chiudersi sbattendo.

# Capitolo 1

Kim serrò la mascella, esasperata da un picchiettio incessante.

Una falena si era infilata nel garage attraverso l'apertura che lasciava entrare la poca brezza di quell'afoso pomeriggio di giugno, e si stava scagliando ripetutamente contro la lampadina da 60 watt.

Ma non era quello il rumore che la infastidiva.

«Se sei annoiata, levati di torno», disse mentre alcune scaglie di ruggine si staccavano dai raggi della ruota e le atterravano sui jeans.

«Non sono annoiata, sto pensando», replicò Gemma, guardando in su verso la falena, che si stava provocando una commozione cerebrale.

«Convincimi», rispose seccamente Kim.

«Sto cercando di decidere se portare i fiori con me o sistemarli in un vaso a casa».

«Mmm...», fece Kim, aggrottando la fronte, mentre continuava a scrostare la ruggine.

Sapeva che Bryant e molti altri non vedevano di buon occhio il suo legame con l'adolescente che era stata mandata a ucciderla, manipolata e usata dalla nemesi di Kim, la dottoressa Alexandra Thorne.

Bryant pensava che la ragazza dovesse essere rinchiusa nella prigione di Drake Hall, dove era attualmente detenuta sua madre e dove era entrata in contatto con la psichiatra sociopatica che si era impegnata a tormentare Kim da quando la detective aveva messo fine ai suoi abominevoli esperimenti con i pazienti più vulnerabili.

Secondo Bryant in nessuna circostanza una persona avrebbe mai potuto stringere amicizia con qualcuno che aveva voluto ucciderlo.

Era semplice. Solo che non lo era affatto. Perché Kim aveva capito chiaramente due cose: quanto era abile Alexandra Thorne nel manipolare i punti deboli delle persone – debolezze di cui a volte loro non si rendevano nemmeno conto –, e che la ragazza aveva avuto un'infanzia traumatica, e non certo per colpa sua.

Non era per supponenza che non aveva replicato al commento, ma perché sapeva che la ragazza non si aspettava una risposta.

La madre di Gemma era entrata e uscita di prigione durante tutta l'infanzia della figlia, che era stata sballottata da un parente all'altro finché nessuno aveva più voluto prendersi cura di lei. Gemma aveva finito per vendere il proprio corpo per procurarsi da mangiare. Eppure, per qualche ragione, aveva mantenuto contatti regolari con la madre, andandola a trovare ogni volta che le era possibile.

La donna avrebbe dovuto essere scarcerata la settimana successiva, ma di solito riusciva sempre a ficcarsi in qualche nuovo guaio che ne prolungava la detenzione.

Kim aveva invitato Gemma ad andare da lei quando aveva bisogno di un pasto anziché procurarselo prostituendosi. Non aveva piatti gourmet da offrirle, ma almeno pizza e patatine fritte non mancavano mai. Gemma aveva accettato, e continuava ad andare da lei anche ora che, da circa un mese, aveva trovato un lavoretto part-time alla Dudley Library.

«Allora, come va il lavoro?», le chiese Kim, evitando di menzionare la madre.

La ragazza fece una pernacchia e Kim scoppiò a ridere.

C'erano giorni in cui Gemma sembrava una donna adulta, indurita dalle scelte che era stata costretta a fare e dalle sfide che le aveva lanciato la vita, e giorni in cui tornava a essere la diciottenne che era.

Kim non era affatto dispiaciuta dalla sua visita inattesa, quel giorno. Meno che mai quel giorno.

«Senti Gemma, non sarà un lavoro intellettualmente stimol…».

«Paralizzante», la interruppe lei. «È intellettualmente paralizzante», disse con una smorfia. «Registro i libri dati in prestito; registro quelli restituiti e li rimetto sugli scaffali. E la sera, prima di chiudere, assolvo l'ambito compito di spolverare le tastiere dei computer».

Kim trattenne un sorrisetto. Era molto più divertente sentire Gemma lamentarsi del proprio lavoro piuttosto che dell'incapacità di trovarne uno.

«Oh, e ieri sono stata interpellata da una deliziosa vecchietta», disse alzandosi e fingendo di camminare appoggiata a un bastone. «"Scusami, tesoro, puoi spiegarmi come posso inviare queste foto a mio figlio in Nuova Zelanda?", mi ha chiesto porgendomi la sua antiquata macchina fotografica digitale...».

Il telefono di Kim si mise a squillare. «Scusa un attimo».

«Stone», rispose, spazzolandosi la polvere di ruggine dai jeans.

«Scusa se ti disturbo, Stone, ma sta succedendo qualcosa a Hollytree. La situazione è ancora confusa, ma ho ricevuto un indirizzo e un messaggio di una parola».

«Dammi l'indirizzo», rispose lei, scattando in piedi.

«Palazzo Chaucer, appartamento 4B», disse lui.

Un nodo strinse lo stomaco di Kim. Stesso palazzo, tre piani sotto. Esattamente lo stesso giorno.

«Okay, sto arrivando. Avvisa anche Bryant».

«Ricevuto».

«Ah, cosa diceva il messaggio?»

«Una sola parola: "morto"».

# Capitolo 2

Kim si districò agilmente nel labirinto di strade, vicoli ciechi e scorciatoie in sella alla sua Ninja, attirando gli sguardi incuriositi dei passanti vestiti il meno possibile per approfittare della brezza serale.

Il sole era tramontato da un quarto d'ora, tingendo di rosa il cielo, e la temperatura era ancora alta. Sarebbe stata un'altra notte lunga e appiccicosa.

Kim girò attorno ai bidoni per la raccolta dei rifiuti e si diresse verso la Chaucer House, il condominio al centro del tentacolare complesso residenziale di Hollytree.

La Chaucer House era il più decrepito di quei palazzoni e ospitava il peggio che la società potesse offrire.

Nei primi sei anni della sua vita, Kim aveva abitato lì. Di solito riusciva a scacciare dalla mente quel ricordo, ma non quel giorno, non in quel momento.

Si infilò con la moto tra due auto della polizia e un'ambulanza e la parcheggiò dietro l'Astra Estate di Bryant. Lui abitava un paio di chilometri più vicino e prima di uscire Kim aveva impiegato qualche minuto per accompagnare fuori Gemma, che l'aveva fissata a occhi sgranati, curiosa di sapere perché l'avessero chiamata.

Kim non gliel'avrebbe detto comunque, ma non lo sapeva nemmeno lei.

«Ehi, uno sbirro su due ruote! Da quando i porci sanno portare la moto?», urlò una voce tra la folla quando Kim si tolse il casco.

Lei si passò le dita tra i capelli corti, ravviandoli, e scosse la testa. Era da almeno tre giorni che non sentiva battute offensive sui poliziotti.

Dalla folla si levarono delle risa che lei ignorò mentre proseguiva verso l'ingresso del condominio.

Superò il cordone esterno della polizia, poi quello interno e raggiunse gli agenti davanti agli ascensori e alle scale.

L'ascensore a destra era sceso sotto il livello del piano, con le porte spalancate, ed era visibilmente fuori uso.

«Buonasera, signora», la salutò un'agente andandole incontro. «C'è solo un ascensore funzionante», disse, indicando sul display che al momento si trovava al quinto piano. «Stiamo liberando il piano di sotto e quello di sopra».

Kim annuì. Le scale dovevano essere lasciate libere per la polizia, mentre l'ascensore era riservato ai residenti.

Non era possibile evacuare l'intero edificio per un incidente che aveva interessato soltanto un piano, e la situazione doveva essere gestita nel modo più discreto possibile.

Kim si diresse verso le scale per salire al quarto piano.

Grazie al cielo la sua gamba sinistra era guarita dopo la frattura che si era procurata tre mesi prima cadendo dal tetto di un edificio mentre indagava su un altro caso.

Ogni piano era presidiato dalla polizia per impedire che qualcuno si avvicinasse al luogo dell'incidente. Al quarto, uno degli agenti le sorrise e le aprì la porta.

Kim fece per varcarla, ma l'ispettore Plant le bloccò il passaggio.

«Cosa…?»

«Puoi aspettare un attimo?», le chiese guardandosi alle spalle.

Kim lo squadrò con aria severa. Conosceva bene l'ispettore Plant, avevano lavorato insieme più di una volta. A che gioco stava giocando?

«Plant, se non ti togli da quella porta…».

«Il tuo collega, Bryant, non vuole che entri lì dentro», balbettò Plant.

«Che cazzo stai dicendo?», sbottò Kim. Era una scena del crimine e lei era l'investigatrice capo, non potevano impedirle l'accesso.

«Non me ne frega niente di quello che…».

In quell'istante Bryant spuntò alle spalle dell'ispettore, che si scostò.

Era terreo in viso, negli occhi un'espressione di orrore. Aveva un aspetto persino peggiore di quando, durante il caso precedente, era crollato a terra mentre con una mano cercava di tamponare il sangue che gli sgorgava dallo stomaco. Se gli agenti non avessero saputo che era un collega, avrebbero cercato di caricarlo su un'ambulanza.

«Bryant, cosa…».

«Non entrare», disse lui con voce sommessa.

Kim cercò di immaginare cosa potesse essere accaduto.

Lei e Bryant erano stati testimoni dei peggiori atti di crudeltà che un uomo potesse commettere. Avevano visto corpi brulicanti di larve all'ultimo stadio di decomposizione. Avevano disseppellito cadaveri di ragazzine innocenti. Perché adesso voleva impedirle di vedere quella scena del crimine?

«Kim, te lo chiedo da amico. Non entrare lì dentro», ripeté Bryant, spingendola da parte.

Era la prima volta che la chiamava per nome sul lavoro. Non l'aveva mai fatto.

Cosa diavolo aveva visto in quell'appartamento?

Kim trasse un profondo respiro e lo fissò dritto negli occhi.

«Bryant, togliti subito di mezzo. Ora».

# Capitolo 3

Kim si fece strada tra gli agenti che circondavano la scena del crimine. Tutti la stavano aspettando e lei si chiese che problema avesse Bryant. Continuava ad avvertire la sua presenza dietro di sé.

Che razza di melodrammatico.

Il muro di uniformi si scostò e Kim rimase come paralizzata.

Per qualche secondo attorno a lei calò il silenzio mentre registrava tutti i particolari della scena davanti ai suoi occhi.

Aveva la bocca secca e per un istante temette di svenire, ma poi sentì la mano di Bryant che le stringeva il gomito per sorreggerla.

Si voltò a guardarlo. La sua espressione era spaventata e preoccupata. E all'improvviso capì. Aveva cercato di proteggerla.

Trattenne la nausea e tornò a voltarsi, sforzandosi di scacciare la sensazione che tutto si stesse svolgendo al rallentatore.

Un adolescente era seduto con la schiena appoggiata al termosifone. Gli occhi spenti fissavano il vuoto davanti a lui, la testa penzolava a sinistra. Le gambe ossute si indovinavano a malapena sotto i jeans. Dalla T-shirt spuntavano le braccia bianco latte, esili come stecche da biliardo.

Benché fosse innegabilmente morto, il suo corpo cominciò a muoversi e a sobbalzare ritmicamente. Kim seguì con lo sguardo il braccio fino al polso, ancora ammanettato al termosifone, poi andò al polso della ragazza, sulla quale stavano ancora lavorando i paramedici, provocando le contrazioni che facevano sussultare anche il corpo dell'adolescente.

Quello che le stava accadendo attorno iniziò ad avere senso, come se qualcuno le avesse finalmente tolto un paio di cuffie dalle orecchie.

«Dovremmo spostarla, Geoff», disse uno dei paramedici. «L'abbiamo riportata in vita due volte, ma la prossima…».

Non concluse la frase, non c'era bisogno di aggiungere altro.

Kim si spostò di lato mentre depositavano la ragazza sulla barella. Salvare la vita aveva la priorità sulla conservazione delle prove.

Prima di avviare le indagini bisognava aspettare che i paramedici finissero il loro lavoro.

La ragazza era persino più magra dell'adolescente morto accanto a lei. Le ossa le spuntavano dalla pelle, aveva il viso smunto, con le guance incavate e gli zigomi sporgenti. Cerchi neri le contornavano gli occhi e le guance erano costellate di pustole. Un debole gemito le uscì dalla bocca quando sollevarono la barella.

Prima di superare la porta, il secondo paramedico scalciò qualcosa che atterrò ai suoi piedi.

Kim udì Bryant inspirare a fondo mentre abbassava lo sguardo su una bottiglia vuota di Coca-Cola.

Si guardò attorno sforzandosi di mantenere la calma. Si aspettava che tutti gli occhi fossero puntati su di lei, in attesa di una sua reazione. Una reazione che avrebbe voluto liberare urlando con tutte le sue forze.

Ma naturalmente nessuno la stava guardando. Loro non potevano sapere.

Un ragazzo e una ragazza incatenati a un termosifone. Una bottiglia di Coca-Cola. Lo stesso appartamento, qualche piano più in alto.

Il caldo soffocante. Il ragazzo morto, la ragazza viva.

Non sapevano che stava rivivendo l'evento più traumatico della sua vita.

Bryant sì, ma c'era qualcosa di cui nemmeno lui era a conoscenza.

Quel giorno ricorreva il trentesimo anniversario.

# Capitolo 4

Erano quasi le undici quando Kim parcheggiò la Ninja davanti alla stazione di polizia di Halesowen.

Era stremata e avrebbe voluto andare dritta a casa, ma aveva ricevuto un messaggio di Woody che le chiedeva di passare da lui dopo aver lasciato la scena del crimine, qualunque ora fosse.

Ed era stata davvero felice di allontanarsi da Bryant, che continuava a chiederle se stesse bene senza mai staccarle gli occhi di dosso.

Era riuscita a convincerlo che andava tutto bene, e adesso doveva convincere anche Woody.

«Signore», disse, infilando la testa nella porta del suo ufficio per poi entrare lasciandola aperta alle sue spalle. "Funzionerà?", pensò.

«Chiudila», ordinò lui.

Non aveva funzionato.

Entrò e restò in piedi dietro la sedia posta di fronte alla scrivania di Woody. Ancora in ufficio a quell'ora tarda della notte, le uniche concessioni che si era permesso erano la cravatta allentata e qualche briciola sull'immacolata camicia bianca.

«Ho visto il rapporto, dimmi qualcosa di più sulla scena del crimine».

«Non sono sicura che si tratti di un crimine», rispose Kim. «Due adolescenti, droga, uno morto per overdose e l'altra che ci è andata molto vicino. Domani avremo i risultati dell'autopsia del ragazzo, ma penso sia stata un'overdose accidentale».

«È tutto?», domandò Woody, incupendosi.

Kim allargò le braccia, chiedendosi cosa volesse sentirsi dire. «Bryant è arrivato sul luogo prima...».

«Ed è rimasto lì da solo, a giudicare dai pochi dettagli che mi hai appena riferito».

«Non capisco cosa…».

L'espressione di Woody si indurì, mentre tratteneva a stento l'irritazione. «Gli aghi usati per l'iniezione erano ancora lì? Il ragazzo aveva un laccio emostatico al braccio? Ci sei stata, almeno, in quell'appartamento?».

Kim rifletté qualche istante prima di rispondere.

«Sono arrivata sulla scena e sono entrata nella più grande delle due stanze, che era all'incirca tre metri per tre. Alla mia destra c'erano due agenti di polizia e una sergente. Uno dei due agenti era biondo, l'altro e la donna erano bruni. Uno aveva un'aquila tatuata sull'avambraccio sinistro e il biondo aveva la barba».

«Stone, penso che…».

«Alla mia sinistra c'erano un altro agente e due paramedici che stavano cercando di tenere in vita la ragazza, il cui cuore si era già fermato due volte prima del mio arrivo. Uno dei due paramedici indossava…».

«Smettila, Stone!», la zittì Woody.

«Sissignore», rispose lei.

«E cosa mi dici delle manette attaccate al termosifone?»

«Sissignore», disse lei, scacciando dalla mente quell'immagine.

«Non hai menzionato questo particolare…».

«È una coincidenza», lo interruppe lei, convinta che fosse davvero così.

«Tu non credi alle coincidenze», le ricordò Woody.

«Sinceramente, penso si sia trattato di un gioco erotico finito male. Forse si sono iniettati reciprocamente la droga e poi la situazione è sfuggita loro di mano. Sono sicura che le siringhe sono ancora lì da qualche parte e la scientifica le analizzerà».

«Quindi non credi ci siano collegamenti?», le chiese Woody.

«Collegamenti con cosa?», rispose lei, rimanendo deliberatamente sul vago, come se quel pensiero non l'avesse nemmeno sfiorata.

Se doveva essere sincera, nell'istante stesso in cui era entrata in quella stanza, pochi piani sotto l'appartamento dove aveva vissuto per sei anni, era stata trasportata indietro di trent'anni e aveva rivisto il fratello morto accanto al termosifone, ma aveva pensato che si trattasse di una pura coincidenza e che non ci fosse alcun legame con la sua infanzia. Quei due ragazzi erano tossicodipendenti e si erano iniettati una dose eccessiva.

La morte di uno dei due, per quanto tragica, non aveva nulla a che vedere con lei o con Mikey.

Kim avrebbe dovuto immaginare che Woody si sarebbe ricordato i fatti salienti del suo fascicolo personale, e benché non ne avessero mai parlato, sapeva benissimo che lui era al corrente di cose che lei aveva confidato soltanto a pochi intimi. Nemmeno Bryant sapeva tutto.

«Ripeto la domanda, Stone: sei sicura che questa storia non abbia nulla a che fare con te?»

«Assolutamente, signore», rispose lei senza un attimo di esitazione, e ne era convinta.

Quasi.

# Capitolo 5

Alle sette di martedì mattina Kim aveva bevuto una caraffa di caffè nella sua cucina, portato a spasso e dato da mangiare a Barney, il suo scontroso e vivace border collie, era andata al lavoro e si era preparata a ricevere Bryant.

«Buongiorno, capo. Stai…».

«Sto bene e non c'è alcun motivo per cui non dovrebbe essere così. D'accordo?»

«Hai dormito bene?», chiese allora lui, facendole esattamente la stessa domanda ma con parole diverse.

«Sì, ho dormito bene», rispose lei, versandosi la quarta tazza di caffè della mattinata.

Era una palese menzogna.

Dopo la passeggiata a notte fonda con Barney si era infilata a letto, ma non c'era stato verso di addormentarsi. Aveva fissato il buio, rivivendo mentalmente la scena e scacciando i ricordi che cercavano di aprire il coperchio della scatola nella quale erano custoditi.

Si era servita di tutti i suoi collaudati stratagemmi per ingannare la mente e neutralizzare i pensieri invasivi. Aveva evocato uno dei suoi percorsi preferiti, da Stourton alla Bridgnorth Road, superando poi Six Ashes e passando attraverso paesini come Enville e Morville.

Si era immaginata in sella alla Ninja, mentre si piegava nelle curve e accelerava sui rettilinei, controllando perfettamente la moto lungo quel percorso che conosceva come le sue tasche. Di solito la sua mente reagiva al bisogno di concentrazione, il suo corpo si tendeva per poi rilassarsi finché non sopraggiungeva il sonno, dopo che si era distratta quanto bastava per scacciare i brutti pensieri.

Ma la notte precedente non era andata così e Kim si era schiantata quattro volte perché la sua mente si rifiutava di svolgere quell'esercizio che per lei era come contare le pecore.

L'unica cosa che riusciva a vedere era il corpo senza vita di quel ragazzo con la schiena contro il termosifone, e rimanere sdraiata nel buio silenzioso della sua camera non l'aveva aiutata a cancellare quell'immagine.

E così si era alzata, aveva fatto il caffè e lavorato un paio d'ore sulla moto prima di iniziare la sua routine mattutina, che era stata paurosamente simile a quella notturna.

«È un tic nervoso dovuto all'eccesso di caffeina o sei soltanto contenta di vedermi?», scherzò Bryant.

«Mi sto spanciando dalle risate».

Bryant le lanciò un'occhiataccia. «Stai cercando di essere divertente?», le chiese, abbassando lo sguardo sul lato sinistro della sua, di pancia, che un mese prima era stata squarciata da una lama di tredici centimetri.

«Accidenti, Bryant, non intendevo...».

«Buongiorno», disse Penn, salvandola in extremis. Posò il suo contenitore Tupperware sulla scrivania libera e si sfilò la borsa a tracolla.

«Scusa il ritardo, capo», esclamò Stacey, entrando di corsa e lasciandosi cadere sulla sedia che un tempo apparteneva a Kevin Dawson.

Kim sapeva che tutti ne sentivano ogni giorno la mancanza e a volte si aspettavano ancora di vederlo entrare pronunciando uno dei suoi commenti sferzanti. Con il tempo, però, avrebbero finito per abituarsi alla sua assenza.

«D'accordo, ragazzi», disse Kim. «Ci sono novità sui casi che stiamo seguendo?»

«Ieri notte non ti hanno chiamata, capo?», chiese Stacey aggrottando la fronte.

Una chiamata notturna segnava sempre l'inizio di una nuova indagine e implicava che gli altri casi dovevano essere risolti in fretta o affidati a un altro team.

Di solito uno di loro scriveva sulla lavagna il nome della vittima, sottolineandolo per segnalare che la priorità era scoprire il motivo per cui era stata uccisa.

In genere c'era un'atmosfera carica di aspettativa, con l'elettricità e l'energia che accompagnavano l'avvio di ogni nuova indagine. Bryant diceva che era come l'inizio di un pasto di quattro portate nel suo ristorante preferito. Lei lo paragonava alla costruzione di una motocicletta nel suo garage, con pezzi e componenti sparsi sul pavimento di cemento: ognuno aveva una sua funzione precisa e aspettava solo di essere collegato a un altro pezzo per formare l'insieme.

In questo caso, però, non c'erano misteri da svelare e, per quanto la scena fosse stata tragica, non si era trattato di un omicidio e non aveva nulla a che vedere con lei.

«Doppia overdose, Stace», spiegò Kim. «Aspetto soltanto una chiamata di Mitch per sapere se la scientifica ha scoperto qualcos'altro e poi il caso si potrà considerare chiuso».

«Oh, d'accordo», rispose Stacey, sforzandosi di non lasciar trapelare la propria delusione.

Qualcuno al di fuori del loro ambiente avrebbe potuto pensare che una simile reazione davanti alla morte di un adolescente e alla quasi-morte della sua compagna fosse piuttosto fredda, ma Kim la capiva. Tutti i detective che conosceva erano entrati in polizia per impedire che i criminali riuscissero a farla franca. Stacey non era insensibile, era soltanto delusa per non essere in grado di identificare e arrestare il responsabile della morte di quel ragazzo. Normalmente Kim sarebbe stata d'accordo con lei, ma questa volta voleva allontanarsi il più possibile da quella scena per cancellarne il ricordo.

«Allora, Penn, a che punto sei?»

«Mi restano da interrogare tre testimoni, capo, ma non sono molto fiducioso sul risultato».

Kim annuì. Due ragazzini di tredici anni erano stati aggrediti da tre ragazzi più grandi mentre entravano a Hollytree, ma nonostante le descrizioni dettagliate, nessuno nel quartiere aveva osato denunciarli.

«Continua a indagare», disse a Penn, immaginandosi già mentre spiegava ai genitori: "Abbiamo fatto tutto il possibile, mi dispiace". Succedeva di rado, ma a volte la polizia non sapeva dove andare a parare.

Prima di dirlo ai genitori, però, voleva assicurarsi che avessero fatto davvero tutto il possibile.

«Stace?», continuò Kim.

«Oggi c'è stato l'ultimo colloquio con Lisa Stiles e dovrebbe essere pronta a presentarsi stasera».

«Ottimo lavoro», disse Kim.

Lisa Stiles era una donna di trent'anni con due figli piccoli. Per dieci anni era stata vittima di abusi da parte del marito e non aveva mai detto niente. Aveva accettato il suo comportamento, convinta che in questo modo avrebbe protetto i figli dalla verità. Fino a un mese prima, quando il più piccolo le aveva tirato un pugno in bocca, «come fa il papà».

La scoperta che i suoi bambini considerassero normale quel comportamento l'aveva terrorizzata.

Era stata Stacey a raccogliere la sua testimonianza e a guidarla con grande sensibilità attraverso i passi successivi, mettendo insieme un dettagliato dossier che sarebbe stato presentato alla corte.

«Penn, sai bene cosa succederà», disse Kim, indicando con un cenno del capo la sua scrivania.

«Sul serio?», chiese lui con una smorfia.

Kim annuì.

«Allora quando avevi detto che Betty era il mio regalo di benvenuto in squadra...».

«Non era proprio così, adesso devi passarla a Stacey».

Stacey gli lanciò un'occhiata trionfante e accarezzò le foglie della pianta.

«Impegnati di più, Penn, e l'avrai...».

Il ronzio del suo telefono la interruppe. «Rispondo un attimo a questa chiamata di Mitch», disse, incamminandosi verso il suo ufficio e facendo loro segno di continuare a lavorare.

«Ehi!», fece, lasciandosi cadere sulla poltrona.

La testa di Bryant spuntò dalla porta.

«Buongiorno, ispettore. Spero tu stia bene dopo l'uscita notturna», la salutò.

Non si erano incontrati sulla scena del crimine, ma d'altronde Kim non aveva motivo di restare ad aspettarlo.

«Entro l'ora di pranzo ti farò avere un elenco completo di quello che abbiamo trovato, ma immagino vorrai che ti riassuma subito le scoperte della scientifica», le disse.

«Continua», lo esortò lei, giocherellando con una penna.

«Monete cadute dalle tasche di un paio di jeans da uomo per un totale di un dollaro e 72 centesimi, un fazzolettino di carta, un portafoglio vuoto, una vecchia ricevuta di un supermercato B&M e poco altro».

Quando Mitch ebbe finito di parlare, Kim aveva contato diciassette righe sulla cravatta di Bryant.

«E...», disse Kim, aspettando la cosa più importante, il particolare che avrebbe stabilito se si trattasse di un patto suicida o di una morte accidentale.

«Ehm... non trovi che sia proprio una splendida mattinata?»

«E le siringhe?», chiese Kim, scuotendo la testa. Mitch poteva essere molto bravo nel suo lavoro, ma a volte lasciava parecchio a desiderare.

«Mi dispiace, niente siringhe», rispose.

«Ma i paramedici... gli agenti...».

«Non è stata trovata nessuna siringa», ribadì lui in tono perentorio.

Kim avrebbe preferito che le mentisse, inventandosi siringhe che non c'erano.

«A breve ti invierò il rapporto completo».

«Grazie, Mitch», rispose lei chiudendo la comunicazione.

Bryant la fissò con aria interrogativa.

«Nell'appartamento non è stata trovata nessuna siringa», sussurrò Kim.

L'espressione di Bryant rifletteva lo sgomento provato dal suo capo nell'apprendere la notizia.

Quei due ragazzi non si erano iniettati la droga da soli.

# Capitolo 6

«L'autopsia inizierà tra cinque minuti», disse Bryant, entrando al Russels Hall Hospital e puntando nella direzione opposta rispetto alla camera mortuaria. Kim non riusciva a camminare lungo quei corridoi senza pensare alla coltellata ricevuta dal suo compagno durante il loro caso precedente.

«Stai parlando del giovane deceduto», ribatté Kim. «Da quanto ne so la ragazza è ancora viva».

«Esatto», rispose Bryant, dirigendosi verso l'accettazione, che stava aprendo proprio in quel momento.

Kim si scusò con un sorriso mentre superava le due persone già in coda davanti allo sportello.

Alle sue spalle, Bryant sussurrò «Chiediamo scusa», notando l'espressione perplessa dei due.

«Sono l'ispettore Stone», disse Kim, mostrando il tesserino all'addetta che stava cercando di spiegarle come funzionava la coda.

«Ieri notte è stata ricoverata una ragazza per sospetta overdose».

La donna si voltò verso il suo computer. «Nome?».

Kim fu tentata di dirle che se lo avesse saputo sarebbe stata la prima cosa che le avrebbe detto, ma si trattenne. La collaborazione di quella donna le avrebbe risparmiato un'estenuante ricerca nelle corsie dell'ospedale.

«Nome ignoto», rispose.

La donna contrasse leggermente le labbra continuando a digitare sulla tastiera.

Poi allungò una mano e accese un piccolo ventilatore alla sua destra.

«È nel reparto di terapia intensiva», disse, degnando finalmente Kim di un mezzo sorriso. «Avete bisogno…».

«No, grazie. Sappiamo dov'è».

Bryant la seguì mentre attraversava a passo spedito la caffetteria.

«Capo, a proposito della notte scorsa…», le disse quando la raggiunse.

«Bryant, non volevo parlarne prima e non voglio farlo nemmeno adesso. Sì, c'era una vaga somiglianza con un incidente del mio passato, ma è una pura coincidenza e non ho alcuna intenzione di scavare più a fondo. D'accordo?»

«Okay, buono a sapersi, ma volevo soltanto scusarmi per avere reagito in modo eccessivo».

«Oh, scuse accettate», rispose lei, colta alla sprovvista.

«Anche se devi ammettere…».

«Chiudi la bocca e premi quel pulsante», replicò Kim quando arrivarono davanti all'ingresso del reparto.

Bryant fece entrambe le cose.

Kim mostrò il tesserino all'infermiera che le scoccò un sorriso da inizio turno.

«Come posso aiutarvi?», chiese la donna.

«La scorsa notte è stata ricoverata una ragazza per sospetta overdose. Ho bisogno di parlarle…».

«Mi dispiace, non posso aiutarla», rispose l'infermiera scuotendo la testa.

La pazienza di Kim stava arrivando al limite. «Ma all'accettazione hanno detto che è stata…».

«Non posso aiutarvi perché la ragazza che cercate è morta quindici minuti fa».

# Capitolo 7

Austin Penn era seduto nella sua Ford Fiesta all'ingresso di Hollytree.

Conosceva quel posto fin dai tempi della scuola. Era sempre stato un luogo malfamato e veniva spesso menzionato nei notiziari televisivi. Anche quando frequentava ancora il corso di formazione, Hollytree era noto per la violenza, lo spaccio e i comportamenti antisociali, ma soltanto negli ultimi dieci anni erano apparse le gang organizzate.

Nella West Mercia la situazione non era molto migliore, tanto che era stato chiamato più volte a Droitwich, ma l'atmosfera non era nemmeno lontanamente paragonabile alla pura disperazione che pervadeva tutte le strade di Hollytree.

La cosa più frustrante era che nessuno denunciava, nessuno parlava, e non certo per spirito di comunità. La maggior parte degli abitanti di Hollytree si trovava lì perché non avrebbe potuto far parte di una comunità. Se non parlavano, era per due motivi. Il primo era che odiavano la polizia, e il secondo che temevano la gang di Hollytree. Era già abbastanza difficile affrontare un problema alla volta, ma entrambi era quasi impossibile. Se soltanto fosse riuscito a trovare qualcuno che non fosse così spaventato dalla gang.

Penn guardò la fila di negozi abbandonati, tutti sprangati tranne due.

Due notti prima Douglas Mason e Kelvin Smart si erano avventurati a Hollytree, ma non erano riusciti a spingersi oltre quella fila di negozi prima di ritrovarsi con qualche osso rotto e una poco invidiabile collezione di lividi e ferite da taglio.

Quando erano stati interrogati, avevano entrambi dichiarato di essersi recati lì perché pensavano che all'angolo ci fosse un negozio di fish and chips.

Penn non aveva detto nulla ai genitori dei ragazzi, ma non aveva creduto alla loro versione.

Dopo aver chiesto un po' in giro, aveva scoperto che molti ragazzi di famiglie rispettabili si sfidavano a chi riusciva a spingersi più avanti nel sobborgo di Hollytree. Quei due non erano arrivati molto lontano. Poco importava che fosse o no un gioco, non avevano dato fastidio a nessuno e non si meritavano certo una simile punizione.

Adesso erano tornati entrambi a casa, coccolati e presumibilmente viziati dai genitori, che aspettavano fosse fatta giustizia. E Penn aveva ragione di credere che sarebbero rimasti delusi.

Aveva visto l'espressione del capo mentre rivelava i suoi progressi sul caso e la prospettiva di parlare con i genitori non lo allettava per nulla.

"Com'è possibile che siano stati picchiati così violentemente in pieno giorno senza che nessuno vedesse nulla?", gli avrebbero chiesto.

L'unica risposta che aveva, "Questa e Hollytree", non li avrebbe di certo soddisfatti. Era comprensibile.

Allo stesso modo, l'espressione di Stone non gli era piaciuta affatto, benché sapesse che non era delusa da lui personalmente, ma dalla situazione.

«Maledizione!», esclamò, battendo i pugni sul volante.

Se soltanto fosse riuscito a trovare una persona disposta a parlare!

«Oh, cazzo!», urlò poi, quando un pick-up sfiorò la sua Fiesta ancora parcheggiata.

«Adesso segnalo la targa e…». Le parole gli si spensero in gola quando vide la scritta sul retro del pick-up.

Sorrise, avviò il motore e lo seguì.

# Capitolo 8

Keats mise in pausa il dittafono mentre Kim e Bryant entravano nella stanza.

«Che bello vederti, Bryant», esclamò lanciando un'occhiata a Kim. «Vedo che hai portato il tuo bulldog».

«Non stuzzicarla, Keats, non è di buon umore», disse stancamente Bryant.

«E da cosa si nota la differenza rispetto al solito?»

«Di sicuro comportandovi come clown e fingendo che io non ci sia non migliorerete la situazione», ribatté lei.

«Oh, come sei suscettibile, ispettore», commentò Keats, impassibile. «Chi ti ha rubato il tuo giocattolo preferito?»

«La ragazza è morta», rispose seccamente Kim, mettendosi a sedere sul piano di lavoro metallico.

«Ah, sì, ho sentito che era conciata piuttosto male e che i paramedici avevano già dovuto rianimarla».

«Sì, due volte», confermò Kim. «Ma poi è sprofondata nel coma ed è morta mezz'ora fa».

Keats emise un sospiro. «Se i soccorsi fossero arrivati prima, forse sarebbe sopravvissuta. Un'overdose di eroina può essere prevenuta, se si agisce in tempo».

«Davvero?», chiese Bryant. «Pensavo non ci fosse più nulla da fare quando troppo di quel veleno ti scorre nelle vene».

Keats scosse la testa. «L'eroina è un oppioide, come ben sai. Quando raggiunge il cervello si trasforma in morfina, che si lega ai recettori degli oppioidi nel sistema nervoso centrale, e la dopamina inonda il sistema, procurando un'ondata di piacere che non ha eguali».

«Ed è questo a provocare la dipendenza», osservò Bryant.

«In verità no», rispose Keats. «Le sensazioni di euforia sono di breve durata. Svaniscono presto e poi scompaiono del tutto via via che il consumatore diventa assuefatto alla droga. Per molti tossicomani stagionati, la botta che sentivano all'inizio è soltanto un lontano ricordo».

«Un'overdose può essere neutralizzata?», chiese Kim, sorpresa.

Keats annuì. «Ci sono sostanze chimiche che si legano agli stessi recettori, rimuovendo temporaneamente l'eroina, ma queste sostanze hanno una vita ancora più breve di quella della droga e non rimangono a lungo nell'organismo. Non è la soluzione perfetta, ma funziona».

«Non per la nostra ragazza, purtroppo», commentò Bryant.

«Poverina», disse Keats scuotendo la testa. «Immagino che spetterà a me sottoporla all'esame autoptico».

Kim controllò l'orologio. «Pensavo che alle nove ti saresti occupato del suo amico».

«Già fatto», rispose Keats con un sorriso. «Quando Mitch mi ha detto che nell'appartamento non c'erano siringhe, ho avuto lo strano presentimento che ti saresti precipitata qui di prima mattina per tempestarmi di domande».

«Un presentimento più che comprensibile», commentò lei.

Lui la ignorò e lesse dal suo blocco degli appunti. «"Il maschio non identificato è alto un metro e settanta, capelli ricci neri, peso cinquantaquattro chili", ovvero qualche chilo sottopeso per un ragazzo della sua altezza. Inutile dire che le braccia erano costellate dai segni delle iniezioni di eroina. "Abbiamo inoltre rilevato i segni di quattro fratture ossee risalenti all'infanzia"».

«Cadute o percosse?», chiese Bryant.

«Non c'è modo di saperlo per certo, ma le radiografie suggeriscono che all'epoca le fratture non siano state curate. Tutti gli organi principali in condizioni relativamente buone, nonostante fosse anche un bevitore. Soltanto qualche lieve danno epatico. In assenza di altri test affidabili, resto dell'idea che questo ragazzo sia morto in seguito a un'overdose di eroina. Scoprire chi gli ha iniettato la droga è compito tuo, ispettore».

«Hai trovato qualcosa che possa aiutarci a identificarlo?».

Non le piacevano le vittime senza nome, doveva sapere su chi stava indagando.

«Opinioni oppure fatti reali?», chiese Keats.

«Qualsiasi cosa possa esserci utile», rispose lei.

«Aveva poco più di vent'anni. Le unghie e i denti indicano che non curava molto l'igiene personale. E sul braccio sinistro c'era il tatuaggio di una band celtica».

Keats fece una pausa mentre Bryant estraeva il suo blocco per appunti.

«Sull'orecchio destro c'era il segno di un piercing rimarginato. Tutti i campioni sono stati inviati al laboratorio e tra un paio di giorni riceverò le risposte».

Kim saltò giù dal piano di lavoro. Chiaramente non c'era alcun legame con lei o il suo passato, e nonostante quei due ragazzi avessero perso la vita in modo simile a quello con cui sua madre aveva cercato di uccidere lei e Mikey, non poteva esserci nessun collegamento. Era solo una coincidenza e lei poteva affrontare questo caso come uno dei tanti altri su cui aveva indagato. La bottiglia di Coca-Cola poteva essere stata lasciata chissà quando, ma mancava una parte essenziale della scena che era tutto ciò che le serviva per escludere un legame. Woody le aveva chiesto di tornare se ci fossero stati ulteriori sviluppi.

«Uff!», fece Bryant quando raggiunsero la porta. «Mi rendo conto che per te è un sollievo che non ci sia alcuna relazione e quindi nessun bisogno di tornare al...».

«Un'ultima cosa, ispettore», disse Keats.

Un nodo strinse lo stomaco di Kim.

Si voltò, la mascella serrata.

«Lo stomaco era praticamente vuoto, ma poco prima di morire doveva essersi fatto uno spuntino».

«Cosa intendi?», chiese lei, con la bocca che cominciava ad asciugarsi.

«Uno spuntino forse è esagerato, ma in gola gli era rimasto incastrato un pezzetto di carta. Giù in fondo. Intendo dire che non so come è rimasto incastrato lì. Sembra il frammento di una confezione di cracker».

Kim si voltò verso Bryant, che la fissava con aria interrogativa. «Riportami subito alla stazione di polizia».

# Capitolo 9

«Signore, ho bisogno di parlarle», disse Kim entrando nell'ufficio di Woody.

Il leggero fremito delle narici e la mascella serrata di Woody le fecero capire che si era di nuovo dimenticata di bussare.

Lui sollevò una mano, continuando ad ascoltare la voce che gli stava parlando al telefono.

«Ho capito, signore. Sono d'accordo. La terrò informata».

Woody chiuse la telefonata e appoggiò il mento sulle dita intrecciate.

«Cosa c'è di così urgente da indurti a fare irruzione nel mio ufficio senza bussare?»

«Un nuovo sviluppo», rispose Kim mettendosi a sedere.

Woody aggrottò la fronte, non perché non l'aveva invitata a sedersi, ma perché lei non lo faceva mai se poteva evitarlo. In effetti, quando doveva comunicargli qualcosa, lo faceva sempre dalla porta dell'ufficio, senza nemmeno entrare.

«Che genere di sviluppo?», chiese prima di voltarsi verso lo schermo del computer. «Ho sentito che non si tratta più di una semplice overdose ma di un duplice omicidio. Sono solo le dieci del mattino e mi stai dicendo che c'è già dell'altro?».

Kim annuì. «Temo di sì», rispose, traendo un profondo respiro. Quello che stava per dire poteva cambiare tutto.

«Signore, potrebbe esserci un collegamento».

«Con cosa?»

«Con me. Hanno trovato qualcosa nella gola del ragazzo». Abbassò la voce. «Un frammento di una confezione di cracker».

«Oh!», fece Woody, per poi ripeterlo a mano a mano che i dettagli del dossier personale di Kim gli tornavano alla mente.

«Quindi, noi…», disse dopo una pausa.

«Signore, non voglio che mi tolga questo caso», sbottò Kim. «Capisco la sua posizione, ma se c'è davvero un collegamento con me, sono la persona più adatta per dirigere l'indagine, e se non c'è nessun collegamento, sono comunque la migliore».

«Oltre a essere modesta», rispose lui con un rapido sorriso.

Kim sapeva cosa stava per succedere. Dopo quello che gli aveva detto, Woody le avrebbe tolto quel caso, affidandolo a un altro detective o addirittura a un'altra squadra.

«Conosci le vittime?», le chiese.

«Non sono ancora state identificate, ma non le ho mai viste prima».

«Quindi abbiamo due eroinomani sconosciuti uccisi in un appartamento vicino a quello in cui vivevi tu, e uno aveva un pezzetto di carta in gola?»

«Sì, signore, ma era…».

«Stone!», la interruppe Woody. «Ho detto qualcosa di sbagliato?».

Lei scosse la testa.

«Allora ti consiglio di chiudere la bocca e lasciarmi parlare».

«Ma signore, penso soltanto…».

«È questo il problema, Stone. Non mi importa nulla di quello che pensi, l'unica opinione che conta in questo caso è la mia».

# Capitolo 10

«D'accordo, ragazzi, lasciate perdere quello che state facendo», disse Kim entrando nella stanza della squadra.

Tutti la fissarono sorpresi tranne Penn, che assunse un'aria mortificata.

«Davvero, capo?»

«Il tuo caso non è poi così urgente, giusto?». Era sicura che i genitori dei due ragazzi picchiati avrebbero potuto aspettare qualche ora prima di apprendere che la polizia non era riuscita a identificare gli aggressori.

«Ho trovato un testimone, capo», disse Penn.

«Come?», chiese Kim aggrottando la fronte. Era stata via solo una paio d'ore.

«La signora Mowbray, abita al numero 9 di Church Street. Era seduta davanti a casa sua quando ha visto passare tre ragazzi, tutti identificati e con precedenti penali, che ridevano vantandosi di quello che avevano fatto».

Kim gli lanciò un'occhiata sospettosa. «Com'è possibile che si sia decisa a denunciarli?»

«Si sta trasferendo. Ne ha abbastanza di quel quartiere. Andrà a vivere con la sorella ad Anglesey e non ha più paura di parlare».

«Stace, restituisci Betty a Penn», disse Kim, colpita dall'exploit del collega.

«Ma capo…».

«Se l'è meritata», spiegò Kim.

Stacey porse di malavoglia la pianta a Penn.

«Okay, ragazzi, qualcuno vada alla lavagna».

Bryant si alzò in piedi.

«Qualcuno che non sia Bryant vada alla lavagna», si corresse Kim. La calligrafia del collega era illeggibile.

Stacey si alzò e prese il pennarello.

Come sempre, a Kim erano bastati pochi secondi per cogliere i processi mentali di Woody. Se le aveva chiesto di stare zitta, era per una ragione ben precisa: spettava a lui decidere se toglierla o meno da quel caso, quindi era irrilevante se lei pensava che ci fosse un collegamento con il proprio passato. Contava solo se lui pensava che quel collegamento esistesse. Quindi il capo riteneva la confezione di cracker una coincidenza.

«Prima di iniziare, voglio ricordarvi che Woody ha insistito per darci assistenza in questo caso. Non so perché o a chi alludesse, ma l'ha posta come condizione imprescindibile». Una condizione contro la quale lei non aveva potuto obiettare nulla. «E, cosa ancora più sconcertante, nessuno di noi è autorizzato ad avere contatti con la stampa. Sarà lui a occuparsene di persona». Su questo, invece, lei non aveva avuto niente da ridire.

«Immagino che questo non ti sia piaciuto, capo», osservò Bryant.

«Per nulla», rispose lei.

Stacey era pronta davanti alla lavagna.

«Okay, la ragazza sconosciuta su una lavagna e il ragazzo sull'altra». Non conoscere i loro nomi la irritava, ma era convinta che presto li avrebbero identificati.

«Sotto il ragazzo aggiungi "tatuaggio di una banda celtica", "senza fissa dimora" e "confezione di biscotti"».

«Eh?», chiese Stacey, voltandosi.

«Ce l'aveva in gola», disse Kim, sforzandosi di mantenere la voce salda. Aveva deciso che pensarla come una confezione di biscotti l'avrebbe aiutata a restare obiettiva.

«Cristo, cos'è questa storia?», chiese Penn.

Kim si strinse nelle spalle.

La squadra doveva sapere il meno possibile.

Si augurava che trovassero quel bastardo prima che lei fosse costretta a fornire loro altri particolari.

«Okay, Penn esaminerà le riprese delle telecamere di sorveglianza e Stacey si occuperà dell'identificazione delle vittime e della telefonata anonima alla polizia».

«E noi cosa faremo?», chiese Bryant.

Kim trasse un profondo respiro. «Noi, Bryant, torneremo sulla scena del crimine».

# Capitolo 11

«Pensi davvero che sia una buona idea non dirgli nulla?», chiese Bryant mentre uscivano dall'edificio.

«Vuoi che faccia una fotocopia del mio dossier personale e lo passi a tutti i colleghi della stazione di polizia?», ribatté seccamente lei.

«Non credi che così stai legando loro le mani?»

«Questo caso ci è stato affidato da circa due ore e ho avuto a malapena il tempo di legarmi le scarpe, figuriamoci le loro mani. Conoscono i fatti, ed è tutto quello di cui hanno bisogno».

«Chi è la persona che verrà ad aiutarci e cosa ha in mente di fare, esattamente?», chiese lui, cambiando argomento.

«Non ne ho idea e non ne ho idea», rispose Kim mentre Bryant usciva dal parcheggio della stazione di polizia.

«È una condizione che ti hanno posto per non toglierti il caso?», le domandò lui, colpendo nel segno.

«Già, ma facciamo finta di avere un caso di doppio omicidio da risolvere e parliamo di questo, che ne dici?», tagliò corto Kim.

«Ah, proprio come immaginavo», replicò. «Ma va bene, a questo proposito, ho qualche domanda da farti. Chi sono le due vittime? Come sono state uccise? Occupavano abusivamente quell'appartamento oppure sono state attirate lì da qualcuno? Chi ha fatto la telefonata anonima alla polizia? Sapevano che in quel momento eri di turno? Perché quelle manette? E quel frammento di confezione di cracker in gola? Come hanno…».

«Cristo, Bryant, datti una calmata e rispondi soltanto a una mia semplice domanda».

«Che sarebbe?»

«Siamo arrivati?».

# Capitolo 12

«Tu continua, io ne mangio ancora uno», disse Stacey prendendo un altro biscotto al cioccolato dal Tupperware.

«Non ricordo di averteli offerti», commentò Penn senza distogliere gli occhi dallo schermo del computer.

«Devo compensare con i dolci la perdita di Betty», spiegò lei addentando un biscotto e facendo cadere le briciole sulla scrivania.

«Chi dorme non piglia pesci», rispose Penn, prendendo gli auricolari.

Stacey aveva ormai imparato che quello era il suo modo per dire che voleva immergersi completamente nel caso su cui stava lavorando. Un atteggiamento che lei rispettava.

«A che punto sei con le indagini?», gli chiese.

Lui si strinse nelle spalle. «Non è il mio primo caso di duplice omicidio», rispose.

«Certo, tutti ne abbiamo avuto almeno uno, ma in questo c'è qualcosa di strano. Prima il capo ha detto che non si trattava di un omicidio, poi il giorno dopo ha cambiato idea e adesso mandano qualcuno ad aiutarci».

Penn rifletté qualche istante. «Senti, rispondere a queste domande non mi aiuterà a esaminare più in fretta le riprese delle telecamere di sorveglianza», rispose, infilandosi gli auricolari.

Stacey aveva già inviato email con una descrizione delle vittime non identificate a tutti i dormitori e i centri comunitari nel raggio di trenta chilometri e stava aspettando una risposta. Non era ancora arrivata nessuna segnalazione di due adolescenti scomparsi.

Penn stava digitando freneticamente sulla tastiera del computer e Stacey non riuscì a trattenere un sorriso. Ormai aveva smesso di comportarsi in modo discreto con il collega.

«Stai perdendo tempo, a Hollytree non caveremo un ragno dal buco», gli disse a voce alta.

«Dovrei seguire il tuo consiglio e ignorare le istruzioni del capo?»

«Lei si aspetta che tu risolva il caso e impieghi produttivamente il tuo tempo», osservò Stacey.

«Certo, certo, ma ti ricordo che non sono più un novellino», rispose Penn, sfilandosi un auricolare.

Stacey si strinse nelle spalle. Ormai il collega doveva sapere che a volte bisognava seguire alla lettera le istruzioni del capo, mentre altre si doveva agire di testa propria. Ma distinguere i due casi non era sempre facile e non lo si poteva fare senza prendere adeguate precauzioni.

«Mmm…», fece Penn, sfilandosi anche l'altro auricolare.

Stacey si guardò attorno.

«Stai per dirmi che hai bisogno del mio aiuto?», gli chiese.

«La telefonata anonima è arrivata alle 22:03 e Keats ha stabilito che il ragazzo è morto all'incirca alle 21».

«E quindi?», domandò Stacey.

«Be', sappiamo che gli agenti hanno dovuto forzare la porta, quindi la telefonata può averla fatta soltanto l'assassino».

Stacey annuì. Avevano ascoltato decine di volte la registrazione della telefonata e non erano riusciti a identificare l'età o il sesso di chi aveva chiamato dicendo soltanto: «Chaucer 4B, morto».

«Quindi l'assassino si trovava nella stanza e doveva sapere che la ragazza era ancora viva», continuò Penn.

Stacey stava cominciando a capire perché il capo aveva insistito affinché identificassero rapidamente le due vittime. Non le piaceva sentirli chiamare il ragazzo, la ragazza, il maschio, la femmina. Li spersonalizzava. Frapponeva una distanza tra la vittima e l'indagine.

«Vai avanti», lo spronò Stacey.

«Perché non si è assicurato che fossero morti entrambi?»

«Forse qualcuno l'ha disturbato», ipotizzò Stacey.

«E poi è andato a chiamare la polizia?», domandò lui, dubbioso. «A maggior ragione, se era stato disturbato, non avrebbe dovuto allontanarsi dalla scena del crimine il più in fretta possibile?»

«Penn, la tua attenzione per i particolari…».

«Ma perché prima di andarsene non si è assicurato che la ragazza fosse morta? E perché quella telefonata alla polizia?».

Stacey prese un altro biscotto e fece una pausa prima di addentarlo.

«Nessuna violenza, nessun segno di colluttazione, nessun livido o ferita. È come se fossero entrati insieme in quell'appartamento e si fossero tranquillamente seduti in attesa di morire».

Penn annuì. «C'è una parola che continua a girarmi in testa, anche se non è carina. Continuo a pensare che siano "irrilevanti", che non abbiano alcuna importanza, capisci cosa intendo dire?»

«Credo di sì», rispose Stacey, cercando di seguire il filo dei suoi pensieri.

«È come se quest'omicidio non avesse nulla a che fare con loro ma facesse parte di qualcos'altro. Quei due erano soltanto comparse su un set cinematografico».

Stacey comprendeva il suo punto di vista, ma non aveva mai affrontato un caso in cui la vittima, o le vittime, non fossero al centro dell'indagine e si chiese se Penn non fosse completamente fuori strada.

Stava per esprimere i propri dubbi quando ricevette un messaggio dal centro comunitario di Stourbridge.

Lo lesse e lo mostrò a Penn.

«Forse per il nostro assassino Mark e Amy erano irrilevanti, ma sono la traccia che dobbiamo seguire per arrivare a lui».

# Capitolo 13

Kim trasse un profondo respiro prima di infilarsi sotto il nastro della scena del crimine. In quel momento entrare era più difficile di quanto lo fosse stato la notte precedente.

Quattordici ore prima una folla di paramedici, agenti di polizia, potenziali testimoni e semplici curiosi era accalcata davanti all'appartamento.

Con il buio i locali non assomigliavano per nulla all'appartamento qualche piano più in alto, ma ora era tutto diverso. Il nastro della polizia teneva alla larga i curiosi e la scena del crimine era presidiata da due agenti che stavano già sudando sotto le pesanti divise.

Alle loro spalle un altro agente era di guardia davanti alla porta. Kim non poteva fare a meno di provare un moto di empatia quando ne vedeva uno. Non era un'occupazione da sogno per un poliziotto: stare in piedi davanti a un cordone, fare la guardia a un complesso di appartamenti. Non era quello a farti alzare dal letto la mattina.

Agli altri piani, invece, non c'erano più poliziotti e i residenti potevano circolare liberamente, tranne al quarto, dove le scale e l'ascensore erano ancora sorvegliati.

Kim si affacciò e sbirciò dentro. Vide lo stretto corridoio senza finestre, con la porta della cucina, una camera da letto a destra e la seconda camera e il bagno a sinistra. Andò in quella direzione, entrando nella stanza con la finestra rivolta a sud, che catturava il calore del sole e rendeva lo spazio un forno.

Di solito quando diventiamo adulti gli spazi ci sembrano più piccoli, ma questo le pareva più grande di quanto ricordasse, nonostante sapesse che la metratura era la stessa dell'appartamento al settimo piano, dove i due letti singoli accostati occupavano quasi tutta la stanza, lasciando solo lo spazio per un comò piuttosto malconcio nel quale un tempo erano riposti i loro guardaroba striminziti.

Kim scacciò dalla mente i ricordi e guardò Mitch e il suo collega, entrambi in tuta bianca, che stavano rimettendo a posto il tappeto. Il suo sguardo cadde sul termosifone e davanti agli occhi le sfilarono le immagini della notte precedente.

«Salve, ispettore», disse Mitch, togliendosi i guanti e la mascherina. «Come mai di nuovo qui?».

Kim si strinse nelle spalle e avanzò verso la finestra. «Volevo soltanto farmi un'idea del posto», rispose, evitando per poco di aggiungere "di nuovo".

La sua mente logica e razionale sapeva che quella non era la stessa stanza, eppure nel letto a sinistra poteva vedere Mikey, avvolto come una salsiccia nelle ruvide coperte grigie, che urlava «vieni a cercarmi», mentre lei faceva finta di non trovarlo.

Poteva vedere chiaramente la paura sul suo volto mentre la madre lo immobilizzava sul letto, puntandogli alla gola un coltello per il pane e minacciando di estirpare il diavolo che c'era in lui se fosse stato necessario.

Ma l'immagine più chiara di tutte era quella del suo corpo esile, debole e malaticcio, addossato a lei, che cedeva tradendo entrambi. E, persino allora, la Kim di sei anni aveva pensato che se li avessero trovati abbastanza in fretta avrebbero potuto riportare in vita il suo fratellino.

E alla fine i soccorsi erano arrivati. All'inizio lei aveva pensato che quel rumore battente provenisse dal termosifone al quale era legata. Due volte al giorno, alle otto di mattina e alle otto di sera, il riscaldamento si accendeva per fornire acqua calda agli appartamenti e i vecchi tubi rimbombavano cupamente.

Soltanto quando i colpi si erano protratti aveva capito che non si trattava dei tubi e che erano arrivati i soccorsi. Ma per il suo gemello era ormai troppo tardi. Proprio come lo era stato per il ragazzo che la notte prima era seduto nella stessa posizione. La ragazza era stata soccorsa in tempo: non abbastanza per salvarla, ma quando erano arrivati era viva, come Kim trent'anni prima.

Malnutrita, debole e fragile, ma con ancora energia sufficiente per opporsi agli agenti che avevano cercato di separarla dal fratello.

Kim non riuscì a impedirsi di stilare mentalmente un elenco delle analogie.

*Luogo.*

*Termosifone.*

*Manette.*

*Ragazzo morto.*

*Ragazza viva.*

*Confezione di cracker.*

*Bottiglia di Coca-Cola.*

Si rese conto che Woody aveva deciso di ignorare tutti quegli elementi per non toglierle il caso, perché lei gli aveva assicurato di essere in grado di gestirlo.

E poteva farlo.

Ne era certa.

# Capitolo 14

Dopo aver visto la telefonata persa, Kim richiamò Stacey e azionò il vivavoce.

«Accidenti, Bryant, il tuo condizionatore non funziona?», chiese mentre aspettava che Stacey le rispondesse.

Bryant scosse la testa, avviò il motore e, con grande sollievo di Kim, accese l'aria condizionata.

«Abbiamo i nomi», disse Stacey senza lasciarle il tempo di parlare.

«Continua», la spronò Kim, con la tensione che le saliva dentro al pensiero che forse poteva conoscerli.

«Mark Johnson e Amy Wilde, una coppia che frequentava un paio di dormitori e centri comunitari, ma soprattutto Stourbridge, il cui responsabile ricorda di avere parlato con loro».

«Ottimo lavoro, Stace, e dove posso trovare il responsabile?», chiese Kim, facendo cenno a Bryant di abbassare il condizionatore perché l'orecchio destro le si stava gelando.

«Langley Road, dietro la stazione degli autobus».

«E come si chiama?», domandò Kim, facendo un altro cenno a Bryant, che alzò di nuovo il condizionatore.

«Il suo nome è Harry…».

«Scusa un attimo», la interruppe Kim, voltandosi verso il collega. «Più bassa, Bryant, non più forte».

«Scusa, ho sbagliato», rispose lui con un'espressione che tradiva che non era stato affatto un errore. Accidenti a Bryant e alle sue piccole rivincite.

«Continua, Stace».

«Il responsabile del centro è Harry Jenks».

«Grazie, Stace. Ottimo…».

«Capo, io e Penn pensiamo che in questo caso ci sia qualcosa di strano. È come se quei due ragazzi non c'entrassero nulla con quello che è accaduto. Voglio dire…».

«Grazie, Stace, ne parliamo più tardi», disse Kim, chiudendo la chiamata.

Maledizione, non sarebbe stato facile come aveva pensato.

# Capitolo 15

«Non sono sicura che sia questa la linea d'indagine che il capo vuole che seguiamo», disse Stacey.

Adattarsi prontamente ai modi rudi del suo capo richiedeva un impegno costante, l'aveva imparato negli anni.

Di persona, Kim era fredda, ma almeno poteva leggerne le espressioni del viso e il linguaggio del corpo. Al telefono, invece, poteva essere assolutamente gelida. Non era uno di quei capi che si rifiutano persino di ascoltare, di solito prestava attenzione a quello che le dicevi e poi rispondeva con un no.

«Immagino sia per me, a proposito delle riprese delle telecamere di sorveglianza», commentò Penn quando il suo telefono si mise a squillare.

Rispose, aggrottò la fronte, scrisse qualcosa, disse «okay» e chiuse la comunicazione.

«Dobbie's Salvage, Brierley Hill, c'è una donna in piena crisi isterica al telefono», spiegò alzandosi in piedi. «La polizia è già partita, ma chiedono l'intervento di una squadra investigativa. Vieni anche tu?».

Stacey scosse la testa. «Mi sembra una perdita di tempo. Continuerò a visionare le riprese delle telecamere di sorveglianza di Hollytree e quando tornerai potrai darmi una mano».

Penn annuì e uscì dalla stanza.

Stacey si sedette ed emise un profondo sospiro. L'istinto le suggeriva che Penn aveva ragione, c'era qualcosa di strano in quel duplice omicidio, ma sembrava che il capo non volesse sentire ragioni.

Doveva seguire lo stesso il suo istinto o no?

# Capitolo 16

Kim provò un'immediata avversione per Harry Jenks, ma non sapeva spiegare il perché.

Poteva perdonargli i capelli tinti di un nero innaturale, e anche il palmo sudaticcio, che l'aveva indotta a pulirsi le mani con una delle salviette antisettiche che Bryant teneva nel vano portaoggetti dell'auto. Ma quello che non riusciva a tollerare erano le sue arie da riccone.

Il vistoso orologio che aveva al polso sinistro doveva costare una fortuna. Come pure il pesante braccialetto sull'altro polso, che faceva il paio con la collana che portava al collo. I gioielli sugli uomini non le erano mai piaciuti, ma anche mettendo da parte i suoi pregiudizi, il contesto era sbagliato. Non si poteva andare al lavoro con tutti quei fronzoli quando ci si occupava di gente che non sapeva nemmeno come fare a procurarsi da mangiare.

Chi frequentava quel centro comunitario non lo faceva per scelta. Non era su TripAdvisor e non compariva in nessun elenco di luoghi da visitare. Quelli che andavano lì avevano toccato il fondo, erano senza fissa dimora e disoccupati. E avevano tutti bisogno di aiuto. Harry Jenks non faceva nulla di male, ma appariva freddo e insensibile.

«Ho sentito che conosceva Amy Wilde e Mark Johnson», disse Kim, salutando con un cenno del capo una donna seduta a una scrivania sull'altro lato della stanza.

Sulla parete in fondo a sinistra c'era una fila di schermi spenti. Kim pensò al centro con una sola camerata a Hollytree. Era gestito da volontari e aperto soltanto poche ore alla settimana, ma appena aprivano le porte la gente faceva la fila. C'era un computer antiquato con meno memoria di uno smartphone, ma sempre in uso.

«Sì, una ragazza che lavora con lei mi ha inviato un'email per chiedermelo».

«È uno dei miei agenti investigativi», replicò freddamente Kim.

Vide un sorriso incurvare le labbra della donna all'altra scrivania, che continuava imperterrita a digitare sulla sua tastiera.

«Quanto bene li conosceva?», domandò Kim.

Lui esitò. «Allo stesso modo in cui conosco tutte le persone che vengono qui. Non ci lasciamo coinvolgere emotivamente dai nostri clienti», aggiunse, socchiudendo gli occhi. «Ma vorrei sapere di preciso cosa hanno fatto, agente».

La deduzione immediata che avessero fatto qualcosa di male a Kim non piacque per niente.

«Sono morti, signor Jenks», rispose, ben sapendo che i nomi delle vittime non erano ancora stati resi pubblici. Lei stessa li aveva appresi soltanto mezz'ora prima.

La donna all'altra scrivania smise di digitare, ma non si voltò.

«Come? Voglio dire...», balbettò Jenks, e poi all'improvviso capì. «Il notiziario di ieri notte... Erano Amy e Mark la coppia morta per overdose?»

«Cosa può dirmi di loro?», chiese Kim senza rispondere alla sua domanda.

La donna riprese a digitare, ma più lentamente.

Jenks rifletté qualche istante.

«Erano una coppia strana. Venivano da ambienti molto diversi. Amy aveva una famiglia stabile, Mark non aveva mai avuto una vera casa, e quindi anche i loro caratteri erano molto differenti».

«Avevano qualche nemico, che lei sapesse?».

La donna smise di digitare.

Kim si voltò verso il suo collega.

«Bryant, ti dispiacerebbe prendere qualche appunto?».

Lui la guardò come se le avesse dato di volta il cervello e prese il suo blocco.

Harry Jenks si leccò le labbra e scosse il capo.

«Non hanno pestato i piedi a nessuno?», domandò Kim. «Preso qualche siringa di troppo o mangiato una porzione extra di zuppa?».

Jenks scosse di nuovo la testa.

Le dita della donna ripresero a battere sulla tastiera, ma Kim si accorse che la sua espressione si era irrigidita e non mancò di notare l'ironia del fatto che il suo silenzio le stesse rivelando più di quanto non stessero facendo le parole di Jenks.

«Quando è stata l'ultima volta che sono venuti qui?», gli chiese.

Lui controllò sul computer e rispose che era stato tre settimane prima. Avevano preso profilattici, siringhe e mangiato una torta salata.

«E quella è stata l'ultima volta che li ha visti?»

«Sì».

La donna arricciò le labbra.

Kim allungò una mano per prendere il blocco per appunti di Bryant.

«È solo per assicurarmi che tu abbia preso nota di tutto», disse aprendolo.

Bryant aveva scritto soltanto una frase: "Il capo ha perso la bussola".

Kim trattenne un sorrisetto. «Sì, penso sia tutto». Si alzò. «Grazie per averci concesso il suo tempo, signor Jenks, sono sicura che quando scopriremo qualcosa di più avremo di nuovo occasione di vederci».

Fece segno a Bryant che potevano andare e, mentre passava davanti alla scrivania della donna, la guardò negli occhi e annuì prima di proseguire verso la porta.

«Cosa diavolo era quella messinscena?», l'aggredì Bryant appena si furono chiusi la porta alle spalle. «Non sono completamente rimbambito, le cose importanti le ricordo senza bisogno di scriverle», sbottò avanzando a grandi passi verso l'auto.

Lei rimase in silenzio mentre lui si sfogava. Povero ragazzo, era sempre al suo fianco, giorno dopo giorno, e ogni tanto aveva bisogno di allentare la tensione.

«E dov'è il mio blocco degli appunti?», chiese Bryant.

«Ah, a proposito di quello…».

«Agente, aspetti. Le è caduto questo», disse la donna che prima stava digitando all'altra scrivania, uscendo dalla stanza e porgendole il blocco di Bryant.

«Una mossa molto subdola, capo», le sussurrò Bryant prima che la donna li raggiungesse.

Kim finse di controllarsi le tasche e poi scosse la testa.

«Oh, mi dispiace. Grazie, signora…».

«Signora Tallon, Emma. Sono la vicedirettrice».

«Oh, allora anche lei ha conosciuto Amy e Mark», le chiese Kim in tono distaccato.

La signora Tallon esitò prima di annuire. «Non faccio molti turni serali, devo occuparmi dei miei figli, ma l'ultima sera in cui abbiamo visto Amy e Mark ero qui».

«Ed è successo qualcosa quella sera in particolare?», domandò Kim, intuendo che quella donna voleva dirle qualcosa.

«Sì, ispettore, è stata la sera in cui Mark Johnson ha dato un pugno in bocca a Harry Jenks».

# Capitolo 17

Penn aveva visto delle foto aeree dello sfasciacarrozze, ma non ci aveva mai messo piede.

Dall'alto si vedeva una striscia di terreno lunga circa mezzo chilometro con file di auto ammucchiate le une sopra le altre.

Parcheggiò accanto a due macchine della polizia e si diresse verso l'edificio al centro della proprietà.

Mentre si avvicinava, non vide nessun agente. Gli tornò in mente la biblioteca pubblica che frequentava quando era studente, con gli scaffali di libri che torreggiavano attorno a lui proprio come quelle auto sfasciate.

All'improvviso ricordò quando da bambino era andato al grande labirinto di Broadfields. Suo padre era al lavoro e la madre, incinta di Jasper, non l'aveva seguito nel labirinto limitandosi a dargli istruzioni su cosa fare se non avesse trovato l'uscita.

Penn sorrise, compiacendosi di avere una madre così pragmatica, e seguì le sue istruzioni come aveva fatto allora in quel labirinto.

Si infilò due dita in bocca e fischiò.

Tre secondi più tardi arrivò una risposta con la direzione da seguire.

Penn avanzò verso il lato orientale, vicino al ponte sul canale che portava al complesso commerciale Waterfront.

Finalmente udì delle voci e uscì dal vicolo per ritrovarsi in uno spazio aperto dove c'erano la gru e la pressa per le auto.

Si guardò rapidamente attorno e ignorò gli sguardi solitamente riservati al "nuovo arrivato" che gli lanciarono un paio di agenti in divisa.

L'operatore della gru stava fumando una sigaretta e scuotendo la testa; una donna, che Penn immaginò fosse quella della telefonata isterica, singhiozzava seduta in disparte.

Un uomo corpulento, con indosso una T-shirt che non bastava a coprirgli la pancia, cercava di consolarla posandole una mano sulla spalla.

«È lei il proprietario?», gli chiese Penn, domandandosi se ci fosse stato un incidente. Non aveva però visto in giro nessuna ambulanza.

«Sono Warren Dobbie, il nipote del primo titolare», rispose lui.

«E lei?»

«Mia moglie Debbie».

Penn si sforzò di non confondere i due nomi.

«È lei che ha chiamato la polizia?», chiese alla donna.

Lei annuì e riprese a singhiozzare.

«C'è qualche ferito?», chiese Penn, voltandosi verso il Dobbie di terza generazione e domandandosi il motivo della sua presenza lì.

«Be', no, non proprio...», rispose l'uomo. «Venga a vedere con i suoi occhi».

Penn lo seguì, superando i due agenti, fino all'oggetto del loro interesse.

Un cubo.

Penn sapeva che le presse usate dagli sfasciacarrozze accartocciavano le auto riducendole in grossi cubi, e a una prima occhiata non c'era nulla di strano nel dado perfetto che avevano davanti. Guardò i due agenti, poi di nuovo il cubo.

E fu allora che vide la mano spuntare dal metallo.

# Capitolo 18

Kim arrivò dallo sfasciacarrozze nel momento in cui arrivarono anche Mitch e la sua squadra.

Durante il tragitto aveva continuato a pensare alle parole della signora Tallon e si era chiesta se avesse detto la verità quando aveva sostenuto di non conoscere il motivo del violento sfogo di Mark Johnson. Harry Jenks aveva deciso di non denunciare l'accaduto alla polizia e Kim si chiedeva come mai non l'avesse fatto. Comunque adesso avevano scoperto che Mark Johnson aveva un pessimo carattere. Aveva offeso qualcun altro? Se da un lato lo biasimava per aver picchiato Jenks, dall'altro in quell'uomo c'era qualcosa che avrebbe indotto anche lei a prenderlo pugni.

Poi però Penn l'aveva chiamata e si era precipitata da Dobbie.

«Ehi, Mitch, vedo che anche tu hai dovuto interrompere il tuo lavoro per venire qui», disse Kim mentre si avvicinava insieme a Bryant all'ingresso.

«Ho sentito che in un'auto sfasciata hanno trovato una mano», disse lui mentre superavano il furgone di Keats.

«Così pare», rispose Kim, proseguendo verso il punto che le aveva indicato Penn.

Kim conosceva bene quel posto. Da ragazzina aveva trascorso molti sabati mattina cercando parti di biciclette nel mucchio in fondo alle file di auto da sfasciare: come con le offerte speciali in fondo alla corsia di un supermercato.

Scorse Penn che stava avanzando verso di lei.

«Il medico legale è già arrivato, capo», disse Penn. «Ma sembra piuttosto perplesso».

Kim annuì e lo seguì fino alla pressa.

«Allora, cosa è successo?», gli chiese mentre camminavano.

«L'operatore della pressa ha visto spuntare una mano da un cubo mentre lo stava posando a terra. È rimasto così scioccato che da allora non ha smesso di tremare».

In effetti, era una scoperta che l'avrebbe accompagnato a lungo.

«Ehi, Keats», disse Kim al patologo, che stava scrutando l'altro lato del cubo.

«È davvero un mistero», commentò Keats, accarezzandosi la barba.

«Non credo che in questo caso la tua sonda rettale potrà esserci utile», disse lei, chinandosi per guardare meglio.

La mano sembrava in buone condizioni, ma nonostante il calore della giornata, era gelida al tatto. La pelle era liscia, e Kim sospettava fosse la mano di un uomo.

«È stata spostata?», chiese.

Penn scosse la testa e Kim esaminò gli altri lati del cubo.

«C'è soltanto una mano?», domandò Bryant mentre Mitch prendeva un grande telo di plastica e lo apriva.

Keats scosse la testa. «Sembra che sull'altro lato ci siano un piede e un gomito, e in cima ci sono anche dei capelli».

Kim si scostò e i due uomini della scientifica cominciarono a scattare fotografie da tutte le angolazioni.

«Pensi che lì dentro ci sia tutto il corpo?», chiese Kim.

«È possibile, ma non sarà facile estrarlo da quel cubo di metallo».

A Kim venne in mente una cosa. «Allora, chi lo prende, tu o Mitch?». Stavano cercando un corpo oppure degli indizi? Come avrebbe fatto Keats a eseguire un'autopsia, e come sarebbe riuscito Mitch a separare il corpo dal metallo preservando l'integrità delle parti? Una cosa comunque sembrava certa: non si era trattato di un suicidio.

«Penso che sarà un lavoro di squadra», commentò Keats mentre i fotografi si allontanavano dal cubo.

«Okay, ragazzi, ribaltiamolo», disse Mitch.

La sua squadra si raccolse attorno al cubo e Keats si avvicinò per vedere meglio. Mitch impartì le sue istruzioni e il cubo fu posato sul telo di plastica, esponendo il lato che prima giaceva a terra.

«Oh, merda!», esclamò Kim quando vide che il lato inferiore era macchiato di sangue.

# Capitolo 19

Kim chiuse la chiamata mentre Keats e Mitch uscivano dal cortile seguendo il camion con il pianale ribassato che avevano chiesto per trasportare al laboratorio il cubo avvolto nel telo di plastica.

Era arrivata anche una seconda squadra della scientifica che, seguendo le istruzioni di Mitch, avrebbe esaminato l'area in cui il veicolo era stato parcheggiato prima di essere pressato, mentre la prima squadra si sarebbe concentrata sulla pressa.

Penn era stato rispedito in ufficio per cercare fra le denunce delle persone scomparse, compito che avrebbe facilitato l'identificazione della vittima.

«Come te la passi, Dob?», chiese Kim entrando nell'ufficio al centro del cortile. Il sole del pomeriggio picchiava sul tetto in feltro e sulle finestre affacciate a sud, rendendo l'aria soffocante. Un ventilatore a tre velocità si sforzava invano di raffreddarla, ma non faceva altro che sollevare particelle di polvere.

«Io sto bene, ma mia moglie se la sta facendo sotto dalla paura», rispose Dob, a lei tuttavia non sfuggì il leggero tremore della mano mentre posava un fermacarte sulla pila di fogli accanto al ventilatore.

«È comprensibile», rispose Kim.

Dob si asciugò con il dorso della mano il sudore che gli imperlava la fronte. «Non voglio essere insensibile...».

«Allora non esserlo», disse semplicemente Kim. «Potrai riavere le tue apparecchiature quando avremo finito le analisi, ma fino ad allora dovrai tenere chiuso, amico».

Dob spalancò la bocca e sollevò gli occhi al cielo, come se volesse usare tutte le parti del corpo per esprimere il proprio disappunto.

«Devo pagare i miei dipendenti per restare con le mani in mano finché…».

«Puoi sempre tenerli occupati con le pulizie di primavera», rispose Kim, sollevando una cartella sotto la quale c'era un'altra pila di fogli. «A questo proposito, mi servono la marca, il modello e il numero di targa di quell'auto, il nome e l'indirizzo della persona che l'ha portata, e la data».

«Toyota Corolla», rispose lui.

Kim rimase in attesa.

Niente.

«Questa è la risposta a due delle domande che ti ho fatto, mancano le altre quattro, che peraltro sono anche le più utili ai fini dell'indagine», disse Kim, lanciandogli uno sguardo torvo.

Lui si strinse nelle spalle e indicò la scrivania ingombra di carte. «I documenti sono da qualche parte in mezzo a questi fogli».

«Il contabile si è preso una vacanza?», chiese Bryant guardando la scrivania.

«Sì, dall'ultima maledetta recessione, quando la gente ha smesso di comprare automobili nuove», rispose Dob.

Kim inclinò la testa. «Non te la passi poi così male, Dob», disse indicando le file di auto in attesa di essere sfasciate.

«Va' a dirlo al direttore della banca, o meglio ancora, a mia moglie», ribatté lui.

«Immagino che avrai comunque un sistema per registrare le auto che ti vengono consegnate», obiettò Kim. Dob faceva quel lavoro da troppi anni per essere così sprovveduto.

«Sì, prendo nota dei dati su un pezzo di carta e poi li trascrivo nei registri», rispose strofinandosi la fronte con il polso sporco.

«Le macchine non vengono parcheggiate a seconda del giorno in cui sono arrivate?»

«È una domanda seria?», chiese lui, lanciando un'occhiata interrogativa a Bryant, che annuì.

«Le parcheggio a seconda delle condizioni del tempo e degli spazi liberi, ho sempre fatto così e ha sempre funzionato…».

«Non direi proprio, visto che dentro quell'auto, quando l'hai infilata nella pressa, c'era una persona. Come diavolo ha fatto a entrarci?»

«Ehi, io non c'entro niente».

«L'auto era al piano terra?».

Dobbie annuì.

«Quindi può essere un senzatetto che cercava un posto per la notte, si è sistemato sul sedile comodo di una delle tue macchine e si è addormentato per non risvegliarsi più...».

«Credi che fosse vivo?».

Kim si strinse nelle spalle. «Non lo so, Dobbie. È quello che dobbiamo scoprire», rispose. «Aspetta un attimo», aggiunse, aggrottando la fronte, mentre le tornava in mente un programma che aveva visto da poco alla televisione. «Non togliete tutta la carrozzeria interna delle auto prima di metterle nella pressa?»

«Certo, è da quella che ricaviamo i nostri guadagni. Sedili, pedali, impianti elettrici...».

«E quando l'avete fatto?»

«Cristo, ispettore, non me lo ricordo».

«È possibile che non abbiate controllato se c'era qualcosa nel bagagliaio?»

«Quegli inutili scansafatiche che lavorano per me dovrebbero averlo fatto. Nel bagagliaio c'è sempre un tappetino e a volte anche una ruota di scorta».

«La nostra vittima doveva essere da qualche parte in quella macchina», osservò Kim. «E non credo che i tuoi uomini l'abbiano spostata per prendere i sedili e poi l'abbiano rimessa dentro».

L'espressione dell'uomo indicava che la cosa non l'avrebbe stupito.

Kim non poteva ancora escludere che un vagabondo si fosse infilato nell'auto e che si trattasse di un tragico incidente, ma le servivano il nome del proprietario o la targa della macchina.

«D'accordo, Dob, quando potrai darmi le informazioni che ti ho chiesto?», chiese lanciando un'occhiata all'orologio per sottolineare che stava parlando di ore.

«Appena quel pigro bastardo che ha smontato la carrozzeria avrà messo un po' di ordine tra le sue cose».

Kim annuì con aria rassegnata e uscì dall'ufficio.

«Rubik è un vero rompicapo», commentò Bryant mentre si dirigevano verso l'auto.

«Bryant, ti prego, dimmi che non hai appena chiamato Rubik quel poveretto finito nel cubo», rispose Kim, scuotendo la testa e salendo in auto.

«Dove andiamo?», chiese Bryant, avviando il motore.

«Russells Hall», rispose lei. «Voglio vedere se hanno scoperto qualcosa su quel cubo e se il regalo che ho ordinato per loro è arrivato».

«Un regalo?», domandò lui.

«Ho chiesto una cosa che penso sarà di grande aiuto».

# Capitolo 20

Erano quasi le quattro quando Kim varcò la porta dell'obitorio e avanzò lungo il corridoio, fino a una stanza situata appena prima della cella frigorifera. L'avevano usata soltanto una volta prima di allora, quando Keats non aveva abbastanza posto per un incidente tra due auto in cui erano bruciate sette persone. Mentre entrava in quella stanza per la seconda volta, rabbrividì al ricordo dei corpi carbonizzati di quattro adulti e tre bambini allineati lungo la parete.

«Ehi, ragazzi, come sta andando?», chiese Kim, ferma al centro mentre i due uomini meditavano ai due lati opposti del cubo.

Mitch aveva in mano una sega, Keats uno scalpello.

«Dobbiamo cercare di separare il corpo dal metallo», rispose Mitch.

«In questo modo rischiamo di distruggere prove preziose», obiettò Keats in tono esasperato. «Per fare le analisi abbiamo bisogno che i tessuti siano intatti».

«Su questo siamo d'accordo, ma non potremo recuperare il corpo finché non avremo tolto un po' di metallo».

Kim guardò prima uno poi l'altro con aria perplessa.

«Ispettore, cosa ne pensi?», le chiese Mitch mentre Keats, che non teneva in gran conto la sua opinione, sollevava lo sguardo al soffitto.

«Se fosse per me, userei la sega elettrica, ma non ne so molto di queste cose», rispose lei stringendosi nelle spalle mentre gli altri due la guardavano con raccapriccio.

Kim non invidiava la loro posizione. Entrambi volevano preservare il corpo e ottenere più informazioni possibile. La formazione medica di Keats lo induceva a seguire procedure ben precise, mentre lo spirito pragmatico di Mitch gli suggeriva che prima avessero liberato il corpo dal metallo, prima avrebbero avuto le risposte che cercavano.

Kim indietreggiò fino a un angolo, accanto a Bryant, e incrociò le braccia al petto.

«Sono come due bambini che a Natale hanno ricevuto un regalo da condividere e non riescono a decidere come aprirlo».

«Sì, sembra quasi che si siano dimenticati che lì dentro c'è una persona che ha perso la vita», commentò Bryant.

«Ha parlato quello che l'ha chiamato Rubik», osservò Kim.

«Be', di certo li ha messi davanti a un bel rompicapo», commentò Bryant, guardando Keats e Mitch che si muovevano attorno al cubo, osservandolo da ogni angolazione.

«Già, divertente, vero?», disse Kim.

«Sì, ma se continuano così ci vorrà un bel po' prima che ci diano delle risposte».

«Oh, Bryant, rilassati».

«La situazione è incredibilmente ironica», rispose lui, poi si voltò a guardarla. «Dovresti pestare i piedi e minacciarli di dargliele di santa ragione se non si danno una mossa. La tua calma è sconcertante».

«Cerca di essere paziente», gli rispose Kim con un sorriso.

«Non avevi detto di avere ordinato un cosa che poteva essere di aiuto?».

In quell'istante Kim sentì il rumore delle porte automatiche che si aprivano in fondo al corridoio.

«Penso sia appena arrivata».

Keats e Mitch stavano ancora discutendo animatamente quando sulla porta apparve una donna minuta con i capelli biondi.

«Buon pomeriggio, signori. La dottoressa A è al vostro servizio. Vi sono mancata?».

Kim sorrise e avanzò verso di lei mentre i tre uomini emettevano un lamento.

# Capitolo 21

«Dottoressa A», la salutò Kim, porgendole la mano. «Grazie di essere venuta, il suo aiuto ci sarà molto utile».

La dottoressa A le strinse la mano con calore guardando il cubo metallico al centro della stanza.

«Non credo...», disse Mitch.

«Sono sicuro che...», fece Keats.

«Silenzio, signori», disse lei avvicinandosi al cubo.

Keats la pugnalò con lo sguardo e Kim gli sorrise.

La dottoressa A era un'antropologa forense con la quale Kim aveva lavorato in più occasioni e di cui si fidava incondizionatamente. Originaria della Macedonia, aveva semplificato lei stessa il suo lungo e complicato nome in dottoressa A. Molti erano irritati dai suoi modi schietti e diretti, ma a Kim la rendevano ancora più simpatica.

Parlando con Dobbie aveva pensato che le serviva qualcuno capace di cercare indizi con rapidità e accuratezza. Qualcuno che capisse il bisogno di preservare le prove mentre le cercava.

«È una mano, quella?», chiese la nuova arrivata prendendo una fascia elastica e legando i lunghi capelli dietro la nuca.

«Sì», rispose Kim.

La dottoressa A si voltò verso di lei. «Non mi avevi detto che avevamo Metal Michael qui».

«Mickey», la corresse Mitch. «Metal Mickey*».

* Robot interprete di una popolare serie televisiva per bambini dell'inizio degli anni Ottanta (*n.d.t.*).

«È quello che ho detto», ribatté lei, continuando a camminare attorno al cubo senza far rumore con i suoi Dr Martens.

«Pensi che sia un maschio?», chiese a Kim.

«Dalla mano sembrerebbe proprio di sì», rispose lei.

«E pensi che il corpo sia tutto lì dentro?».

Kim si strinse nelle spalle. «Non ne sono sicura, ma potrebbe essere un senzatetto che aveva trovato rifugio per la notte in una macchina».

La dottoressa A continuò a esaminare il cubo. Quando vide la sega di Mitch gli lanciò un'occhiataccia, mentre lo scalpello di Keats le strappò una sonora risata.

«È una fortuna che sia qui».

«Puoi darci qualche consiglio sul modo migliore per tirarlo fuori?», le chiese diplomaticamente Kim.

«Purtroppo non ne ho nessuno», rispose lei scuotendo la testa.

Kim si sforzò di celare la propria delusione mentre gli altri tre quasi gongolavano.

«Questo cubo metallico non è poi molto diverso dalla terra. Il metodo giusto lo troverete strada facendo, il materiale vi svelerà le sue pieghe, vi guiderà e vi consiglierà. Non è una cosa che posso fare a distanza, devo lavorarci di persona», disse la dottoressa A con aria decisa. «Porterò i miei attrezzi e sarò io a dirigere l'operazione».

«D'accordo», rispose Kim, porgendole la mano e voltandosi prima di incrociare gli sguardi di Keats e Mitch.

Per un breve istante, quando l'antagonismo dei due uomini l'aveva irritata, si era chiesta se avesse fatto la scelta giusta. Ma adesso l'antropologa macedone era china a terra e accarezzava la mano che spuntava dal cubo.

«Non preoccuparti, amico mio, ti tireremo fuori da lì in un baleno. Te lo prometto».

No, pensò Kim uscendo dall'obitorio, non si era sbagliata affatto.

# Capitolo 22

«Okay, Stace, cosa hai scoperto?», chiese Kim, sedendosi alla scrivania libera.

Il sole stava per tramontare e una leggera brezza aveva rinfrescato la stanza.

Ora che si era assicurata che si sarebbe fatto il possibile per estrarre quell'uomo dal cubo, la priorità era l'omicidio dei due ragazzi.

«Mark Johnson aveva ventun anni, figlio di una prostituta che per sette mesi aveva cercato di tenerlo con sé prima di doverlo affidare agli assistenti sociali. Padre ignoto. Con il passare del tempo era diventato sempre più difficile da gestire e aveva trascorso la maggior parte della vita in un posto chiamato Fairview».

Kim sentì una stretta allo stomaco quando udì menzionare il luogo in cui anche lei aveva trascorso quasi tutta l'infanzia.

Riuscì però a non tradire il proprio turbamento e fece un cenno di assenso a Bryant. Nemmeno lui reagì.

«Non si sa di preciso quando abbia cominciato a fare uso di droghe, ma un anno fa ha seguito un programma di disintossicazione di trenta giorni per poi ricadere subito nell'eroina. Da allora non ha più avuto un domicilio fisso e la sua fedina penale è sorprendentemente pulita».

Kim si era fatta un'idea precisa su Mark Johnson. Non aveva mai avuto problemi con la giustizia e si era impegnato a seguire fino in fondo un programma di disintossicazione. Era uno che voleva cambiare la propria vita.

Ma era stato ributtato nel mondo senza droga, senza una casa e probabilmente senza amici, senza un lavoro e senza prospettive per il futuro. Il suo ritorno alle sostanze stupefacenti era stato inevitabile.

Kim cercò di ignorare la stretta allo stomaco. Per molti versi, sentiva di conoscerlo.

«Amy Wilde era figlia unica e aveva appena compiuto vent'anni. Prima che il padre militare fosse ucciso da una mina in Afghanistan, aveva vissuto in varie città. Non si sa come i due si siano conosciuti, ma sembra che stessero insieme da un paio d'anni. La madre vive nella tenuta di Lakeside, a Stourbridge».

«Dammi…».

Kim si interruppe quando vide che Stacey stava già passando l'indirizzo a Bryant.

L'orologio segnava le sei ed era stata una giornata faticosa.

«Okay, ragazzi, per oggi basta».

«Così presto, ispettore? Io sono appena arrivata», disse una voce dalla porta.

Kim si voltò, emise un gemito e lasciò cadere la testa sulla scrivania.

# Capitolo 23

Kim rimase in quella posizione per almeno dieci secondi, convinta che se avesse aspettato abbastanza la dottoressa Alison Lowe sarebbe scomparsa.

«Posso entrare?», chiese la donna, a conferma che il suo piano non aveva funzionato.

Kim sollevò la testa mentre Penn si voltava e tendeva la mano, presentandosi.

Kim si alzò e indicò la scrivania vuota. «Che piacere rivederti».

«Falsa come sempre, ma apprezzo lo sforzo», rispose Alison senza nemmeno abbozzare un sorriso.

Kim notò che non era cambiata per nulla. Sempre vestita di nero con i tacchi a spillo, come se fosse rimasta ferma agli anni Ottanta, a guardare in loop film come *Una donna in carriera*. I capelli color paglia avevano obbedito al comando di restare perfettamente in ordine per tutta la giornata.

«Penn, questa è Alison Lowe. Qualche anno fa ci ha assistito come comportamentalista nel caso di un rapimento di due bambine. Ci è stata di grande aiuto nel tracciare un profilo psicologico dei rapitori».

Non aveva però capito che la persona che aveva architettato il rapimento era sempre stata davanti ai loro occhi. Come del resto non l'aveva capito nessuno di loro, ma Kim decise di ignorare questo particolare.

Alison posò la sua valigetta sulla scrivania.

«Ho sentito che avete una scena del crimine molto simile a…».

«È ora di andare, ragazzi», la interruppe Kim, fulminandola con lo sguardo.

Penn si alzò, si tolse la bandana, afferrò la sua borsa, salutò tutti e uscì. Stacey sembrava voler prendere tempo.

«Le tue informazioni su quei due ragazzi ci saranno molto utili, Stace. Ottimo lavoro», disse Kim.

«Grazie, capo», rispose lei, guardandola con aria vagamente sospettosa prima di fare un cenno di saluto e uscire.

Kim aspettò qualche minuto prima di voltarsi verso Alison. «La tua mancanza di tatto non finirà mai di sorprendermi».

«Hai problemi ad accettare il fatto che qualcuno sottolinei l'ovvio?», ribatté lei, impassibile.

«Di fronte alla mia squadra, sì».

Alison inarcò un sopracciglio. «Vuoi dire che metà della tua squadra sta lavorando a un caso di duplice omicidio senza sapere che c'è una strana analogia con un evento traumatico della tua infanzia e che quindi potrebbe essere collegato direttamente a te?»

«Questo per il momento lo escludiamo», rispose Kim.

«Il tuo capo ha deciso di ignorarlo per non doverti togliere il caso, ma tu stai tenendo all'oscuro la tua squadra e pretendi che facciano del loro meglio con le mani e i piedi legati dietro la schiena?»

«Non voglio che lo sappiano», rispose ostinatamente Kim.

«E io ti dico, come già molte altre volte, che sono sicura che tu stia commettendo un terribile errore».

# Capitolo 24

«Come ha osato?», sbottò Kim quando salirono in auto. Lanciò un'occhiata carica di odio verso la finestra della loro stanza a scanso di equivoci.

«Ce l'hai con lei perché ha detto la verità?»

«Bryant!», protestò lei. «Pensavo fossi dalla mia parte».

«Mi dispiace, capo, ma devo ammettere che ha ragione lei. La squadra deve sapere con cosa ha a che fare. Sono tutti ottimi agenti, che pensano fuori dagli schemi, ma se dai loro solo metà delle informazioni non possono aiutarti granché. È anche una questione di fiducia. Stacey si offenderebbe a morte se sapesse che non le hai raccontato tutta la storia».

«Non succederà», rispose Kim scuotendo la testa.

«Io lo so cosa ti blocca», disse lui pacatamente.

«Lascia perdere, Bryant».

«Non sopporti l'idea di apparire debole ai loro occhi. Hai paura che avrebbero meno rispetto di te e…».

«Oh, Bryant, ti stai sbagliando di grosso», rispose Kim, guardando fuori dal finestrino.

«Lo rimpiangerai», la mise in guardia lui.

In fondo, tutta la sua vita era costellata di rimpianti.

# Capitolo 25

«Quando ero piccolo, quelli che vivevano a Lakeside erano tutti un branco di snob», osservò Bryant, rallentando per affrontare i dossi sulla via principale.

Il quartiere residenziale di Lakeside contava circa duemila abitazioni costruite negli anni Ottanta e Novanta. Il complesso abitativo era noto come Withymoor Village, dal nome della miniera di carbone su cui era sorto.

Kim aveva sentito che una casa standard costava circa 350.000 sterline, quindi non alla portata di tutti.

«È laggiù», disse Bryant, svoltando a sinistra e dopo tre vialetti dove erano parcheggiati altrettanti camper.

Si fermò davanti a una casa dove non c'era un camper ma una BMW di circa quattro anni.

Il piccolo giardino sul davanti era in piena fioritura, con l'erba costellata di fiori viola, rossi e gialli, che pendevano anche da due cesti appesi ai lati della porta d'ingresso.

A quanto pareva, i proprietari ignoravano il detto secondo cui il troppo stroppia.

Venne ad aprire la porta una donna sulla sessantina che assomigliava a Judi Dench.

«Signora Wilde?», chiese Kim, incerta.

La donna scosse la testa. «Sono sua madre», spiegò, rimanendo sulla porta.

Bryant le mostrò il tesserino e lei si fece da parte.

Kim entrò in un piccolo ingresso che non corrispondeva all'idea della casa che si era fatta dall'esterno.

La donna indicò a destra e Kim la seguì in uno spazioso salone con angolo cucina e patio che si affacciava sul piccolo giardino.

Al bancone della cucina era seduta una donna che stava guardando fuori.

«Signora Wilde?», disse Kim.

Lei si voltò e la fissò con gli occhi arrossati. Kim non poteva capire cosa significasse perdere un figlio, ma sapeva come ci si sentiva all'idea di non poter vedere mai più qualcuno che si ama.

Bryant porse le loro condoglianze e tese la mano verso la donna, che posò la tazza da cui stava bevendo e gliela strinse senza energia.

«Tè?», chiese la madre della signora Wilde da dietro il bancone.

Kim e Bryant declinarono l'offerta e si misero a sedere.

«Belle, quelle foto», commentò Kim ammirando la serie di ritratti in posa ai lati del caminetto.

«A Andrew piaceva molto farle», rispose lei. «Ed era sempre così elegante nella sua uniforme».

Kim annuì. Nonostante non apprezzasse le fotografie troppo formali, in quei ritratti c'era qualcosa che catturava l'attenzione.

A dispetto delle pose e degli sfondi diversi, in ognuna di quelle immagini c'era una luminosità particolare. I sorrisi erano aperti e sinceri, gli sguardi radiosi. Come se qualcuno avesse detto qualcosa di divertente un nanosecondo prima che la foto fosse scattata. I Wilde erano stati una famiglia felice.

«Signora Wilde, mi rendo conto di quanto sia doloroso per lei, ma le dispiace se le faccio qualche domanda su Amy?», chiese Kim, guardando l'ultima fotografia sulla parete. Amy doveva avere all'incirca quindici anni, portava l'apparecchio ai denti e aveva deliziose guance tonde. I capelli erano più corti che nelle foto precedenti.

Non assomigliava affatto alla ragazza che aveva visto lottare per la vita la notte precedente.

«Faccia pure, ma era da un po' che non la vedevo. Cinque mesi, per l'esattezza. Era venuta a trovarmi in ospedale».

«E come stava?», chiese Kim, domandandosi se qualcosa cinque mesi prima avesse potuto lasciar presagire quel tragico epilogo.

«Era strafatta», rispose la madre. «L'ho capito dai suoi occhi e dal fatto che non riusciva a stare ferma un attimo. Ha urlato contro la donna nel letto accanto al mio perché russava dopo l'intervento e ha chiuso le tende degli altri letti ridendo a crepapelle. Le infermiere le hanno chiesto di andarsene».

Kim non riusciva a staccare gli occhi dalla foto sulla parete.

«Ha menzionato qualche guaio in cui poteva essersi cacciata?».

La signora Wilde si strofinò gli occhi. «Ha detto che era in gran forma e che "hashtag amava la vita", qualunque cosa volesse dire. Era da quasi sei mesi che non la vedevo, da quando mi ero rifiutata di darle soldi per quella merda che si iniettava nella vene. Ho sempre pensato che prima o poi sarebbe riuscita a tirarsene fuori, che sarebbe successo qualcosa che le avrebbe fatto capire che stava buttando via la sua vita».

Kim pensò che avrebbe potuto farcela. Ma ora quella possibilità le era stata tolta.

«Ero disposta ad aspettare», disse singhiozzando la signora Wilde. «L'avrei aiutata a venirne fuori pagandole una terapia. Ma adesso tutti la ricorderanno come la drogata morta di overdose ammanettata a un termosifone».

Kim non trovò nulla da dire per consolarla.

«Posso chiederle come ha conosciuto Mark? Non sembra avessero molte affinità. Il background di Mark…».

«Oh, conosco bene il suo background», disse seccamente la signora Wilde scura in volto. «Amy mi ha raccontato tutto quando ha cercato di convincermi a ospitarlo». Scosse la testa. «Ed è quello che avrei dovuto fare, visto che proprio quel giorno lei se n'è andata».

«Perché non ha voluto accoglierlo in casa?», chiese Bryant.

Il collega aveva una figlia quasi adolescente, e Kim sentì l'indignazione nella sua voce.

«Sì, all'epoca si frequentavano soltanto da qualche mese. Era inciampata nei suoi enormi problemi un giorno mentre usciva da Tesco, a Cradley Heath. Gli aveva dato una mano, poi il giorno successivo è tornata da lui, e di nuovo il giorno dopo ancora e via così, finché non è più stata capace di stargli lontana nemmeno per un minuto».

Kim udì un singhiozzo alle sue spalle e si accorse che la nonna si era voltata.

La signora Wilde avrebbe voluto confortarla ma rinunciò. Il suo dolore era troppo grande per assumersi anche quello della madre.

La distanza che si era creata tra madre e figlia nell'ultimo anno portava Kim a pensare che non ci fosse molto altro da scoprire lì. Nei lunghi mesi in cui non l'aveva vista, Amy poteva essersi fatta molti nemici ed essersi cacciata in situazioni estremamente pericolose.

All'improvviso Kim pensò che prima di andarsene avrebbe dovuto offrire a quella donna un po' di conforto.

«Almeno è venuta a trovarla in ospedale».

«Forse era venuta soltanto per vedere se il suo piano aveva funzionato».

«Quale piano?», chiese Kim, fissandola con aria interrogativa.

«Ero in ospedale perché ero stata rapinata e picchiata, e sono convinta che dietro ci fosse lo zampino di Amy e Mark».

# Capitolo 26

Erano quasi le sette quando Kim restituì a Bryant le chiavi dell'auto davanti alla stazione di polizia.

«Vai pure a casa», gli disse.

«Vuoi che salga con te?», chiese lui guardando la finestra della stanza della squadra.

Kim scosse la testa. «Nah, devo avere questa conversazione con lei prima che inizi a tracciare il profilo del killer e ci sia di qualche aiuto».

«D'accordo, ma se più tardi vuoi fare due chiacchiere…».

«Chiamerò la tua signora perché mi piace più di te».

Lui rifletté qualche istante. «Non posso certo biasimarti», rispose prima di salire in macchina.

Kim entrò nella stazione di polizia, fece un cenno a Jack seduto al desk all'ingresso e salì al secondo piano.

Non aveva fatto mistero del suo disprezzo per l'analisi comportamentale e altri espedienti psicologici quando Alison si era unita a loro in quel caso di rapimento. Era fermamente convinta che ogni individuo fosse diverso dagli altri e che le sue azioni non si potessero generalizzare prendendo come riferimento modelli del passato.

Kim tracciava il profilo di un assassino basandosi sugli indizi e gli eventi specifici del crimine che aveva commesso. Se a una vittima venivano inferte venti o più coltellate, se ne poteva dedurre che l'assassino era in preda alla rabbia, ma non che si trattava di un maschio di ventisette anni che era stato bullizzato a scuola, viveva ancora con una madre possessiva e faceva un lavoro privo di prospettive.

Perché chiunque poteva farsi prendere dalla rabbia davanti a una persona, una situazione, una circostanza. A chiunque poteva succedere di scattare.

Eppure Kim doveva ammettere che, quando avevano lavorato insieme, Alison aveva avuto alcune preziose intuizioni sulla mente dell'assassino.

Quindi apprezzava il suo aiuto, ma sapeva che prima avrebbero dovuto avere un colloquio chiarificatore.

«Già immersa nel lavoro?», chiese entrando nella stanza.

Alison annuì e si alzò, dirigendosi verso la macchina del caffè.

Kim notò divertita che si era tolta le scarpe col tacco, che giacevano sotto la scrivania.

«Ehi, non giudicarmi! Le indossavo da quasi dodici ore».

Kim allargò le braccia. «Come potrei, io che indosso stivali da motociclista?», rispose mentre Alison tornava a sedersi.

Kim prese posto alla scrivania di Bryant, di fronte a lei. «Allora, secondo te, a chi stiamo dando la caccia?», domandò, cercando di eludere l'inevitabile.

«Calma, tigre. Non essere impaziente. Cominciamo dall'inizio. Naturalmente l'ispettore capo Woodward mi ha dato il quadro generale, ma vorrei saperne di più da te», disse Alison, prendendo un taccuino. «Parlami delle analogie con gli eventi della tua infanzia. Tutte».

«Un ragazzo e una ragazza», iniziò Kim.

«Mmm...», replicò Alison, facendole segno di continuare.

«Tre piani sotto quello dove abitavo io».

«Okay».

«Il ragazzo morto, la ragazza no».

«Ma ho appena letto...».

«Quando sono arrivati i soccorsi era ancora viva. I paramedici hanno cercato di rianimarla per ore».

«E poi?»

«Erano ammanettati al termosifone».

«Sì».

«La bottiglia di Coca-Cola».

«Continua».

«Il frammento di confezione di cracker nella gola di Mark Johnson».

«Altro?», chiese Alison, sollevando la testa.

«Non è abbastanza?», ribatté irritata Kim.

«Che problema hai?».

Kim non disse nulla.

Alison si rimise a sedere e scosse la testa. «Non sei mai contenta. Ti aspettavi da me una risposta emotiva e non l'hai avuta. Ti dà fastidio la mia freddezza, ma è esattamente quello che vuoi. Non vuoi comprensione, empatia, simpatia, altrimenti a questo punto l'avresti detto alla tua squadra».

«Oh, ti prego, continua», ringhiò Kim. Dopo la giornata che aveva passato era proprio quello di cui aveva bisogno.

«Ho tutta l'intenzione di farlo. Pensi che il tuo passato sia orribile? Certo. E a cosa ti serve che te lo dica? A nulla, perché sei stata tu a subirlo. Ho conosciuto persone talmente devastate dal loro passato che il tuo al confronto sembra una gita al castello gonfiabile seguita da un cono gelato».

«Non sto facendo a gara a chi ha avuto l'infanzia più merdosa del secolo!».

«Perderesti di gran lunga. Ma adesso dimmi, c'è qualcos'altro?», le chiese Alison, fissandola negli occhi.

«Fairview. Mark Johnson vi ha trascorso come me la maggior parte dell'infanzia, ma penso sia soltanto una coincidenza».

«Ne sei sicura?».

Kim annuì. «Quando pensi di poterci aiutare con le tue considerazioni sull'assassino?».

L'espressione di Alison tradì la sua confusione.

«Ispettore Stone, sembra ci siano dei problemi di comunicazione. Questo colloquio non ha nulla a che vedere con l'assassino. Io sono qui per osservare te».

# Capitolo 27

Mentre entrava al Worcestershire Royal Hospital, Alison cercò di convincersi che non stava facendo nulla di sbagliato, perché andare a trovare una persona malata non era un crimine.

Aveva previsto che l'ispettore Stone non si sarebbe accontentata di una semplice spiegazione, aveva voluto un resoconto dettagliato sul suo ruolo nel caso. E per quanto le sarebbe piaciuto restare e far valere le proprie ragioni, sapeva di dover percorrere trenta chilometri sulla M5 per arrivare all'ospedale prima che l'orario delle visite terminasse.

Non c'era un limite preciso alla durata delle visite ai pazienti in terapia intensiva purché si fosse soli e il malato non si agitasse. Nel silenzioso reparto che ospitava i casi gravi, ogni colpo di tosse o stridio di sedia sul pavimento era amplificato come in una chiesa o in una biblioteca. Le infermiere si muovevano senza fare alcun rumore sui loro zoccoli di gomma tra i *bip* delle apparecchiature che controllavano le funzioni vitali dei pazienti.

«Come sta?», chiese Alison a Valerie, la caposala.

«Nessun cambiamento», rispose lei con un sorriso gentile.

«Grazie», disse Alison, dirigendosi verso il suo letto. Si tolse la giacca, si sedette e la guardò attentamente.

I lividi si erano leggermente attenuati rispetto alla prima volta in cui aveva visto Beverly su quel letto. Aveva ancora il viso pieno di macchie porpora e gialle, con la carne viva che faceva capolino da qualche ferita aperta. E anche il resto del corpo era coperto di ecchimosi bluastre nei punti in cui era stata presa a pugni e calci prima e dopo il violento stupro.

Alison rabbrividì al pensiero di ciò che doveva aver passato quella donna.

Fissò di nuovo il suo viso, il bozzo scintillante sopra l'occhio sinistro, la testa rasata con i punti di sutura.

Prese la mano fredda e morbida di Beverly e le accarezzò ritmicamente il pollice.

«Mi dispiace tanto», sussurrò.

«Non c'è nulla di cui deve dispiacersi», disse Valerie, facendola sussultare. Alison non l'aveva sentita avvicinarsi. «Non è stata lei a farle questo».

«Lo so», rispose Alison, riprendendosi prontamente. «Ma ero via per lavoro e continuo a ripetermi che se ci fossi stata tutto questo non sarebbe successo».

«Shh, silenzio adesso», disse Valerie, rimboccando il lenzuolo attorno alle spalle di Beverly. «Questi discorsi non la faranno stare meglio. Deve parlarle di tutte le cose che farete insieme quando sarà guarita».

Alison apprezzava il suo ottimismo a dispetto della prognosi, che era stata poco più di una scrollata di spalle e una generica valutazione di vigile attesa.

«Le parli di shopping», le suggerì Valerie, accarezzandole delicatamente una spalla. «Di weekend alle terme e serate a teatro. Sono sicura che è questo che sua sorella vuole sentire».

Alison annuì e si sforzò di scacciare il proprio disagio e la sensazione di star facendo qualcosa di illecito.

Quella donna non era sua sorella.

Alison era figlia unica.

# Capitolo 28

Kim si sforzò di restare impassibile quando Alison entrò nella stanza della squadra per la riunione mattutina e si sedette alla scrivania vuota.

Aveva telefonato a Woody subito dopo la loro conversazione della sera precedente, ma le avevano detto che stava tenendo un discorso a una cerimonia di premiazione. Allora Kim si era seduta davanti al suo ufficio alle sei del mattino, ma lui non si era fatto vivo. Una persona cinica avrebbe potuto pensare che la stesse evitando. Lei però sapeva che non era così. Woody aveva sempre il coraggio delle proprie convinzioni e non sarebbe mai indietreggiato di fronte alla sua rabbia. Questo comunque non le impediva di affrontarlo.

Aveva trascorso la notte camminando su e giù in preda all'agitazione e chiedendosi perché diavolo lui pensasse che avesse bisogno di una babysitter. Voleva dirgli che si sbagliava.

Se la stava davvero evitando, non sarebbe durata a lungo.

«Okay, ragazzi, cosa abbiamo scoperto sulle telecamere di sorveglianza di Hollytree a proposito di Amy e Mark?»

«Finora molto poco, capo», disse Penn, digitando sulla sua tastiera. «C'è una ripresa della videocamera di un parcheggio con loro due che escono dal Brierley Hill Asda verso le quattro del pomeriggio di domenica. Le immagini sono sgranate, ma si vede che Amy sta trasportando qualcosa e aspetto di visionare le riprese all'interno del supermercato. Poi si dirigono verso Little Cottage Lane ed escono dall'inquadratura».

«Continua a lavorarci, Penn», ordinò Kim.

Ogni ripresa di Amy e Mark quell'ultimo giorno sarebbe stata di aiuto.

«Anche noi abbiamo scoperto qualcosa grazie alla madre di Amy», disse Kim. «A quanto pare Amy si è innamorata di Mark fuori dal supermercato Tesco. Non proprio un inizio da favola, ma c'è da chiedersi se sia stata attratta da lui perché voleva salvarlo e poi sia finita anche lei nella spirale della droga».

«Tipica sindrome del soccorritore», osservò Alison. «Soprattutto donne che si concentrano sul partner preoccupandosi per lui più che per sé stesse. Di solito sono attratte da persone depresse, ansiose o dipendenti. Per loro l'amore è lavoro e sofferenza, anziché una sana relazione equilibrata».

«Proprio così», continuò Kim. «Qualche mese fa la madre di Amy è stata picchiata e derubata e pensa che dietro l'aggressione ci fossero Amy e Mark perché si era rifiutata di dare soldi alla figlia. A quanto pare la madre ha fatto di tutto per salvarla, si è persino rivolta agli amici di Amy affinché cercassero di farla ragionare, ma non è servito a nulla. Lei è addirittura andata a trovare la madre in ospedale mentre era fatta di eroina e le infermiere hanno dovuto cacciarla».

«È andata a trovarla in quello stato?», esclamò Stacey disgustata.

Kim capiva la sua reazione. Stacey era molto legata ai suoi genitori e non si sarebbe mai immaginata di mancare di rispetto in quel modo alla madre. Ma Kim sapeva che le droghe possono trasformare le persone, erodendo la loro volontà, cancellando i sentimenti che provano le une per le altre e diventando la cosa più importante della vita. L'unica priorità è procurarsele: la famiglia, l'amore e tutto il resto vengono dopo. Il sospetto della signora Wilde che la figlia fosse coinvolta nell'aggressione, per quanto sgradevole, non era affatto infondato.

«C'è stato un alterco tra Mark Johnson e Harry Jenks al centro comunitario di Stourbridge. Non è stato Jenks a dircelo, ma una sua collega. Vorrei sapere quale fosse il motivo della lite, e soprattutto perché Jenks non ne vuole parlare», disse Kim.

Stacey annuì e prese un appunto.

«E come sai, abbiamo una vittima sconosciuta trovata in un'auto demolita. Keats, Mitch e la dottoressa A stanno lavorando per estrarre il nostro Rubik dal suo cubo».

Kim colse lo sguardo di disapprovazione di Alison e si voltò verso di lei.

«Cosa c'è?»

«È irrispettoso», rispose Alison.

«Credi?».

Lei annuì.

Kim sospirò e indicò le fotografie del cubo sulla lavagna. «Credi che gli importi ancora del modo in cui lo chiamiamo?», chiese. E poi, senza aspettare la risposta, aggiunse: «Come ben sai, esistono strategie per affrontare ciò a cui siamo sottoposti ogni giorno e l'umorismo è una di queste. Ci mantiene sani di mente». Lanciò un'occhiata a Bryant. «Be', non tutti. Ci aiuta a lavorare meglio e non ho intenzione di scusarmi per questo». Sentì il telefono vibrare nella tasca e non ebbe bisogno di tirarlo fuori per sapere chi era.

«Hai detto che è irrispettoso, ma dobbiamo trovare un modo per personalizzare ogni vittima su cui indaghiamo. Quando le diamo un nome, diventa una persona, una vita, un'anima».

Kim si avviò verso la porta e poi si fermò. «Preferiresti forse che lo chiamassimo "soggetto ignoto"? Questo sì che sarebbe irrispettoso».

Mentre scendeva le scale due gradini alla volta, Kim si domandò se lei e Alison sarebbero uscite vive da quel caso.

# Capitolo 29

«Ah, Stone, sei già qui», disse Woody, digitando sul suo computer.

Kim aveva corrotto Jack all'ingresso con una fetta della sua torta di mele preferita per farsi avvisare appena Woody fosse arrivato.

«Signore, con tutto il rispetto vorrei farle notare...».

«C'è una contraddizione», rispose lui indicandole la sedia.

Lei lo ignorò.

Lui indicò di nuovo la sedia e socchiuse gli occhi.

Kim si sedette.

«Signore, non ho bisogno che Alison Lowe mi faccia da balia e mi controlli».

«Continua», la spronò Woody.

«Con cosa?»

«Immagino che tu sia venuta qui con una litania di rimostranze e vorrei darti l'opportunità di elencarle tutte, così non avrai sprecato il tuo tempo».

Kim inspirò a fondo ed espirò sonoramente. «Non cambierà idea, vero?»

«No».

«Ma perché lei?», insistette Kim. «Non lavoriamo bene insieme».

Woody frugò in un cassetto della scrivania e poi alzò la testa. «Stai parlando seriamente, Stone? Pensi davvero che io abbia il tempo di trovare qualcuno di tuo gradimento? Cerca di essere tollerante e collabora con lei».

«Ma non mi aveva detto…».

«Ho detto che avevi bisogno di aiuto, ma non ho mai specificato sotto quale forma».

«Vorrei soltanto che mi avesse avvisata…».

«Stone», disse pacatamente Woody, «ieri sera ho presenziato alla cerimonia della consegna postuma di una medaglia a un'agente uccisa da un'autobomba sette mesi fa. La medaglia è stata consegnata al marito in lutto, che per tutta la durata della cerimonia ha stretto al petto il figlio di due anni davanti alla foto della moglie morta. Quindi, se in questo momento ti senti un po' ferita, non potrebbe importarmene di meno».

Kim rimase senza parole.

Avrebbe voluto dirgli molte cose e si sentiva in pieno diritto di farlo, ma era come se avesse perso l'uso della voce.

«Lo sai, Stone, pur essendo una persona molto intelligente, a volte sei un po' ottusa», aggiunse Woody mentre lei stava allungando la mano verso la porta.

«Come ha detto, signore?», chiese Kim, voltandosi. Il suo capo l'aveva appena accusata di essere ottusa?

«Scusa per il termine, mettiamola in un altro modo. Qualche anno prima di morire, mia moglie mi regalò uno splendido tagliacarte con il manico di legno su cui era inciso il mio nome e una sottile lama scintillante. Per quarant'anni ero riuscito ad aprire perfettamente le lettere senza un tagliacarte, ma era il migliore grattaschiena che avessi mai avuto. Arrivava al punto giusto tra le scapole. Non era quello il suo scopo, ma…».

«Penso di avere capito», disse Kim, incurvando le labbra in un rapido sorriso.

«Il nostro assassino è riuscito a uccidere due giovani in un condominio senza che nessuno lo notasse. Non sappiamo se stiamo cercando due killer oppure soltanto uno molto astuto, e hai bisogno di ogni risorsa possibile affinché questo non succeda di nuovo».

«D'accordo», rispose Kim aprendo la porta.

«Un'ultima cosa», aggiunse Woody.

Kim si sentì come una cantante che viene richiamata sul palco per un bis.

«Vacci piano con lei. Non è così dura come credi».

Kim annuì e uscì finalmente dalla stanza domandandosi a cosa alludesse il suo capo.

# Capitolo 30

Kim lesse il messaggio che le era arrivato appena uscita dall'ufficio di Woody.

Aggrottò la fronte, seguì le istruzioni e scese alla caffetteria.

Alison e Bryant erano seduti nell'angolo vicino alla cucina. Alison, che doveva aver saltato la colazione, aveva davanti a sé un toast e un succo d'arancia, Bryant aveva ordinato una tazza di tè e, a quanto pareva, una tazza di caffè per lei.

Kim si infilò tra i tavoli dove gli agenti si stavano rimpinzando con generose colazioni all'inglese per fare il pieno di proteine. C'erano altre opzioni più salutari che sarebbero via via scomparse dal bancone frigo nel corso della giornata, ma al momento le proteine stavano avendo la meglio.

«Ti senti meglio, ispettore?», le chiese Alison, tirando fuori dei taccuini dalla sua valigetta.

«A che proposito?», rispose Kim sedendosi. Nonostante Woody le avesse dato accesso a questo caso, lei non era disposta a concederglielo anche alla sua mente.

«Immagino che dopo quello che ti ho detto ieri tu abbia aspettato tutta la notte di parlare con l'ispettore capo Woodward, e che sia andata a trovarlo questa mattina presto per ottenere un chiarimento. E benché non sia cambiato nulla, hai potuto esprimere la tua obiezione. Ti sto quindi chiedendo se sei più disposta ad accettare la mia partecipazione a questo caso».

«Credo di sì, ma cosa ci facciamo quaggiù?», chiese Kim mentre un soffio d'aria gelida del condizionatore sopra il tavolo le scendeva lungo la schiena.

«Conoscendoti, immagino che tu non abbia cambiato idea a proposito del coinvolgimento della tua squadra».

Kim scosse la testa.

«Anche se avrei preferito continuare questa conversazione in privato, non ho intenzione di farmi distrarre dagli sforzi per identificare il soggetto sconosciuto nel cubo».

Kim ammirò il suo rifiuto di chiamarlo Rubik.

«Quindi è meglio se ne parliamo lontano dagli altri».

Kim lanciò un'occhiata a Bryant, che si strinse nelle spalle.

«Cosa stiamo facendo esattamente?»

«In questo momento la tua squadra sta cercando altre piste e indizi, vecchi rancori, collegamenti, persone che potrebbero essersi inimicati in passato, famigliari e…».

«È il normale lavoro di indagine della polizia, ed è una cosa che io e Bryant vorremmo…».

«Quindi dobbiamo approfondire l'altra possibilità», disse Alison, ignorandola completamente e inducendo Kim a chiedersi cosa intendesse Woody quando aveva detto che non era così dura come sembrava. Non c'era nulla di vulnerabile in quella donna.

«Ispettore, questo duplice omicidio può essere collegato in qualche modo con te, e se non possiamo seguire questa pista con tutta la squadra, dovremo farlo lontano dagli altri».

«E come pensi di farlo, di preciso?», chiese Kim, incrociando le braccia al petto.

«Inizieremo facendo una lista», rispose Alison, porgendo un taccuino e una penna a Kim e Bryant. «Stiliamo un elenco di tutte le persone che hai fatto incazzare».

Bryant scosse la testa e restituì il taccuino a Alison. «Mi dispiace, ma non posso partecipare», disse con voce grave.

«Perché no?», chiese Alison, aggrottando la fronte.

Anche Kim lo fissò con aria interrogativa.

«Perché mi mancano soltanto sette anni alla pensione».

# Capitolo 31

«Perché alla caffetteria?», chiese Stacey, distogliendo lo sguardo dal computer. «Quando mai il capo ha indetto una riunione in quella maledetta caffetteria?».

Penn si tolse gli auricolari. «Da quando sono qui, mi sembra che non sia mai successo…».

«La risposta corretta è mai», disse Stacey. «E perché quella donna è qui?»

«Se continui a farmi domande alle quali non mi dai modo di rispondere, mi rimetto a fare il mio lavoro», rispose Penn, infilandosi di nuovo gli auricolari.

«Il capo ci sta nascondendo qualcosa, vero? Persino tu lo sai», sbottò Stacey, facendo tamburellare le dita sulla scrivania.

«Non capisco cosa intendi con "persino tu", ma ovviamente ho capito che non ci sta raccontando tutto, anche se immagino che abbia le sue ragioni e che ce lo dirà quando…».

«Penn, ti succede mai di avere delle reazioni emotive?», ribatté Stacey.

«Sì, quando è necessario», rispose lui. «Ma adesso sei soltanto irritata perché non provo quello che provi tu».

Lei dovette ammettere che in ciò che aveva detto c'era del vero. Voleva che anche lui fosse arrabbiato per essere stato tenuto all'oscuro di qualcosa.

«In ogni caso, Kim ci ha affidato dei compiti ed è meglio che ci rimbocchiamo le maniche», tagliò corto Penn.

«D'accordo, cosa ne pensi di Rubik?», gli chiese Stacey.

«Cristo!», sbottò lui. «Dimmi cosa vuoi che ne pensi e io lo penserò, così forse dopo mi lascerai tornare al lavoro».

«Strana morte, non credi?», insistette lei, cercando di immaginare il corpo di un uomo imprigionato nel metallo.

«Non proprio. Ci sono state molte morti ancora più strane. Ricordo un brasiliano che è stato ucciso da una mucca che aveva sfondato il tetto piombandogli addosso mentre dormiva. Un avvocato del XIX secolo si è sparato accidentalmente nel tentativo di dimostrare che la supposta vittima avrebbe potuto suicidarsi. Un altro avvocato, canadese, è morto gettandosi contro un pannello di vetro al ventiquattresimo piano di un palazzo di uffici. Il vetro non si è rotto, ma si è staccato dall'intelaiatura, facendolo precipitare. Un altro...», continuò, ma Stacey lo interruppe.

«Penn, dove conservi tutte queste informazioni inutili?».

Lui si strinse nelle spalle, si rimise gli auricolari e questa volta lei lo lasciò in pace. Ma la sua mente continuò a lavorare.

Si sentiva ferita per non essere stata informata di tutto; voleva scoprire cosa le stavano nascondendo e perché.

Il suo capo voleva che scoprisse il motivo dell'alterco tra Mark Johnson e Harry Jenks, e Stacey lo avrebbe fatto, ma all'improvviso le tornò in mente qualcosa. La sera precedente, quando era arrivata Alison, lei aveva cominciato a dire qualcosa e Kim l'aveva interrotta.

Si sforzò di ricordare le parole: "Ho sentito che avete una scena del crimine molto simile...".

Stacey le scrisse su un post-it e le studiò per qualche istante.

Non aveva idea di cosa volessero dire, ma decise che avrebbe fatto del suo meglio per scoprirlo.

# Capitolo 32

«Scherzi a parte, come facciamo a restringere il campo?», chiese Bryant, allungando una mano per prendere il suo blocco degli appunti.

Kim sapeva che aveva ragione.

Alison si voltò verso di lei. «Chi mai farebbe una cosa simile soltanto per vendicarsi di te?», chiese. «Come può nutrire una tale rabbia nei tuoi confronti da essere pronto a uccidere per far valere le sue ragioni?».

«Questo riduce di un terzo la rosa dei sospettati», disse Bryant, cominciando a scrivere nomi sul taccuino.

«Nina Croft?», domandò Kim, sbirciando l'elenco del collega.

«Chi è?», domandò Alison, scrivendo anche lei il nome.

«La moglie di un consigliere locale coinvolto in una delle nostre prime indagini su un orfanotrofio chiamato Crestwood».

«E?»

«Quello che abbiamo scoperto le ha rovinato la vita», spiegò Bryant. «Oltre al fatto che nutriva un odio viscerale per Kim».

«Inseritela nell'elenco», disse Alison.

Kim non credeva che Nina Croft avesse continuato a odiarla per tutto quel tempo. Erano ormai trascorsi più di tre anni, ma Bryant aveva ragione, Nina aveva ritenuto Kim personalmente responsabile della sua caduta in disgrazia.

«Symes», disse Bryant, scrivendo il nome.

Alison annuì. Era il rapimento al quale avevano lavorato insieme e ne conosceva gli autori.

«Symes è una possibilità. Ti odia quanto basta».

«Ma è in prigione», rispose Kim, rabbrividendo al ricordo di come l'unica cosa che contasse per quell'uomo fosse procurare dolore, e più la vittima era giovane, più ne traeva piacere.

«Alcune persone sono così arrabbiate e così potenti da riuscire a vendicarsi anche da dietro le sbarre», disse Alison. «Mettete anche lui nell'elenco».

Oh, sì, Kim ne sapeva qualcosa sulla gente che interferiva con la sua vita dalla cella di una prigione.

Bryant sembrò cogliere il suo processo mentale.

«Stai pensando ad Alex?»

«No», rispose Kim. «Ha avuto la sua occasione e ha fallito. Non è da lei ripetersi».

«Vi spiace spiegarmi?», chiese Alison.

Kim fece per parlare, ma Bryant la precedette.

«La dottoressa Alexandra Thorne è una psichiatra sociopatica che abusava dei suoi pazienti per condurre malsani esperimenti che hanno provocato parecchie morti. Durante l'indagine era rimasta particolarmente affascinata dal capo e ha cercato di farla a pezzi. Non ci è riuscita, ma da dietro le sbarre ha tentato di distruggerla psicologicamente facendo leva sui suoi punti più deboli, e nel caso non avesse funzionato, aveva assoldato qualcuno per ucciderla».

«Inseritela nell'elenco», disse Alison.

«Toglietela», ribatté Kim.

«Ispettore, conosco i sociopatici», insistette Alison.

«E io conosco Alex. Non è lei, toglietela dall'elenco».

Bryant le guardò entrambe e cancellò il nome.

Alison non lo fece.

«Okay, qual è stata la vostra indagine successiva?», chiese Alison.

«Donne vittime in una "fattoria dei corpi"», rispose Kim.

«Nessuna osservazione particolare?»

«Non mi odia abbastanza», disse Kim.

Bryant annuì.

«E poi?», chiese Alison.

«Omicidi di parenti stretti», rispose Kim, ricordando di avere trovato Woody quasi privo di sensi sul pavimento della sua casa in Galles.

«Nessuna motivazione personale».

Ancora una volta Bryant annuì.
«Il successivo?»
«Un caso di crimini d'odio. La nostra agente Stacey per poco non ci rimetteva la pelle».
«Qualcuno che potrebbe portare rancore?».
Kim cominciò a scuotere la testa, poi si fermò.
«Sufficientemente motivato?», aggiunse Alison.
Kim annuì.
«Ti odia abbastanza?»
«Credo di sì», rispose, mentre Bryant aggiungeva all'elenco il nome di Dale Preece, che per colpa di Kim aveva perso tutto.
«E poi?»
«Omicidi di prostitute», rispose Kim. «E no, nessuno che mi odi abbastanza, anche se probabilmente pensano di sì».
«Il successivo?».
Kim deglutì. «L'indagine alla Heathcrest».
Non sarebbe mai riuscita a pronunciare quel nome senza pensare al sergente Kevin Dawson.
«Lì c'è stato qualcuno in particolare?», chiese pacatamente Alison.
«Nel corso dell'indagine abbiamo scoperto una società segreta con membri nelle alte sfere. Non gli sono mai piaciuta, ma hanno avuto diversi mesi per farmela pagare, e le famiglie più coinvolte nell'indagine si odiano a vicenda più di quanto odino me».
«Per te deve essere un grande sollievo», disse in tono freddo Alison.
«E la nostra ultima inchiesta era su un medico collegato con la Heathcrest che ho cercato di incriminare per avere procurato aborti illegali».
«Qualche famigliare?», chiese Alison.
Kim scosse la testa dopo aver riflettuto per qualche istante. «All'inizio Luke era piuttosto ostile, ma quando il caso è stato risolto, ha cambiato atteggiamento».
«Quanto ostile?», domandò Alison.
Kim ricordò quando le era andato incontro serrando i pugni, il viso stravolto dalla rabbia.
«Molto», rispose Bryant, rievocando la stessa scena.

«Nell'elenco», dissero all'unisono tutti e tre.

«Nulla di più recente?», chiese Alison.

Kim scosse la testa.

«Quindi abbiamo Nina Croft, Symes, Alexandra Thorne, nella mia lista e non nella tua, Dale Preece e Luke Cordell».

«Esatto», confermò Kim.

«E questi coprono soltanto gli ultimi tre anni», osservò Bryant. «Abbiamo appena scalfito la superficie».

Alison scorse la lista. «Penso che abbiamo trovato un ottimo punto da cui iniziare».

# Capitolo 33

Penn guardò la collega digitare sulla tastiera e si chiese se si rendesse conto di avere l'aria imbronciata.

Dal canto suo, nutriva sentimenti contrastanti riguardo alla preoccupazione di Stacey per la riservatezza del capo.

Lui proveniva da una squadra dove il capo del dipartimento condivideva le informazioni solo se avevano un'utilità pratica, perciò era abituato a quel tipo di atteggiamento, ma la sua collega la stava mettendo sul piano personale ed era visibilmente risentita. Dal canto suo, se c'erano informazioni che non potevano essere condivise, lo avrebbe rispettato.

«Trovato qualcosa?», chiese Kim entrando nella stanza seguita da Bryant e Alison.

«Ho ricevuto le riprese delle videocamere del supermercato Asda», rispose Penn, togliendosi le cuffie. «Sono rimasti nel negozio quasi un'ora, e per gente senza soldi come loro è parecchio tempo. Sto cercando di ricostruire i loro movimenti da quando sono entrati a quando sono usciti».

Kim annuì. «E tu, Stace?»

«Non ho ancora trovato nulla su Harry Jenks, nessuna ombra di scandalo, ed è perfettamente qualificato per il suo lavoro».

Penn colse una vena di scetticismo nel tono di Stacey, come se stesse insinuando che Kim l'aveva messa su una falsa pista.

Se il capo se ne accorse, non lo diede a vedere.

Penn si voltò di nuovo verso lo schermo del computer.

«Io e Bryant usciremo per seguire nuove piste e...».

«Quali nuove piste?», chiese Stacey.

«Se scopriremo qualcosa ve lo faremo sapere».

«Io farò qualche chiamata a Drake Hall», disse Alison.

«Aspettate un attimo», intervenne Penn. Qualcosa sul monitor aveva attirato la sua attenzione.

«Cosa c'è?», chiese Kim.

«Guardate questo», rispose lui premendo il tasto Play.

Sullo schermo si vedeva Amy Wilde camminare attorno al banco delle verdure, infilare la mano nella tasca posteriore dei pantaloni e poi accostarla all'orecchio. Mark, che aveva continuato a camminare, tornava indietro e si fermava accanto a lei.

«Aveva un telefono che sulla scena del crimine non c'era», disse Kim.

«Qualcuno gliel'ha rubato?», domandò Bryant.

«I casi sono due, o gliel'hanno rubato nel tempo intercorso tra la visita al supermercato e l'omicidio, oppure è stato l'assassino a prenderlo».

«E se è stato lui, vuol dire che in quel telefono c'era qualcosa che poteva incriminarlo», osservò Penn.

«E questo cosa ci fa pensare?», chiese il capo.

«Che Amy Wilde forse conosceva il suo assassino», rispose Bryant.

«Ottimo lavoro, Penn», disse Kim, dandogli una pacca sulla spalla. «Adesso voglio che tu ricostruisca tutti i loro movimenti nel supermercato dal minuto in cui sono entrati a quello in cui sono usciti».

Penn sapeva che sarebbe stato inutile interpellare i gestori telefonici. Senza l'attuale indirizzo o il numero di telefono non ne avrebbero cavato nulla.

«D'accordo, capo», rispose. Visionare tutte le riprese all'interno del supermercato lo avrebbe impegnato per l'intera giornata, ma quelle erano le uniche immagini che avevano della coppia nelle ore precedenti la loro morte. Se non avesse trovato altri indizi, erano fregati.

Quindi, pensò Penn lanciando un'occhiata alla sua collega seduta alla scrivania di fronte, Alison era andata a occuparsi di qualcosa di segreto, il capo e Bryant erano usciti dall'ufficio per seguire un'altra pista e lui continuava a chiedersi se Stacey si rendesse conto di avere tenuto il broncio per tutto il tempo.

# Capitolo 34

«Lo sai che si è accorta che non le hai detto tutto?», chiese Bryant quando salirono sull'auto.

Kim lo ignorò.

«E che è molto arrabbiata?»

«Davvero?», rispose Kim in tono sarcastico. «È da tre anni che lavoro con Stacey e non riesco mai a capire cosa le passa per la mente. Per fortuna ci sei tu...».

«Capisco cosa intendi, capo, ma ci sono anche altre considerazioni».

«Per esempio?», chiese lei.

«La divisione del lavoro, l'uso delle risorse appropriate per...».

«Aspetta un attimo, ti sei offeso perché ti ho chiesto di fare quelle ricerche?».

Non era stato difficile per Bryant scoprire cosa stesse combinando Nina Croft in quei giorni.

«Lo sai bene che non mi piace lavorare al computer, ma il punto è che qualcun altro potrebbe fare queste cose mettendoci un terzo del tempo che ci metto io. È un'inutile perdita di tempo».

«Come questa conversazione. Non mi farai cambiare idea».

Kim era convinta che avrebbero potuto risolvere quel duplice omicidio senza dover raccontare a tutti la sua storia personale.

«Allora, cosa sappiamo su Nina Croft?»

«Non molto», rispose Bryant. «Per il momento sono riuscito a scoprire che svolge la sua attività da un ufficio in Cradley Heath High Street».

«Mmm...».

Avrebbe potuto scoprirlo anche da sola. Le abilità informatiche di Bryant, come del resto le sue, si limitavano a digitare un nome su Google e scorrere i risultati alla ricerca del più promettente. Nello stesso tempo Stacey avrebbe probabilmente scoperto che scuola frequentavano i suoi figli, se Nina aveva avuto qualche contatto con il marito in prigione e magari anche cosa aveva mangiato a colazione.

«Mi domando se adesso sia più felice», disse Kim mentre Bryant si dirigeva verso Colley Gate.

«Sono sicuro di sì. Probabilmente ti regalerà un grande mazzo di fiori, ti inviterà…».

«Okay, basta così», lo interruppe mentre svoltavano in Cradley Heath. «Potrebbe anche non ricordarsi di me, non so nemmeno perché l'abbiamo inserita nell'elenco», disse mentre l'auto si fermava davanti a un negozio di tappeti che Kim ricordava dalla propria infanzia. «Cosa stiamo facendo… ooh», esclamò quando vide la targa all'ingresso del negozio.

Kim scese dall'auto e seguì Bryant su una stretta scala fino a una porta all'ultimo piano.

«Potrebbe persino essermi grata per avere scoperto cosa stava combinando suo marito», disse mentre la porta si apriva.

Il sorriso di circostanza della persona all'interno svanì e gli occhi scuri si accesero d'odio. La donna scrutò Kim dall'alto in basso con aria incredula.

«Che cazzo vuoi?», ringhiò.

# Capitolo 35

Alison bussò alla porta di Woodward e aspettò di essere invitata a entrare.

«Mettiti a sedere», disse l'ispettore capo, indicando la sedia che aveva occupato per meno di cinque minuti il giorno precedente. «Mi dispiace non essermi potuto trattenere a lungo con te ieri, ma ti ringrazio per la tua assistenza, nonostante il poco preavviso».

Lei apprezzò il ringraziamento e preferì non dirgli che in quel momento aveva molto da fare.

«Come ha reagito la squadra alla tua presenza?»

«Intende dire come ha reagito il suo ispettore?», chiese lei. «Immagino che lo sappia meglio di me, visto che per poco non le ha sfondato la porta».

«In verità, le ho chiesto di tutta squadra. Gli ultimi mesi sono stati molto impegnativi per loro».

Alison aveva letto della morte di Dawson e la notizia l'aveva rattristata, ma non sorpresa. Quando aveva lavorato con la squadra su quel rapimento, aveva avuto modo di osservarlo con attenzione, ed era rimasta affascinata dalla sua energia impetuosa e dagli sforzi che gli costava reprimerla.

«Con la squadra va tutto bene», rispose. «Penn è un libro aperto, Stacey è diffidente e Bryant ferocemente protettivo».

«E Stone?», chiese Woodward.

«Non ho avuto modo di osservarla bene ancora», ammise Alison, «ma sembra gestire bene la situazione».

Non menzionò che stava ancora familiarizzando con il linguaggio del corpo dell'ispettore e prendendo appunti. Era stato difficile capirla, tre anni prima, e da allora non era affatto migliorata. Alison preferì anche non rivelare che non vedeva l'ora di affrontare la sfida, ma che alcune persone erano più facili da interpretare di altre.

Le tornò in mente quando a nove anni andava a ginnastica dopo la scuola e guardava le altre ragazze allenarsi in palestra. A Naomi, una superba atleta di un anno più giovane di lei, era stato chiesto di concentrarsi sugli esercizi alla trave. Lei aveva annuito con entusiasmo, ma Alison si era accorta che aveva arricciato le dita dei piedi. Ogni volta che Naomi lavorava alla trave finiva per cadere. Qualche settimana più tardi era successa la stessa cosa. Aveva arricciato le dita dei piedi ed era caduta.

Un mese dopo, quando ai campionati regionali la campionessa della trave, Kaisha, era stata messa fuori combattimento dai crampi allo stomaco, l'insegnante aveva scelto Naomi per sostituirla. Alison l'aveva vista arricciare le dita dei piedi e aveva detto all'insegnante che sarebbe caduta, ma lei non si era degnata di ascoltarla e aveva risposto che Naomi era perfettamente all'altezza.

Naomi era andata alla trave e durante l'esercizio era caduta, slogandosi un polso. Alison aveva capito in seguito che, benché fosse perfettamente in grado di fare gli esercizi alla trave, aveva sviluppato un blocco mentale nei confronti dell'attrezzo e la sua paura si manifestava attraverso quell'arricciamento delle dita di cui era del tutto inconsapevole. Da quel momento era stata affascinata dallo studio del comportamento delle persone. Quello di cui erano consapevoli e quello di cui non lo erano.

«Vorrei parlare con te anche dell'"altra questione"».

Alison annuì e si sforzò di non deglutire per non rivelare la propria agitazione.

Aveva già capito che l'"altra questione" avrebbe fatto parte del suo curriculum per il resto della carriera, oscurando tutti i precedenti successi e quelli che avrebbe potuto ottenere in futuro. Non sarebbe mai sfuggita all'"altra questione", e la prova di ciò giaceva silenziosa in un letto d'ospedale.

«Non ha alcuna attinenza con il motivo per cui è stata richiesta la tua collaborazione».

«Grazie», rispose Alison, senza rivelare nulla.

«Tutti commettiamo degli errori», disse Woodward, fissandola negli occhi.

Alison resse il suo sguardo senza battere ciglio e apprezzò il modo gentile con cui aveva alluso al suo sbaglio.

Restava però un piccolo problema. Alison non era convinta che fosse stato uno sbaglio.

# Capitolo 36

La stanza era angusta, buia e con raccoglitori impilati ovunque. A Kim ricordava gli uffici dei detective privati delle serie tivù.

«Non ti inviterei a sederti nemmeno se avessi altre sedie», disse Nina, accogliendola in piedi accanto alla scrivania.

Kim notò con sollievo che la donna non aveva perso il suo stile: indossava un attillato tailleur blu navy con la gonna che le arrivava appena sotto il ginocchio. Non avrebbe saputo attribuirlo a uno stilista in particolare, ma aveva un aspetto elegante e funzionale. I capelli castani erano qualche centimetro più lunghi dell'ultima volta che l'aveva vista. Kim si chiese se quel look non fosse conseguenza di una frequentazione meno assidua del parrucchiere.

«Allora, come te la passi?», chiese Kim mettendosi a sedere sull'unica sedia.

Il sangue affluì alle guance di Nina. «Stai scherzando?», sbottò. «Cosa diavolo ci fai qui?»

«Sono solo di passaggio», rispose lei, stringendosi nelle spalle.

«Bugiarda», ribatté Nina. «Se non si tratta di una richiesta ufficiale di uno dei miei clienti puoi anche...».

«Chi sono i tuoi clienti?», domandò Kim.

Nina la fulminò con lo sguardo. «Non sono affari tuoi. La cosa non ti riguarda e non sei la benvenuta, né qui né a casa...».

«Dov'è che vivi adesso?». Kim ricordò il cane che era morto tra atroci sofferenze dopo che Nina gli aveva dato il liquido antigelo per dissuaderla dall'indagare sull'orfanotrofio di Crestwood e non resistette alla tentazione di stuzzicarla. «Abiti ancora in quella bella casa in...».

«Non essere ridicola. Lo sai benissimo che per colpa tua non ho potuto tenere la casa né iscrivere i miei figli a una scuola privata. Abito in una villetta a schiera a Old Hill e i miei figli frequentano la scuola locale perché tu e...».

«Oh, Nina, ti prego!», esclamò Kim, irritata dalla sua ipocrisia. «Tuo marito si è meritato quella condanna e mi dispiace che tu abbia perso tutto ciò che avevi. Mi dispiace che tu abbia perso quel tuo lavoro ben pagato a Birmingham e la tua imminente promozione a socia. Mi dispiace che tu abbia perso la tua casa e che i tuoi figli siano stati costretti a cambiare scuola. E tutto questo per ciò che ha fatto tuo marito».

Nina strinse i pugni e fu scossa da un tremito.

«Ma in realtà non mi dispiace affatto, Nina, perché tu sapevi cosa aveva fatto e non l'hai mai detto a nessuno. Se avessi parlato, avresti potuto salvare delle vite, quindi non me ne importa nulla di...».

«Vattene!», urlò lei indicando la porta. «La tua presenza qui non è gradita e non c'è ragione per cui io debba tollerare...».

«Per non parlare di ciò che hai fatto a quel cane», continuò Kim, scuotendo la testa. «Quella è stata davvero un'azione infima».

«Vattene!», urlò di nuovo Nina.

«E hai ostacolato il corso della giustizia per proteggere i tuoi...».

«Ispettore, è l'ultima volta che te lo dico. Vattene!».

«Dov'eri domenica notte, Nina?», le chiese Kim, prendendola in contropiede.

«A casa con i miei figli», rispose lei di getto, troppo presa dalla rabbia per considerare la possibilità di non rispondere.

«Grazie per il tempo che mi hai concesso», disse Kim, alzandosi di scatto. «È stato bello rivederti», concluse seguendo Bryant fuori dall'ufficio. Non si stupì quando udì qualcosa schiantarsi contro la porta che si era appena richiusa alle spalle.

«Cosa ne pensi?», chiese a Bryant una volta scesi i gradini.

«Non ne sono sicuro», rispose lui. «Ma se prima non era abbastanza arrabbiata per farti del male, adesso lo è senza dubbio».

# Capitolo 37

Penn controllò un'ultima volta l'elenco degli spostamenti di Amy e Mark che aveva preparato per Kim.

15:09 – A e M entrano da Asda
15:14 – Guardano il frigorifero dei sandwich
15:18 – Esaminano la frutta e la verdura
15:20 – Prendono una mela e la ripongono
15:26 – Percorrono la corsia delle carni surgelate
15:30 – Ricevono una telefonata (3 minuti)
15:33 – Chiacchierano davanti al banco del pane fresco
15:34 – Controllano l'orologio
15:37 – Danno un'occhiata agli articoli da toilette
15:40 – Infilano qualcosa in tasca
15:42 – Vanno in bagno

Era arrivato a quel punto del nastro e stava aspettando che uscissero dalla toilette. Aveva visto entrare e uscire un addetto delle pulizie e molti clienti, ma quei due erano lì dentro da parecchi minuti.

«Caffè?», sentì la voce della collega attraverso l'auricolare.

Si fermò e si voltò. Stacey non lo beveva mai e raramente lo preparava. Lui di solito ne beveva un paio al mattino e basta. Se ne prendeva di più si agitava come un'ape in una splendida giornata estiva.

Scosse la testa, ma con la coda dell'occhio notò che Stacey continuava a voltarsi verso Alison, impegnata al telefono nella Conca.

Penn fece ripartire le riprese delle telecamere all'interno del supermercato e vide Amy e Mark uscire dal bagno alle 15:52, otto minuti prima della chiusura del negozio.

Passò alla telecamera posizionata all'uscita del supermercato e attese: 15:53, 15:54, 15:55. Niente.

Dove diavolo erano andati? La toilette era a pochi metri dall'uscita.

Passò alla telecamera del chiosco delle sigarette, l'unica cosa che c'era tra il bagno e l'uscita, e li vide immersi in una conversazione dietro l'edicola. Amy si allontanò per prima e Mark la seguì, ma Penn sapeva che non avevano raggiunto l'uscita.

Passò freneticamente da una telecamera all'altra per ritrovarli e alla fine li vide scegliere qualcosa e comprarla.

Lo annotò nella tabella cronologica degli spostamenti, sorpreso da quell'ultima mossa.

# Capitolo 38

Kim non ricordava quando era stata l'ultima volta che aveva visitato la prigione di Winson Green, ma non doveva essere passato molto tempo.

Recentemente ribattezzata HMP Birmingham, per lei sarebbe sempre stata Winson Green. Ricordò gli occasionali viaggi in treno a Birmingham con Erica e Keith. Ogni volta Keith la avvisava quando erano in prossimità dell'edificio imponente e ogni volta Kim si costringeva a guardare. Poi se ne pentiva. La vista della facciata vittoriana del carcere l'affascinava e intimoriva al tempo stesso. Aveva paura di quell'involucro grezzo, aspro e spietato ma non poteva fare a meno di chiedersi chi fossero i cattivi soggetti che conteneva.

Attualmente il carcere ne ospitava 1450, di quei cattivi soggetti, già condannati o in custodia cautelare, e alcuni erano finiti lì dentro grazie a lei.

Si avvicinarono alle colonne dal tipico colore blu ed entrarono. Bryant aveva già avvertito la direzione e la loro prima visita si sarebbe svolta in una stanza privata sotto gli occhi di alcune guardie carcerarie. Non era stata Kim a richiederlo, ma il direttore e Bryant erano stati d'accordo su quel punto: l'incontro non avrebbe avuto luogo nella sala delle visite che affacciava sulla strada.

Un uomo sulla trentina con i capelli neri e i baffi ben curati avanzò verso di loro per salutarli.

«Sono il caposquadra Gennard», disse. «E vi accompagnerò in questa visita».

Kim fissò con sospetto il distintivo della società di sicurezza privata sulla sua camicia. Era sempre stata contraria alla privatizzazione delle prigioni iniziata nel 1992. Non riusciva a conciliare l'idea della protezione della società da pericolosi criminali con un'impresa incentrata esclusivamente sul profitto. Le conseguenze di un taglio dei costi sarebbero state disastrose.

Ma non era colpa del caposquadra Gennard, pensò mentre Bryant gli stringeva la mano e lo ringraziava.

«I vostri tesserini, prego», chiese, con un'espressione che diceva: "Le regole sono uguali per tutti".

Gli mostrarono entrambi il tesserino e lui porse loro un cesto. «Mettete qui dentro quello che avete nelle tasche, lo riprenderete all'uscita».

«Tutto?», chiese Kim.

«Le armi improvvisate sono le più insidiose», rispose lui. «Ho visto coltelli ricavati da spazzolini da denti e altri articoli da toilette. Dobbiamo persino monitorare l'uso dell'acqua», spiegò in un tono da guida turistica, come se volesse comunque rendere la visita un'esperienza positiva.

«L'acqua è piuttosto innocua, o sbaglio?», chiese Bryant, dando voce alla domanda che anche Kim si era posta.

«Nulla è innocuo per una mente criminale. Se ne riempi un sacchetto di plastica e lo fai cadere dall'alto sulla testa di qualcuno, diventa una bomba d'acqua capace di uccidere».

Kim non ne dubitava.

«Okay, pronti?», chiese Gennard, come se stessero partendo per un'escursione.

«Quasi», rispose Kim, voltandosi verso il collega. «Tu rimani qui, Bryant».

Lui la fissò con un'espressione che diceva "nemmeno per sogno", ma era importante per quello che si apprestava a fare Kim.

«Capo, non credo...».

«Andrà tutto bene», disse lei con fermezza prima di voltarsi.

«Harris, Iqbal, venite con me», disse Gennard rivolgendosi a un gruppo di guardie in camicia bianca.

I due uomini più corpulenti si fecero avanti e li seguirono in silenzio attraverso la porta blindata finché Gennard non si fermò davanti a un'altra porta.

Digitò un codice e la aprì.

Iqbal entrò per primo e si piazzò nell'angolo sinistro. Harris lo seguì.

Kim scrutò l'uomo muscoloso con la testa rasata e una cicatrice al posto dell'occhio sinistro. Non provava alcun rimorso per avergliela causata. Era l'uomo più perverso e malvagio che avesse mai incontrato. La sua brama di infliggere dolore fisico non conosceva limiti. La guardò con odio.

In risposta, lei gli sorrise e disse: «Ehi, Symes, sei contento di vedermi?».

# Capitolo 39

«Calmo, calmo», disse Gennard mentre Symes strattonava le manette agganciate alla barra sopra il tavolo.

Non c'erano sedie dal suo lato del tavolo. A quanto pareva, i suoi sentimenti per Kim non si erano addolciti dall'ultima volta che si erano visti, quando lei gli aveva trafitto un occhio con quei frammenti di vetro. Kim era molto orgogliosa di ciò che gli aveva fatto, perché gli sarebbe servito come promemoria eterno del suo fallimento.

«Allora, come stai, Symes?», gli chiese mentre Gennard si piazzava al suo fianco.

«Che cazzo vuoi, puttana?», rispose lui con le narici che fremevano.

«Sono venuta soltanto a vedere come te la passi».

«Giuro che se potessi…».

«Symes», lo ammonì Gennard.

«Ti sei fatto degli amici qui dentro?», domandò Kim.

«Fatti i cazzi tuoi», ringhiò lui.

«Ohhh, non c'è nessuno che vuole giocare con te? È bello sapere che anche i carcerati hanno dei princìpi».

Kim sentiva che Gennard al suo fianco si stava spazientendo, ma il suo tono di scherno era necessario, calcolato e intenzionale. Era per questo che non aveva permesso a Bryant di entrare. Avrebbe cercato di fermarla.

«Voglio dire, nemmeno a questa gente piacciono i vigliacchi che fanno del male ai bambini», disse Kim, fissandogli l'occhio buono.

«Ti strozzo, puttana!».

«Immagino sappiano che è stata una donna a fermarti, e questo non giova certo alla tua credibilità», continuò Kim, formando una *O* con il pollice e l'indice.

«Gennard, puoi portare fuori questa…».

«E sono sicura che sarai contento di sapere che quelle ragazzine sono felici ora, in buona salute e ti hanno cancellato dalle loro menti», aggiunse con un sorriso.

«Ti ammazzo!».

«Dài, non fare così. Hai conosciuto qualcuno di interessante ai corsi di cucito?», domandò Kim.

Per una volta, lui rimase in silenzio stringendo i pugni.

«Mi hai pensata molto?», continuò a stuzzicarlo Kim.

Symes all'improvviso si appoggiò allo schienale e la guardò freddamente.

«Qualcuno ce l'ha con te, puttana?», replicò.

Kim si rese conto che durante tutta la loro conversazione non aveva guardato nessun altro nella stanza, e nemmeno lei l'aveva fatto.

«Rispondi alla domanda, Symes».

«Pensi davvero che ti stia dando la caccia?», chiese lui.

«Rispondi alla domanda», ripeté lei

«Sai, Stone, la tua faccia mi tiene sveglio tutte le notti. Ti immagino sotto di me, che urli e ti agiti mentre io ti violento…».

«Symes», lo ammonì di nuovo Gennard.

Kim sollevò una mano. «Lasci che parli liberamente». Era lì per capire quanto fosse profondo il suo odio per lei e se potesse essere in qualche modo responsabile della morte di Amy e Mark.

«Ti immagino urlare invocando pietà mentre ti spacco in due con il mio cazzo. E quando ho finito, ti spezzo le ossa una dopo l'altra e ti spappolo tutti gli organi interni», disse Symes, fissandola in estasi con l'occhio superstite.

Far soffrire gli altri era sempre stata la sua passione, ma ora sembrava che lo scopo della sua vita fosse infliggere violenza a lei.

Kim non dubitava che se fosse stato libero l'avrebbe fatto e sentì un brivido correrle lungo la schiena.

«Come vuoi, ma ora ti dispiacerebbe rispondere alla mia domanda?», insistette.

«Se qualcuno ti sta arruffando il pelo, non può che avere la mia approvazione, ma c'è una cosa che dovresti già sapere di me, lurida puttana».

«E quale sarebbe?»

«Se fossi io a darti la caccia, saresti già morta».

# Capitolo 40

Symes strinse il palmo della mano attorno al pene flaccido e cominciò a pompare.

Il giorno prima, dopo una visita di Deana – quella lurida troia – aveva avuto il piacere di masturbarsi nella toilette dei visitatori dopo aver detto a Gennard che non sarebbe riuscito a trattenersi fino alla sua cella.

C'era qualcosa di molto soddisfacente nel masturbarsi in quel bagno dal pavimento pulito, i rotoli di carta igienica al loro posto e un odore che non era quello di piscio e merda.

Ma quel giorno era diverso. Non era nemmeno potuto andare nella sala delle visite, per motivi di sicurezza, avevano detto, e avevano fatto bene ad ammanettarlo a quel maledetto tavolo perché se avesse avuto le mani libere…

La sua mano si muoveva su e giù cercando di espellere il veleno che quella puttana gli aveva fatto montare nei testicoli. La rabbia di cui doveva liberarsi per pensare lucidamente.

Ripensò alla visita di Deana del giorno precedente, alle sue grosse tette che tendevano la T-shirt di due taglie troppo piccola. La sua carne tremula non gli aveva fatto alcun effetto, ma la troia sapeva cosa gli piaceva. Si era sollevata la maglietta, pizzicandosi la pelle bianco-latte, prima delicatamente e poi sempre più forte, finché non erano cominciate ad apparire delle macchie rosse.

L'eccitazione di Symes era arrivata quando lei si era pizzicata più forte, torcendo la carne e conficcando le unghie, il dolore che le contraeva il viso.

Aveva avuto paura di raggiungere l'orgasmo lì, all'istante.

Symes pompò più forte, sforzandosi di trattenere l'immagine della sofferenza di Deana.

Ma il pene gli si afflosciò nella mano.

Ricorse allora a un'immagine che aveva sempre funzionato in casi come questo.

Immaginò Kim Stone sul pavimento della cantina, tra lui e la bambina di nove anni la cui vita gli era stata promessa.

Ricordò il violento calcio che le aveva allungato al ginocchio per farla crollare a terra e il gemito di dolore che era uscito dalla sua bocca.

Il suo pene cominciò a rianimarsi.

Immaginò di essere sopra di lei e di sferrarle un pugno sulla guancia.

"Oh, sì, oh, sì, oh, sì", pensò, muovendo più velocemente la mano.

Kim sussultava per il dolore che lui le stava infliggendo e il pene gli pulsava nella mano.

«Muoviti, Symes, non puoi restarci tutto il giorno», lo chiamò Gennard dall'esterno.

«Fanculo!», rispose lui, irritato per l'intrusione.

Ma ormai era troppo tardi. La voce di Gennard gli aveva ricordato che la guardia era lì con lui per via della visita di quella puttana.

E la visione di Kim tornò a ossessionarlo, scacciando quella che aveva serbato nella memoria per il proprio piacere.

Quella puttana di Kim, in forma e in salute, senza lividi o ferite, che lo fissava con aria compiaciuta dall'altra parte della stanza.

Il pene gli si afflosciò di nuovo in mano e lui si rese conto che non sarebbe mai più riuscito a rievocare quel prezioso ricordo.

E ora la odiava ancora di più.

# Capitolo 41

Alison vide Stacey avvicinarsi alla porta della Conca e bussare prima di entrare.

«Caffè?», chiese.

Alison scosse la testa.

«Tè, acqua?».

Alison sollevò una bottiglia con un centrifugato preparato a casa. «Sono a posto, grazie».

«C'è qualcosa che posso fare per aiutarti?», le chiese. «L'estrazione di dati non è un lavoro facile e…».

«Stacey, puoi girare intorno all'argomento o chiedermelo direttamente, ma la risposta sarà sempre la stessa: non posso dirti su cosa sto lavorando».

«Ma Kim ci sta nascondendo qualcosa, vero? Potresti dirmi almeno questo».

Alison esitò per un secondo prima di annuire.

«Mi dispiace dirtelo, Stacey, ma è proprio così».

Alison guardò Stacey tornare a sedersi nel suo ufficio. Anche se non era d'accordo con il bisogno di segretezza di Kim, doveva rispettarlo.

Nonostante l'insistenza dell'ispettore su Alexandra Thorne, aveva chiamato il custode di Drake Hall per chiedergli di telefonarle se ci fosse stata qualche novità nel comportamento della donna, se avesse ricevuto visite da persone mai viste prima o se avesse stretto nuove amicizie in prigione. Se la psichiatra era davvero una sociopatica era un'ottima candidata, non importava che fosse dietro le sbarre. I commenti di Bryant l'avevano convinta che Alexandra

Thorne avesse già cominciato a darsi da fare, e questo non aveva fatto altro che alimentare i sospetti di Alison. E a differenza di Stone, la sua esperienza con i sociopatici le suggeriva che raramente rinunciavano dopo il primo tentativo.

Ma in seguito all'incontro con l'ispettore capo Woodward, la sua mente era ancora da Beverly Wright, in un letto d'ospedale, dove era finita in seguito all'errore che lei aveva commesso.

Si chiese se fosse la sua arroganza a non farle accettare le conclusione dell'indagine da parte della polizia della West Mercia. Sapeva che era una spiegazione plausibile. Nessuno voleva mai ammettere di essersi sbagliato, soprattutto quando l'errore aveva comportato il brutale pestaggio e lo stupro di una donna innocente.

Alison non riuscì a impedirsi di aprire la cartella sul suo laptop, chiedendosi per la centesima volta perché non l'avesse archiviata.

Era stato perché non riusciva a capire dove avesse sbagliato e aveva bisogno di trovare una risposta. Come poteva svolgere il suo lavoro, lì o con qualsiasi altra squadra, se non si rendeva conto di quali erano stati i suoi passi falsi?

Quattro mesi prima era stata chiamata per offrire la propria collaborazione in un caso di stupro e omicidio di una donna di ventinove anni a Malvern.

Sulla scena del crimine non c'era nessuna traccia e lei aveva capito subito che il suo compito sarebbe stato molto difficile e impegnativo perché il profilo dell'assassino poteva essere usato per prevedere i suoi futuri crimini.

Ma con un unico crimine su cui basare la sua indagine, la sola premessa su cui lavorare era che il comportamento riflette la personalità.

Se i crimini fossero stati più di uno, avrebbe potuto cercare delle analogie che li collegassero, ma il brutale stupro e l'omicidio di Jennifer Townes erano qualcosa che non aveva mai visto prima.

Aveva studiato a fondo tutte le informazioni, cercando di ricavarne un profilo psicologico dell'assassino. La squadra aveva individuato subito un sospettato, ma lei era convinta che si fossero sbagliati.

Il maggiore indiziato della squadra era un ex ragazzo di Jennifer, un aspirante musicista che suonava nei pub e nei club di Worcester e aveva un debole per la cocaina. Alison aveva detto loro che si stavano sbagliando. Curtis Swayne era un creativo, un vagabondo che dormiva nella stanza degli ospiti di un amico e i loro sospetti si fondavano soltanto sul fatto che era stato coinvolto in una rissa in un bar dove Jennifer lavorava part-time.

All'inizio avevano focalizzato l'indagine sulle persone che corrispondevano al profilo, due in particolare.

Il primo era Gerard Batham, socio minoritario dello studio legale in cui Jennifer lavorava di giorno. La sua ambizione e spregiudicatezza, insieme al suo bell'aspetto, l'avevano reso uno dei principali sospettati.

L'altro era Tom Drury, il proprietario dell'Elite Bar a Kidderminster, dove Curtis suonava e Jennifer lavorava.

E poi, dopo essere andata all'Elite, una notte in cui Curtis suonava e Tom era dietro il banco del bar, Beverly era stata aggredita.

Tom aveva un alibi e Curtis non ricordava nemmeno dove fosse andato dopo aver smesso di suonare.

Due giorni dopo l'aggressione a Beverly, Curtis era stato arrestato e lei era stata messa alla porta.

Per aggiungere la beffa al danno, l'ispettore capo aveva dichiarato in una conferenza stampa di essersi affidato al proprio intuito anziché a un solido lavoro di indagine.

Lei era rimasta chiusa per due giorni in casa, nutrendosi di cibo spazzatura e guardando tutti i notiziari alla televisione. Aveva così appreso che Beverly Wright era stata identificata come una prostituta e il suo nome non era più apparso nei telegiornali.

A lei però interessava solo Beverly, non le importava quale fosse la sua professione. Quando era stata richiesta la sua collaborazione al caso, Jennifer era già morta, ma lei avrebbe dovuto e potuto prevenire l'aggressione di Beverly.

Alla fine aveva trovato il coraggio per chiamare l'ospedale ed era rimasta mortificata quando aveva appreso che la sua era stata l'unica chiamata.

Da allora era andata a trovarla tutte le sere.

Negli ultimi cinque giorni aveva studiato a fondo ogni particolare delle due aggressioni, cercando di collegarle a Curtis, ma non ci era riuscita.

Dopo essere stata rimossa dal caso, tutte le persone con cui si era trovata a lavorare l'avevano tenuta a distanza. La sua reputazione e la sua carriera erano compromesse, e ogni volta che pensava a Beverly Wright sentiva una dolorosa fitta allo stomaco.

Scorse di nuovo i nomi degli uomini che erano stati interrogati per l'omicidio di Jennifer.

La sua attenzione si fissava sempre su due nomi. Uno in particolare.

Le sfuggì un lungo sospiro. C'era soltanto una domanda che contava davvero.

Cosa doveva fare per risolvere la situazione?

# Capitolo 42

A Kim non sarebbe dispiaciuta una bella doccia calda dopo l'incontro con Symes.

«Uff, è stato intenso», commentò Gennard, facendo cenno agli altri due agenti che potevano andarsene. «Non ci sarà bisogno di loro per la sua prossima visita, ma preferirei che lasciasse qui i suoi effetti personali».

Kim annuì mentre Bryant si univa a loro.

«Le regole sono regole», aggiunse Gennard.

«Dove troveremo Dale Preece?», chiese Kim.

Gennard le indicò la sala delle visite dall'altra parte della strada. «A metà pomeriggio. Di solito viene a trovarlo sua madre».

A Kim non piaceva l'idea di rivedere entrambi.

Respirò a fondo e si incamminò verso l'altro lato della strada.

La stanza era mezza piena di prigionieri e visitatori seduti su sedie di plastica attorno a tavoli di legno con sopra bicchierini di caffè e involucri di panini.

Dale Preece era cambiato molto poco, pensò Kim quando lo scorse.

I capelli neri tagliati corti gli conferivano un'aria più intelligente. Sembrava anche che avesse perso qualche chilo e il suo viso era affilato, gli zigomi più sporgenti.

Kim non si sorprese quando vide che teneva la mano della madre, seduta all'altro lato del tavolo.

Fece un passo avanti e Dale sollevò lo sguardo verso di lei.

Per qualche breve istante tornò in quella fattoria, con Dale che le puntava contro il fucile.

Il viso dell'uomo si indurì mentre evocava anche lui il ricordo di quell'orribile notte.

Mallory Preece si accorse della distrazione del figlio e si girò a sua volta verso Kim. Ma a lei non interessava Mallory, che si era rivelata una donna debole, dominata dal padre razzista che aveva distrutto le vite di entrambi i nipoti. E non credeva che Mallory sapesse qualcosa, all'epoca.

«Che cosa vuoi?», chiesero all'unisono madre e figlio.

«Soltanto scambiare due parole», rispose Kim, guardando esclusivamente Dale. I suoi occhi scuri erano impenetrabili, ma la mascella serrata tradiva l'irritazione per la sua presenza.

Mallory Preece lanciò un'occhiata all'orologio. «Devo andare, tesoro», disse dolcemente al figlio. «Ci vediamo domani».

Lui annuì e le strinse la mano prima che si alzasse.

Mallory guardò Kim di traverso, prese la sua borsetta e uscì.

«Viene a trovarti ogni giorno?», chiese Kim, mettendosi a sedere.

«Quasi sempre», annuì lui.

Kim immaginò che avesse poco altro da fare senza quel padre spregevole di cui prendersi cura.

«È rimasta sola, adesso», disse Dale, e benché nel suo tono non ci fosse alcuna accusa, Kim si accorse che si stava trattenendo per non tradire la propria rabbia. Dale Preece era sempre riuscito a controllarsi. «Dovrà imparare a prendersi cura di sé stessa».

Kim stava per dire che era stata fortunata a liberarsi di quel lurido bastardo, ma poi ricordò che Dale e il nonno erano molto legati.

«Allora, come te la passi qui dentro?», gli chiese.

«Che cosa vuoi?», chiese lui di nuovo, fissandola negli occhi.

Lo scopo della visita di Kim era valutare quanto odio Dale nutrisse ancora nei suoi confronti. Con Symes era stato un gioco da ragazzi, ma Dale non era della stessa pasta e aveva sempre saputo mascherare le proprie emozioni.

Quella notte alla fattoria lui aveva scelto di salvarle la vita e con ogni probabilità non aveva mai smesso di rimpiangere tale decisione. Aveva invece perso sia il nonno sia il fratello, e non certo per colpa di Kim.

«Vedere come stai…». Si bloccò. No, con lui non avrebbe funzionato. «Sembra che qualcuno là fuori mi stia dando la caccia e sono venuta a vedere se sei tu».

Un lampo di sorpresa attraversò fugacemente lo sguardo di Dale, che poi riassunse subito la sua espressione impenetrabile.

«Sembri scioccato».

Lui scosse la testa. «Non mi sorprende che qualcuno ti dia la caccia, ma che tu sia qui a parlarne con me. Cosa potrei fare da qui dentro?».

Kim notò che Dale non aveva cercato di negare.

«Un sacco di cose», rispose lei in tutta sincerità.

«Ma perché io? Ci sono sicuramente persone che ti odiano più di me».

Kim fu colpita dal tono distaccato con cui aveva ammesso comunque di odiarla. I suoi modi la spaventavano persino più di quelli dell'uomo con un solo occhio.

«Come Symes», aggiunse.

«Conosci Symes?». Adesso era Kim a essere sorpresa. Certo, i due uomini erano nella stessa prigione, ma non avrebbero potuto essere più diversi. Di sicuro non si erano incontrati ai corsi di cucito.

Dale annuì. «Mi ha cercato appena sono arrivato qui dentro». Fece una pausa. «Approccia tutti per via di te, vuole condividere con gli altri l'odio che nutre nei tuoi confronti».

Kim aggrottò la fronte. Era una cosa di cui avrebbero dovuto informarla.

«Okay, grazie Dale», disse alzandosi.

«Se la cosa può interessarti, il suo compagno di cella, e ti odia anche lui, è stato appena scarcerato».

# Capitolo 43

Alle sei del pomeriggio Kim incontrò la sua squadra per essere aggiornata sugli sviluppi dell'indagine.

«Stace, hai scoperto qualcosa su Jenks?»

«Ancora niente, capo», rispose Stacey scuotendo la testa.

«Cosa?», chiese Kim. Lei e Bryant erano stati via tutto il giorno e Stacey non aveva ancora trovato niente.

«Ho provato in tutti i soliti canali. Non ho trovato niente. È perfettamente qualificato per il lavoro e...».

«Questo ero in grado di scoprirlo anch'io dalla parete alle sue spalle, Stace. Era tutto in bella mostra».

«Mi dispiace, capo, ma...».

«Nel mio ufficio, Stace», le disse Kim, facendole strada.

Stacey entrò e chiuse la porta alle sue spalle.

«Capo, ho cercato in tutti i modi...».

«Non mi interessa, Stace», rispose Kim tirando fuori il cellulare. Digitò un numero e mise il telefono in vivavoce.

«Pronto», rispose una voce al secondo squillo.

«Ciao, Gemma, sai qualcosa sul centro comunitario di Stourbridge, dietro la stazione degli autobus?».

Gemma fece una pernacchia.

«Cosa significa?»

«Il posto è okay, hanno un sacco di roba, ma il capo è un tipo un po' viscido».

«Continua», la spronò Kim.

«La maggior parte delle ragazze che conosco non ci mette piede per via di quel Jenkins...».

«Jenks», la corresse Kim.

«Sì, lui. Dicono che offra loro denaro e aiuto in cambio di un pompino. A me non è mai successo, ma è quello che ho sentito».

«Ho capito, grazie», disse Kim chiudendo la comunicazione.

Kim aspettò.

Stacey annuì. «Non conosco…».

«Lo so che non conosci Gemma, ma hai le tue fonti, i contatti che ti sei costruita nel corso degli anni. Se non hai scoperto nulla attraverso le fonti ufficiali, avresti dovuto cercare altrove. Non è possibile che tu abbia lavorato tutto il giorno senza venire a capo di nulla».

Stacey assunse un'aria mortificata, ma la rabbia di Kim non sarebbe sbollita tanto in fretta.

«Lascia perdere le tue preoccupazioni personali e impegnati più a fondo», la esortò Kim, avvicinandosi alla porta per aprirla.

Stacey la seguì nella stanza della squadra, e quando entrarono tutti distolsero lo sguardo, persino Alison.

«Stace?»

«Sì, capo».

«Cerca informazioni su un uomo di nome John Duggar, recentemente scarcerato da Winson Green».

«D'accordo», rispose lei.

«Alison?»

La donna scosse la testa. «La traccia che stavo seguendo non ha dato alcun frutto. Credo che tu avessi ragione a proposito di Alexandra Thorne».

Kim non nascose un sorriso di trionfo.

Alex non faceva mai due volte lo stesso gioco. Si annoiava troppo facilmente, e Kim sapeva che lei non era coinvolta, ma a volte bisognava soltanto dare alla gente un po' di corda.

L'espressione gelida di Alison fece capire a Kim che non le era piaciuto essere smentita.

«Penn?», chiese, sperando che almeno lui avesse scoperto qualcosa.

Penn prese un biglietto e glielo passò. Era la cronologia dettagliata degli spostamenti di Amy e Mark all'interno del supermercato.

«Dopo la telefonata Amy si è infilata in tasca qualcosa. Era nella corsia dei prodotti da toilette, quindi immagino fosse uno stick di deodorante o qualcosa del genere».

Kim annuì.

«Ma la cosa interessante non è questa», disse Penn, girando lo schermo verso di lei.

Kim guardò le riprese di varie telecamere di sorveglianza montate insieme dal collega.

Vide Amy e Mark uscire dal bagno, superare il chiosco delle sigarette, il giornalaio, il banco della security e poi fermarsi.

Kim aggrottò la fronte e continuò a guardare le riprese fino alla fine.

«Fammele rivedere», disse, grattandosi il mento.

Le guardò una seconda volta.

«Una coppia di tossicomani senza fissa dimora entra nel supermercato, fissa con occhi bramosi il cibo, riceve una telefonata, ruba uno stick di deodorante, ma spende il poco denaro che ha per comprare dei fiori?»

Penn annuì. «Proprio così».

«Chi diavolo li ha chiamati? Cosa ha promesso loro?».

# Capitolo 44

«Con questo si è un po' salvata, vero?», disse Bryant mentre raggiungevano l'auto.

Stacey aveva fatto tutto il possibile per trovare l'attuale indirizzo di John Duggar, il compagno di cella di Symes appena uscito di prigione. Il suo nome non le ricordava nessuna indagine, ma se ne sarebbe occupata una volta incontrato.

Non c'era ancora alcuna prova che gli omicidi di Amy e Mark fossero davvero collegati con lei. La telefonata a Gemma aveva destato i suoi sospetti su Harry Jenks. Poteva aver offerto a Amy denaro in cambio di sesso, Mark l'aveva scoperto e questa era stata la causa dell'alterco. Il che avrebbe spiegato anche la riluttanza di Jenks a menzionare quella lite.

Non vedeva l'ora di avere un altro colloquio con lui, e dubitava che questa volta sarebbe stata altrettanto educata.

«Allora, sai dove abita quel tipo?», chiese a Bryant mentre superava lo spartitraffico di Shenstone.

«Certo, proprio dietro al Civic, a Old Hill».

«Di cosa stai parlando?»

«Non conosci The Civic?», chiese lui, sorpreso.

«No, e mi stai facendo sentire come se mi fossi persa qualcosa».

«Tutti hanno continuato a chiamarlo The Civic per decenni, anche dopo che è stato ribattezzato The Regis. Costruito all'inizio degli anni Cinquanta, ospitava matrimoni, feste di lavoro e quant'altro. Una sala da ballo con una capacità di seicento persone. È considerato un locale snob, e se sei stata invitata a...».

«Bryant, smettila!», lo zittì Kim

«Sei stata tu a chiedermelo...».

«Silenzio», ripeté lei, sintonizzandosi meglio sulla frequenza radiofonica che li accompagnava ovunque.

«Merda, sembra una cosa seria!», esclamò Bryant, ascoltando anche lui.

«Un incendio a Dudley Wood», disse Kim, cercando di mettere insieme i particolari del concitato resoconto del cronista.

Bryant rallentò avvicinandosi a una coda d'auto che bloccava il centro di Old Hill.

«Ha detto che ha preso fuoco un'auto?», chiese.

«Mi pare di aver sentito che c'era qualcuno a bordo», rispose lei, alzando il volume.

«Io ho capito soltanto "autodromo"», disse Bryant.

A Kim si seccò la gola mentre sentiva di nuovo quel brivido freddo correrle lungo la schiena.

«Bryant, portaci subito lì!».

# Capitolo 45

Bryant si avvicinò più che poté prima di lasciare l'auto davanti al negozio di Kawasaki e proseguire di corsa.

Nella strada regnava il caos. Un ingorgo di automobili, sirene, macchine della polizia che cercavano di farsi strada e l'inconfondibile scroscio delle autopompe dei pompieri.

Quando svoltarono l'angolo, Kim vide un pennacchio nero salire al cielo e l'odore acre del fumo le invase le narici.

Quattro auto della polizia e due autopompe erano ferme davanti a quello che una volta era l'ingresso dell'autodromo, ora riconvertito in un quartiere residenziale.

Una terza autopompa stava cercando di avanzare nel traffico che bloccava Dudley Wood Road.

La polizia aveva già messo un cordone e alcuni agenti in divisa stavano deviando il traffico.

Kim e Bryant mostrarono i loro tesserini e si infilarono sotto il cordone.

Kim si rese subito conto che, nonostante il caos, la situazione era sotto controllo, e anche se tutti si muovevano in modo frenetico, ogni persona presente era occupata o a spegnere il fuoco o a proteggere la gente.

«Ehi!», fece al primo agente che riconobbe, il sergente Bowyer, che operava fuori da Brierly Hill.

L'uomo aggrottò la fronte. «Stavo aspettando un ispettore, ma non della polizia criminale».

«Eravamo qui vicino», rispose Kim, guardandosi attorno.

«Scordatelo, i vigili del fuoco non ti lasceranno avvicinarti più di così. C'è già stato un eroe che ci ha provato», disse, indicando un agente che aveva la giacca strappata all'altezza del gomito. «I pompieri vi cacceranno a calci nel sedere, se necessario».

«Cosa ha fatto il tuo eroe?»

«Ha cercato di raggiungere le persone all'interno dell'auto».

«C'è qualcuno dentro?», chiese Kim.

Lui si strinse nelle spalle. «Con tutte quelle fiamme non sono riuscito a vedere niente, ma il caldo…».

«E il tuo agente ha tentato di avvicinarsi?»

«Sì. Un vigile del fuoco l'ha gettato a terra e gli ha detto che anche se fosse stato ancora vivo, chi era all'interno dell'auto non avrebbe mai potuto ringraziarlo».

Kim rabbrividì cogliendo il senso delle sue parole.

La priorità di un vigile del fuoco quando arriva sulla scena di un incendio è preservare la vita, ma più di tanto non può fare, e rischiare l'incolumità di altre persone non è mai una buona idea.

Anche se l'occupante fosse stato ancora vivo, avrebbe subìto ustioni così gravi che salvarlo avrebbe soltanto prolungato le sue sofferenze.

«C'è qualcosa che possiamo fare?», chiese Bryant.

Il sergente scosse la testa mentre un poliziotto gli si avvicinava.

«Ecco qui, sergente», disse porgendogli un foglio.

«Grazie, Ash», rispose lui, leggendo il biglietto.

«La vittima?», chiese Kim.

Il sergente annuì. «L'auto è registrata a nome di Bill Phelps. Ha cinquantaquattro anni e abita a Hagley con la moglie Helen, che ne ha cinquantadue».

Il sergente tirò fuori il telefono e digitò un numero. Rimase in attesa e poi terminò la chiamata.

«E a casa loro sembra non ci sia nessuno».

«Pensi che siano entrambi nell'auto?», chiese Kim.

«È probabile».

Kim si scostò di qualche passo e si sforzò di regolarizzare il respiro.

«Eri solita venire qui con Keith ed Erica?», chiese Bryant, alzandosi per impedire che il sergente la vedesse.

«Questo e Dudley Castle erano i nostri posti preferiti», sussurrò Kim.

Bryant si chinò su di lei per riuscire a sentirla in mezzo al rumore che li circondava.

Kim trasse un lungo respiro e ricapitolò ciò che aveva appreso in quegli ultimi minuti.

Una coppia di mezza età in un'auto incendiata davanti a quello che un tempo era stato l'autodromo.

Un nodo le strinse lo stomaco.

Si voltò verso il collega.

«Okay, Bryant, è arrivato il momento di parlare con il resto della squadra».

# Capitolo 46

Stacey aveva appena finito di mangiare le lasagne quando il suo cellulare vibrò, segnalandole l'arrivo di un messaggio.

Esitò qualche istante prima di leggerlo.

Se era il capo che voleva farle un'altra lavata di testa, poteva aspettare fino all'indomani mattina.

Poteva anche accettare di essere strapazzata in privato, ma il resto della squadra sembrava al corrente del motivo per cui era stata convocata nella Conca.

«Aveva ragione, almeno?», le chiese Devon.

«Non è questo il punto», protestò Stacey. «Cerca di metterti nei miei panni».

Devon sogghignò. «Naturalmente sono dalla tua parte, voglio soltanto sapere se Stone aveva ragione. Le stavi tenendo il broncio perché ti sei accorta che ti nasconde qualcosa?».

Stacey fece un sospiro. «Non proprio il broncio, ma…».

«Ti sforzavi di non darlo a vedere, ma lei se n'è accorta».

«Oh, Dee, stai soltanto…».

«Tre settimane fa, quando per il tuo compleanno ti ho invitata al Chateau, con le luci soffuse e la musica romantica, al miglior tavolo del ristorante, mi sono resa conto subito di aver scelto il locale sbagliato».

Stacey la fissò con aria sorpresa. «Era un ristorante adorabile, con…».

«Saresti stata più felice al Brewers Wharf perché è quello il cibo che ti piace».

«Non ho mai detto…».

«Non ce n'era bisogno», rispose Devon, voltandosi verso di lei. «C'è una sottile piega qui», disse toccandole l'angolo della bocca, «che ti tradisce sempre».

Stacey piegò di lato la testa. «Sto diventando una ragazzina viziata?».

Devon sorrise e le diede un bacio sulla punta del naso.

«No, amore, volevi nascondere i tuoi sentimenti per proteggere i miei. Sono stata io a sbagliare. Forse il tuo capo sta pensando la stessa cosa e vuole chiederti scusa», disse Devon, dandole una pacca sul didietro. «Quindi è meglio se vai a sentire cos'ha da dire».

# Capitolo 47

«Non chiederò scusa a nessuno per quello che sto per dirvi», disse Kim alla squadra.

Evitò di guardare direttamente Stacey, alla quale erano indirizzate quelle parole.

«Sembra che il nostro killer stia prendendo spunto dalle mie vicende personali».

Stacey e Penn si sporsero in avanti sulle sedie e Kim poté sentire lo sguardo d'intesa che si scambiarono Alison e Bryant alle sue spalle.

«A quanto pare sta cercando di ricreare eventi traumatici del mio passato. Non vi fornirò i particolari più truculenti, ma ci sono elementi rilevanti, come le manette, il termosifone, il luogo e il frammento di confezione di cracker».

Fece una pausa, ma nessuno parlò.

«Penn, Stace, c'è stato un altro incidente un paio d'ore fa. Una coppia di mezza età in un'auto bruciata parcheggiata davanti all'ingresso dell'ex autodromo a Cradley. E anche questo è molto rilevante».

Non avrebbe aggiunto altro. L'immagine dei suoi genitori adottivi morti carbonizzati in un incidente in autostrada era troppo dolorosa da rievocare.

«Quindi questa persona sta cercando di farti del male?», chiese Stacey sgranando gli occhi

«Così pare», rispose Kim.

«Non ti ha minacciata di morte, vuole soltanto farti soffrire», osservò Penn.

Kim annuì.

«Aspettate un attimo, questo non lo sappiamo per certo», disse Alison. «Potrebbe essere soltanto l'inizio di una sorta di gioco destinato a concludersi con la morte».

«Grazie per il tono distaccato con cui stai parlando del mio potenziale omicidio», commentò Kim voltandosi.

«Non c'è di che», rispose Alison. «Ma se ti odia a tal punto da fare tutto questo, è logico desumerne che ti voglia morta».

«Ragazzi», disse Kim rivolgendosi di nuovo alla squadra, «ho deciso che è meglio per tutti ignorare quello che dice Alison».

Nessuno rise.

«Non stavo scherzando», spiegò Kim. «Dovete sapere che Alison è qui per osservare il mio comportamento, monitorare la mia performance e registrare ogni cambiamento della mia personalità associato al lavoro su questo caso».

Alison non obiettò nulla.

«Allora finirà per annoiarsi», osservò Stacey.

Kim sorrise per quella dimostrazione di fiducia.

«Be', facciamo in modo che sia abbastanza impegnata da lasciarmi in pace», rispose Kim.

«Ehi, io sono qui», disse Alison salutando con la mano.

Kim la ignorò. «Ma domani vedrà alcuni potenziali sospettati che abbiamo individuato da casi precedenti e...».

«Nell'elenco c'è anche Symes?», chiese Stacey, ansiosa di darsi da fare e acquisire nuove informazioni.

«Oh, sì, è sulla lista», rispose Bryant. «Insieme a Nina Croft, Dale Preece e...».

«Non è lui», disse in tono categorico Kim.

«A dire il vero, capo, ne avrebbe ogni motivo, Symes odia veramente...».

«Grazie, Stace», replicò Kim. Sapeva benissimo quanto quell'uomo la odiasse.

«Ma ci sono sicuramente altre persone che odiano...».

«Grazie, Penn», disse Kim incrociando le braccia.

«Scusami, quello che intendevo dire è che hai lavorato su alcuni casi molto importanti e nel corso degli anni hai distrutto parecchie vite».

«Siamo sicuri che ci sia di mezzo un caso su cui hai lavorato?», domandò Stacey. «È tutto il tuo passato che dobbiamo prendere in esame. Sicuramente ci sono state decine di…». Stacey si interruppe appena si rese conto di quello che stava per dire.

Per qualche secondo nella stanza calò il silenzio, poi Kim sorprese tutti scoppiando a ridere. Si era aspettata molte cose dalla sua squadra, ma non la capacità di allentare così la sua tensione.

«Be', grazie per l'entusiasmo e la sincerità con cui avete elencato tutte le persone che potrebbero odiarmi», disse, infilando le mani nelle tasche.

«Per non parlare dei colleghi di lavoro», continuò Bryant con un ghigno.

«Assistenti», aggiunse Alison.

«Vicini», disse Penn

«Ex compagni di scuola», fece Stacey.

«Vecchi amici…».

Kim alzò gli occhi al cielo. «Un bell'assortimento!», commentò. «Adesso andatevene a casa e ci vediamo domani mattina».

Stacey incrociò il suo sguardo e le due donne si scambiarono alcune parole in silenzio.

*Mi dispiace, mi sarei dovuta fidare di te.*

*Lascia perdere e andiamo avanti.*

Stacey prese la borsa e uscì dalla porta subito dietro a Penn.

Alison chiuse la valigetta. «Hai fatto la cosa giusta», disse.

«Oh, sì, e la tua approvazione è stata fondamentale per il mio processo decisionale».

Alison scosse stancamente la testa.

«Ehi, va tutto bene?», le chiese Kim.

«Certo, perché?»

«Ho avuto l'impressione che stessi cercando di fare una battuta quando…».

«Buona notte, ispettore», disse Stacey seguendo gli altri che stavano uscendo.

«Non riesci a farne a meno, vero?», le chiese Bryant sorridendo.

«Ha bisogno di rilassarsi un po'», rispose Kim stringendosi nelle spalle.

«E tu, invece, come stai?»

«È andata bene», rispose lei prendendo la giacca nel suo ufficio.

«Ritorno al futuro», disse Bryant.

«Eh?»

«Questo caso è come il film. Dobbiamo andare indietro nel tempo per trovare il nostro killer e prevedere il futuro».

«Ma il futuro non è importante in questo...».

«Invece lo è. Dobbiamo pensare in anticipo a quello che potrebbe succedere se non lo catturiamo subito. Quale sarà il prossimo evento traumatico della tua vita che evocherà?».

# Capitolo 48

Quando entrò nel club, Alison si sentì subito fuori posto con i suoi jeans strappati e la camicia bianca. Le bastò guardarsi rapidamente attorno per accorgersi che molti avventori erano vestiti allo stesso modo, ma i loro jeans non erano firmati da un famoso stilista e le loro camicie non erano fresche di bucato e perfettamente stirate come la sua.

Fantastico, aveva scelto quella tenuta per mescolarsi agli altri e sentirsi a proprio agio. Un vero fiasco.

La sua decisione di andare lì era stata ispirata in parte da Stone, che aveva richiamato la squadra alla stazione di polizia. Il coraggio di quella donna l'aveva contagiata quando aveva rivelato ai suoi collaboratori una cosa che avrebbe preferito evitare di dire. Le era apparsa impavida, anche se le mani affondate nelle tasche sembravano dire il contrario. Aveva imparato che quando raccoglieva i capelli dietro la nuca si stava preparando all'azione e quando infilava le mani in tasca si sentiva insicura. Ma l'espressione del suo viso non lasciava mai trapelare nulla.

Alison sperava di riuscire a fare lo stesso in quel momento. Sarebbe bastato un passo falso per mettere in pericolo la propria vita, soprattutto se i suoi sospetti erano fondati.

Mentre si avvicinava al bar, si rese conto di come i tempi fossero cambiati.

Ricordò quando, a ventitré anni, frequentava pub e club con le amiche e si sentiva perfettamente a proprio agio.

Poi per tre anni non ci era più andata perché aveva preferito trascorrere le serate con il suo ragazzo, e quando ci era tornata, dopo una disastrosa rottura, lei e le sue amiche avevano trascorso la serata con un bicchiere di vino bianco rievocando i bei tempi andati.

Alison superò il banco dell'ingresso ed entrò nel locale. Quasi tutti gli avventori erano molto giovani, non sembravano avere nemmeno diciotto anni.

Al posto della musica dal vivo c'era un DJ che sparava musica trance a tutto volume in una pista da ballo vuota, saltellando dietro alla propria postazione.

Alison si avvicinò al bancone del bar e si infilò nello spazio lasciato libero da una giovane coppia che lanciò un'occhiata sprezzante al DJ prima di incamminarsi verso la porta.

Scorse l'elenco dei drink, molti dei quali le erano totalmente ignoti.

«Ehi, cosa ti porto?», le chiese con aria divertita il ragazzo dall'altra parte del bancone.

Lei rimase per un secondo in silenzio, rendendosi conto di quello che stava facendo. Era seduta proprio di fronte a Tom Drury, il suo principale sospettato in un caso di omicidio e in un altro di tentato omicidio.

Avrebbe voluto voltarsi e scappare di corsa.

«Ti sei persa?», le chiese lui inarcando un sopracciglio.

Alison si concentrò e riuscì ad abbozzare un sorriso.

«Vino bianco secco», disse mentre lui si sporgeva verso di lei per sentirla sopra il rumore pulsante della musica. Il profumo del suo dopobarba al pino silvestre le si insinuò nelle narici.

Lo guardò allontanarsi lungo il bancone, quasi scontrandosi con una giovane barista che gli sorrise.

Alison osservò il suo corpo atletico in jeans scuri e maglietta da rugby color kaki con sopra il nome del club. Le sue braccia erano abbronzate e muscolose, l'unico gioiello che indossava era l'orologio al polso.

Si muoveva con l'agilità e la disinvoltura di chi sa esattamente cosa sta facendo. I capelli scuri, perfettamente in ordine, gli arrivavano all'altezza del colletto della camicia.

Tom si voltò per scoccarle un sorriso, e per la seconda volta lei quasi dimenticò il motivo per cui era lì.

Lui posò il drink davanti a lei, che tirò fuori il portafoglio.

«Offre la casa», disse Tom, scuotendo la testa.

«No, non posso accettare», protestò lei.

«Sono il proprietario del locale, e ti assicuro che puoi», disse porgendole la mano. «Tom Drury».

Indecisa su cosa fare, lei gliela strinse. «Piacere di conoscerti, Tom. Il mio nome è…».

«Ali», risuonò una voce maschile alle sue spalle. «Scusami il ritardo», disse Jamie Hart, sedendosi accanto a lei.

Tom sorrise a entrambi e si spostò dall'altra parte del bancone.

«Jamie, cosa diavolo ci fai qui?»

«Potrei chiederti la stessa cosa», sibilò lui a denti stretti. «Vieni con me», disse afferrando la sua pinta e il braccio di Alison.

Lei lo seguì fino a un tavolino nell'angolo.

Il DJ era passato ai Nirvana, ma aveva perso il suo pubblico, che stava abbandonando la sala.

L'ultima persona che si sarebbe aspettata o che avrebbe voluto incontrare era proprio Jamie Hart, lo psicologo che era stato assegnato al caso prima che Kim ingaggiasse lei. Jamie non aveva mai smesso di rimproverarla per il cibo spazzatura di cui si nutriva, mentre lui si teneva in forma con barrette energetiche e tè verde. Ma la sua fissazione salutista non si limitava a questo. A ventinove anni non aveva mai posseduto un'automobile e preferiva spostarsi con i mezzi pubblici o in bicicletta. Una volta, dopo che le aveva impartito una lezione sui benefici degli antiossidanti, Alison si era accorta che si era dimenticato di togliersi dai pantaloni la molletta che usava per andare in bici e si era divertita a guardarlo andare in giro tutto il giorno con una gamba dei pantaloni tutta sgualcita.

«Che diavolo ci fai qui?», le chiese Jamie quando si sedettero.

«Soltanto curiosità», rispose lei.

«Riguardo cosa?», chiese lui, scuotendo la testa e facendo spiovere i capelli sugli occhi azzurri. Li scostò e bevve un sorso di birra. «Abbiamo preso il nostro uomo e tu ti eri sbagliata. Accettalo e vai avanti».

Si erano scontrati parecchie volte sul caso, ma lui non era mai stato così diretto.

«Ci tengo a te», disse distogliendo lo sguardo. «Sei giovane, ambiziosa. Credimi, ti capisco, ma si impara proprio comprendendo dove si è sbagliato».

Bevve un altro sorso di birra e si asciugò le labbra. «Devi lasciar perdere, Ali», continuò, toccandole con delicatezza la mano. «Lo so che è stato un duro colpo e che probabilmente ti annoi, ma...».

Alison si allontanò. Detestava come abbreviava il suo nome quando lavoravano insieme e lo detestava ancora di più adesso.

«Mi chiamo Alison», ringhiò. «E cosa ci fai qui? Evidentemente anche tu hai dei dubbi».

Lui scosse la testa. «Sono sicuro che abbiamo preso l'uomo giusto. Non ho dubbi sulla colpevolezza di Curtis. Ma a differenza di te, sono qui per rafforzare la tesi della polizia, non per indebolirla. Qualcuno qui dentro deve averlo visto uscire con Beverly».

Alison si sforzò di non aggrottare le sopracciglia. «Perché tu ti stai ancora occupando del caso e io no?», chiese bevendo un altro sorso del suo drink. Non le piaceva affatto, e spinse da parte il bicchiere versandone un po'. Jamie tirò fuori un fazzolettino e lo asciugò prontamente.

«Perché non mi sono fatto prendere la mano. Ho ascoltato quello che si diceva sul caso, ci ho aggiunto le mie conoscenze sulla psiche umana e poi ho offerto la mia opinione».

«Ma avevi detto che era qualcuno che conosceva intimamente Jennifer, e nulla sembra suggerire che Curtis conoscesse intimamente Beverly, la quale...».

«È una nota prostituta e ha avuto rapporti sessuali con centinaia, se non migliaia di uomini. Voglio dire, visto quello che fa...».

«Non pensare di poterle addossare qualche colpa soltanto perché è una prostituta», si infuriò Alison. «C'è un unico responsabile ed è quel bastardo...».

«Non era questo che intendevo dire, calmati. Voglio dire che Beverly metteva la propria vita in pericolo ogni volta che saliva sulla macchina di un estraneo».

Alison doveva ammettere che Jamie aveva ragione.

Per qualche istante calò il silenzio. «E quando ti ho chiesto di bere qualcosa insieme prima di andartene, non era questo che avevo in mente».

Alison si sforzò di calmarsi. Lui l'aveva invitata qualche volta, ma lei era sempre stata troppo impegnata con il caso.

«Magari la prossima volta potremmo uscire insieme senza litigare per via del lavoro», disse Jamie finendo il suo drink e alzandosi.

«Magari», rispose lei.

«Be', perlomeno ti ho distolta da quello che stavi per fare, che non sarebbe finito bene».

«Grazie», disse lei mentre lui le passava davanti e si avviava verso la porta.

In verità non aveva idea di cosa sperava di scoprire. Quello non era il suo mondo. Lei non incontrava testimoni e non interrogava sospettati. Era ironico che il suo lavoro si basasse sulle persone eppure lei ne incontrasse così poche. Il suo campo di indagine era astratto, non si occupava di carne e ossa. Trascorreva le giornate a ricostruire gli identikit psicologici dei criminali.

Come aveva detto Jamie, era andata lì impreparata e poco equipaggiata, pensò mentre guardava Tom Drury passare da un'estremità all'altra del bancone preparando drink e chiacchierando amabilmente.

Pensava forse che dopo cinque minuti di conversazione avrebbe confessato tutto, dimostrando che lei aveva ragione e riabilitandola agli occhi dei colleghi? Be', poteva ritenersi delusa, dato che era riuscita a scambiare a malapena due frasi con lui.

Uscì a testa bassa dal locale ed emise un sospiro di sollievo quando fu di nuovo all'aria aperta.

Avendo bevuto non più di mezzo bicchiere di vino bianco, si mise tranquillamente alla guida per tornare a casa.

Fu soltanto quando uscì dal parcheggio che all'improvviso le venne in mente una cosa.

Se alla West Mercia erano così sicuri di aver preso l'uomo giusto, perché Jamie era andato lì in cerca di altre prove?

# Capitolo 49

Kim aprì l'unica finestra e accese il ventilatore accanto alla stampante. Nonostante un temporale che alle tre di notte aveva terrorizzato Barney, spingendolo a trovare rifugio nel suo letto, il caldo era già soffocante ed erano soltanto le otto del mattino.

«I miei preferiti sono i muffin al cioccolato», disse Stacey dalla stanza della squadra. Lei e Penn si erano incrociati entrando in ufficio e stavano parlando del contenuto del Tupperware di lui. Il fratello di Penn aveva un debole per Stacey e ogni giorno c'era un dolcetto speciale per lei.

«Buongiorno, capo», dissero insieme mentre prendevano posto alle loro scrivanie. Avevano visto entrambi le previsioni del tempo e non si erano preoccupati di indossare la giacca.

Alle loro spalle c'era un uomo in completo blu scuro, camicia bianca e cravatta azzurra.

«Capo», disse, facendole un cenno di saluto.

«Manca soltanto…».

«Sono in ritardo?», chiese Alison, sedendosi alla scrivania vuota.

Kim scosse la testa e si domandò se fosse mai arrivata in ritardo a qualcosa nella sua vita.

«Bene, ragazzi, un aggiornamento rapido, visto che io e Bryant non siamo riusciti a incontrare John Duggar, l'ex compagno di cella di Symes, a causa di quell'auto incendiata», disse.

Tutti si prepararono a prendere appunti, tranne Alison, che stava tirando fuori qualcosa dalla valigetta.

«Penn, voglio che raccogli altre informazioni su Jenks al centro comunitario», disse Kim. «Sappiamo che è un tipo sordido e che

Mark gli ha tirato un pugno. Voglio sapere esattamente cosa era successo e con chi erano entrati in contatto. E scopri chi dovevano incontrare domenica. Se hanno speso i pochi soldi che avevano per quei fiori, forse volevano ringraziarlo per qualcosa. E voglio sapere di cosa si trattava».

«D'accordo, capo», rispose Penn.

«Non è tutto. Voglio anche sapere gli sviluppi di Rubik».

Penn annuì.

«Stacey, trova i parenti prossimi di Bill e Helen», disse Kim voltandosi verso di lei. «E poi controlla che non abbiamo dimenticato nessuno che potrebbe volersi vendicare di...».

«Ma capo, come farò a restringere il campo dei sospettati?»

«Basandoti sul livello del loro odio», intervenne Alison. «Per mettere in atto una vendetta così elaborata, ricostruendo eventi traumatici della tua vita, la persona che stiamo cercando deve nutrire un odio viscerale nei tuoi confronti».

«Okay».

«E devi scoprire dove si trovano e cosa stanno facendo in questo momento le persone che identificherai. Poi passerai i nomi a Alison, che traccerà i profili psicologici appena riuscirà a trovare quello che sta cercando nella sua valigetta».

«Trovato», disse lei tirando fuori un KitKat mezzo schiacciato.

«Penn», aggiunse Kim, «quando avrai un minuto libero voglio che controlli dallo sfasciacarrozze se Dobbie ha trovato i documenti di quell'auto. Bryant e io presenzieremo all'autopsia di Bill e Helen Phelps questo pomeriggio».

Kim cercò di scacciare le immagini della sera precedente e dell'orribile morte della coppia. «È un carico di lavoro pesante, lo so, ma dobbiamo beccarlo prima che quel bastardo colpisca di nuovo».

«Capo?», chiese Bryant. «Hai affidato tutto il lavoro agli altri, vuol dire che noi due ci prendiamo un giorno libero?»

«Ti piacerebbe, eh?», disse lei bevendo l'ultimo sorso di caffè.

«Cosa facciamo, allora?», chiese Bryant.

«Pensavo fosse ovvio, mio caro», rispose Kim con un sorriso ironico. «Ci concentreremo su quelli che mi odiano di più».

# Capitolo 50

Symes fece l'ultimo esercizio alla panca sollevando una barra da centocinquanta chili. Si vantava sempre di riuscire a sollevare quasi una volta e mezza il suo peso.

Dale Preece afferrò un'estremità della barra, Kai Lord prese l'altra e la riposero sulla rastrelliera.

L'allenamento mattutino era finito. Symes si mise a sedere sulla panca e si asciugò il sudore dalla fronte. Era stato faticoso, ma ne aveva davvero bisogno. I muscoli gli dolevano, la mente però era più lucida e coglieva la situazione con chiarezza. C'era un'unica cosa da fare.

«Devo andarmene da qui».

«Eh?», replicarono insieme gli altri due mentre Screwball, un ventenne allampanato, avanzava verso di loro.

Symes lo fissò strizzando gli occhi. «Fuori dalle palle, stronzetto».

Screwball indietreggiò. Il suo compito era soltanto quello di tendere le orecchie. Girava voce che il vecchio Gennard gli passasse sigarette in cambio di informazioni su quello che succedeva lì dentro.

Symes aveva deciso di parlare apertamente con Lord e Preece. Il club dell'odio contava attualmente sette membri, ma pochi di loro avevano ragioni per detestare Kim quanto quei due.

Lord perché non avrebbe visto la luce del sole fino all'età della pensione e Preece perché Kim l'aveva privato della sua famiglia.

«Non riesco a mangiare, dormire e masturbarmi per colpa di quella troia. Ho sempre davanti agli occhi la sua maledetta faccia e la cosa mi sta tirando scemo».

«Avanti, Symes», disse Preece, scuotendo la testa. «Ne abbiamo già parlato. Attieniti a quello che…».

«'Fanculo», ruggì Symes. «So che ti piace tenere tutto sotto controllo e muoverti lentamente, con prudenza, ma io sono stufo di aspettare, voglio vederla morta. Voglio mettere le mani attorno al suo collo e stringere…».

«Certo, ma non vuoi essere beccato», rispose Preece, dandogli un colpetto sulla testa. «Devi usare questa».

Symes si chiese per un attimo se gli stesse mancando di rispetto, ma soltanto una persona che nutrisse la sua stessa rabbia poteva prendersi una simile libertà.

«Maledizione, Symes, odio quanto te quella troia. Per colpa sua ho perso la mia famiglia e non glielo perdonerò mai», disse Preece.

Symes avrebbe voluto prenderlo a pugni per aver parlato troppo; l'unica cosa che lo fermò fu l'odio puro che vedeva nei suoi occhi ogni volta che udiva il nome di Kim.

"Il nemico del mio nemico è mio amico", si disse per calmarsi. Duggar e Preece gli erano rimasti fedeli. A volte li aveva visti parlare tra loro e si era chiesto se stessero architettando qualcosa. Ma la sua paranoia era infondata e Duggar era stato scarcerato.

Su Lord, però, non avrebbe messo la mano sul fuoco. C'era in lui qualcosa di distaccato, se ne stava sempre a guardare senza mai fare niente che potesse esporlo. Non è così che ci si comporta con i compagni, se vuoi che siano sempre dalla tua parte.

«Non prendertela, Preece, ma è possibile che io metta le mani su di lei prima di te. Ti farò avere la carcassa», disse con un sorriso beffardo.

Screwball avanzò di nuovo verso di loro.

«Ragazzino, vedi di toglierti dal cazzo…».

«Ma non ho fatto niente», rispose lui torcendosi le mani.

Symes sentiva il bisogno di sfogare la rabbia che aveva represso con Preece e quel ragazzino gli sembrò la vittima perfetta.

«Sta ritornando», disse Screwball. «Birdy sta per tornare».

A quanto pareva, la sua capacità di origliare conversazioni funzionava in entrambi i sensi, e fu questo a salvarlo dall'ira di Symes.

«Okay, adesso togliti dalle palle», disse mentre Screwball sgattaiolava fuori dalla porta.

Birdy era Paul Bird, un ex membro del club dell'odio che non aveva fatto quello che avrebbe dovuto quando era stato scarcerato.

«Non vedo l'ora di rivedere quella canaglia. Gli farò sputare tutti i denti che ha in bocca...». Symes si interruppe all'improvviso. Nella sua testa si era accesa una lampadina.

Preece e Lord aspettavano impazienti.

«Penso di avere trovato il piano».

# Capitolo 51

«È questo il Civic?», chiese Kim, ricordando la conversazione del giorno precedente. Dall'esterno, l'edificio dipinto di bianco sembrava piuttosto piccolo.

«È più grande di quanto sembri», rispose Bryant, girando a sinistra davanti a una fila di abitazioni che sembravano case popolari.

«E pensare che quando le hanno costruite mi erano parse eleganti», osservò Bryant avanzando lentamente.

«Davvero?», chiese lei guardando le facciate tutte uguali.

«Mattoni lucidi e scintillanti», spiegò lui. «Tutto ciò che era nuovo sembrava così sontuoso».

«Adesso, però, non è più così», osservò lei mentre una donna senza reggiseno gettava fuori dalla finestra un sacco nero della spazzatura.

«È quella?»

«La prossima», disse Bryant. «La vecchia casa di sua madre. Lui era lì quando è morta».

Kim schivò gli escrementi di cani sul sentiero e raggiunse la porta. Dal retro si sentiva abbaiare.

«Chiudi quella cazzo di bocca, Mofo», urlò una voce dall'interno mentre Kim bussava alla porta.

«Chi diavolo è?», chiese a Bryant.

Kim aveva cercato possibili collegamenti tra di loro sul database, senza però trovare nulla. Aveva studiato la sua foto e non era emerso alcun ricordo. Ma era stato reclutato da Symes e quindi doveva esserci un collegamento.

«È quello che stiamo per scoprire, capo», rispose Bryant.

Dietro il vetro smerigliato della porta apparve un uomo molto corpulento, con la testa calva e una lunga barba rossiccia. Kim era sicura di non averlo mai visto prima.

L'uomo la fissò con aria confusa. «Se siete venuti per Mofo, abbaia soltanto perché...».

«Non siamo qui per il cane», disse Bryant, mostrandogli il tesserino.

Lui lo fissò per un istante e poi indietreggiò. «Ehi, potete risparmiarvi il disturbo. Da quando sono uscito non ho fatto niente di male. Sto...».

Kim lo zittì sbattendogli in faccia il suo tesserino.

Lui smise di parlare e le sue labbra si curvarono in un ghigno.

«Ehi, tu sei la troia che ha ucciso mia sorella!».

# Capitolo 52

Alison sapeva perfettamente che non avrebbe dovuto fare quello che stava facendo, ma aprì lo stesso la porta.

Non era sicura che Stacey le avesse creduto quando le aveva detto che doveva uscire per una commissione urgente, ma quando Alison aveva lasciato la stanza della squadra non aveva detto niente. Non ci aveva messo più di dieci minuti per arrivare alla piccola lavanderia a Romsley.

Le sue narici furono subito assalite dall'odore dell'ammorbidente. La donna al bancone l'accolse con un sorriso svogliato.

Alison immaginò fosse una donna che aveva accettato che la vita doveva andare avanti; che per quanto si disperasse, pregasse e implorasse, non avrebbe mai potuto riavere la figlia.

«Signora Townes?», chiese Alison, che non l'aveva mai incontrata durante l'inchiesta.

Lei annuì con aria stanca e, benché avesse gli occhi socchiusi, il resto del viso era rilassato, come se non avesse bisogno di fingere di stare bene.

«È una giornalista?», le chiese, squadrandola.

Alison scosse la testa e rispose come da copione: «Ero una consulente della polizia sul caso di sua figlia».

«Una poliziotta?», chiese lei, aggrottando la fronte.

«Lavoravo con la polizia», rispose Alison. «Sono venuta a trovarla soltanto per sapere se è rimasta soddisfatta dal modo in cui la polizia ha affrontato…».

«Vuole che faccia una recensione?».

Alison si rendeva conto delle insidie che sarebbero scaturite dalla sua bugia, ma non poteva dirle la verità. Quella donna ne aveva già passate tante.

Aveva due opzioni, adesso: vuotare il sacco oppure continuare.

«Non è una cosa che facciamo spesso ed è confidenziale, ma cerchiamo sempre di migliorare il nostro approccio ai familiari delle vittime di un crimine», spiegò Alison, recitando la sua parte.

«Oh, d'accordo», rispose lei mentre il campanellino della porta suonava.

Una donna entrò, mostrò un biglietto, pagò, prese il suo capo lavato a secco e uscì senza una parola di ringraziamento.

Alison avrebbe voluto inseguirla, trascinarla di nuovo nel negozio e farle chiedere scusa per la sua maleducazione, spiegandole anche che la donna dietro il bancone negli ultimi quattro mesi aveva sofferto le pene dell'inferno e avrebbe continuato a soffrire per il resto della sua vita. Ma per quell'ignara cliente lei era soltanto la donna della tintoria e la sua vita si limitava a quel ruolo.

«Va tutto bene, non importa», disse lei, come se le avesse letto nel pensiero.

«Allora, signora Townes, può…».

«Mi chiami pure Trisha», la interruppe lei. «Ha notato come la gente ci chiama per cognome quando sta succedendo qualcosa di molto bello o molto brutto? Di solito mi chiamano soltanto Trisha e un giorno vorrei tornare a essere Trisha».

«Okay, Trisha, come giudica la comunicazione con gli agenti di polizia nel corso delle indagini sul suo caso?».

Lei rifletté per qualche istante. «All'inizio l'ispettore capo Merton ci aggiornava quasi ogni giorno. Con il passare delle settimane i contatti si sono un po' diradati, ma nei primi giorni Jamie ci è stato di grande aiuto. Ci ha aiutati ad affrontare tutto… l'orrore…».

«Va tutto bene, Trisha», disse Alison accarezzandole la mano.

Lo stupro e l'assassinio di sua figlia erano stati tra i crimini più brutali che Alison avesse mai visto. Le ferite inferte a Jennifer erano state così crudeli che la signora Townes era uscita barcollando dalla stanza dei riconoscimenti, trattenendo a stento un conato di vomito.

«L'ispettore Merton ci ha informati personalmente dell'arresto di Curtis».

«È rimasta sorpresa dall'esito dell'indagine, signora… Trisha?».

Una moltitudine di emozioni affiorò sul suo viso. «Certo. Non riuscivo a crederci. Quell'uomo è venuto a casa nostra centinaia di volte, cucinava per noi, ha portato Lenny in ospedale quando si è rotto il braccio, veniva persino ad aiutarmi qui in negozio quando mio marito non poteva lavorare».

«Quindi lui e Jennifer stavano bene insieme?»

«Quasi sempre. A volte Jen era frustrata per via della sua indolenza. Di tanto in tanto lo mollava perché non si impegnava a cercare un lavoro, ma poi tornava sempre da lui, perché lui l'amava e lei ne aveva bisogno».

«All'epoca dell'omicidio si erano lasciati?».

Trisha annuì e la fissò con aria seria. «Non so qual è il vero motivo che l'ha portata qui. Non è molto brava a mentire, ma se c'è qualche dubbio sulla colpevolezza di Curtis, ha fatto bene a venire. So che la polizia è convinta che sia stato lui e mi fido di loro, ma mi è difficile credere che una persona che è sempre stata la benvenuta in casa nostra, che faceva parte della famiglia, abbia fatto questo a mia figlia. Voglio giustizia, è l'unico modo per placare la rabbia e lo sconforto che provo. Ma voglio che sia il vero colpevole a scontare la pena che merita. Capisce cosa intendo dire?».

Alison capiva perfettamente. Trisha non pensava che il vero colpevole fosse Curtis.

«Grazie per avermi concesso il suo tempo, Trisha, e mi dispiace immensamente per sua figlia».

Trisha annuì e Alison si incamminò verso la porta.

«Ho fatto all'ispettore Merton una domanda alla quale non mi ha mai risposto», disse Trisha mentre Alison stava per uscire.

«Quale domanda?»

«Non mi ha mai detto se hanno trovato l'orecchino d'argento di Jen».

# Capitolo 53

Penn si tolse la bandana e si lisciò i riccioli ribelli. Poi chiuse tutti i finestrini, che aveva abbassato per far entrare un po' d'aria durante il tragitto di circa un quarto d'ora. Non aveva il condizionatore, e il tettuccio apribile era rotto da anni. D'estate aveva pensato spesso di ripararlo, ma poi quando arrivava l'inverno se ne dimenticava. Decise che l'avrebbe fatto appena chiuso quel caso, visto che i meteorologi prevedevano un'estate particolarmente calda.

Strinse le spalle nella giacca che lo faceva sentire ancora più accaldato. A differenza di Bryant, lui non riusciva a legarsi al collo una cravatta ogni santo giorno. Se avesse potuto fare di testa sua, si sarebbe presentato al lavoro in bermuda, T-shirt e sandali, come si vestiva sempre a casa, ma temeva che il capo non avrebbe apprezzato.

Dopo le rivelazioni della sera prima, aveva trovato divertente, anche se non ne era rimasto sorpreso, che sia lui sia Stacey avessero cercato informazioni su Internet una volta a casa. Dopo che Jasper era andato a letto, aveva scorso gli articoli in cui si parlava del capo. Ne era rimasto scioccato, rattristato e in qualche misura anche arrabbiato, ma adesso capiva un po' meglio Kim Stone. Anche se era nella squadra da meno tempo rispetto ai suoi colleghi, la notte precedente gli era sembrato di conoscerla più a fondo e si era svegliato con la ferma intenzione di mettere con le spalle al muro quel bastardo.

Il centro comunitario di Stourbridge provocò in lui due immediate reazioni emotive.

La prima riguardava il luogo stesso: pulito, efficiente, ben attrezzato e piacevolmente arredato, ma decisamente poco ospitale per un senzatetto o per una persona che navigasse in cattive acque. Non era così che la gente immaginava un centro comunitario: in quelli che aveva visto fino a quel momento c'erano sedie spaiate, mobili ammaccati, tappeti macchiati e attrezzature obsolete. Era come se quel centro fosse pronto per essere inaugurato, con tanto di foto e articoli sui giornali che spiegavano come il denaro pubblico potesse essere speso in modo utile. Non sembrava un posto dove le persone disagiate potessero venire a cercare aiuto, consiglio e un pasto occasionale.

La seconda reazione emotiva fu provocata dall'uomo seduto alla scrivania a sinistra. Quella a destra era vuota.

Capì subito che era la postazione più importante. La scrivania a sinistra era più grande, aveva di fronte due sedie anziché una, il computer era più nuovo, sopra c'era una piccola collezione di giocattoli metallici e la poltrona era di vero cuoio. L'uomo che la occupava doveva essere qualcuno che si compiaceva della propria posizione.

«Signor Jenks?», disse Penn, porgendogli la mano.

L'uomo annuì, si alzò e gliela strinse con fermezza.

«Sono il detective Penn, della polizia di West Mids. Può concedermi un minuto?»

«Certamente», rispose lui, rimettendosi a sedere. «È a proposito di Mark e Amy?»

«Sì. Vogliamo soltanto chiarire un particolare che ha attirato la nostra attenzione», disse Penn sorridendo.

Penn aveva scoperto da tempo di avere il dono di mettere le persone a proprio agio. I lunghi riccioli ribelli e l'incapacità di indossare un completo lo facevano apparire più informale, più aperto. E aveva anche imparato a mascherare perfettamente le proprie emozioni.

Jenks giocherellò per qualche istante con il nodo della cravatta.

«Forse si tratta soltanto di un equivoco, ma abbiamo saputo che tra lei e Mark c'era stato un alterco».

Un lieve rossore si diffuse sulle guance di Jenks.

«L'ha colpita con un pugno?», chiese Penn.

Jenks esitò scuotendo la testa, ma i suoi occhi sembravano dire il contrario.

«Be', non proprio… Voglio dire…».
«Mi scusi, signor Jenks, le chiedo di essere un po' più chiaro», disse Penn con un sorriso rassicurante.
«È stata soltanto una discussione».
«Riguardo cosa?», domandò, ricordando quello che il capo gli aveva detto sulla reputazione di Jenks.
«La mancanza di rispetto, direi», rispose lui, giocherellando di nuovo con il nodo della cravatta.
Non c'era bisogno di una comportamentalista come Alison per capire il significato di quel gesto. Inconsciamente, tastandosi la cravatta, Jenks stava cercando di ribadire che lui era una persona per bene.
«Mancanza di rispetto?».
Jenks annuì. «È il problema principale qui dentro. La gente non rispetta i servizi che offriamo».
Penn si chiese se qualcuno fosse mai ricorso a quei servizi.
«Avete avuto uno scontro fisico?», domandò Penn.
«Soltanto qualche spintone», rispose Jenks, che ora sembrava più a suo agio.
Penn sapeva che le bugie migliori si basavano sulla verità.
«A noi però risulta che lui le abbia dato un pugno, facendole un occhio nero», disse Penn, cambiando tono.
Jenks scosse la testa e ricominciò a giocherellare con la cravatta.
«Assolutamente no, sergente. La sua mano mi ha colpito alla guancia mentre stava gesticolando, ma è stato un incidente, ne sono sicuro».
«È per questo che non ha sporto denunciato?», chiese Penn.
«Certo, certo», rispose prontamente Jenks, e Penn capì che pensava di avere tutto sotto controllo. «Quel ragazzo aveva già avuto abbastanza problemi, non c'era bisogno che mi mettessi in mezzo anche io. È gente che vive ai margini, senza una casa, senza sapere come riuscirà a ottenere il pasto successivo, senza alcuna sicurezza. Non volevo rovinargli ancora di più la vita, ora che si stava rimettendo in sesto».
Penn annuì. «Deve essere terribile sapere che girano voci sul suo conto, Jenks, dopo tutto quello che sta facendo…».
«Di quali voci sta parlando?»

«Oh, niente, è solo una cosa che abbiamo sentito a proposito...».

«Be', se la cosa mi riguarda, vorrei sapere di cosa si tratta».

Il fatto che Jenks non gli lasciasse finire una frase, la sua ansia di scoprire cosa si dicesse di lui e il tono della voce tradivano la sua tensione.

«C'è chi dice che lei offra alle ragazze che vengono qui aiuti extra in cambio di favori sessuali».

Penn era pronto a scommettere la sua auto che Jenks si sarebbe toccato di nuovo il nodo della cravatta. In quel caso, avrebbe vinto.

«Oh, ma è ridicolo!», rispose indignato. «Perché diavolo...».

«Perché, appunto?», annuì Penn. «Ma ovviamente non abbiamo alcuna prova che...».

«Ovviamente», ripeté lui. «Perché è del tutto falso».

«Allora, cos'altro può dirmi su quei due ragazzi?», chiese ora, rendendosi conto che Jenks avrebbe parlato più liberamente se non si fosse sentito minacciato.

«Se vuole la verità, qualcuno, me compreso, li considerava ingrati».

«Perché?»

«Amy era una candidata perfetta per ottenere una stanza dai servizi sociali. Aveva smesso con la droga e le era stato concesso uno spazio sopra un takeaway cinese a Lye, ma l'ha perso».

«Perché?», chiese Penn.

«Non riusciva a rispettare le regole. Non era permesso accogliere visitatori maschi e lei aveva ospitato Mark più di una volta. Alla fine l'hanno beccata e ha perso la stanza».

«Che peccato!», esclamò Penn.

«Ci sono migliaia di altre ragazze che aspettano di prendere il suo posto», osservò freddamente Jenks.

Penn non riuscì a reprimere la simpatia che provava per quei due giovani che volevano soltanto stare insieme.

All'improvviso ricordò qualcosa che Jenks aveva detto prima. «Ha sostenuto di non aver voluto sporgere denuncia per non rovinargli ancora di più la vita. Cosa temeva di rovinare?»

«Lui e Amy avevano incontrato una specie di assistente sociale che stava cercando di toglierli dalla strada. Non sono sicuro che se lo meritassero, ma sembravano sul punto di ottenere quello che volevano».

Penn ripensò al loro comportamento al supermercato e ai fiori che avevano comprato.

«Signor Jenks, secondo lei qual era la cosa che Mark e Amy volevano di più?»

«Direi che volevano soprattutto una casa».

# Capitolo 54

«Aspetta un attimo», disse Kim, frustrata, «ho ucciso tua sorella o no?».

Avevano seguito il gigante sorridente lungo un angusto corridoio fino alla cucina in formica bianca sul retro. Sul tavolo c'erano una lattina di sidro già aperta, il cartone di una pizza e una confezione di Pringles.

E adesso Kim voleva delle risposte.

«Mia sorella non è stata assassinata. Non ho nemmeno mai avuto una sorella», rispose lui.

Kim rimase in attesa di una spiegazione.

«Guardami», disse l'uomo, «la gente ha sempre voluto fare a botte con me, a scuola, nei pub, nei club, nei fish and chips c'è sempre qualcuno che ci prôva».

«Sembri comunque in grado di badare a te stesso», osservò Bryant, dando voce ai pensieri di Kim.

«Oh, certo», rispose lui. «Ma la colpa cade sempre su di me. Non è mai responsabilità del piccolo moccioso che mi ha sfidato per scommessa con gli amici, e neppure del tizio mollato dalla sua bella che voleva riconquistarla dimostrandole quanto fosse forte. La colpa è sempre di quello grosso. E in prigione ci sono un sacco di stronzi che vogliono soltanto mettersi alla prova».

«Così sei entrato nel club dell'odio?», chiese Kim mentre il cane, un setter irlandese, entrava in cucina e saltava sul ripiano.

«Giù, Mofo», lo sgridò lui, ripulendo il ripiano con la T-shirt.

Kim si sorprese che un uomo che aveva chiamato il suo cane *Motherfucker* pulisse scrupolosamente le tracce delle sue zampe.

«Per via di Symes», continuò. «Lui è cattivo, malato di testa e nessuno là dentro osa contrariarlo, ma se entri nel suo piccolo club dell'odio puoi stare tranquillo».

«Cristo!», esclamò Kim.

«Oh, sì, e lui ti odia proprio», disse Duggar, ghignando come se fosse una bella battuta.

«E come funziona?», chiese Bryant. «Ti metti un cartello sulla schiena per essere scelto?»

«Nah, immagino tu non sia mai stato in galera, adesso te lo spiego», disse gettando la lattina vuota e prendendone un'altra. «Entri lì dentro e squadri il duro, non è difficile riconoscerlo in questo caso, perché la maggior parte delle guardie ha paura di lui. Ti informi da chi devi guardarti le spalle, ti fai dire il nome e così capisci chi è. Poi stai a guardare per capire cosa fare per prenderlo dal verso giusto e ingraziartelo. Dargli la tua cena, picchiare una guardia o inculare un novellino».

Kim rabbrividì udendo gli orribili atti necessari per ottenere protezione.

«L'unica cosa che dovevo fare per essere ammesso nel club era fingere di odiarti. Facile. E pensa un po', nel giro di due mesi ti odiavo davvero».

«Ma non ci siamo mai incontrati prima!», esclamò Kim.

Lui si strinse nelle spalle e bevve un sorso di sidro. «Fidati di me, i suoi argomenti sono davvero convincenti».

«Hai qualche nome da darmi?».

Duggar esplose in una fragorosa risata che fece quasi tremare la casa.

«Se tu conoscessi Symes, non me lo chiederesti nemmeno. Lui trasforma la tua rabbia in odio. Lo nutre, lo accarezza e ne fa l'oggetto di tutte le tue emozioni negative. Ero pronto a ucciderti anche se non mi hai fatto niente».

Fece una pausa e sembrò esitare prima di aggiungere qualcosa. «Voglio comunque darvi una traccia. Il tipo che avete messo dentro per due rapine armate a Gornal. Stain… qualcosa».

«Peter Staines», lo corresse Kim.

«Sì, proprio lui. È stato reclutato due giorni dopo essere entrato e non ha rispettato la regola di tenere la bocca chiusa. Ha ammesso che non avrebbe mai infierito su di te e che ti odiava soltanto perché lo avevi beccato. Stupido idiota!», disse alzando gli occhi al cielo.

«E?»

«Le sue chiappe si sono aperte come il Grand Canyon quando Symes e i suoi…».

«Quindi, se volessi scoprire cosa sta architettando, dovrei tenere d'occhio tutti i suoi compagni che sono finiti lì dentro per colpa mia».

Lui la fissò per qualche secondo. «Non ci arrivi ancora, vero? Non soltanto quelli che sono in prigione. Riceve molta posta anche dai suoi fan a piede libero».

«Stai scherzando?», chiese Bryant.

Lui bevve un altro sorso e scosse la testa. «Anche i mostri con un occhio solo hanno il loro fascino. Sul sito "Scrivi un'email a un prigioniero" gode di una grande popolarità».

«Devono essere degli autentici squilibrati», commentò Kim.

Duggar si strinse nelle spalle. «Devi capire che ogni suo pensiero è dedicato a te. Mangia, dorme, fa attività fisica per restare in forma per te. Tutto è finalizzato all'odio che nutre per te».

«Ho capito», disse Kim, sentendo di nuovo quel brivido correrle lungo la schiena.

«Non posso credere che tutti siano manipolati da Symes», osservò. «So che non mi dirai mai i nomi, ma uno come Dale Preece, per esempio?».

Duggar esitò prima di annuire. «Sì, anche lui è nel club».

Kim aggrottò la fronte, dubbiosa.

«E stai attenta a quello che fai, ispettore, perché lui ti odia quasi quanto Symes».

# Capitolo 55

A mezzogiorno e mezzo Stacey ne aveva abbastanza. Da quando Alison era rientrata dalla sua commissione urgente, l'aveva vista dall'altra parte dell'ufficio trangugiare prima una barretta energetica, poi una mela, un sacchetto di praline al cioccolato, due dolcetti del Tupperware di Penn e adesso stava divorando un sandwich al pollo.

Stacey si era concessa un dolcetto speciale di Jasper e poi un'insalata con l'uovo sodo per compensare.

«Alison, sei forse uno hobbit?»

«Scusa?»

«Da quello che ho visto nei film, fanno colazioni abbondanti come le tue…».

«Ho sempre una fame da lupo quando devo lavorare alla scrivania».

«Immagino che per smaltire tutto quel cibo tu trascorra molte ore in palestra», osservò Stacey.

Alison esitò. «Se ti fa sentire meglio, sì», rispose.

"È uno dei motivi per cui non mi piaci", pensò Stacey, voltandosi di nuovo verso il suo monitor.

Aveva iniziato a fare ricerche su Bill e Helen Phelps, ma Google non le aveva dato alcun risultato. Non erano iscritti a nessun social media.

Lui era un dirigente bancario che era andato in pensione a cinquantacinque anni e Helen aveva gestito un negozio di fiori fino alla pensione del marito.

Avevano trascorso qualche anno viaggiando su una nave da crociera, ma i problemi di salute di Bill li avevano costretti a tornare a casa. Stacey non riusciva a trovare un movente per il loro omicidio, a meno che non fosse una punizione per essere troppo gentili e normali.

Seguì i suoi protocolli, digitò il nome di Bill nel sistema e trovò qualcosa.

Una lite tra vicini per la quale era stato richiesto l'intervento della polizia. Il signor Phelps aveva aggredito il vicino di casa in seguito a una discussione su un bidone della spazzatura. Ma poi i due uomini erano stati convinti a non sporgere denuncia e tutto si era risolto con una stretta di mano.

Stacey lesse di nuovo l'articolo, nel caso le fosse sfuggito qualcosa, e fu colpita da una frase che non aveva notato prima.

Alla fine il signor Phelps è stato trattenuto dal figlio di ventidue anni.

Il che suggeriva la domanda: dove diavolo era adesso il figlio di Phelps?

# Capitolo 56

«Mi chiedo se Keats vorrà entrare a far parte del fan club di Symes», disse Bryant quando scesero dall'auto a Russells Hall.

«Ti sembra divertente?», gli domandò Kim, lanciandogli un'occhiataccia.

«No, penso sia tragico, inquietante e spaventoso. Penso che dovrebbero toglierti questo caso e metterti sotto custodia cautelare con guardie armate finché quello squilibrato non sarà catturato, ma visto che né tu né Woody siete d'accordo con me, è meglio che risparmi il fiato», disse mentre entravano nell'edificio.

«Non siamo d'accordo con te perché nessuno mi ha minacciato di morte. Nessuno sta cercando di uccidermi».

«Ma non sappiamo quale sarà la prossima mossa di questo psicopatico», le ricordò Bryant.

Kim scosse la testa e avanzò in silenzio verso l'obitorio, preparandosi a quello che stava per vedere.

«Ehi, Keats», disse, entrando con lo sguardo fisso sul suo viso. Non aveva il coraggio di guardarsi intorno.

Lui rimase in silenzio per qualche secondo. «Scusa, stavo aspettando l'arguta battuta che di solito accompagna i tuoi ingressi. La sceneggiatrice è in vacanza?».

Lei lo ignorò e si andò a piazzare sotto il condizionatore. Keats lo teneva sempre a sedici gradi, che per lei era la temperatura ideale.

Il patologo lanciò un'occhiata interrogativa a Bryant, il quale per tutta risposta si strinse nelle spalle.

«Ti farà piacere apprendere che il veicolo bruciato è stato consegnato alla scientifica che lo sta esaminando».

«Riusciranno a stabilire la causa dell'incendio?», chiese Bryant.

«Difficile dirlo, ma di certo riusciranno a escludere un malfunzionamento del motore che può aver provocato una combustione spontanea».

Benché non avesse ancora guardato direttamente i corpi sul tavolo di metallo, Kim si era accorta che le lenzuola erano sollevate da degli archetti, come se sotto ci fossero dei bambini che giocavano al campeggio.

«Okay, cominciamo», disse Keats togliendo il primo lenzuolo.

Quando vide il corpo carbonizzato, Kim si sforzò di reprimere la nausea. La sagoma annerita giaceva su un fianco, quasi fosse in posizione fetale, con le ginocchia piegate ma la schiena dritta. Kim sapeva che il calore prosciuga i muscoli, facendoli contrarre nella postura in cui si trovano. Era come se quel corpo fosse ancora seduto sul sedile dell'auto.

«E questo cos'è?», chiese Kim, indicando un frammento di tessuto incollato al petto.

Keats si avvicinò per guardarlo meglio. «Sembra un pezzo di cintura di sicurezza».

«Saldato alla pelle?».

Lui annuì. «Ne prenderò un campione per esaminarlo in laboratorio...».

«Quindi indossavano ancora le cinture di sicurezza?», chiese Kim, voltandosi verso il collega che la fissò anche lui con aria interrogativa. «Ed erano ancora seduti in una posizione normale?», aggiunse, pensando a voce alta.

«Così pare», rispose Keats.

«Perché?», domandò Bryant.

«Perché cosa?», chiese Keats.

«Se la macchina è in fiamme non cerchi di uscire?», disse Kim. «La prima cosa che fai non è slacciare la cintura di sicurezza?»

«Io sono un patologo, non spetta a me rispondere a queste domande», replicò Keats. «Gli arti umani non bruciano come rami d'albero. Gli strati esterni della pelle si scrostano per primi e dopo circa cinque minuti lo strato più spesso del derma si squarcia, facendo colare fuori il grasso sottostante. Il grasso umano può essere un buon combustibile, ma ha bisogno di vestiti o legno carbonizzato per fungere da stoppino, che assorbe il grasso alimentando la fiamma che lo fa vaporizzare...».

«Quanto ci hanno messo a morire?», chiese Kim, leccandosi le labbra secche.

«Difficile dirlo con esattezza. Il corpo può alimentare il fuoco per circa sette ore...».

«Questo lo so», ribatté lei. «Ti ho chiesto per quanto tempo hanno sofferto».

Kim aveva già visto corpi carbonizzati, quello che voleva sapere era per quante ore quella povera coppia aveva agonizzato tra le fiamme.

«Per qualche minuto», rispose Keats. «In uno spazio così ridotto sono sicuramente morti intossicati dal fumo». Fece una pausa per indicare il corpo a sinistra. «Questa è la donna, che sospettiamo sia Helen Phelps».

Una ciocca di capelli biondi spuntava dal cranio annerito dove prima c'era un orecchio, la mandibola contratta in un'espressione d'orrore.

I capelli di Erica erano biondi.

Era quello l'aspetto della sua madre adottiva dopo l'incidente di cui era stata vittima?

Non le era stato permesso di assistere al funerale; gliel'aveva impedito la sorella di Erica, che per lei non era mai stata una zia nonostante i tre anni trascorsi con la coppia.

Ma non riusciva a credere che la dolce e gentile Erica fosse morta in quel modo. Vedeva ancora il suo sorriso rassicurante mentre per tre mesi aveva aspettato pazientemente che Kim parlasse.

Riusciva ancora a vedere quella ciocca di capelli fermata dietro un orecchio quando, ogni sera, si chinava per posare la cioccolata calda sul comodino.

Un nodo le strinse lo stomaco e Kim si sforzò di tornare al presente.

Keats stava parlando e Bryant prendeva appunti, ma lei non riusciva a scacciare dalla mente l'immagine di Erica. Aveva evitato di pensare troppo al modo in cui erano morti: sopportare la loro perdita era già stato abbastanza doloroso e visualizzare la loro agonia l'avrebbe soltanto fatta soffrire di più.

La dolce Erica e Keith erano morti esattamente nello stesso modo.

Kim si voltò e corse fuori dalla stanza.

# Capitolo 57

Penn arrivò a Hollytree intorno all'una e un quarto e non si preoccupò di lasciare la macchina incustodita.

Una Ford Fiesta vecchia di nove anni non valeva molto sul mercato, non si sarebbe ricavato granché nemmeno dai pezzi di ricambio.

Non si poteva dire che non gli piacessero le auto sportive. Aveva sognato anche lui una Ferrari, una Lamborghini o un'Aston Martin, anche se per pagare le rate mensili avrebbe dovuto versare tutto il suo stipendio. Ma non era stato per questo che ci aveva rinunciato. Non voleva un'auto che non poteva parcheggiare ovunque per paura che la vandalizzassero o la rubassero. La sua Fiesta lo portava dove voleva e nessuno gliel'avrebbe mai rubata.

Vide che il cordone della scientifica era stato spostato più indietro, ma non era lì per quello. Sapeva che ogni nuovo indizio sarebbe stato comunicato immediatamente al capo.

Penn salì al quarto piano, dove il cordone restava soltanto sulla porta dell'appartamento in cui erano stati trovati Amy e Mark.

C'era solo un agente.

Penn gli fece un cenno di saluto e proseguì lungo il corridoio fino all'appartamento successivo.

«Là dentro perderai soltanto il tuo tempo, collega», lo avvertì l'agente, puntandosi l'indice alla tempia. «È completamente fuori di testa».

Penn strinse i denti e bussò alla porta: la formazione sull'inclusione all'interno del corpo di polizia aveva ancora molta strada da fare.

«Scommetto dieci sterline che ti chiamerà Steve. Per lei si chiamano tutti così», disse l'agente.

«Chi è Steve?», chiese Penn.

«Io no di sicuro», rispose lui mentre la porta cominciava ad aprirsi.

Una donna tra i settanta e gli ottant'anni, sorretta da un deambulatore, apparve sulla soglia. Il viso solcato dalle rughe abbozzò un sorriso.

«Entra pure, Steve», disse con una voce arrochita da decenni di sigarette.

Penn udì l'agente ridacchiare mentre si chiudeva la porta alle spalle.

«Come sta?», chiese alla donna, seguendo lungo il corridoio il cigolio del deambulatore. Lei si fermò davanti a una poltrona reclinabile con un grosso cuscino quadrato e sorreggendosi al deambulatore, si lasciò cadere sulla poltrona.

«Sto bene, Steve», disse, allungando la mano per prendere un pacchetto di Park Drive. Il nonno di Penn aveva fumato per anni quella marca di sigarette. «Hai portato i bollini?»

«Li prendo subito», rispose lui senza avere la più pallida idea di cosa stesse parlando. «Brutta storia alla porta accanto», commentò poi, indicando la parete.

Lei tirò su con il naso. «A essere sincera, non me ne importa molto di loro. Lui pensa di essere chissà chi soltanto perché lavora alla Bluebird, e lei è al Jonty's ormai da qualche anno». Si sporse verso Penn con aria cospiratoria. «Troppo snob per essere onesta».

Penn non sapeva cosa fosse il Jonty's, ma sapeva che la fabbrica della Bluebird aveva chiuso nel 1998.

«Mi portava sempre quelle deliziose caramelle, ma adesso non lo farà più, miserabile canaglia».

Penn trattenne un sorriso. Quella donna aveva un certo senso dell'umorismo.

«Se pensa che continuerò a dargli i miei bollini premio, si sbaglia di grosso».

«Io non glieli darei», disse Penn mentre in cucina suonava un timer.

«Oh, il mio muffin è pronto!», esclamò lei, facendo per alzarsi.

«Ci penso io», rispose Penn.

«Oh, sei proprio un bravo ragazzo, Steve, e non dimenticarti i bollini».

«Okay», fece lui, tornando in corridoio.

Entrò in cucina e vide che nel forno c'era davvero un muffin, ma era stato messo al contrario.

Penn lo girò e abbassò la temperatura, domandandosi se quella donna fosse in grado di vivere da sola, visto che soffriva chiaramente di demenza.

Poteva capire perché la polizia avesse rinunciato a interrogarla sull'incidente della porta accanto, ma era convinto che sarebbe riuscito a cavarle qualcosa.

«Non è ancora cotto», disse, tornando a sedersi sul sofà.

«Allora, li hai presi i bollini?», chiese lei guardandogli le mani.

«Oh, li ho lasciati in macchina», rispose Penn dandosi una pacca sulla fronte.

«Come faccio ad attaccarli nella scheda se sono in macchina?».

Ah, parlava dei bollini per la spesa.

«Li vado a prendere fra un minuto», disse. «E la aiuto io ad attaccarli».

Lei sorrise compiaciuta e lui ricambiò il sorriso.

Quando Jasper era piccolo, aveva difficoltà a comunicare e Penn aveva imparato a lasciarlo parlare. Alla fine tutti i pezzi andavano al loro posto.

Abbassò lo sguardo sul deambulatore e scoprì cosa lo faceva cigolare. Si chinò, lo sollevò e rimise a posto il gommino che si stava staccando. Succedeva sempre anche a quello di sua madre.

«Ecco fatto», disse, incrociando lo sguardo sospettoso della donna e rendendosi subito conto che era tornata al presente.

«Chi è lei?», ringhiò.

«Sono qui per quello che è successo alla porta accanto», rispose Penn, asciugandosi la mano sulla giacca.

La donna socchiuse gli occhi. «Anche lei è un agente di una cooperativa edilizia?».

# Capitolo 58

«Vuoi qualcosa dalla mensa?», chiese Alison alzandosi.

Stacey scosse la testa.

«A quest'ora ho sempre un calo di zuccheri», disse Alison rimettendosi a sedere. «Ma forse ne ho già mangiati troppi».

Per tutta risposta, Stacey emise un grugnito. Se era a caccia di complimenti per la sua forma fisica, non sarebbe certo stata lei a farglieli, soprattutto dopo che quella mattina aveva fatto fatica a chiudere il bottone dei pantaloni. Non c'era nulla da fare, le piaceva troppo mangiare, ma magari qualche ora in palestra di tanto in tanto non le avrebbe fatto male.

«Hai fatto ricerche sul tuo capo, ieri notte?», chiese Alison.

«Scusami, sto cercando di lavorare», rispose lei senza staccare lo sguardo dal monitor. In primo luogo perché non voleva che i suoi occhi tradissero una bugia, e poi perché non si fidava di quella donna.

La sua priorità era rintracciare il figlio di Bill e Helen Phelps. Quel ragazzo aveva il diritto di sapere cosa era successo ai genitori.

«Cercare di scoprire tutto quello che puoi non è sleale», continuò Alison. «Dopotutto, si tratta di un caso ancora aperto».

«Mmm...», fece Stacey, senza ascoltarla davvero.

«Come può non essere rimasta colpita da quello che ha visto? Una replica esatta di uno degli eventi più traumatici della sua vita. L'appartamento pochi piani sotto il suo, il termosifone, le manette, la confezione di cracker».

Stacey sollevò lo sguardo: adesso la stava ascoltando.

Alison scrisse qualcosa sul suo blocco per appunti.

Si era dimenticata della confezione di cracker nella gola di Mark Johnson.

Come aveva potuto scordarlo?

Aveva letto tutti gli articoli di giornale sull'incidente, eppure se n'era dimenticata.

Come se potesse sentire il suo sguardo, Alison sollevò la testa. «Scusa, è per qualcosa che ho detto?», chiese.

Stacey tornò a guardare il monitor del computer e aprì una nuova pagina di ricerca.

«Sì, Alison, forse sì».

# Capitolo 59

«Bryant, sto bene», disse per la ventesima volta Kim prendendo una mentina dal pacchetto che le aveva offerto. «Deve essere qualcosa che ho mangiato», continuò, spiegandogli perché aveva appena svuotato il contenuto del suo stomaco nella toilette.

«Ma se non hai quasi toccato cibo!», borbottò Bryant, prendendo a sua volta una caramella.

Lei lo ignorò e si voltò di nuovo verso la porta automatica.

«Sei pronta a rientrare?», le chiese Bryant.

Era pronta a rientrare per vedere Keats sezionare quei corpi carbonizzati alla ricerca delle risposte che gli servivano per trovare il bastardo che li aveva uccisi? Sarebbe riuscita ad assistere all'autopsia senza immaginare che i due cadaveri senza volto fossero quelli di Erica e Keith?

Kim scosse la testa. «Vai tu. Io controllo a che punto sono con Rubik».

Bryant esitò qualche secondo, poi premette il pulsante della porta automatica.

Kim avanzò lungo il corridoio, bussò piano alla porta ed entrò.

La stanza era stata suddivisa in tre aree. A destra c'erano i resti del cubo, davanti ai quali era inginocchiata la dottoressa A; aveva in mano lo schermo di un endoscopio, come quelli per gli interventi in laparoscopia, e stava esaminando l'interno del cubo prima di separare la carne dal metallo.

Nell'angolo a sinistra c'era un lenzuolo bianco su cui erano posati i pezzi di metallo già estratti. Nell'angolo accanto a lei, in una vasca di plastica trasparente, c'erano le buste per le prove e un metal detector che sarebbe servito a togliere i frammenti di metallo dalle parti del corpo prima di consegnarle a Keats, alla porta accanto.

«Te l'avevo detto che non si era dimenticata di noi, Mitchell», disse la dottoressa A spegnendo la videocamera dell'endoscopio.

«Sono stata piuttosto impegnata», disse Kim.

Mitch annuì e poi tornò a concentrarsi sui suoi appunti.

«Vedo che ha lavorato sodo, dottoressa A», riprese Kim, ricordando le dimensioni originali del cubo.

«Ehm», fece Mitch.

«Anche tu, Mitchell», si corresse lei, avvicinandosi.

«Finora abbiamo estratto una gamba e mezza, gran parte delle braccia, una mano e due piedi. Dobbiamo trovare ancora quasi tutto il tronco», spiegò la dottoressa. «Stiamo assemblando le varie parti su una barella», disse indicando con un cenno del capo la porta.

Kim immaginò intendesse la stanza dell'obitorio, dove i corpi erano conservati nei cassetti refrigerati.

«I campioni dei tessuti sono stati inviati al laboratorio e l'uomo non portava la fede nuziale».

Kim rimase in silenzio e attese.

«Per il momento non ho scoperto nient'altro», concluse la dottoressa A.

«Sta scherzando?», le chiese Kim. Erano trascorse trentasei ore e non avevano fatto alcun passo avanti. Quando aveva visto la mano sporgere dal cubo, si era accorta anche lei che non aveva nessun anello.

«Oh, ispettore, dov'è finito il suo senso dell'umorismo? La nostra vittima è un maschio di età compresa tra i quarantacinque e i sessant'anni. Alto tra un metro e cinquanta e un metro e settanta e con un peso di circa cento chili. Da bambino ha subìto due fratture, al braccio destro e alla gamba sinistra, ma in momenti diversi. Ho già inviato un'email a lei e alla sua squadra per aggiornarvi».

«Dottoressa A, io l'adoro», disse Kim, tirando fuori il telefono. «Con queste informazioni potremo iniziare a tracciare un identikit della vittima».

Si avvicinò a Mitch, diede un'occhiata ai suoi appunti e vide una serie di numeri, frecce e simboli matematici.

«Interessante», commentò, chiedendosi cosa significassero.

«Questo forse è più chiaro», disse Mitch, mostrandole un foglio formato A3 con una serie di forme di diversi colori accanto alle quali c'erano dei numeri.

«Le forme rosse sono le parti del corpo recuperate, quelle blu i frammenti dell'auto», spiegò.

«D'accordo», rispose Kim, che non aveva però ancora capito a quali parti del corpo si riferissero i numeri.

«Devo ancora inserire tutti i dati nel computer per ottenere una simulazione, ma da quello che ho visto penso che la nostra vittima fosse chiusa nel bagagliaio dell'auto».

«Mitch...».

«Lo so, adori anche me», disse lui sorridendo.

«Non quanto la dottoressa», rispose Kim. «Ma sei sulla lista degli auguri di Natale».

«Be', se è così...».

Lo squillo del telefono di Kim lo interruppe.

«Stace», rispose lei. «Hai ricevuto l'email dalla dottoressa?»

«Sì, capo, ma non ho ancora avuto tempo di leggerla. Sto ancora cercando un parente prossimo della coppia carbonizzata nell'auto, solo che c'è dell'altro».

«Cosa?», domandò Kim, indietreggiando nel corridoio.

«Il frammento di confezione di cracker nella gola di Mark Johnson. Ho letto di nuovo tutti gli articoli di giornale, ma nessuno lo menziona».

«Fidati, è importante», disse Kim.

«È proprio questo il punto», rispose Stacey.

«Cosa vuoi dire?»

«Se non ha appreso quel particolare dai giornali, come faceva a saperlo?».

Stacey aveva ragione. Dove poteva aver trovato tutte quelle informazioni sulla sua infanzia?

Kim chiuse la chiamata sapendo già quale sarebbe stata la sua mossa successiva.

# Capitolo 60

Penn aspettava da venti minuti nel soffocante ufficio comunale che una delle due donne dietro il banco si liberasse.

Di tanto in tanto la bionda gli lanciava un'occhiata per dirgli di pazientare ancora un attimo.

Aveva visto gente pagare l'affitto, segnalare guasti, protestare per il comportamento dei vicini e una donna che aveva fatto un'urgente richiesta di denaro per acquistare assorbenti igienici. La bionda aveva prelevato un paio di sterline dal suo portafoglio e gliele aveva date.

«Mi scusi per averla fatta attendere», disse quando finalmente arrivò il suo turno.

«Non si preoccupi. Vorrei chiederle informazioni su una casa a Hollytree».

«Hollytree?», chiese lei, sorpresa. Non dovevano essere in molti a volersi trasferire in quel quartiere.

Penn scosse la testa e le mostrò il tesserino. «Sto parlando dell'appartamento dove quei due…».

«Ho capito», disse lei, abbassando la voce e guardando la fila che si era formata alle spalle di Penn.

«È di una cooperativa edilizia, vero?», le chiese.

Sapeva che la maggior parte dei comuni avevano venduto i loro appartamenti per finanziare altri progetti e che questo aveva comportato una preoccupante penuria di alloggi popolari.

La donna scosse la testa. «Nessuna casa a Hollytree appartiene a una cooperativa edilizia, sono ancora tutte del comune», rispose.

«Chi ci abitava prima?», domandò ancora. Erano poche le case di proprietà del comune che restavano vuote a lungo, persino a Hollytree.

«Non me lo chieda nemmeno», rispose lei, alzando lo sguardo al cielo. «L'ultimo occupante era un uomo di cinquantasei anni accusato di pedopornografia. Aveva avuto un sacco di problemi con i vicini e si era sempre proclamato innocente finché un padre che abitava due piani più in basso e non riusciva a trovare il figlio di sette anni non ha sfondato la porta di casa sua».

«E?», chiese Penn.

«Il bambino era seduto sul divano a torso nudo con in mano un sacchetto di caramelle».

«Cristo!», esclamò Penn.

«Il padre ha radunato un po' di amici e gli ha dato una sonora lezione».

«È morto?».

La donna scosse la testa. «Non proprio, ma diciamo che non potrà più vivere in modo indipendente», rispose in tono distaccato.

Penn rifletté qualche istante. A dispetto di quello che aveva detto la vicina in un rapido momento di lucidità, l'appartamento non apparteneva a una cooperativa edilizia. Quindi aveva sbagliato ad ascoltarla, a credere che l'agente di polizia fuori dalla porta si sbagliasse? A seguire una pista guidato soltanto dalle parole sconclusionate di una vecchia malata?

Pensò a quando aveva diciassette anni e Jasper ne aveva soltanto due.

Erano entrambi in salotto, lui guardava la televisione, suo fratello si guardava attorno nella stanza e a un certo punto si era agitato indicando l'angolo dove c'era la cesta con i giocattoli del cane. La madre e il padre avevano cercato il motivo della sua agitazione e alla fine si erano arresi, uscendo dalla stanza.

Jasper non si era placato e aveva continuato a indicare l'angolo finché anche Penn non si era messo a cercare. Come i genitori, non aveva trovato niente. Uno dopo l'altro, aveva tolto dalla cesta tutti i giocattoli del cane, mostrandoli al fratello. E quando aveva tirato fuori l'ultimo, quello dove tenevano i dolcetti del loro springer spaniel, si era accorto che sotto era rimasta intrappolata una vespa. Se il cane si fosse avvicinato, lo avrebbe sicuramente punto. Penn aveva scosso il giocattolo fuori dalla finestra e la vespa era volata via. Il sorriso del fratello era tornato.

Quindi no, non pensava fosse sbagliato seguire la pista basata sulle parole dell'anziana.

«Qualcuno ha preso le chiavi per dare un'occhiata all'appartamento?», domandò all'impiegata comunale.

«Nessuno vuole andare a vivere lì, ma c'è una sorta di fascino morboso che attira i visitatori».

«Posso avere un elenco delle persone che l'hanno visitato?».

La donna indicò la coda che si era formata dietro di lui.

«Mi dica soltanto a chi posso rivolgermi», disse Penn, sorridendole.

La bionda prese un raccoglitore e glielo porse.

C'erano tutti i dati che gli servivano, proprietà, numero della chiave, nome del visitatore. Semplice ed efficiente.

Penn scorse il raccoglitore finché non trovò l'appartamento che gli interessava.

Dopo che ci aveva abitato il pedofilo, le chiavi erano state restituite all'ufficio cinque mesi prima, e da allora molte persone erano andate a vederlo.

Penn incrociò lo sguardo della bionda, che gli indicò la fotocopiatrice.

Tolse sei pagine dal raccoglitore e le fotocopiò. C'erano centocinquanta nomi su cui indagare.

Chiunque di loro poteva aver fatto una copia della chiave dell'appartamento.

# Capitolo 61

«Capo, adoro le colline delle Cotswolds, ma non potevamo fare una telefonata?», disse Bryant mentre Kim rimetteva in tasca il telefono. Era il secondo messaggio che Frost le mandava quel giorno: non voleva proprio capire che questa volta era stato il capo a dirle di non parlare con i giornalisti.

«Ci avevo pensato», rispose mentre Bryant aspettava che scattasse il verde al semaforo di Stow-on-the-Wold. Mancavano meno di dieci chilometri a Bourton-on-the-Water e alla casa dell'uomo che non aveva mai incontrato, un uomo di cui sapeva soltanto che si era preso la briga di indagare a fondo sul suo passato.

«Hai mai parlato con lui?», le chiese Bryant.

Kim scosse la testa. «Non sapevo nulla del libro finché, quando avevo quindici anni, non l'ho sentito menzionare da un assistente sociale».

«L'hai mai letto?»

«Perché avrei dovuto?»

«Non eri curiosa di sapere se quello che diceva era vero?».

Kim scosse la testa. «Sarebbe forse cambiato qualcosa?».

Sapeva soltanto che quell'uomo era un cronista e che cercava di trarre profitto da tutte le brutte vicende che avevano costellato la sua vita.

Era riuscita a scacciarlo dalla sua mente fino a quando, tre anni prima, Alexandra Thorne aveva cercato di farsi dire tutto quello che sapeva. A un certo punto, Kim aveva considerato la possibilità di incontrarlo, ma poi si era resa conto che non avrebbe potuto fare nulla per impedirgli di sfruttare la sua storia per trarne profitto.

«È qui a sinistra», disse Bryant, svoltando in una strada a senso unico sulla quale si affacciava una fila di cottage in pietra.

«È la casa al centro», indicò Bryant mentre scendevano dall'auto. Una bicicletta era appoggiata al muro accanto alla porta.

Kim respirò a fondo prima di bussare.

La porta fu aperta da un uomo grassottello, qualche centimetro più basso di lei, con i capelli a scodella lunghi fino alle orecchie.

Non era esattamente come si aspettava Kim, non aveva affatto l'aria di un opportunista.

«Henry Reed?»

«Come posso aiutarla?», rispose lui gentilmente.

«Mi chiamo Kim Stone, e lei...».

Si interruppe vedendolo indietreggiare e impallidire.

Come sospettava Kim, non si era aspettato che sarebbe arrivato il giorno della resa dei conti con la bambina traumatizzata che aveva sfruttato per guadagnare qualche soldo. Avrebbe dovuto spiegare un sacco di cose. Oh, sì, aveva tutte le ragioni per essere spaventato.

«Mi perdoni, mia cara», disse lui riavvicinandosi, «ma è da trent'anni che sogno questo giorno».

# Capitolo 62

Alison si concentrò sui suoi appunti, cercando di trarre delle conclusioni da quanto aveva appreso.

Nessuno aveva menzionato l'orecchino mancante.

Ricordava di aver letto di criminali talmente orgogliosi del loro crimine da prelevare dei souvenir dalle vittime. Spesso era un indumento o un gioiello, qualcosa che si poteva sottrarre facilmente al cadavere. Non si trattava necessariamente di oggetti di valore, ma di qualcosa che la vittima indossava o aveva su di sé.

A volte i trofei erano più grotteschi.

Ed Gein, un serial killer degli anni Cinquanta, aveva arredato la casa con i resti delle sue vittime: poltrone in pelle umana, teschi usati a mo' di tazze, un corsetto fatto con il busto di una donna, una cintura di capezzoli. Alex Mengel, di New York, conservava invece gli scalpi. Un serial killer texano prediligeva i globi oculari, mentre il killer di Yellowstone, Stanley Dean Baker, aveva una collezione di dita.

Non importava cosa venisse sottratto, la motivazione era sempre la stessa: prolungare la fantasia del crimine, e tra un crimine e l'altro, mentre sceglieva la vittima successiva, il serial killer tirava fuori i suoi trofei per rivivere l'estasi del delitto.

La polizia aveva considerato fin dall'inizio l'omicidio di Jennifer Townes come un crimine passionale. Il prelievo di un trofeo come ricordo contraddiceva questa teoria, ma c'era qualcos'altro.

L'omicidio di Jennifer poteva essere stato un'escalation. Nessun serial killer si sveglia una mattina e uccide la gente a caso. C'è sempre un precedente.

Il serial killer francese Michel Fourniret aveva cominciato a uccidere soltanto dopo essere stato denunciato da una delle donne che aveva stuprato.

Alcuni cominciano svaligiando le case di donne che vivono da sole per poi stuprarle e ucciderle. Escalation. Altri strangolando una vittima che ha opposto resistenza e scoprendo di provarci gusto. Escalation.

Alison sapeva per esperienza che i serial killer sono solitamente molto organizzati e a ogni nuovo crimine acquisiscono più maturità e fiducia in sé stessi, imparando a modificare le loro modalità d'azione.

Paragonò le due scene del crimine. Jennifer era scomparsa dal bar alla fine del suo turno. Il killer l'aveva portata in un magazzino abbandonato a un paio di chilometri dal club dove aveva potuto brutalizzarla e stuprarla per ore prima che fosse denunciata la sua scomparsa.

Il rapimento di Beverly era avvenuto all'incirca tre ore prima rispetto all'orario della scomparsa della prima vittima. L'uomo l'aveva trascinata in un vicolo dietro una fila di cottage, ma era stato disturbato quando un cane si era messo ad abbaiare.

Aveva già perso il controllo e stava commettendo errori dettati dall'impulsività?

Ma poiché Alison escludeva che si trattasse della vendetta di un amante respinto, la spiegazione più logica era che il killer fosse entrato nel vortice dell'escalation.

Pur essendo una consulente della polizia, Alison non aveva dimestichezza con il database HOLMES, recentemente aggiornato in HOLMES2, ma sapeva che si trattava di un sistema tecnologico in cui venivano registrati tutti i crimini commessi nel Regno Unito.

Su quel database avrebbe potuto controllare se si fossero già verificati incidenti analoghi.

Alison non aveva accesso al sistema, ma conosceva qualcuno che avrebbe potuto aiutarla.

«Stacey, hai un minuto? Ho bisogno di te», disse sollevando la testa.

# Capitolo 63

Sorpresa dalla sua ammissione, Kim seguì Henry Reed in un ampio ambiente dalle pareti in pietra grigia. Il soggiorno si apriva sulla cucina, al di là della quale c'era la zona pranzo con una porta che immaginò fosse quella del bagno.

Le poltrone singole, il piccolo televisore e gli scaffali colmi di libri le dissero tutto quello che aveva bisogno di sapere su come quell'uomo trascorreva le sue giornate.

«Posso offrirle qualcosa da bere, uno spuntino?»

«Grazie, sono a posto così», rispose lei, ancora stupita per come l'aveva accolta poco prima.

«Un bicchiere d'acqua», rispose Bryant, guardando lei con la coda dell'occhio.

«Prego, sedetevi», disse Henry Reed indicando un tavolo in faggio con una panca da entrambi i lati.

Prese una bottiglia d'acqua dal frigorifero, riempì un bicchiere e aggiunse due fettine di limone.

Kim provò un irrefrenabile moto d'odio per Bryant.

«Non avete idea di quanto a lungo abbia aspettato…».

«Perché ha scritto quel libro?», chiese Kim, interrompendolo. Per lei era importante saperlo. L'uomo era diverso da come l'aveva immaginato, ma era passato molto tempo. Anche se ora sembrava gentile e cordiale, ciò non escludeva che all'epoca si fosse comportato da autentico bastardo.

«Ha scritto libri anche su altri bambini traumatizzati?», gli chiese freddamente.

«Assolutamente no», rispose lui, posando il bicchiere di Bryant con mano tremante.

«Allora perché ha scelto di sfruttare la mia storia personale?».

L'uomo la fissò con aria stupita e scosse la testa. «Non è andata così», rispose, inspirando a fondo. «Lasci che cominci dall'inizio. Il giorno in cui vi hanno trovati ero a Hollytree per scrivere un articolo sull'Halesowen Cricket Club e ho visto suo fratello, o meglio il sacco con il corpo di suo fratello».

Il cuore di Kim accelerò.

«Ho sentito la gente parlare di sua madre, suo padre e voi due. Mi si stava spezzando il cuore. E poi ho visto lei», disse scuotendo la testa e sbattendo le palpebre.

«La stavano portando fuori dal palazzo e non dimenticherò mai quella scena. Il silenzio. Lei era fragile come una bambola di pezza. Piccola e pallida, con i capelli neri, gli occhi scuri e un'espressione terrorizzata sul viso. Aveva sei anni e si rendeva già conto di essere completamente sola. L'ho vista soltanto per qualche secondo, finché non l'hanno caricata sull'ambulanza. Tutti gli occhi erano puntati su di lei. Alle mie spalle c'erano tre fotografi che si erano avvicinati per vedere meglio, ma nessuno di loro scattò foto».

«Continui», lo esortò Kim, ansiosa di scoprire perché avesse scritto quel libro. Non si era nemmeno accorta che ci fossero anche dei giornalisti.

«Pubblicammo l'articolo quella notte stessa, ma non era abbastanza. Volevo che qualcuno pagasse per ciò che le era successo. Purtroppo il mio editore non la pensava allo stesso modo e mi ritrovai sommerso da pile di documenti, appunti e interviste che non interessavano a nessuno. Ma io non potevo dimenticarla. La sua espressione mentre la portavano fuori dal palazzo era rimasta impressa nella mia mente. Non potevo arrendermi, in troppi l'avevano già abbandonata».

«Quindi ha deciso di lucrare sulle mie tragedie personali?», chiese Kim.

«Oh, no. Direi piuttosto il contrario. Non ho mai voluto guadagnare un soldo dal suo dolore. Volevo che la gente si ricordasse di lei e imparasse dai propri errori. Ho scritto il libro e l'ho pubblicato a mie spese. All'epoca Amazon non esisteva ancora. E non ho tratto e non trarrò mai alcun profitto dalla sua pubblicazione. Come le ho detto, volevo che la gente non la dimenticasse».

«E pensa che quel libro mi abbia aiutato?»

«Mi piace pensare di avere contribuito a trovare i responsabili per quello che le era successo».

«Ma nessuna delle persone nominate nel libro è mai stata…».

«Volevo che qualcuno pagasse. Io ero un reporter, un giornalista con competenze investigative che non potevo sfruttare sulle pagine sportive del "Dudley Star". Così ho messo in pratica tutto ciò che avevo imparato, ho usato le mie fonti e il mio tempo libero, dimostrando che potevo fare qualcosa di tangibile per aiutarla».

«E cosa ha fatto?», chiese Kim, confusa.

«Sono andato a cercare sua madre e l'ho trovata», rispose lui, fissandola negli occhi.

# Capitolo 64

A differenza dei suoi compagni, Symes non sembrava soffrire troppo il fatto di essere rinchiuso in prigione. Non gli importava più di tanto aver perso la libertà e dover sottostare agli ordini delle guardie. Non era poi molto diverso dall'esercito, tranne per un punto cruciale: non doveva uccidere nessuno.

Gli anni in Afghanistan erano stati i migliori della sua esistenza. Nessuno poteva capire come fosse la vita laggiù, con i compagni che saltavano in aria accanto a te e il terrore di calpestare una mina se soltanto andavi a pisciare.

La frustrazione e la rabbia gli avevano avvelenato il sangue finché non era spuntato un villaggio di civili disarmati. Un sergente tollerante aveva distolto lo sguardo mentre i soldati entravano nelle case. Lo stupro non gli era mai interessato, ma la violenza, il dolore fisico inflitto con le proprie mani era tutt'altra cosa. E c'era sempre stato qualcuno da usare a questo scopo.

Il vero premio sarebbero state le due bambine di nove anni che gli erano state promesse, ma quella troia di Stone gliele aveva sottratte. Mesi di pianificazione, sogni e fantasie su come le avrebbe smembrate un pezzo alla volta erano svaniti per l'interferenza di quella bastarda. Adesso non sognava più ogni notte le due bambine, ma lei. E l'unica cosa che non sopportava dell'essere rinchiuso lì dentro era l'impossibilità di metterle le mani addosso.

La galera somigliava molto agli altri posti in cui aveva vissuto dopo aver lasciato l'esercito. Sorrise al ricordo della prima notte che aveva trascorso lì dentro. Le guardie gli avevano preso le impronte digitali e avevano registrato le sue generalità per poi consegnargli un paio di jeans, due T-shirt, due boxer e una felpa. Prima di poter fare una doccia di due minuti aveva dovuto spogliarsi e sottoporsi a una perquisizione corporea con tanto d'ispezione rettale. Era stato assegnato al braccio A, da allora meglio noto come Beirut. Non avrebbero potuto scegliere una collocazione migliore. Nel braccio A c'erano molti nemici di Stone e li avrebbe reclutati tutti. Ma i suoi alleati più fedeli erano Preece e Lord, che come lui avevano imparato a convivere con il sistema carcerario.

Ognuno di loro aveva trovato un modo per passare la giornata. Per lui era stata la palestra, alla quale poteva accedere 365 giorni all'anno. La sua salvezza e il suo santuario, il posto in cui trascorreva ore a rafforzare i muscoli che sarebbero serviti al suo scopo.

Preece si era iscritto a tutti i corsi organizzati nel carcere, e Kai Lord aveva deciso di scoprire Dio, il che era parecchio ironico.

«Ecco che arrivano», disse Symes mentre Gennard si avvicinava con tre uomini alle spalle.

«Siete il comitato di benvenuto?», chiese la guardia aprendo il cancello.

«Fottiti», rispose lui, fissando Birdy.

«Fate i bravi, ragazzi!», disse Gennard, chiudendo il cancello alle loro spalle.

Symes fece un cenno di saluto ai due nuovi arrivati. Lord avanzò verso di loro e tese la mano. Quando entravano in carcere, i prigionieri potevano scegliere tra un pacchetto di sigarette e una tessera telefonica. Non aveva molta importanza cosa scegliessero, tanto avrebbero tenuto entrambi gli oggetti per pochissimo tempo.

«È bello rivederti, Birdy», disse Symes, posando la mano carnosa sulla sua spalla. «Perché non andiamo a fare una bella chiacchierata?», gli chiese guidandolo verso la terza cella del corridoio.

Lord e Price li seguirono.

«Fuori di qui, ragazzi. È un incontro privato».

Chiusero la porta e Birdy indietreggiò nella minuscola cella di un metro quadrato.

«Mi hai deluso, amico», disse Symes sputando a terra e facendo schioccare le dita.

Birdy si passò una mano tra i capelli che si stavano diradando prematuramente. «L'ho fottuta, amico. L'ho fottuta alla grande. Le ho dato una lezione che non dimenticherà per...».

«Perché la odiavi, vero?»

«Sì, amico. E sai bene quanto. Quello che mi ha fatto è stato...».

«Ti ha messo dentro per furto aggravato e lesioni personali, giusto? E mentre eri in galera tua moglie ha perso la casa. I tuoi figli hanno sofferto e lei ha trovato un altro uomo», disse Symes, ricordando a Birdy perché odiava quella bastarda. «Tua moglie succhiava il cazzo di un altro mentre tu eri rinchiuso tra queste mura».

«È per questo che ho fatto quello che mi avevi chiesto e le ho dato...».

«Quando?».

Birdy era rimasto fuori soltanto dieci giorni.

«Circa una settimana fa», rispose, cominciando a rilassarsi.

Symes fece oscillare la testa. «Strano, l'altro giorno è venuta qui e non aveva nemmeno un graffio».

«Non può essere. Era...».

Il primo pugno colpì Birdy sul naso, facendolo barcollare all'indietro. Symes sentì un'ondata di piacere irradiarsi dalle nocche al cervello. Il rumore secco dell'osso che si spezzava e il sangue che colava dal naso raddoppiarono la sua soddisfazione.

«Ti ho accolto a braccia aperte nel mio club e hai goduto dei suoi benefici, dovevi fare soltanto una cazzo di cosa. Mi hai deluso, amico».

Mentre Symes lo tempestava di pugni e calci si chiese perché alcuni detenuti avessero bisogno di un'arma per infliggere un dolore fisico. Che gusto c'era?, pensò guardando Birdy che rantolava a terra.

Basta divertirsi, adesso.

Era arrivato il momento di passare alle cose serie.

E per questo sì, aveva bisogno di un'arma.

# Capitolo 65

Kim guardò con invidia Bryant bere un lungo sorso d'acqua. Ne avrebbe avuto bisogno anche lei, dopo quell'ammissione su sua madre.

«Perché proprio lei, Reed?», chiese Kim.

«Perché sembrava che non importasse a nessun altro. Quando si è saputo che sua madre era psicologicamente instabile, tutti hanno cercato di scaricare la colpa su qualcun altro. Non mi fraintenda, la polizia aveva svolto l'indagine con poca convinzione, facendo qualche domanda ai vicini, ed era stata presto dirottata su altri casi che richiedevano più attenzione».

«Allora come ha fatto a trovarla?», chiese Kim.

«La polizia non aveva fatto le domande giuste ai vicini giusti. Si erano concentrati su quelli delle porte accanto, pensando che conoscessero meglio lei e i suoi spostamenti. Avevo imparato che i più utili sono i vicini ficcanaso, quelli che non si limitano a osservare, ma parlano e fanno domande, cercando di scoprire tutto su tutti. C'era un vedovo sulla sessantina la cui occupazione preferita era spiare gli altri e che sapeva parecchie cose su sua madre».

«Dov'era?», chiese Kim, cercando di immaginare dove si trovasse mentre lei in ospedale lottava tra la vita e la morte.

«In una casa occupata a West Bromwich. Era ubriaca e aveva smesso di prendere farmaci».

«Le ha parlato?».

Reed annuì. «Le ho chiesto se si rendeva conto di quello che aveva fatto a lei e Mikey».

«E?», chiese Kim, fissando con occhi bramosi il bicchiere d'acqua di Bryant. La rivelazione che quell'uomo aveva davvero parlato con sua madre le aveva seccato la bocca. Immaginava già la reazione della madre a quello che era successo a lei e Mikey, ma voleva sentirla lo stesso, per quanto sarebbe stato doloroso constatare ancora una volta la sua indifferenza.

«Non vuole...».

«Cosa ha detto?», domandò Kim a labbra strette.

«Mi ha chiesto chi fosse lei».

Bryant abbassò gli occhi sul bicchiere.

«Ho chiamato la polizia e ho aspettato finché non sono arrivati. L'intera conversazione è raccontata parola per parola nel libro, se...».

«No, grazie», rispose Kim, sforzandosi di concentrarsi sul caso. «Nel libro ha menzionato anche i cracker?».

Lui aggrottò la fronte e annuì. «Certo».

«Come è venuto a saperlo?», chiese Bryant.

«Un agente di polizia, credo, o forse un paramedico, comunque qualcuno che era presente sulla scena. Avevano visto il pacchetto».

Dunque, Stacey poteva avere ragione.

«Ha venduto qualche copia del libro, recentemente?», domandò Kim.

Lui scosse la testa e si alzò. «Seguitemi, per favore».

Bryant finì l'acqua e lo seguì nel corridoio.

Henry Reed aprì la porta di un piccolo studio affacciato su un rigoglioso giardino cinto da una bassa staccionata oltre la quale si scorgeva la campagna circostante.

Lo sguardo di Kim cadde subito su una scatola nell'angolo. Dovevano essere all'incirca dieci copie, in copertina c'era la silhouette di una ragazzina sotto il titolo *La bambina perduta*. Distolse lo sguardo mentre Reed sfogliava un raccoglitore.

«Ne ho venduta una copia quattro mesi fa», disse scorrendo le sue note. «Sì, adesso ricordo. Il denaro era in una busta imbottita insieme a un'altra busta con sopra un indirizzo stampato».

Il cuore di Kim accelerò il battito. «E ricorda quell'indirizzo?»

«Oh, sì, lo ricordo bene. Era la prigione di Winson Green. Ho pensato che fosse un po' strano, ma immagino che anche ai detenuti piaccia leggere».

Kim lanciò un'occhiata a Bryant per vedere se anche lui fosse sorpreso.

Lo era.

A quanto pareva, quella visita era stata molto più fruttuosa di quanto si sarebbe aspettata.

«Grazie, ispettore», disse Reed, come se avesse capito che il colloquio era finito.

«Per cosa?»

«Per essere venuta qui. Sento che potrò finalmente scacciare l'immagine di quella piccola bambina spaventata, adesso che ho conosciuto la donna forte e vincente che è diventata». Distolse lo sguardo per nascondere gli occhi arrossati. «E il modo in cui ha ottenuto tutto questo è una testimonianza della sua forza e determinazione».

Kim era entrata in quella casa convinta che avrebbe affrontato quell'uomo facendolo vergognare per avere approfittato delle sue disgrazie, e invece aveva scoperto che non era andata affatto così. A modo suo, era stato l'unico a difenderla mentre lei lottava per la vita.

Quel pensiero la confortò. Non era stata così sola come aveva creduto.

«Henry, vorrei soltanto altre due cose da lei prima di andare», disse Kim.

«Certo», rispose lui, chiudendo il raccoglitore.

«Distrugga i libri che le restano».

Lui esitò, guardò la scatola e annuì.

«E?»

«Muoio dalla voglia di bere un bicchiere d'acqua».

# Capitolo 66

Penn si vantava di essere una persona paziente e ragionevole. Ma anche lui aveva i suoi limiti.

Parcheggiò la Fiesta a una certa distanza dall'ingresso dello sfasciacarrozze, nel timore che la confondessero con una delle vetture da demolire, e constatò con piacere che Dobbie aveva ripreso l'attività.

«Salve», gli disse, guardandosi attorno nell'ufficio.

A quanto pareva, Dobbie non aveva approfittato della chiusura forzata per mettere un po' in ordine.

«Cosa ca… diavolo vuole? L'ultimo furgone è andato sotto la pressa una decina di minuti fa».

Penn udì in lontananza il rumore del metallo che si accartocciava.

«Non mi hai ancora dato quel nome, amico», disse Penn, sporgendosi sopra il bancone della reception e rimpiangendo subito di averlo fatto. Dobbie non aveva approfittato della chiusura nemmeno per darsi una rinfrescata alle ascelle.

«Sono stato piuttosto impegnato», rispose distrattamente l'uomo. «A proposito, quando mi restituirete il mio metallo?».

Penn inarcò un sopracciglio. «Lo vuoi insieme alle ossa, la pelle, il sangue e…».

«L'ho pagato e lo rivoglio indietro».

«Vedrò cosa posso fare», rispose Penn. «Ci vorrà del tempo. La scientifica deve finire il suo lavoro. Ma voglio sapere a chi hai pagato quell'auto da demolire. E dato che quel povero disgraziato è morto sotto la tua pressa, mi aspetto che tu sia collaborativo. Visto il modo quasi illegale in cui gestisci la tua impresa, ti consiglio di non cercare di nasconderci qualche informazione importante, come il nome del proprietario dell'auto».

«Ehi, cosa vuole insinuare?»

«Ogni transazione dovrebbe essere registrata con l'importo, il nome del proprietario e il codice fiscale. Un'ispezione del fisco potrebbe costarti cara». Penn fece una breve pausa e poi continuò: «A me non interessa come gestisci i tuoi affari, voglio solo il nome della persona che ti ha venduto quell'auto. Non vorrei essere costretto a denunciarti per…».

«Cristo, voi poliziotti siete bravi a minacciare», rispose lui, spostando dei fogli sulla scrivania.

Penn scorse un hamburger mezzo mangiato sotto una pila di cartelle e si stupì che Dobbie avesse lasciato metà di qualcosa.

«Ecco qui», disse Dobbie, porgendogli un post-it.

«E per sua informazione, questa mattina ho inserito i dati nel mio registro».

Sul post-it c'erano la data, il prezzo di acquisto, il numero della targa e il nome del venditore.

Ed era un nome che Penn conosceva.

# Capitolo 67

«È già ora della pausa pranzo, capo?», chiese Bryant mezz'ora dopo aver lasciato la casa di Reed.

Kim controllò l'orologio. «Sono quasi le tre, e hai già preso un panino in…».

«Sì, ma ho pur sempre diritto a una pausa pranzo», rispose lui mentre si avvicinavano a Redditch.

«Cosa diavolo ti prende? Non facciamo mai un pranzo completo…».

Fu interrotta da una brusca frenata di Bryant, che si fermò davanti a una stazione di servizio.

«Capo, posso avere il mio pranzo, per favore?», le chiese.

«Se proprio non puoi farne a meno».

Kim si aspettava che si precipitasse fuori dall'auto per prendere da mangiare o fare qualche telefonata importante, ma lui slacciò la cintura e si voltò verso di lei.

«Penso che non dovresti lavorare su questo caso», le disse.

«E perché?», chiese lei, irritata.

«Non credo sia salutare».

Kim si domandò da dove diavolo avesse tirato fuori una frase del genere.

«È per via di quello che è successo all'obitorio?»

«Non solo», rispose lui, mordendosi il labbro. «Non dovresti rivangare il tuo passato».

Kim non riusciva a capire quale fosse il problema.

«Non mi sono certo lasciata dominare dalle emozioni e mi sono ben guardata dal rimuginare sul passato. Non ho avuto una crisi isterica e non sono scoppiata in lacrime mentre interrogavo qualcuno».

«È proprio questo a preoccuparmi», rispose Bryant.

«Non capisco cosa vuoi dire».

«Sembra che non provi alcuna emozione. Sei rimasta fredda e indifferente persino quando Henry ti ha raccontato dell'incontro con tua madre. Quel bastardo ti ha costretta ad affrontare alcuni degli eventi più dolorosi della tua vita, ha rievocato i tuoi ricordi più terribili e tu hai reagito come se quelle cose fossero successe a un'altra persona. Stai reprimendo i tuoi sentimenti a tal punto che...».

«Che cosa, Bryant?»

«Che rischi di estraniarti da te stessa. Non è normale, e non è salutare. Anche il tuo corpo te l'ha detto poco fa all'obitorio, ma tu non l'hai ascoltato».

«È stato soltanto un momento di debolezza, o qualcosa del genere», mentì lei. «Questi incidenti non sono una novità per me. Li ho già vissuti e ho dovuto conviverci per tutta la vita».

«Non è come se stessi rievocando una gita allo zoo o una bella vacanza, si tratta di traumi che hai deciso di rimuovere dalla tua coscienza».

«Fammi capire meglio, vuoi che rinunci a questo caso soltanto perché lo sto affrontando bene?», chiese Kim.

«Lo stai affrontando troppo bene perché sia normale. Stai evitando ogni emozione, e questo alla lunga potrebbe...».

«Avvia il motore, Bryant», lo interruppe Kim. Gli effetti a lungo termine di quel caso sul suo equilibrio mentale non la interessavano e avrebbe fatto il possibile per prendere quel bastardo prima che facesse del male a qualcun altro.

«Capo, volevo soltanto dire...».

«Rimetti in moto, Bryant, e torniamo alla stazione di polizia. La pausa pranzo è finita da un pezzo».

# Capitolo 68

A Stacey dispiaceva aver detto di no a Alison. Ma interrogare HOLMES2 su incidenti come quello del suo caso precedente non era facile.

Alison credeva che sarebbe bastato inserire qualche dettaglio chiave, ma se lei ci aveva visto giusto, l'omicidio di Jennifer Rownes era il risultato di un'escalation, e poiché i casi irrisolti di stupro erano migliaia, la ricerca avrebbe richiesto intere settimane.

A essere sincera, pensava che Alison stesse sprecando il proprio tempo su un caso per il quale la squadra della West Mercia aveva già trovato il colpevole, e la comportamentalista aveva solo difficoltà ad accettare il proprio errore.

Non era così insensibile da dirglielo, ma i rapporti tra di loro sembravano essersi raffreddati e Stacey trasse un sospiro di sollievo quando udì entrare Penn.

«Ehi, Stace», la salutò lui, posando la borsa.

Poi si voltò e fece un cenno verso Alison, come se si fosse dimenticato che era lì.

«Dov'è il capo?», chiese.

«Sta controllando una traccia nelle Cotswolds. Un particolare della prima scena del crimine che il nostro killer non poteva avere appreso dalla stampa. Non mi ha ancora chiamata», disse Stacey, pensando che fosse strano: di solito Kim si faceva viva ogni due ore.

«Cosa c'è nelle Cotswolds?»

«Un tipo che ha scritto un libro sull'infanzia del capo, un cronista o qualcosa del genere».

«C'è addirittura un libro su di lei?».

Stacey annuì. «È per via del pacchetto di cracker. Nessun articolo di giornale lo menziona e così ho pensato…».

«Ehm», fece Alison senza sollevare lo sguardo.

«Con un po' di aiuto da parte sua», concesse Stacey. «Ho pensato che doveva averlo appreso da qualche altra parte ed è andata a controllare se quel tipo ha venduto delle copie del suo libro di recente».

«Non poteva telefonargli?», chiese Penn, prendendo l'ultimo dolcetto dal Tupperware.

Alison lo guardò in cagnesco mentre lo addentava. Stacey era stupefatta dalla quantità di calorie che assumeva ogni giorno quella donna.

«Be', io ho…», iniziò Penn.

«Allora, io ho…», disse simultaneamente Stacey.

Scoppiarono a ridere entrambi.

«Potrete continuare la vostra conversazione tra un minuto, prima voglio delle informazioni», disse Alison, scrutandoli da sopra la montatura degli occhiali.

Stacey e Penn le lanciarono un'occhiata incuriosita.

«Ho scorso i nomi che mi avete dato e ho lavorato su alcuni profili. Ne ho escluso qualcuno per mancanza di motivazioni. Molti di loro non hanno l'energia, le conoscenze e la tenacia di cui ha dato prova il nostro killer».

«Quindi dobbiamo toglierli dall'elenco dei sospettati?», chiese Stacey.

«Ci saranno sempre delle eccezioni alla regola, ma nel comportamentalismo e nell'elaborazione dei profili dobbiamo seguire le regole e non le eccezioni».

Stacey non era sicura che quel modo di procedere la facesse sentire meglio, non era a suo agio con quella donna che escludeva dei potenziali sospettati soltanto perché non corrispondevano ai parametri della sua equazione.

«Vedo che non sei convinta, Stacey, ma cerca di seguire il mio ragionamento».

Penn la guardò: gli pareva che li stesse trattando come due bambini che vengono rimproverati dalla maestra.

«Allora, considerala in questo modo. In un'indagine si cercano movente, mezzi e opportunità. Si tracciano collegamenti tra questi tre prerequisiti, aggiungendo qualche prova forense. Tracciare un profilo non è molto diverso, ma deve includere i tratti della personalità. Per esempio, l'assassino è rabbioso ma pigro? Se è così, non è lui l'uomo che cerchiamo. È energico ma privo di risorse? Anche in questo caso, non può essere lui. La sua rabbia si manifesta con scatti di breve durata? La pianificazione necessaria per crimini come questi ci porta a escludere anche lui. È creativo ma manca di disciplina? Ancora una volta, soltanto una persona disciplinata può compiere questi atti senza ricorrere all'aiuto di altri. Ci sono un'infinità di fattori e considerazioni...».

«E se si trattasse di più di una persona?», chiese Stacey. «Potrebbero compensare a vicenda i punti deboli».

«E distruggersi a vicenda», osservò Alison.

«Ma nel caso del rapimento...».

«Per un po' ha funzionato bene perché entrambe le parti volevano ricavarne qualcosa di diverso. Una voleva denaro e l'altra gratificazione personale. Non è come la vendetta, che è più personale e difficile da condividere».

Stacey dovette riconoscere che il suo ragionamento aveva senso.

«Quindi hai tratto qualche conclusione?», chiese Stacey.

Alison scorse i suoi appunti.

«Ho esaminato tutte le caratteristiche necessarie per questi crimini e ho escluso molti dei sospettati, ma c'è ancora un nome su cui non sono convinta».

«Cosa ti manca per depennarlo dal nostro elenco?», chiese Stacey.

Alison si tolse gli occhiali prima di parlare.

«Vorrei che mi diceste qualcosa di più su Nina Croft».

# Capitolo 69

«Okay, ricapitoliamo», disse Kim. La leggera brezza che si era levata nel corso della giornata spirava attraverso la finestra aperta, offrendo a tutti un po' di agognato refrigerio.

«Per prima cosa abbiamo parlato con John Duggar. Quando ha detto di odiarmi, mentiva. Non ci eravamo mai incontrati prima ed era entrato nel club dell'odio per avere protezione, anche se, vedendolo, è difficile credere che ne avesse bisogno», disse, cogliendo l'occhiata che si scambiarono Stacey e Penn.

«L'autopsia dei coniugi Phelps non ha permesso di stabilire le cause della morte, ma stanno facendo altri esami…».

«E com'è andata l'autopsia?», chiese Alison, ma non stava guardando lei. Lo stava chiedendo a Bryant.

Anche Kim era curiosa di sapere cosa avrebbe risposto il collega. E dopo la loro conversazione in auto, non ne aveva idea. Dipendeva da lui, ora. Non gli aveva dato istruzioni, non gli aveva chiesto di mentire per lei. Lui sapeva che una parola sbagliata sarebbe giunta ai piani alti più in fretta di una pacca sulla spalla, esaudendo il suo desiderio. Le avrebbero tolto il caso.

Il punto, ormai, era se lui si fidasse o meno di lei.

«Il capo si è comportato esattamente come mi sarei aspettato», disse, guardandola negli occhi. «Con professionalità e integrità».

Be', l'ultima parte era un po' esagerata, ma Alison sembrava soddisfatta.

«Abbiamo anche stabilito che il nostro uomo nel cubo era probabilmente chiuso nel bagagliaio, e infine abbiamo appreso che una copia del libro è stata spedita alla prigione di Winson Green circa quattro mesi fa».

«Accidenti!», esclamò Stacey. «Non pensi che lui...?»

«Non ricorda il nome dell'uomo che l'ha ordinato», la interruppe Kim, scuotendo la testa.

«Questo quindi esclude Nina Croft?», chiese Stacey rivolta a Alison.

«Cosa mi sono persa?», domandò Kim.

Alison scorse le pagine del suo blocco per appunti. «Penso sia una probabile candidata, e dopo che Stacey ci ha spiegato come fosse al corrente delle azioni del marito riguardo all'omicidio di quelle due ragazzine, sono ancora più sospettosa. È vero che ha pagato la bambinaia per andare a letto con il marito?».

Kim annuì. «Non voleva avere rapporti con lui ma non voleva nemmeno che portasse a casa qualche malattia».

Alison prese un appunto. «Penso davvero...».

«Non è lei», obiettò Stacey. L'istinto di Kim le diceva la stessa cosa, ma mentre Alison era concentrata in quella direzione, lei stava cercando altrove, nel suo passato.

«Cosa hai scoperto, Stace?», chiese Kim.

«Ho esaminato i vecchi casi con Alison e fatto qualche ricerca. I Phelps hanno un figlio».

Kim aggrottò la fronte. «E dove diavolo è?».

Stacey scosse la testa.

«Nessun indizio. I vicini dicono che è in viaggio all'estero. Così ha detto loro prima di partire, circa un anno fa. Non doveva essere un tipo molto popolare e a quanto pare nessuno sente la sua mancanza».

«Cerca di scoprire qualcosa di più, Stace», disse Kim. I figli scomparsi di genitori morti potevano avere qualcosa da nascondere.

«Penn?», chiese Kim.

«Ho parlato con Jenks. Mi ha detto che il desiderio più grande di Amy e Mark era avere una casa. Un'inquilina del condominio ha menzionato un tipo della cooperativa edilizia che bazzicava da quelle parti».

«Gli appartamenti a Hollytree...?»

«Sono di proprietà del comune, lo so», continuò lui. «Così sono andato in comune e mi sono fatto dare l'elenco di tutti quelli che hanno preso la chiave per andare a visitarlo».

«Ottimo lavoro».

«E sulla via del ritorno mi sono fermato da Dobbie per farmi dare il nome della persona che gli ha venduto l'auto e il numero di targa».

«Complimenti, Penn».

«Il numero di targa non ci serve a molto. La macchina è stata rubata dieci giorni fa al compagno diciannovenne di un pittore che ha subito denunciato il furto. Nessun collegamento con persone coinvolte in questo caso…».

«Dove è stata rubata?», chiese Kim.

Penn controllò di nuovo l'indirizzo. «Fairview Road, a…».

«La conosco», disse lei. Era la strada dell'orfanotrofio dove aveva trascorso gran parte dell'infanzia. Era quello il collegamento. La rivelazione fu per Kim come una gomitata alle costole.

«C'è dell'altro», riprese Penn. «La persona che ha venduto l'auto a Dobbie è anche nell'elenco di quelli che hanno visitato l'appartamento».

«Stai scherzando?», chiese Kim mentre Bryant si sporgeva in avanti sulla sedia.

«Ma la notizia non ti piacerà, perché si tratta di qualcuno che hai già tolto dall'elenco. È il nostro John Duggar, quello che non ha alcuna ragione per odiarti».

# Capitolo 70

«Mmm… interessante», disse Alison, avvicinandosi a Kim in fondo alle scale.

Lei e Bryant stavano andando da Duggar.

Kim era d'accordo con lei sulle scoperte di Penn. «Sì, è strano che Duggar appaia…».

«Non parlo di questo», replicò Alison, seguendola attraverso la porta con l'apertura a codice. «Per me, la cosa interessante è la risposta di Bryant alla mia domanda sul tuo comportamento durante l'autopsia».

Ah, quello. Kim aveva sperato che la donna avesse preso per buona quella risposta.

«Non lo definirei proprio un bugiardo, ma…».

«Come, scusa?», disse Kim, voltandosi verso di lei.

«Be', se Bryant è stato sincero sulla tua reazione davanti ai corpi carbonizzati, allora i tuoi sentimenti per Keith ed Erica non sono nemmeno paragonabili…».

«Alison, ti suggerisco di chiudere quella cazzo di bocca», sbottò Kim, incamminandosi verso l'auto.

«Questo non fa altro che confermare la mia idea», disse Alison, seguendola. «Non avere alcuna reazione di fronte alle analogie tra i due casi non è normale, nemmeno per te, soprattutto quando i tuoi pugni serrati tradiscono le emozioni che provi per quella coppia».

Kim aprì i pugni, frugò nelle tasche e si rese conto che le chiavi le aveva Bryant. Non poteva più salire in auto e investirla.

Si voltò. «Eppure, riesco comunque a essere professionale e a fare il mio lavoro…».

«Non ne dubito», rispose Alison, scuotendo la testa. «Quello che mi colpisce di più sono le parole che ha usato Bryant. Ha detto che ti sei comportata esattamente come si sarebbe aspettato».

«Bryant non ha mentito, non osare...».

«E invece oso, perché sono qui proprio per questo. Se pensi che mi aspettassi che non avresti avuto alcuna reazione emotiva e che questo sia il modo migliore per ingannarmi, sei decisamente fuori strada. La tua mancanza di trasparenza mi induce a dubitare della tua capacità di gestire questo caso, quindi non ti stai facendo un favore cercando di fingere che sia come qualsiasi altro. E poi oserò perché tu non sei il mio capo. Sto collaborando con la tua squadra, ma...».

«È vero, perché se fossi il tuo capo non te ne andresti così presto ogni giorno», la interruppe Kim, sollevando lo sguardo verso la finestra della stanza dove il resto della squadra era ancora al lavoro. Erano appena le cinque del pomeriggio.

«Ho un parente in ospedale», rispose Alison in tono vago.

«Sarai anche una comportamentalista, ma sei assolutamente incapace di mentire», osservò Kim. «A differenza di te, però, accetterò la tua risposta perché è chiaro che non vuoi raccontarmi tutta la verità. Rispetto il tuo desiderio di...».

«Stammi bene a sentire, non sono tua nemica», disse Alison, piegando di lato la testa. «Tu conosci te stessa e io conosco le persone, capisco il loro comportamento, e che ti piaccia o no, finirai per cedere. Puoi sforzarti quanto vuoi, a un certo punto crollerai».

Kim pensò al suo incontro con il water dopo essere corsa fuori dalla stanza dell'obitorio. «Alison, non ho bisogno...».

«Ascoltami bene. Non so come convivi con il tuo passato: dissociazione, rimozione, negazione o un mix di tutte. Ma puoi stare certa che le tue solite tecniche, il tuo modo di affrontare una giornata qualunque, non possono reggere lo stress di avere tutti i tuoi demoni sbattuti in faccia».

Kim respirò a fondo e distolse lo sguardo, rammaricandosi che tutti sapessero che era proprio contro i suoi demoni che stavano lottando.

«Il problema non è tanto essere costretta a ricordare tutti quegli orrori, quanto doverli analizzare. Non puoi dargli un'occhiata come se fossero il poster di un film per poi voltarti dall'altra parte e seppellire tutto in fondo alla mente. Per risolvere questo caso e scoprire chi c'è dietro, è necessario esaminare e sezionare tutti gli indizi e le tracce».

Kim incrociò il suo sguardo e fu sorpresa dall'empatia e dalla comprensione che irradiavano dai suoi occhi.

«In pratica, sei costretta a rivivere tutti gli eventi terribili del tuo passato, e ho paura che prima o poi questo ti porterà a fare qualcosa che un giorno rimpiangerai».

# Capitolo 71

Quando entrò in ospedale, Alison aveva appena finito di far sbollire la rabbia. Cercare di convincere Kim che lei non era il nemico si era rivelata un'assoluta perdita di tempo. Le sue parole e i suoi consigli non sarebbero valsi a nulla, era come vedere una macchina che sfrecciava a tutta velocità verso un muro e non poter fare niente per fermarla.

Lei ci aveva provato, pensò mentre si annunciava al citofono e la porta si apriva.

Valerie stava riordinando dei documenti sulla scrivania.

«Come sta?», chiese Alison.

«Sempre uguale. È ancora incosciente, ma non abbiamo perso le speranze».

Alison era felice di sentire quelle parole. Ringraziò l'infermiera e si allontanò dalla sua postazione.

«È bello che vostra madre sia finalmente arrivata», commentò Valerie in tono pacato.

«Co... come?», chiese Alison fermandosi di scatto.

«Sua madre è qui, è venuta a trovare sua sorella. Pensavo che le avrebbe fatto piacere saperlo. Volevo evitarle uno shock, visto che mi aveva detto che è morta».

Le guance di Alison avvamparono mentre si sforzava di trovare un modo per districarsi da quella bugia.

«Non si preoccupi», disse Valerie. «Non le hanno mai detto che è una pessima bugiarda?».

Di recente era successo più di una volta, pensò.

«Mi dispiace averle mentito. Dovrei...».

«L'ho capito dalla prima volta che è venuta a trovarla, ma nessun altro lo faceva. Era completamente sola».

«E quindi mi ha lasciata entrare?».

Valerie si strinse nelle spalle e le rivolse un mezzo sorriso. «Aveva l'aria di una persona perbene e avevo letto che l'uomo che l'ha aggredita era sotto custodia. Lei non sembrava costituire un pericolo».

Alison non riusciva a credere che a una totale estranea come lei fosse stato concesso di sedersi per ore al capezzale della vittima di un'aggressione.

«Sembrava così triste, dispiaciuta e persa che...».

«Mi ha lasciata entrare perché ero triste?», chiese Alison.

Valerie sorrise. «No, l'ho lasciata entrare perché c'è questo», le rispose, indicando un monitor sotto l'alzata della scrivania.

«Telecamere di sorveglianza?»

«Non l'ho mai persa d'occhio, nemmeno per un istante».

Alison non riuscì a nascondere la propria sorpresa.

«Non so cosa ci faccia lei qui, ma adesso c'è una sua parente. Non c'è più niente che lei possa fare».

All'improvviso Alison si rese conto che finalmente poteva chiedere scusa a qualcuno per sgravarsi del peso opprimente si trascinava dietro a ogni passo.

«Posso dire soltanto due parole a sua madre?»

«Dipende», rispose Valerie. «Vuole confortarla? Rassicurarla? Dirle qualcosa che potrebbe renderle meno doloroso vedere la figlia in quelle condizioni?».

Alison rifletté un istante e poi scosse la testa.

«Allora è meglio che le lasci in pace».

Alison capì di non poter fare altro.

Tranne una cosa.

«Ha i suoi effetti personali?», chiese a Valerie.

«Non voglio nemmeno sapere perché me lo stia chiedendo, ma la risposta è no, la polizia ha preso tutto quando è entrata in sala operatoria».

Era ovvio, una vera detective l'avrebbe saputo.

«Ma naturalmente abbiamo stilato un elenco di quello che indossava. Quando una vittima è ancora viva, la sicurezza personale viene prima della conservazione delle prove e non ho permesso agli agenti di toccarla».

Alison non riuscì a trattenere un sorriso.

«È tutto riportato nel nostro registro», spiegò, indicando un raccoglitore alle sue spalle.

Valerie si leccò l'indice, sfogliò le prime pagine e le mostrò l'elenco, firmato da lei stessa e dall'ispettore capo Merton.

Pantaloni
T-shirt
Reggiseno
Slip
2 sandali
Borsetta – marrone
Portafoglio – marrone
Orologio Casio
Cavigliera

Il cuore di Alison accelerò quando arrivò all'ultima riga.

«Ne è sicura?», chiese, indicandola.

Valerie annuì. «Gliel'ho tolto io stessa».

L'ultima voce dell'elenco era:

1 orecchino di plastica – fenicottero rosa.

# Capitolo 72

«Ehi, Bryant, bussa come si deve», disse Kim picchiando più forte contro la porta.

Ci avevano messo meno di quindici minuti per raggiungere la casa di Duggar, dietro al Civic, dalla stazione di Halesowen.

Kim aveva guidato a gran velocità, e Bryant aveva tenuto gli occhi chiusi per tutto il tragitto. Aveva chiesto di cosa avessero discusso lei e Alison, ma era bastata un'occhiata del capo per fargli capire che non era dell'umore giusto per parlarne.

«Proviamo dal retro», propose Kim, correndo verso il fondo della fila di cottage. Dietro c'era uno stretto canale di scolo pieno di vecchi giocattoli e spazzatura varia.

Avanzò fino al terzo cottage. Il recinto in legno, alto circa un metro e ottanta, era sormontato da un graticcio di altri trenta centimetri buoni. Ma il vero problema era il filo spinato in cima.

«Maledizione, è parecchio diffidente il nostro amico!», disse Kim.

«Non pensarci nemmeno», la avvertì Bryant. «Neanche Bear Grylls ce la farebbe».

«Ehi, Bryant, cosa costa di più, un pannello di vetro o un pannello di recinzione?», chiese Kim.

«Be', i pannelli di recinzione sono piuttosto economici, di questi tempi».

«Proprio come pensavo», rispose lei, sollevando una gamba e sferrando un calcio al recinto di legno.

«Cristo, capo, non sappiamo nemmeno...».

«Taci e aiutami», lo interruppe Kim. Quando lo vide esitare, alzò gli occhi al cielo e aggiunse: «Woody sarà contento di sapere che ho tenuto conto dei tagli al budget. E penso davvero che quest'uomo sia in pericolo. Soddisfatto?»

«Veramente no, visto che il tizio è grande e grosso quanto il cesso di mattoni che usava mia nonna in...».

«Ma non gli piacciono i conflitti», gli ricordò Kim, assestando un altro calcio alla recinzione. Dopo altri due colpi, attraversarono la fila di laburni che nascondevano il filo spinato dalla casa. Kim scostò con le braccia le ragnatele che le si attaccavano ai vestiti.

Si diresse verso la porta del patio e notò subito che la cucina era vuota.

La porta non era chiusa a chiave, e quando entrò il cane iniziò ad abbaiare.

Bryant la fissò con aria interrogativa e lei capì cosa stava pensando. Possibile che un uomo che ha protetto il giardino con il filo spinato lasci aperta la porta di casa quando esce?

Kim attraversò la cucina e si avvicinò al ripostiglio.

«Va tutto bene, Mofo», disse. Il cane emise un ultimo ringhio e poi si tranquillizzò, come se ormai avesse fallito nel suo compito di tenere lontani gli estranei e non avesse più senso continuare.

Bryant entrò in soggiorno per controllare l'altra uscita.

«Polizia!», urlò. Nessuna risposta, nessun rumore.

«Polizia!», ripeté. «Sto salendo al piano di sopra», avvisò, avviandosi verso le scale.

Kim capì subito che lassù Bryant non avrebbe trovato nulla.

Sul bancone della cucina c'era una tazza ancora tiepida.

John Duggar era uscito da non più di mezz'ora e, a quanto pareva, se n'era andato piuttosto di fretta.

# Capitolo 73

Nonostante il capo le avesse detto di tornare a casa, Stacey era davanti all'abitazione dei Phelps.

Qualcosa in quella storia non quadrava per niente. Due persone modeste e rispettabili bruciate vive in un'auto senza alcun motivo apparente.

Stacey aveva scoperto che avevano un figlio e che era in viaggio da qualche parte, e sperava di trovare un indizio su dove si trovasse. Una cartolina, una lettera, un computer su cui cercare delle email.

Un vicino le aveva dato il nome di Joel, ma le ricerche su "Joel Phelps" non avevano portato risultati: nessun precedente penale, niente profili social, sembrava scomparso nel nulla. Eppure doveva essere in contatto con i genitori.

Stacey esibì il tesserino e passò sotto il cordone della scena del crimine. Piccoli capannelli di curiosi sostavano davanti alla casa nonostante non ci fosse nulla da vedere. Nessuno stava portando fuori cadaveri, niente scandalosi segreti spifferati ai giornalisti. La polizia stava solo setacciando la casa in cerca di indizi.

«Ehi, Mitch», disse Stacey entrando. «Ti prendi una pausa dalla dottoressa A?», chiese, ricordando quello che aveva detto Kim.

Lui alzò gli occhi al cielo. «Ti giuro che se quella donna mi dà ancora una volta dell'idiota...», disse, scuotendo la testa.

«Trovato qualcosa d'interessante?»

«Nessuna traccia di colluttazione. Tutte le stanze sono in perfetto ordine. Che ci fai qui?», le chiese, sfilandosi la mascherina.

«Volevo capire che tipi erano. Hai visto un computer o un iPad?».

Mitch scosse di nuovo la testa. «Non avevano nemmeno Sky o la tivù via cavo. Solo il digitale terrestre e un telefono fisso». Controllò l'orologio e si guardò intorno. «Tra mezz'ora metteremo i sigilli alla casa».

Stacey annuì, camminando per la stanza. La prima cosa che notò furono i libri. Erano ovunque: sugli scaffali, sui tavolini e impilati sulle sedie. A quella coppia piaceva molto leggere e questo spiegava la loro mancanza d'interesse per la tivù.

Stacey salì al piano di sopra, dove si trovavano tre camere da letto. Nella più grande c'erano un letto matrimoniale, un guardaroba, una toletta e altri libri. La seconda camera era stata trasformata in biblioteca, mentre la cameretta era usata come ripostiglio.

Dunque il figlio doveva essersene andato definitivamente.

Stacey ritornò nella camera principale e si sedette sul lato destro del letto. Aprì il cassetto del comodino e fece un balzo indietro.

«Cristo santo!», sussurrò fissando il colorato assortimento di sex toys e lubrificanti. Chiuse il cassetto e sorrise. Evidentemente a quella coppia non piaceva soltanto leggere, e dovevano essere piuttosto affiatati.

Si spostò sull'altro lato del letto ed esitò prima di aprire il cassetto del comodino, chiedendosi cosa avrebbe trovato questa volta.

Quando lo aprì, le sfuggì un sospiro di sollievo. Niente sex toys, soltanto mollette per capelli, qualche gioiello, un blocchetto di ricevute e in fondo un piccolo diario con lucchetto che le ricordò il suo di quando era adolescente. La chiave era infilata nel lucchetto, che non era nemmeno chiuso.

Stacey cominciò a sfogliare le pagine. L'ultima annotazione risaliva alla notte precedente la loro morte. La calligrafia era ordinata, ma i testi molto brevi, notò leggendo quelli che le parvero appunti sparsi, senza alcun accenno ai sentimenti.

Il giorno prima di venire uccisi erano andati dal medico per controllare la pressione di Bill, avevano comprato dei francobolli all'ufficio postale e fatto un salto in biblioteca.

Stacey scorse indietro le pagine, più o meno tutte sullo stesso tono, finché non arrivò a una data di due settimane prima:

Ho visto Joel. Non sapeva cosa dire. Se n'è andato presto.

Stacey aggrottò la fronte. Dove aveva visto il figlio? Il vicino le aveva detto che era in viaggio da parecchio tempo.

E perché era stato così reticente con la madre?

Continuò a scorrere all'indietro il diario e trovò un foglio accuratamente ripiegato e ingiallito dal tempo.

Lo aprì e scoprì che si trattava di un certificato di nascita.

Dovette guardare più volte per essere sicura di aver letto bene.

Il certificato era di Joel, ma il suo cognome non era Phelps.

Non c'era da stupirsi se non aveva trovato nessuna traccia di lui.

Aveva cercato la persona sbagliata.

# Capitolo 74

«Al momento non c'è nient'altro che possiamo fare, capo», disse Bryant mentre rientravano alla centrale. «Abbiamo diramato una descrizione di Duggar. Se si farà vivo, saremo i primi a saperlo. Sono quasi le otto e…».

Fu interrotto dallo squillo del cellulare di Kim.

«Lavori fino a tardi, Keats», disse lei rispondendo alla chiamata.

«Soltanto per il mio detective preferito», rispose lui.

«Sì, è proprio qui accanto a me», replicò, azionando il vivavoce.

«Ehi, Keats», disse Bryant.

«Scusa l'ora, ma sono arrivati i risultati di alcuni esami e pensavo che avresti voluto sapere cosa…».

«Certo!», lo interruppe Kim.

«Dagli esami tossicologici di Amy Wilde e Mark Johnson risulta che avevano nel sangue una considerevole quantità di eroina, di certo sufficiente a provocare un'overdose. Ma c'è dell'altro: un'alta concentrazione di un farmaco chiamato Baclofen, un miorilassante usato per curare gli spasmi muscolari e varie patologie muscolo-scheletriche».

«Maledizione!», esclamò Kim. «Stai dicendo che il nostro killer li ha rilassati abbastanza da riuscire a iniettargli una dose eccessiva di eroina?»

«Sembra proprio di sì», rispose Keats.

«Grazie per…».

«Non è tutto, ispettore», aggiunse Keats prima che Kim chiudesse la chiamata.

«È stato trovato lo stesso farmaco nei tessuti molli dei Phelps».

Calò un silenzio che si protrasse per qualche secondo.
«Quindi erano paralizzati?», domandò Kim piano.
«Sì», rispose Keats. «Molto probabilmente semicoscienti, ma incapaci di muoversi».
«Merda!», esclamò Bryant, scrollando il capo.
Kim immaginò la coppia impossibilitata a muoversi mentre le fiamme divampavano nell'abitacolo, bruciando la loro carne fino all'osso. Si augurò che fossero morti prima per le esalazioni del fumo.
Kim deglutì e scacciò quell'immagine dalla mente.
«Grazie, Keats», disse, chiudendo la telefonata.
Kim scese dall'auto e scosse la testa. Esisteva un modo peggiore di morire?
Bryant posò le braccia sul tetto della macchina. «Dobbiamo prendere quel bastardo, capo», disse mentre le porte della stazione di polizia si aprivano.
Tre agenti uscirono e si diressero verso l'auto della squadra parcheggiata di fianco alla loro. Il guidatore urtò accidentalmente Kim.
«Ehi, attento...».
«Scusi, ispettore, non volevo...».
Gli altri erano già saliti in macchina.
«Dove andate così in fretta?»
«Uno stupro a Linley Park...».
«Cosa?», chiese Kim, sentendosi gelare il sangue.
L'agente ripeté, e poi saltò in macchina.
Kim si lasciò ricadere sul sedile del passeggero dell'auto di Bryant.
«Cosa succede, capo?», le domandò lui, rimettendosi al posto di guida.
«Io... io non sono... Voglio dire...».
«Parlami, capo!», le intimò Bryant.
Kim annuì e si riscosse. «Bryant, segui quell'auto. Subito».

# Capitolo 75

Linley Park non era un vero e proprio parco.

Era più che altro un'area giochi con due altalene, uno scivolo e uno spazio vuoto nel punto in cui un tempo c'era una rete da arrampicata a forma di ragnatela. Oltre, c'erano un campetto da calcio e una macchia di alberi di una trentina di metri quadrati.

Lo spazio era incuneato tra due piccoli complessi residenziali di villette a schiera.

E una di quelle case un tempo apparteneva alla famiglia adottiva numero cinque di Kim.

«Perché siamo qui, capo?», chiese Bryant mentre parcheggiava dietro la macchina che avevano seguito e un'ambulanza.

Kim scese dall'auto senza dire nulla.

«Dov'è…?»

«In mezzo agli alberi», rispose lei, incapace di guardarlo in faccia.

Stava fissando gli agenti che attraversavano il campo di corsa. Quando ebbero raggiunto la linea degli alberi, i due uomini rallentarono e lasciarono entrare per prima l'agente donna.

«Capo…».

«Bryant, per favore, smettila di parlarmi», gli intimò lei piano.

In quel momento non aveva nulla da dirgli. La sua mente era un caleidoscopio di immagini. Si vedeva da bambina, seduta su quell'altalena mentre scendeva la sera e i ragazzini tornavano a casa dopo che i genitori li avevano chiamati urlando i loro nomi.

Kim aveva aspettato a lungo, sperando che quella sera sarebbe stata la signora Lampitt a chiamarla, e non lui.

Avanzò attraverso il prato, concentrandosi nell'azione di mettere un piede davanti all'altro. Pareva che la sua mente avesse dimenticato come si faceva.

Si sforzò di non guardarsi attorno, di non posare gli occhi sui pali ai lati opposti del campo. Persino l'erba sotto i piedi le sembrava familiare. Solo che i suoi piedi erano più piccoli all'epoca, calzavano scarpe da ginnastica nere e c'era lui a tenerla per mano.

Kim rabbrividì e si sforzò di scacciare i ricordi. Non era il momento di ripensarci. Non poteva tornare in quel luogo. Non poteva rivangare eventi avvenuti quando era affidata a quella famiglia e di cui non aveva mai fatto parola con nessuno. La famiglia dopo Keith ed Erica.

Superò gli agenti e si inoltrò tra gli alberi. Il profumo dei lillà le invase le narici, ridestando i ricordi. Bryant, alle sue spalle, le posò una mano sulla schiena.

Avanzò verso l'agente donna, che era inginocchiata a terra con un paramedico per lato.

«Va tutto bene, tesoro, ti abbiamo trovata», disse l'agente.

Kim non riusciva a vedere la ragazza e la poliziotta fece loro cenno di allontanarsi.

Kim annuì e indietreggiò, rispettando la richiesta. Nessuno sapeva esattamente cosa avesse passato quella ragazza e l'agente stava cercando di instaurare con lei un rapporto di fiducia. C'erano troppe facce, e la giovane probabilmente non sapeva chi ascoltare.

Kim fece qualche passo verso destra e notò un indumento insanguinato accanto a uno dei due paramedici. Stavano lavorando all'altezza del bacino, sudavano profusamente e uno dei due scuoteva la testa.

Oddio, cosa le aveva fatto quel bastardo?, si chiese Kim, sentendo accelerare il battito.

Scorse un piede con lo smalto sulle unghie. Le gambe esili erano nude, e risalendo con lo sguardo Kim vide il sangue che le colava lungo le cosce.

Una seconda squadra di paramedici arrivò di corsa con una barella.

«Grazie a Dio», disse uno dei due a terra accanto alla ragazza. «Con tutto il sangue che ha perso, non so quanto resisterà». Si voltò verso un agente in uniforme. «Dobbiamo spostarla da qui. Non riusciamo ad arrestare l'emorragia».

La poliziotta annuì. «Salgo sull'ambulanza con lei».

All'improvviso altre persone si accalcarono attorno alla vittima, che non aveva ancora emesso alcun suono.

Kim avrebbe voluto avvicinarsi e prenderle la mano, rassicurarla che sarebbe andato tutto bene, ma non poteva, perché in qualche modo era tutta colpa sua.

Quando la issarono sulla barella, a Kim parve di udire un gemito. La poliziotta continuava a sussurrarle parole all'orecchio stringendole la mano.

«Come è stata ferita?», chiese Kim a un paramedico che le stava passando davanti.

«Le hanno infilato dentro una bottiglia».

Kim deglutì, reprimendo la nausea, e si spostò di lato. Ogni possibile dubbio sul fatto che quell'aggressione fosse collegata al caso su cui stava indagando era svanito.

Seguì la barella fuori dalla casa e le parve che il profumo dei lillà le fosse entrato nella pelle, proprio come allora, quando nessuna doccia era riuscita a toglierglielo dalle narici.

Superò due agenti e ne sentì uno dire all'altro: «Dopotutto, è un altro modo di attaccarsi alla bottiglia».

Kim si fermò e si voltò a guardarlo. «Che cazzo stai dicendo?»

«Umorismo da scena del crimine, signora, noi...». Kim lo interruppe afferrandolo per il giubbetto antiproiettile e agitandogli un pugno davanti alla faccia.

«Okay, basta così», disse Bryant, prendendola per il braccio e spingendola attraverso il prato. «Pessima battuta, amico. Davvero di infimo gusto», ringhiò poi all'agente che voleva fare lo spiritoso. «Ringrazia almeno che non è tua sorella».

Kim si divincolò, cercando di liberarsi dalla presa di Bryant per tornare indietro e dare una lezione a quel bastardo senza cuore.

«Lasciami andare», protestò. «Voglio spaccargli il...».

«No, tu non farai proprio niente», rispose Bryant, posandole l'altra mano sulla spalla.

«Toglimi le mani di dosso», ringhiò Kim.

«Puoi urlare, imprecare, insultarmi quanto vuoi. Colpiscimi pure, se pensi che ti farà stare meglio. Ti prometto che non ti denuncerò per atti di violenza su un sottoposto... Forse», replicò Bryant.

«Vuoi che resti impunito dopo quello che ha detto su quella povera innocente che…».

«Prenderlo a pugni e perdere il lavoro non gli farà ricacciare in gola le parole e non ci aiuterà a trovare il bastardo che ha infierito su questa ragazza».

Bryant liberò il braccio di Kim solo quando ebbero raggiunto l'auto.

Per la seconda volta quel giorno la guardò da sopra il tetto dell'Astra.

«Posso chiederti qual è il significato di ciò che è accaduto in quel boschetto?», le domandò.

Kim scosse la testa e si sforzò di dominare le emozioni che le serravano la gola.

«No, Bryant, non puoi», rispose con un flebile sussurro.

# Capitolo 76

Bryant rimase in silenzio mentre seguivano a tutta velocità l'ambulanza nel traffico della sera.

Era stata lei a chiedergli di non parlare, ma era davvero ciò che voleva? Più tempo per pensare?

Kim fissava lo sportello posteriore dell'ambulanza immaginando la ragazza all'interno. Violata, ferita, spaventata, confusa, arrabbiata. Almeno con lei c'era una poliziotta a tenerle la mano.

Avrebbe voluto essere al suo fianco, chiederle scusa, spiegarle che era tutta colpa sua; che quelle cose stavano succedendo per lanciare a Kim una sorta di messaggio e che lei non aveva fatto niente di sbagliato. Ma soprattutto, voleva dirle che avrebbe preso il bastardo che l'aveva conciata in quel modo e gliel'avrebbe fatta pagare.

«Capo, non so quale collegamento ci sia…».

«Era la famiglia affidataria numero cinque, e il signor Lampitt lavorava in una fabbrica di bottiglie. Se mi fai altre domande, mi butto fuori dall'auto, capito?»

«Le portiere hanno il blocco bambini, ma puoi sempre provare dal tetto», rispose lui, impassibile.

Nonostante il tumulto di emozioni che le agitavano la mente, un abbozzo di sorriso affiorò sulle labbra di Kim.

«Bryant, a volte…».

«Sì, lo so. Quindi cercherai di parlare con quella ragazza, in ospedale?»

«Spero di riuscirci. Non credo che al momento sia in grado di dirci qualcosa, ma aspetterò, se serve. Magari interrogherò l'agente che la sta accompagnando, forse potrà dirci qualcosa».

«C'è il rischio che tu debba aspettare a lungo», osservò Bryant, frenando all'improvviso per non tamponare un'auto che si era infilata tra loro e l'ambulanza.

Il telefono di Kim iniziò a squillare. Era Woody.

Fu tentata di non rispondergli finché non avesse appreso altri particolari sulla vicenda.

«Buonasera, signore», disse, rendendosi conto che era da un po' che non lo aggiornava.

«Stone, dove sei e cosa stai facendo?».

La sua voce aveva un tono tagliente che Kim imputò al fatto che fosse molto tardi.

«Stiamo seguendo un'ambulanza con la vittima di un'aggressione sessuale. Appena arriviamo in ospedale cercheremo di interrogarla...».

«Mettimi subito in vivavoce», strillò Woody.

Kim lanciò un'occhiata a Bryant e ubbidì, mentre continuavano a seguire l'ambulanza, che aveva imboccato Pedmore Road.

«Fatto, signore».

«Non andate all'ospedale. Non cercate di interrogare la ragazza e tornate subito alla centrale. Bryant, se non volete rischiare tutti e due il posto, fa' esattamente quello che ti ho detto», disse Woody, chiudendo la chiamata.

Bryant rallentò mentre l'ambulanza davanti a loro si allontanava.

Poi svoltò a sinistra.

# Capitolo 77

«Siediti, Stone», disse Woody mentre lei entrava nel suo ufficio dopo aver bussato.

Kim ubbidì in silenzio. La sua telefonata improvvisa era stata seguita da un breve messaggio.

Da sola.

Kim aveva detto a Bryant di tornare a casa dalla moglie e dalla sua pasta al forno, ma sapeva che lui la stava aspettando al piano di sotto, nella stanza della squadra.

«Parlami dell'incidente di questa sera», disse Woody, fissandola con aria severa.

Kim non sapeva perché il suo tono fosse così ostile, ma l'esperienza le aveva insegnato che quando l'ispettore capo era di quell'umore, era meglio accontentarlo.

«Eravamo appena rientrati, signore. Stavo venendo da lei per aggiornarla, quando abbiamo appreso di un'aggressione a Linley Park e abbiamo seguito una squadra fino alla scena del crimine», disse, sperando di placarlo. Forse ce l'aveva con lei proprio perché non lo teneva abbastanza informato.

«Stone, forse ti sorprenderà sapere che ho una radio sulla mia scrivania e sono a conoscenza dell'incidente a Linley Park. Ma quello che non ho sentito alla radio, e che mi è stato comunicato al telefono dal sergente Wilkins, è che sulla scena del crimine hai aggredito un agente».

Oh, merda, se n'era completamente dimenticata.

«Mi è concesso spiegare?»

«Hai afferrato l'agente per il giubbotto antiproiettile e agitato un pugno davanti al suo viso?», chiese Woody, con le narici che fremevano di rabbia.

«Sì, l'ho fatto, ma…».

«Non c'è nessun *ma*, Stone. Sai perfettamente che questo comportamento è inaccettabile».

«Lo so, certo, ma sono stata provocata», protestò lei.

Woody si sedette alla scrivania e ascoltò Kim raccontargli cosa aveva visto e qual era stato il commento dell'agente.

Non si scompose.

«È la tua prima scena del crimine?», le chiese.

Kim scosse la testa.

«È forse la prima volta che su una scena del crimine senti qualcuno fare una battuta di pessimo gusto?»

«No, ma…».

«Non dire altro, Stone. Nonostante i rapporti favorevoli di Alison, penso che tu non sia la persona giusta per questo caso».

«Davvero?», chiese lei, sorpresa.

«Alison mi ha assicurato che finora stavi gestendo tutto bene, ma il tuo comportamento è intollerabile e sono costretto a prendere una decisione drastica».

Un nodo di paura contrasse lo stomaco di Kim. Paura che quel bastardo non sarebbe mai stato preso e che altri innocenti avrebbero sofferto.

«Signore, mi lasci parlare con l'agente. Mi scuserò personalmente con lui e…».

«Non puoi, Stone».

«Se mi concede soltanto…».

«A partire da questo momento non seguirai più questo caso. Ti consiglio di prenderti un paio di giorni di riposo per calmarti e…».

«Signore, non può…».

«Certo che posso. E adesso, con tutto il rispetto, ispettore, fuori dai piedi».

# Capitolo 78

Bryant salì le scale fino al terzo piano, cosa che accadeva di rado.

Non aveva idea di cosa Woody avesse detto a Kim, ma quando era uscita dall'ufficio del capo, il suo viso era teso dalla rabbia, e passando davanti alla stanza della squadra gli aveva detto che era il suo turno.

Bryant bussò e aspettò che Woody gli dicesse di entrare. Di solito era compito di Kim, e lui le era grato per questo.

Non significava che non rispettasse l'uomo seduto alla scrivania davanti a lui. Nel corso degli anni il capo ispettore Woodward aveva svolto perfettamente le sue mansioni. Era riuscito a conquistarsi il rispetto della squadra e la fiducia dei superiori. Non era sempre stato facile, ma lui ogni volta aveva trovato il modo per fare la cosa giusta.

«L'ispettore Stone non seguirà più questo caso», annunciò Woody.

«Posso chiedere perché, signore?»

«Perché non è in grado di gestirlo», ribatté l'ispettore capo. «Hai visto anche tu come si è comportata con quell'agente. Non ti è sembrato eccessivo?».

Bryant annuì. «Una reazione esagerata, signore, ma era una scena del crimine particolarmente raccapricciante».

«Ciò non toglie che se tu non fossi intervenuto l'avrebbe aggredito».

«Signore, non penso che lei…».

«Hai dovuto bloccarle il braccio, Bryant. Per fortuna c'eri tu a salvarla dal licenziamento per l'ennesima volta. Non mi resta altra scelta che toglierle il caso. Ho alle calcagna un sergente inviperito che ce l'ha già a morte con la polizia criminale».

«E il comportamento dell'agente?», chiese Bryant.

«Non fa alcuna differenza. Il sergente ha sollevato un putiferio dicendo che la polizia criminale non può permettersi di trattare in quel modo i suoi uomini».

«A essere sincero, signore, anch'io l'avrei preso volentieri a pugni. Quello che ha detto...».

«È stato insensibile, ripugnante e indegno. Su questo non c'è dubbio. Ma il tuo capo ha dimostrato di non sapersi controllare e non posso più fidarmi di lei alla guida di questo caso».

Bryant rifletté qualche istante.

«Signore, sta commettendo un errore», commentò in tono educato ma deciso.

«Agente Bryant, lo sa quante denunce arrivano ogni settimana alla mia scrivania perché...».

«E lei lo sa quante persone non muoiono proprio grazie a quelle denunce?», domandò Bryant, imperturbabile. «Anch'io a volte metto in dubbio i suoi metodi e la sua schiettezza, ma non ho mai dubitato della sua passione e della tenacia con cui va a caccia del colpevole».

«Sono d'accordo, ma questo caso non è giusto per lei. Sta perdendo la prospettiva e il controllo. Ci sono in gioco troppe emozioni, troppi elementi collegati al suo passato».

Bryant non fu sorpreso di sentire Woody esprimere le stesse perplessità che aveva avuto anche lui. L'ispettore capo era un uomo molto acuto, ma anche se una parte di lui concordava con le sue conclusioni, Bryant sapeva che nessuno poteva gestire quel caso meglio di Kim.

«Ma è proprio il motivo per cui nessun altro può cogliere come lei il senso di ciò che sta succedendo. Senza Stone non abbiamo alcuna possibilità di prendere quel bastardo prima che uccida qualcun altro».

Woody scosse la testa. «Non ritornerò sulla mia decisione, Bryant. Dirigerai tu il caso finché non troverò un sostituto».

Bryant trattenne un gemito. Quella conversazione non stava finendo bene.

«Farò del mio meglio, signore, ma le ripeto che sta commettendo un errore. So che Kim ha perso il controllo e l'ha delusa, ma pensi soltanto a quello che ha dovuto affrontare in quest'ultima settimana. Mi rendo conto che la sua posizione è difficile, ma senza Kim temo che molte altre persone perderanno la vita».

Woody scosse la testa. «Mi dispiace Bryant, la decisione non dipende soltanto da me».

# Capitolo 79

Quando Alison entrò nel club si sentì un po' meno fuori posto rispetto alla notte precedente.

Aveva tagliato e consumato i suoi jeans Victoria Beckham, sostituito la camicetta con una T-shirt con il collo a V e si era arruffata i capelli, lasciandoli sciolti e disordinati sulle spalle.

Questa volta aveva un aspetto completamente diverso. Il locale non era molto affollato, c'era qualche tavolino libero e quasi tutti gli altri erano occupati da coppie che sorbivano tranquillamente i loro drink, mentre la musica dei Coldplay suonava in sottofondo.

Tom le lanciò un'occhiata dalla cassa, esitò un istante e poi le sorrise.

«Di nuovo qui?», le chiese.

Lei annuì e si mise a sedere. «Anche se stasera c'è molto meno movimento, mi sembra».

Lui si guardò attorno. «La mia attrazione del mercoledì sera purtroppo è indisposta».

Lei aggrottò la fronte e poi capì.

«Ah, il musicista che ha aggredito…».

«Sì», la interruppe lui. «Ma per favore, abbassa la voce».

«Scusa», disse Alison, rendendosi conto che al tavolo accanto dovevano averla sentita.

Merda, non era lì per attirare l'attenzione, ma per osservare Tom.

A differenza degli agenti di polizia, lei non aveva alcun istinto o sesto senso a guidarla. Si limitava ad analizzare le azioni e il comportamento di chi aveva davanti. Non interrogava mai nessuno ed erano poche le persone con cui parlava direttamente. Aveva usato tutte le sue conoscenze e la sua esperienza per tracciare il profilo del killer di Jennifer Townes e doveva controllare se corrispondeva a quell'uomo.

«Un bicchiere di vino bianco?», propose lui.

«Sì, grazie», rispose Alison, cercando il portafoglio e constatando con piacere che questa volta lui non stava provando a fermarla. «E un sacchetto di patatine».

Lui posò il bicchiere e le patatine sul bancone e prese i soldi.

Alison notò le sue unghie curate e ricordò il profumo di pino silvestre della notte precedente.

Pulito e ben curato.

Tom guardò verso l'altro lato del locale, dove era appena entrata una coppia, ma Tilly lo precedette e raccolse le loro ordinazioni. Alison aveva letto attentamente le dichiarazioni del titolare del bar e del suo staff.

Aprì il sacchetto di patatine e si voltò leggermente di lato. Ne prese due ma una le scivolò tra le dita prima di raggiungere la bocca.

«Oops!», fece, guardandola cadere a terra.

«Il tipo di ieri sera è il tuo ragazzo?», le chiese Tom, appoggiando i gomiti sul bancone.

«Oh, no», rispose lei.

«Sembrava che steste litigando».

Un osservatore attento.

«È un collega. Si è trattato soltanto di una divergenza di opinioni».

«E cosa fai nella vita, Alison?».

Come faceva a sapere come si chiamava?

«Ieri sera il tuo collega ti ha chiamata per nome, e io non dimentico mai il nome di una bella donna».

Alison si sentì avvampare.

Affascinante.

Mangiò un'altra patatina e ne lasciò cadere una.

«Insegno matematica», mentì. Sarebbe stata la sua seconda scelta lavorativa.

«Ehi, Tom», disse Tilly avvicinandosi. «Ho compilato i moduli di richiesta al magazzino e...».

«Hai archiviato una copia?», le chiese lui.

«Certo», rispose lei con un sorriso.

«Okay, puoi chiamare Freda e chiederle se sta meglio? Altrimenti dovremo trovare qualcuno che la sostituisca».

Tilly annuì e si allontanò.

Efficiente e ben organizzato.

Alison mangiò una patatina e ne lasciò cadere un'altra.

«E cosa mi dici di te?», gli chiese. «Da quando sei il proprietario di questo locale?»

«Da tre anni», rispose lui, orgoglioso.

«Da quando avevi ventisei anni», rifletté, rendendosi subito conto che non le aveva detto la sua età. «I precedenti proprietari l'avevano messo in liquidazione?».

Lui annuì, senza reagire al suo passo falso.

Lei mangiò una patatina e ne lasciò cadere una.

«Sono riuscito a ottenere buoni contratti dai fornitori, e grazie al mio fiuto per gli affari e agli studi in economia il locale sta andando alla grande».

Istruito, pensò.

«Immagino che gli spettacoli dal vivo abbiano contribuito al successo».

Lui annuì. «A condizione che siano gli spettacoli giusti».

«Come quel tipo, Curtis?», chiese Alison, lasciando cadere le briciole delle patatine e accartocciando il sacchetto.

Lui glielo prese di mano e lo posò dietro il bancone. «Andiamo a parlare laggiù», le disse, indicandole un angolo.

Alison si alzò e Tom passò dalla sua parte del bancone.

«Mi dispiace davvero per tutte le briciole», disse lei.

Lui si strinse nelle spalle. «Speriamo che Freda rientri domani dal permesso per malattia. Il locale ha bisogno di una bella pulita».

Lei non poté fare a meno di sentirsi un po' delusa dalla sua risposta mentre prendeva il bicchiere e lo seguiva.

«Sei una giornalista o qualcosa del genere?», le chiese Tom, aggrottando la fronte.

«Mio Dio, no. Perché me lo chiedi?», domandò Alison, rimettendosi a sedere.

«Sembri molto interessata a Curtis».

Alison accarezzò lo stelo del calice di vino. «Non è lui che mi interessa», rispose distogliendo lo sguardo. «Era per fare conversazione, ma se vuoi che me ne vada...».

«No, va bene», disse lui scuotendo la testa. «È solo che conosco Curtis da così tanto...».

«Sì, dev'essere strano. Nessun indizio che sarebbe stato capace di fare una cosa del genere?», chiese Alison.

Lui si strofinò la fronte. «Me lo sono chiesto centinaia di volte. Alcuni pensavano che fosse un po' bizzarro. Introverso, intenso... ma io lo consideravo soltanto una mente creativa. Era una brava persona e suonava il suo repertorio con entusiasmo, sia se la sala era affollata sia se era vuota. Quello che contava per lui era la musica».

«La sua assenza ha avuto ripercussioni sul locale?»

«Non più di tanto, come puoi vedere. La gente non ha ancora collegato il fatto che Jennifer lavorava qui e che anche Beverly era qui la sua ultima notte. Ovviamente la polizia lo sa, ma...».

«Venivano qui spesso?».

Tom scosse la testa. «Erano qui la mattina dopo l'aggressione a Beverly. Volevano sapere se avevamo visto qualcosa, ma io e Tilly stavamo contando gli incassi nel retro quando Curtis se n'è andato e non avevamo nient'altro da dichiarare».

Alison represse la propria rabbia nei confronti dell'ispettore capo Merton, che non aveva indagato più a fondo su una persona che corrispondeva così tanto al profilo tracciato da lei. Bevve un altro sorso del suo drink e cambiò posizione sulla sedia. «Be', grazie per la chiacchierata, ma adesso devo...».

«Così presto?», chiese Tom con un sorriso sghembo. «Speravo di parlare di più con te, magari potremmo mangiare qualcosa insieme...».

«Forse un'altra volta», rispose lei, sforzandosi di mantenere un tono distaccato.

Alison gli fece un cenno di saluto e si allontanò dal tavolo, notando con la coda dell'occhio che Tom la seguiva con lo sguardo.

Anche quella sera aveva a malapena toccato il drink e si sentiva perfettamente in grado di guidare.

Mentre avanzava verso l'auto, sapeva che avrebbe dovuto fare qualcosa, ma non sapeva cosa. Con chi doveva lamentarsi? Qual era la procedura in casi del genere? Non voleva far finire nessuno nei guai, ma quell'indagine era stata...

Una mano sulla spalla la fece sussultare. «Co... cosa?».

Tom la fece voltare verso di lui. «Sei sicura di non voler mangiare qualcosa con me?», le chiese, fissandola negli occhi.

Alison sentì il cuore martellare nel petto e la bocca improvvisamente secca. Lo sguardo di Tom era intenso e minaccioso.

Scosse la testa e abbassò gli occhi sulla mano di lui, che le stava ancora stringendo il braccio.

«Devo andare», disse, liberandosi dalla presa.

Tom la fissò come se volesse sfidarla, ma poi si voltò e rientrò nel locale. Per un istante, Alison aveva scorto cosa si celava dietro il volto amichevole e affabile del titolare del bar, e adesso voleva soltanto andarsene da lì il più in fretta possibile.

All'improvviso qualcosa a terra attirò la sua attenzione.

Si fermò di scatto e si chinò.

No. Non era possibile.

Con mano tremante, estrasse il telefono.

«Alison, cosa diavolo c'è adesso?», chiese l'ispettore capo Merton, senza preoccuparsi di mascherare la propria irritazione.

«Mi conceda soltanto un minuto, per favore», lo implorò lei. «Sono all'Elite e...».

«Alison, spero di aver capito male, perché se è vero che sei lì, sono costretto a inviare ai tuoi superiori un reclamo ufficiale per il tuo tentativo di depistare un'indagine in corso. Sono stato chiaro?», sibilò.

Alison si chiese se l'avrebbe fatto davvero.

«Non chiamare mai più questo numero», disse Merton, chiudendo la telefonata.

Maledizione. Cosa doveva fare adesso?

Alison aveva un disperato bisogno di aiuto e le venne in mente soltanto una persona alla quale poteva rivolgersi.

# Capitolo 80

Bryant entrò nel campo da rugby mentre il resto della squadra stava finendo gli esercizi di riscaldamento. Gli avversari di Hereford erano allineati a destra e i capitani delle due squadre erano al centro delle formazioni.

Guardò Lenny per sapere quale fosse la sua posizione e lui gli rispose facendo un segno con un dito.

Bryant era consapevole che il capitano ventiseienne non sapeva più che ruolo affidargli nella squadra: era stata soltanto la sua ostinazione a impedirgli di dargli il benservito e sostituirlo con un giocatore più giovane.

In passato aveva ricoperto il ruolo di trequarti, solitamente riservato ai giocatori più veloci, che usano la palla conquistata dagli avanti per portarla oltre l'area della porta avversaria e segnare il punto. Gli avanti sono gli uomini più grossi e forti della squadra, che conquistano la palla nelle mischie e nelle rimesse laterali.

Quella sera Bryant era in terza linea, nel ruolo di ala. Una saggia decisione per ridurre il danno, visto che da quella partita sarebbe dipesa la posizione in classifica della squadra.

Bryant annuì ai compagni e cominciò a fare qualche esercizio di stretching. C'erano solo due giocatori che avevano iniziato insieme a lui, ma non erano più quelli di una volta. Superati i quarant'anni, i tagli e le ferite si rimarginano più lentamente, e i dolori persistono più a lungo, ma loro continuavano a giocare perché non avevano ancora trovato un'altra attività che li facesse sentire altrettanto maschi.

Anche Bryant aveva le sue ragioni. Mentre correva su e giù per il campo, sforzandosi di tenere il passo con giocatori che avevano la metà dei suoi anni, riusciva a concentrarsi sulla partita dimenticando il resto. Lo sforzo fisico gli liberava la mente dalle preoccupazioni legate al lavoro e alla famiglia, che restavano nello spogliatoio insieme ai vestiti.

Bryant emise un gemito vedendo un giocatore che conosceva. Un tipo rude di nome Beasley, sulla soglia della trentina, che voleva sempre mettersi in mostra. Alto quasi due metri e con le spalle larghe quanto una strada, era noto per essere particolarmente violento.

"Vieni a prendermi, testa di legno", pensò Bryant. "Sono proprio dell'umore giusto per te".

Prese posizione e attese il fischio d'inizio.

Sentì subito il ritmo della partita, la tensione che accompagnava ogni passaggio.

Dopo qualche minuto, aveva già schivato un calcio in una mischia e preso un colpo alla nuca e una pedata agli stinchi in altre due.

Un po' di gioco duro era proprio quello che gli ci voleva, pensò mentre Lenny lo chiamava in prima linea.

In seguito a un fuorigioco si era formata una mischia. Bryant si posizionò in testa, pronto a scattare in avanti per conquistare la palla.

Mentre si districava tra gli avversari, un gomito lo colpì sopra l'occhio destro. Il dolore si irradiò su tutta la faccia e il sangue gli colò lungo la guancia.

Si voltò di scatto e vide Beasley che lo fissava ghignando.

«Che cazzo ti è preso?».

Non era stata una mossa corretta. La mischia era già finita.

«Esci dal campo, vecchio», disse Beasley.

Bryant sollevò un pugno mentre il sangue gli colava nell'occhio. «Dillo ancora, sei hai il coraggio…».

«Ehi, ehi, ehi», fece Lenny, piazzandosi tra i due.

L'allenatore di Beasley colse l'occasione per farlo allontanare.

«Cosa diavolo ti succede?», chiese Lenny a Bryant. «Era un'azione regolare».

«Stai scherzando? L'ha fatto apposta».

«Calmati, amico. Non è da te reagire così. D'accordo, è stato violento, ma eravate nel mezzo di una mischia. C'è qualche problema? Hai avuto una brutta giornata?»

«Va tutto bene», rispose Bryant, pulendosi il sangue dall'occhio con il dorso della mano.

«Va' a cambiarti. Non giochi più, per questa sera».

«Cristo, Lenny!», protestò Bryant.

L'allenatore scosse la testa. «Esci dal campo o interrompo la partita. Non stai bene».

«Cazzo, cazzo, cazzo!», imprecò Bryant, attraversando il campo e dirigendosi verso gli spogliatoi, dove si tolse la maglietta e la usò per levarsi il sangue dall'occhio.

«Hai avuto una brutta giornata?», ripeté, gettandola a terra. No, aveva soltanto trascorso la settimana scavando nel passato e nella vita privata di Kim, suo capo e sua amica. Un passato che qualcuno stava usando come un coltello per pugnalarla. L'aveva guardata reprimere le proprie emozioni per mettere le mani su un bastardo che stava uccidendo degli innocenti. L'aveva osservata guidare la squadra, analizzare prove e fatti, cercare tracce e indizi, rinunciando alla cosa a cui teneva di più: la propria privacy. E poi, Bryant aveva dovuto assistere impotente alla sua estromissione.

Sì, era stata una pessima giornata, ma ultimamente lo erano tutte. Ogni singolo giorno era costretto a indagare i lati più oscuri dell'animo umano, a vedere cose che poi non poteva più cancellare dalla mente, dove si sarebbero insinuate, riversandosi nei sogni che agitavano le sue notti.

Bryant diede un calcio alla borsa sul pavimento dello spogliatoio.

«Cazzo, cazzo, cazzo!», urlò, digrignando i denti.

Camminò su e giù per la stanza, le mani strette a pugno posate sui fianchi. Gli serviva un bersaglio, un modo per sfogare la rabbia che gli faceva ribollire il sangue nelle vene come lava.

La conoscenza.

I pensieri.

Le immagini.

«Nooooo!», urlò, battendo il pugno destro contro il muro.

Il dolore fu immediato e intenso, ma non bastò a schiarirgli le idee. Davanti ai suoi occhi riemerse l'immagine di Billie Styles, brutalmente aggredita e abbandonata in quel boschetto dopo essere stata sottoposta a un orrore indicibile che avrebbe cambiato per sempre la sua vita.

Non era però quella l'immagine che lo torturava e lo seguiva da quando aveva lasciato il campo da rugby. Era qualcosa di più personale e intimo a destargli una rabbia incontenibile.

Una ragazzina di tredici anni, abbandonata da tutti, non amata da nessuno, indifesa e spaventata, che lottava per non farsi trascinare nel bosco.

Quell'immagine non l'avrebbe mai più abbandonato.

Bryant si lasciò cadere sulla panchina, abbassò la testa e scoppiò in lacrime.

# Capitolo 81

Erano quasi le nove quando Kim parcheggiò davanti alla porta gialla.

La rabbia le faceva ribollire il sangue ogni volta che passava davanti a quella casa.

«Ti comporterai come si deve?», chiese a Barney mentre bussava alla porta che conosceva così bene.

Lui sollevò gli occhi e guardò l'uscio, e Kim lo prese per un sì.

Ted Morgan aprì con il sorriso sulle labbra, come aveva sempre fatto da quando Kim aveva sei anni ed era stata mandata da lui per una consulenza psicologica.

«Sei in ritardo», disse.

«Mi dispiace per…».

«Voglio dire che mi aspettavo di vederti arrivare prima questa settimana», specificò, spostandosi di lato. Kim entrò, seguita da Barney, e Ted chiuse la porta alle loro spalle.

«Dove vuoi sederti?», chiese Ted.

«In cucina», rispose Kim.

«Ah, capisco», disse lui.

«Capisci cosa?»

«È quel tipo di conversazione», rispose Ted, riempiendo il bollitore. «Questa sera ti faccio un caffè istantaneo», disse. «Non spreco il Colombian Gold per una tazza che probabilmente non finirai».

«Ted, hai perso definitivamente il lume della ragione?».

Lui ridacchiò. «Oh, mia cara, te lo spiegherò più tardi. Prima dimmi perché sei qui», disse voltandosi a guardarla.

«Non hai visto i telegiornali?»

«Certo».

«E lo sai cosa significano quelle morti?»

«Ovvio. La prima era una ricostruzione di quello che è successo a te e Mikey, la seconda inscenava la morte di Keith ed Erica. È per questo che mi aspettavo di vederti prima. Le scatole della tua memoria funzionano ancora?»

«Sono intatte», rispose, ma per continuare a parlare dovette fare un grande sforzo. «Questa sera c'è stato un terzo incidente».

«La ragazza al parco?».

Kim annuì. Non sapeva che la notizia fosse già stata diffusa.

«Ci sono ancora pochi particolari. C'è qualche collegamento con te?».

Kim annuì di nuovo. «Famiglia affidataria numero cinque».

«Quella di cui non parlavi mai e che io ricordo sempre», disse Ted, aggrottando la fronte.

«Perché la ricordi sempre?».

Ted posò le tazze sul tavolo mentre Barney leccava avidamente l'acqua nella ciotola che l'uomo gli aveva riempito.

«Quando sei venuta da me dopo la famiglia affidataria numero cinque, eri diversa da tutte le altre volte. In te c'era una durezza che non avevo mai visto prima. Nonostante tutto quello che avevi subìto anche prima, era come se la famiglia numero cinque ti avesse insegnato a odiare».

«Continua», disse Kim.

«Fino a quel momento avevo sempre sperato di poterti aiutare a guarire».

Kim sentì la rabbia svanire di fronte all'uomo il cui unico intento era sempre stato aiutarla.

«Ma quando sei venuta a trovarmi dopo quella famiglia, ho capito che ormai eri oltre la mia portata. Che non avrei più potuto raggiungerti».

Kim riconobbe la verità delle sue parole.

«Sulla scena del crimine ho quasi aggredito un agente», ammise.

«Ma poi ti sei trattenuta?»

«Soltanto perché Bryant mi ha fermata, altrimenti lo avrei colpito».

«Sono tentato di chiederti cosa aveva fatto quell'agente, ma non è questo il problema, vero?».

Kim scosse la testa. «Be', questo smentisce la teoria di Bryant».

«E quale sarebbe?»

«Che sto reprimendo le emozioni e agendo come se tutto questo stesse accadendo a qualcun altro».

«Mmm... non necessariamente. Hai mai usato questa tecnica come meccanismo di difesa? Fingere che qualcosa che ti sta succedendo in realtà stia succedendo a un'altra persona?».

Kim deglutì e annuì.

«Se l'hai già fatto prima, nulla ti vieta di farlo ancora. Il termine corretto è dissociazione, lo usano molto anche i bambini e...».

«Va' avanti, Ted».

«Temo non ci sia una risposta facile a questi ultimi eventi. Se non riuscirai a controllare le emozioni, le scatole dei ricordi collasseranno e ti inghiottiranno. Non stiamo parlando di uno o due ricordi traumatici, ma di tutti contemporaneamente, perché non sei tu a sceglierli. Non puoi aprire una scatola dei ricordi e ignorare le altre. Non se devi affrontare delle ricostruzioni di quegli incidenti. Perciò l'unica risposta possibile è reprimere le emozioni, bloccare i ricordi e scacciarli dalla tua mente».

«Allora quello che faccio va bene?», chiese lei, sentendosi giustificata.

«Non proprio», rispose Ted bevendo un sorso di caffè.

«Oh», fece lei, abbassando una mano per accarezzare la testa di Barney.

«Perché stai accumulando dolore e rabbia. Immagina un armadio pieno di vestiti con te che continui a comprarne di nuovi. Apri l'anta, butti dentro l'abito nuovo senza nemmeno guardare, e poi la richiudi. Alla fine, cosa succederà?»

«Comprerò un armadio più grande».

«Ah ah, divertente, ma non è questa la risposta alla mia domanda».

«Alla fine aprirò l'anta del guardaroba per gettarci dentro un vestito e mi cadranno tutti addosso».

«Esatto».

«Stai dicendo che sto solo rimandando le emozioni e che alla fine ne sarò travolta?»

«Ogni armadio ha i suoi limiti».

Kim inspirò a fondo. «Woody mi ha tolto il caso», disse.

Ted non parve sorpreso. «Per via dell'agente aggredito?».

Annuì.

Lui bevve un altro sorso di caffè.

«C'è uno squilibrato che sta ricreando tutti gli eventi traumatici della tua vita. Vuole ferirti, farti soffrire. E per raggiungere il suo scopo, si sta dando un gran da fare. Il suo odio è talmente forte che l'unico finale possibile sembrerebbe essere la tua morte. E adesso ti spiego il significato della stanza. Quando vieni qui, scegli sempre tu dove sederti. Se vuoi restare sola a riflettere o che io mi sieda accanto a te in silenzio, vai in giardino. Se vuoi una conversazione profonda e sei disposta ad accettare i miei pensieri e le mie opinioni, scegli il soggiorno. Se invece vuoi soltanto la mia approvazione per una cosa che hai già in mente, opti per la cucina».

«Davvero?».

Ted annuì. «È per questo che ti ho dato il caffè istantaneo, perché raramente approvo. E temo che anche questa volta non sarà un'eccezione. Viste le circostanze, il tuo stato emotivo e le tue azioni, per non parlare della tua determinazione, penso che togliendoti il caso Woody abbia preso la decisione giusta».

Kim sentì di nuovo la rabbia risalire dal fondo dello stomaco. Si alzò e uscì di corsa dalla casa di Ted.

# Capitolo 82

Alison vide il taxi fermarsi nel parcheggio ed emise un sospiro di sollievo.

«Stacey, grazie per…», disse scendendo dall'auto.

«Cosa diavolo sta succedendo?», la interruppe Stacey, voltandosi a guardarla. «Sei ubriaca?».

Alison scosse la testa.

«Allora perché hai parcheggiato in diagonale, occupando tre posti? Se ti serve un passaggio a casa, io sono l'unica persona che non…».

«Non ho bisogno di un passaggio», rispose lei. «E non mi serve un etilometro. Quello che mi serve è un agente di polizia di cui possa fidarmi».

Stacey gemette e fece cenno al tassista di andare.

«Guarda, la mia compagna in questo momento vorrebbe usare le tue budella come giarrettiere. Avevamo popcorn, una bottiglia di Baileys, un film di Melissa McCarthy e… a pensarci bene, vorrei ucciderti anch'io. Allora, che diavolo…?»

«Stacey, mi dispiace», disse sinceramente Alison. A volte si dimenticava che i suoi colleghi avevano una vita al di fuori del lavoro. «Sali in macchina e ti spiego tutto».

Stacey socchiuse gli occhi e fece quello che le aveva chiesto.

Alison salì in auto, respirò a fondo e le raccontò tutta la storia.

Vide l'espressione di Stacey passare dal disinteresse alla curiosità, dallo shock all'incredulità.

Alison concluse il racconto rivelandole la conversazione che aveva avuto poco prima con Tom.

«E tu pensi che sia stato lui?», chiese Stacey.

«Ci scommetterei il mio prossimo pasto».

«E allora perché mi hai chiamata?»

«Perché è qui», rispose Alison. «L'orecchino mancante di Beverly, il fenicottero rosa, è qui».

Stacey si guardò attorno e poi la fissò negli occhi. «È sotto di noi, vero? Hai parcheggiato sopra l'orecchino».

Alison annuì. «Non volevo che fosse ancora più contaminato. Potrebbe esserci il DNA del killer».

«Un'idea originale per conservare le prove, ma se Beverly è stata aggredita più di una settimana fa, su quell'orecchino potrebbe esserci il DNA di centinaia di persone».

«Quindi è inservibile?», chiese Alison.

«Non ho detto questo, ma come prova potrebbe essere problematica. È comunque un'ottima scoperta», disse Stacey, tirando fuori dalla tasca una busta per le prove.

«Vuoi che faccia retromarcia, così tu puoi...?»

«No, no, no», rispose prontamente Stacey. «Rischieremmo di romperlo. Striscio sotto l'auto e lo recupero».

Alison scese dalla macchina e vide Stacey inginocchiarsi a terra.

Aveva sottratto quella donna alla sua compagna in un raro momento di tempo libero. Le aveva scaricato addosso la sua storia e adesso lei si stava infilando sotto l'auto per recuperare la prova di un caso che nemmeno la riguardava.

«Okay, preso», disse Stacey, spuntando da sotto la macchina e spolverandosi i vestiti.

«Grazie, Stacey. Mi dispiace averti disturbata. È un problema mio, non tuo. Se adesso me lo passi, penserò a come usarlo».

Stacey alzò gli occhi al cielo. «Purtroppo non posso fingere di non vedere e non sentire tutto ciò che ormai ho appreso, quindi che ci piaccia o no sono coinvolta anch'io. Ora l'unica domanda sensata è: che cosa ci facciamo con questo?».

# Capitolo 83

Erano quasi le undici quando Kim infilò la chiave nella serratura della porta di casa.

Aveva guidato da casa di Ted fino alle Clent Hills mentre calava la sera. In quell'ora magica tra il tramonto e la notte le piaceva ripercorrere gli eventi della giornata passeggiando sulle colline.

Ricordava ancora quando Bryant aveva cercato di spiegarle la differenza tra crepuscolo civile, nautico e astronomico. Kim aveva perso interesse dopo dieci secondi. Per lei, era il momento in cui amava portare a spasso il cane.

Ma quella sera non era riuscita a liberarsi dalle sensazioni negative che si affollavano nella sua mente.

Kim riempì la ciotola dell'acqua di Barney e si preparò un caffè. A quell'ora della notte non l'avrebbe certo aiutata a dormire, ma la mattina seguente non aveva nulla da fare.

Guardò Barney lappare avidamente l'acqua spargendone alcune gocce sul pavimento in pietra.

«Sì, hai ragione, ragazzo mio, sono stata patetica».

Di solito non era incline all'autocommiserazione, pensò, sedendosi sul divano.

«Solo per questa volta, eh?», disse mentre il cane saltava sul divano accanto a lei infilando la testa sotto la sua mano.

Kim sorrise quando il cane si appoggiò al suo fianco, sistemando la schiena contro la sua anca e la testa sulla sua coscia.

L'aveva addestrata proprio bene, pensò Kim, accarezzandolo dalla testa alla schiena. Ora che era seduta tranquilla, la tensione iniziava ad allentarsi.

Erano trascorsi soltanto pochi giorni da quando era uscita sconvolta dalla sala delle autopsie, incapace di reggere la vista dei corpi carbonizzati. Era stato difficile non sovrapporre quell'immagine a quella dei genitori adottivi l'ultima volta che li aveva visti, sorridenti mentre si divertivano insieme. Kim strinse forte gli occhi per impedire a tale visione di riemergere nella sua mente.

Tenne gli occhi chiusi e posò la testa sul divano pensando allo sguardo gentile dell'uomo che aveva scritto un libro sulla sua vita. La rabbia nei suoi confronti era svanita quando aveva capito la motivazione alla base della decisione di mettersi all'opera e raccontare la verità.

I dubbi di Bryant sulla sua capacità di seguire il caso, invece, erano la cosa più difficile da sopportare.

All'improvviso Barney cambiò posizione e le strofinò il mento contro la gamba.

«D'accordo, non è esattamente quello che ha detto», ammise. Ma lei l'aveva interpretato così, anche se sapeva che Bryant era soltanto preoccupato per lei.

E poi c'era stata la dichiarazione di Alison sul suo stato mentale davanti alla stazione di polizia. Kim si era dichiarata in totale disaccordo con lei, poi però aveva aggredito quell'agente sulla scena del crimine. "Ripigliati, Kim!", pensò, scuotendo la testa.

Eppure era difficile non sentirsi giustificata per quell'aggressione, anche se l'aveva portata a dover rinunciare al caso.

Quando aveva visto quella povera ragazza, violentata nel peggior modo possibile, era stata travolta da emozioni contro cui combatteva da tutta la vita: impotenza, paura, ripugnanza, disgusto, rabbia.

Sentì la mano irrigidirsi sulla testa di Barney mentre i sentimenti negativi iniziavano a sopraffarla.

«Oh, no, oh, no, oh, no!», disse, scostando il cane e alzandosi dal divano per versarsi una tazza di caffè.

Non avrebbe mai permesso a quelle emozioni di tormentarla ancora. Non aveva più tredici anni. Magari solo per qualche minuto…

L'ultimo affronto era arrivato da Ted, l'uomo che sapeva più cose di lei di chiunque altro, e nonostante questo pensava che Woody avesse fatto bene a toglierle il caso. Da lui non se lo sarebbe proprio aspettato. Era sicura che l'avrebbe capita.

Ma nessuno di loro poteva comprendere che i ricordi dovevano restare nelle loro scatole. Non poteva tirarli fuori, esaminarli e soffiare via le ragnatele. Tutti intorno a lei sostenevano che se le emozioni associate ai ricordi vengono rimosse, fermentano dentro di noi fino a esplodere, ma si sbagliavano.

Era come un trucco magico, un'illusione, un gioco di prestigio. Riusciva a dissociarsi da quello che le accadeva davanti agli occhi soltanto se distraeva la propria mente tentando di risolvere il caso, cercando prove e indizi.

Quello che Woody, Bryant, Alison e persino Ted sembravano non capire era che soltanto concentrandosi sulla cattura di quel bastardo poteva tenere sotto controllo i propri demoni.

# Capitolo 84

Bryant trasse un profondo respiro e salì le scale fino alla stanza della squadra. Come l'avrebbe spiegato agli altri? Come sarebbe riuscito a condurre quell'indagine senza il capo al suo fianco? La sua mente lavorava in modo diverso da quella di Kim.

Lei era una specie di cyborg con tentacoli che si allungavano in tutte le direzioni, raccogliendo frammenti di dati, analizzandoli e trovando le risposte. A volte lui restava in silenzio perché non riusciva a starle dietro. Come avrebbe fatto a gestire un lavoro simile e anche un'intera squadra?

«Ehi, Bryant, sei stato tu?», gli chiese il sergente Devlin con un sorrisetto quando lo incrociò sulle scale.

«A fare cosa?», domandò lui.

«Ehm… niente», rispose Devlin senza fermarsi.

Bryant si accorse che stava sogghignando. "Cosa diavolo gli è preso?", si chiese. Di qualsiasi cosa si trattasse, lui non c'entrava, era appena arrivato. Ma poi gli tornò in mente il sorriso d'intesa che gli aveva rivolto Jack all'ingresso. Arrivò in cima alle scale e si diede una controllata. La camicia era infilata nei pantaloni, le scarpe perfettamente normali e non aveva nessun cartello appiccicato alla schiena.

Il taglio della notte prima era coperto dal sopracciglio e i colleghi erano comunque abituati alle sue ferite sul campo, che ultimamente, però, stavano diventando più frequenti.

«Idioti», sussurrò, incamminandosi verso la stanza della squadra.

Sentì qualcuno ridacchiare e capì subito perché.

La porta della stanza era chiusa e sopra era stata tracciata una *X* con il nastro adesivo.

«Cosa diavolo…?», disse leggendo il segnale:

INGRESSO VIETATO NON APRIRE

Perfetto, proprio ciò di cui aveva bisogno. Uno scherzo idiota non era il modo migliore per iniziare la giornata.

«Chi l'ha messo?», chiese, mentre tutti distoglievano lo sguardo.

Bryant scosse la testa e staccò il nastro adesivo.

«Non sai leggere, Bryant?», chiese una voce grave alle sue spalle.

Si voltò e vide Woody che lo fissava, la fronte aggrottata.

«Signore, qualche idiota ha messo uno stupido segnale…».

«Sono io l'idiota che ha messo quel segnale sulla porta, Bryant, e per un buon motivo».

Fantastico, aveva appena dato dell'idiota all'ispettore capo.

«Quale, signore?»

«Pulci, sergente. L'ufficio è infestato. Ieri notte sono entrato per fare delle fotocopie e mi hanno punto ripetutamente alle caviglie».

Bryant era confuso. Il giorno prima erano tutti in quella stanza e le pulci non avevano punto nessuno.

«Ma…».

«Non potrete lavorare lì dentro finché non avranno finito la disinfestazione».

«E allora dove andiamo?»

«Sei tu a dirigere l'indagine, adesso. Purché segui la procedura e mantieni l'efficienza, spetta soltanto a te decidere dove lavorare», rispose Woody prima di allontanarsi.

Bryant trattenne un sorriso. Sapeva di non essere l'auto più veloce della corsa, ma alla fine ci arrivava anche lui.

# Capitolo 85

Kim versò nel lavandino la quarta tazza di caffè e spense il bollitore. Ogni sorso che beveva ora le mandava scariche elettriche nelle vene intensificando le sue emozioni.

Gesù, era incazzata per talmente tanti motivi che nemmeno tentare di razionalizzare riusciva a calmarla.

Era arrabbiata con Woody perché le aveva tolto il caso, anche se comprendeva la sua posizione. Ce l'aveva con Bryant per averla sostituita e si chiedeva cos'altro si sarebbe potuta aspettare da lui. E non sopportava che Ted non fosse d'accordo con lei.

Inoltre, non riusciva proprio a capire perché nessun membro della squadra l'avesse chiamata o le avesse inviato un messaggio per sapere come stava.

Naturalmente c'erano stati i venti messaggi di Bryant la notte prima, ma quelli non contavano. Tutti gli altri componenti della squadra, invece, una volta arrivati al lavoro, quella mattina, avevano appreso che le era stato tolto il caso eppure nessuno si era fatto vivo.

Kim scese dallo sgabello della cucina e, per la terza volta, si avvicinò alla porta delle scale che conducevano al garage, con Barney che la seguiva scodinzolando e la fissava con aria interrogativa.

«Sì, lo so, ragazzo mio», disse. «Nemmeno io so cosa fare».

Di solito, quando aveva un momento libero, Kim scendeva in garage, metteva Brahms o Beethoven a tutto volume sull'iPod e lavorava al suo ultimo progetto di restauro. Ma non quel giorno. Quello non era tempo libero. Le avevano appena tolto il caso. La sua mente era ancora in modalità operativa e non riusciva a spegnerla.

Kim fece un sospiro e tirò fuori il telefono mentre Barney tornava ad accucciarsi sul divano.

Nessuna chiamata, nessun messaggio, nessuno che si preoccupasse…

I suoi pensieri autocommiserativi furono interrotti da dei colpi alla porta.

Kim aprì e si trovò davanti Bryant con un sorriso stampato in faccia.

«Cosa…?»

«Abbiamo deciso di requisire la tua casa come quartier generale temporaneo», disse Bryant. «Adesso spostati, per favore, questa roba è pesante», aggiunse entrando con una cassa.

«Salve, capo», disse Stacey entrando subito dopo.

«Abbiamo le pulci», spiegò Penn, seguendo gli altri due.

«Come?»

«Scusami», disse Alison, portando dentro un'altra cassa.

«Anche tu?», chiese Kim mentre il suo soggiorno cominciava ad affollarsi.

«Faccio parte a tutti gli effetti della squadra e li seguo ovunque vadano», rispose lei, girando prudentemente attorno a Barney.

«Okay, adesso come procediamo?», domandò Bryant, fermandosi al centro della stanza.

Kim sentì l'emozione salirle in gola e si sforzò di scacciarla.

«Ehi, prima di mettervi comodi dovete spiegarmi questa storia delle pulci».

# Capitolo 86

Prima delle nove di mattina Bryant aveva scoperto come aprire il tavolo da pranzo che non era mai stato usato prima. Chi avrebbe immaginato che si potesse allungare in quel modo? Kim aveva notato il taglio che aveva sopra l'occhio e aveva supposto che se lo fosse procurato la sera prima sul campo da rugby, ma non aveva commentato. A Bryant non piaceva quando qualcuno gli ricordava che non era più in forma come un tempo.

«Quindi Woody ha chiuso l'ufficio?», chiese, incuriosita.

Bryant annuì. «Sì, e mi ha chiesto di trovare un altro posto dove lavorare».

Kim non riuscì a trattenere il sorriso che le incurvava le labbra. Si rendeva conto della pressione alla quale era sottoposto il suo capo per colpa del suo scatto d'ira sulla scena del crimine di Billie Styles. Woody aveva reagito in modo appropriato, per salvare le apparenze, ma poi aveva trovato un modo per ricongiungerla con la sua squadra. In via non ufficiale.

Penn e Stacey stavano sistemando i loro computer e occupavano quasi tutto il tavolo, lasciando un piccolo spazio per Bryant a un'estremità.

Alison si era appollaiata su uno sgabello da bar al bancone della cucina con il laptop aperto davanti a sé.

Kim aveva guardato divertita Penn che tirava fuori il suo Tupperware e la pianta Betty, che ora troneggiava al centro del tavolo.

«Sono sgattaiolato dentro per prenderla. Non potevo lasciarla là», spiegò lui.

Kim era sicura che Penn non avesse corso alcun rischio per via di quelle pulci.

Mancava solo una cosa prima di poter cominciare.

«Stai bene seduta lì, Alison?», chiese.

«Continua a fissarmi», rispose lei senza voltarsi.

Era vero. Barney avevo presto smesso di interessarsi a Bryant, Penn e Stacey e tutta la sua attenzione era focalizzata su Alison.

«Non ti piacciono i cani?», le domandò Kim.

«Mi fanno paura», rispose lei, sforzandosi di continuare a guardare dritto davanti a sé.

Kim si rese conto che doveva trovare una soluzione. Avanzò verso l'altro lato del bancone della cucina e tagliò a metà una carota.

«Non ha mai morso nessuno, ma immagino che questo non ti tranquillizzerà. Probabilmente è interessato a te perché sente la tua paura. Abbassa la mano senza guardarlo e dagli la mezza carota».

Il panico si dipinse sul volto di Alison.

«Ti giuro che non ti farà nulla», disse Kim. «Dagli la carota e vedrai che perderà interesse e ti lascerà in pace. Fidati di me».

Alison prese la carota e abbassò la mano, lasciandola cadere prima che Barney potesse afferrarla, ma il rumore delle sue mandibole le confermò che si era distratto e avrebbe smesso di fissarla.

«Okay, ragazzi, se Bryant è d'accordo, propongo di cominciare con un giro di aggiornamenti…».

«È tornato», sussurrò Alison dall'altra parte del bancone.

Kim si voltò e vide Barney che non le staccava gli occhi di dosso. Era davvero strano, a meno che…

«Alison, hai per caso del cibo nella tua valigetta?»

«Ah, scommetto di sì», disse Stacey.

Alison annuì e aprì la valigetta.

«Sei legata emotivamente a quella mela?», le chiese Kim sorridendo. «È il suo cibo preferito. Per questo non ti lascia in pace».

Alison scosse la testa, prese la mela e stavolta gliela porse senza lasciarla cadere, lanciando un gridolino quando il naso di Barney le toccò la mano.

Barney portò il suo bottino dall'altra parte del soggiorno.

«Okay», ripeté Kim, adesso che tutti le prestavano attenzione, «se Bryant è d'accordo…».

«Diciamo che sono d'accordo su tutto in anticipo, okay?»

«Bene. Penn, rintraccia Duggar e scopri qualcosa di più su un farmaco chiamato Baclofen, che era presente nel sangue di tutte e quattro le vittime. Ma la priorità è Duggar, visto che il suo nome è associato a Amy e Mark, e anche Rubik non è soltanto una mera coincidenza».

Lui prese un appunto e poi sollevò la testa. «Capo, voglio prima seguire una pista che mi ha suggerito Jenks ieri, quando ha detto che Amy e Mark si stavano facendo aiutare da una sorta di assistente sociale. Potrebbe essere importante».

Kim rifletté qualche istante. «Okay, ma non dedicarci troppo tempo. Devi occuparti anche delle principali organizzazioni benefiche come Crisis and Shelter…».

«La Big Issue Foundation», aggiunse Stacey.

«Centrepoint», disse Bryant.

«E l'Esercito della Salvezza», concluse Kim. «Ci sono un sacco di volontari là che non registrano o non ricordano necessariamente tutte le persone alle quali hanno offerto una coperta».

«Ricevuto, capo».

«Stacey, voglio che tu ti concentri sull'identificazione di Rubik. In qualche modo fa parte di questa storia e dobbiamo saperne di più».

«Capo, c'è dell'altro», disse Stacey. «Ieri sera, mentre Mitch stava finendo i rilievi, sono passata a casa dei Phelps. A quanto pare Joel non è davvero loro figlio. E da quello che ho letto nel diario della signora Phelps, sembra che non sia affatto partito per un viaggio. Ho scoperto il suo vero nome e vorrei cercare di rintracciarlo. Deve sapere quello che è successo ai suoi genitori».

«Se Bryant è d'acc…».

«Lo è», la interruppe Bryant.

«Okay, Stace, ti sei appena aggiudicata un altro compito».

Stacey annuì, sorridendo compiaciuta.

Kim lanciò un'occhiata verso il bancone. «E tu, Alison, continua a fare quello che stai facendo. So che Bryant vi ha aggiornati sull'incidente di ieri sera», aggiunse, grata di non dover essere lei a farlo. «Bryant e io vi informeremo sugli sviluppi». Si voltò verso il collega. «Se il detective ispettore ad interim è d'accordo».

# Capitolo 87

«Allora, come procediamo esattamente?», chiese Bryant mentre salivano in macchina.

«Sarò al tuo fianco con una funzione puramente consultiva, il resto lo decideremo strada facendo».

«Questo significa che dovrò dirti di chiudere il becco quando io…».

«Puoi sempre provarci», lo interruppe.

«Mmm… mi stai prendendo in giro, vero?»

«Soltanto un po'», ammise Kim.

«Quindi andiamo a Winson Green per controllare come procedono le cose?», chiese Bryant.

«Sei tu al comando, ma io al tuo posto probabilmente andrei prima all'ospedale per vedere come sta Billie Styles».

«Capo, questo tono deferente non ti si addice, ti prego di darci un taglio», rispose Bryant, uscendo dal parcheggio. «Anzi, no, è un ordine», aggiunse sorridendo.

Kim guardò fuori dal finestrino i pedoni che arrancavano sotto il caldo soffocante, e non erano nemmeno le dieci del mattino. I temporali previsti la notte prima non erano arrivati e la temperatura continuava a salire.

«Il caldo estremo può spingere la gente a commettere vere e proprie follie», osservò Bryant.

«Dovresti tenerlo presente quando mi dai istruzioni», rispose Kim.

«Oh, certo. Senti… avevi perso il telefono, ieri sera?»

«Non avevo voglia di parlare», rispose lei in tutta sincerità.

«Be', se avessi risposto ad almeno uno dei miei venti messaggi, avrei...».

«Ero convinta che le mie mancate risposte ai primi dieci ti avrebbero dato un indizio», rispose Kim, poi si voltò verso di lui. «Allora, cosa hai detto a Woody sulla mia rimozione dal caso?».

Bryant si strinse nelle spalle. «Gli ho detto che ero d'accordo con la sua decisione e che non vedevo l'ora di riposarmi un po'».

Kim sorrise. «E come ti trovi nel tuo nuovo ruolo?»

«Quelle pulci maledette!», rispose Bryant.

«Sei sicura di volerlo fare?», chiese Bryant mentre si dirigevano verso l'accettazione dell'ospedale.

«Non sono venuta qui per interrogarla, ma soltanto per vedere come sta. È la prima cosa che avrei fatto stamattina se la mia casa non fosse stata requisita», rispose Kim, avvicinandosi al banco dell'accettazione e aspettando che Bryant esibisse il tesserino.

«Una ragazza... non importa», si interruppe Kim, quando vide arrivare dal corridoio la poliziotta della notte precedente.

Kim le si avvicinò e si accorse che indossava ancora i vestiti del giorno prima.

«Non è andata a casa?», le chiese.

La donna scosse la testa. «No, ispettore, ho fatto un pisolino mentre lei era in sala operatoria».

«Nome?»

«Billie Styles... abbiamo già confermato...».

«Intendevo il suo nome», chiarì Kim.

«Mi scusi, mi chiamo Annie», rispose lei con un sorriso timido.

«Vuole prendersi una pausa mentre...?»

«No, grazie. Voglio essere qui quando si sveglierà. Spero che riconosca la mia voce e risponda alle mie domande. Visto com'era conciata, un kit stupro era abbastanza inutile».

Kim annuì e guardò all'interno della stanza.

La ragazza indossava un camice da ospedale sotto il quale si scorgeva un ematoma blu sulla spalla. I capelli color paglia erano tirati indietro a scoprire un viso pallidissimo.

«Quanti anni ha?», chiese Kim.

«Ventuno», rispose Annie, strofinandosi gli occhi stanchi. «Ho passato la notte a chiedermi che razza di persona potrebbe fare una cosa del genere a un altro essere umano».

«Un mostro», rispose Kim, distogliendo lo sguardo. «Avete recuperato i suoi effetti personali?»

«Li abbiamo passati tutti alla scientifica, imbustati ed etichettati».

«Grazie», disse Kim. Nonostante la notte lunga e difficile, quell'agente riusciva ancora a seguire la procedura.

«Ispettore, posso chiederle se è vero che ha dato un pugno in faccia a Twonk?».

Kim scosse la testa. «Ci è mancato poco», rispose, lanciando un'occhiata a Bryant. «Si chiama davvero Twonk*?».

Annie scosse la testa. «È un soprannome. È un idiota che si sforza parecchio per stare al passo con gli altri».

Probabilmente non si sarebbe mai liberato di quel nomignolo.

«Okay, Annie. Grazie per tutto quello che ha fatto e cerchi di ripos…».

«Volevo dirle soltanto una cosa, ispettore», aggiunse Annie grattandosi la testa. «Tra gli effetti personali della ragazza c'era la sua patente in un portafoglio nella tasca posteriore dei jeans insieme a quaranta sterline, ma nella tasca davanti c'era dell'altro».

«Cosa?»

«Una banconota da cinque sterline. Strappata. Non so se possa significare qualcosa».

Kim annuì e la ringraziò di nuovo.

Oh, sì, certo che significava qualcosa.

* Termine dello slang inglese che significa «idiota» (*n.d.t.*).

# Capitolo 88

Alison si stiracchiò davanti al bancone della cucina e rilesse gli appunti che aveva preso su John Duggar, preparandosi a lavorare sul suo profilo. Ma per quanto cercasse di concentrarsi, non riusciva a liberarsi dalla sensazione di avere visto o sentito qualcosa di molto importante la sera precedente. Solo che più si sforzava di ricordare cosa fosse, più le sfuggiva.

«Perché così accigliata?», le chiese Stacey. «Anzi no, non voglio saperlo. Per colpa tua Devon ce l'ha ancora con me. E dovermi alzare presto questa mattina per portare quell'orecchino a Mitch non è stato di aiuto».

«Stacey, ti ho detto…».

«Rilassati, sto scherzando», disse Stacey, facendole l'occhiolino. «E se la cosa ti può consolare, mia madre mi dice sempre di ritornare sui miei passi», concluse, voltandosi di nuovo verso il computer.

Alison non sapeva che farsene, di quel consiglio. Non era come perdere qualcosa.

Anche se, a dire il vero, qualcosa l'aveva perso, si rese conto ripensando alle parole di Stacey.

Aprì la cartella con le copie scannerizzate delle testimonianze.

Lesse quella di Curtis, che la notte in cui Beverly era stata aggredita dichiarava di essere uscito dal locale dopo aver finito di suonare. Aveva fumato qualche canna e non riusciva a ricordare cosa avesse fatto dopo. No, non era ciò che cercava.

Passò alla testimonianza di Tom. Aveva servito due drink a Beverly, due gin tonic. La ragazza era rimasta seduta ad ascoltare la musica per un po', con gli occhi chiusi. Non l'aveva vista uscire, ma lei era ancora lì quando Curtis aveva raccolto le sue cose e lui era andato a contare l'incasso della serata con Tilly. Esattamente come aveva raccontato la sera prima. Nulla di nuovo rispetto a quello che già sapeva.

Passò quindi alla dichiarazione di Tilly, che confermava le parole di Tom sul fatto che tra Curtis e Beverly non c'era stata alcuna interazione. Curtis non si era comportato in modo diverso dal solito. Non aveva assunto alcolici, soltanto una pinta di lime e limone che aveva sorseggiato mentre suonava.

Nemmeno lei aveva visto uscire Beverly o Curtis perché si era subito messa a pulire i bagni insieme a Tom.

Trovato.

Era questa la cosa che non quadrava. Tom aveva detto di essere andato a contare l'incasso, mentre secondo Tilly avevano fatto le pulizie insieme. Avevano dichiarato di essere insieme, ma dove? In ufficio o nei bagni? Non potevano essere in entrambi i posti.

Quindi si erano forniti un alibi a vicenda. La domanda che si affacciò subito alla sua mente fu: a vantaggio di chi l'avevano fatto?

# Capitolo 89

Solo quando arrivarono davanti all'accettazione dell'ospedale Bryant parlò.

«Vorrei tanto chiederti qual è il significato della banconota strappata, ma non voglio ritrovarmi con la testa staccata».

«È quello che dava… alle ragazze per farle stare zitte», disse Kim.

«Le ragazze?»

«Sì, le ragazze», rispose Kim, ripensando alle parole di Ted.

*Dissociazione.*

*Dissociazione.*

*Dissociazione.*

«Quindi adesso andremo alla prigione?», chiese Bryant, mentre il cellulare segnalava a Kim l'arrivo di un messaggio.

«A quanto pare no», rispose lei. «Keats vuole vederci».

«E naturalmente lui non sa che sei stata "ufficialmente" rimossa dal caso», osservò Bryant, sbirciando il telefono di Kim. «Pensi sia una buona idea che tu venga con me?»

«Prometto di non interferire con il modo in cui condurrai questa indagine», disse Kim. «E spiegherò a Keats che adesso sei tu al comando».

«Be', se sono io al comando, penso che dovremmo andare subito alla prigione. Dobbiamo scoprire chi è stato a ordinare quel maledetto libro. Là troveremo le risposte che cerchiamo».

«Sono d'accordo», disse Kim, scendendo i gradini che portavano all'obitorio, «ma siamo già qui».

Bryant la seguì attraverso le doppie porte borbottando qualcosa a proposito di azioni inutili.

«Ah, è un'imboscata!», esclamò Kim vedendo Keats, Mitch e la dottoressa A nella stessa stanza.

«Abbiamo quasi finito», disse la dottoressa A. «Abbiamo estratto il nostro uomo dal cubo, ma non ho altri particolari da fornirvi».

Kim sollevò una mano. «Sono costretta a informarvi che non sono qui in veste professionale e vi prego quindi di parlare direttamente con il mio collega», dichiarò, mettendosi a sedere sul tavolo di acciaio inossidabile.

La dottoressa A si voltò verso Bryant. «Come ho detto al suo capo l'altra...».

«Ho capito, dottoressa, grazie», rispose Bryant.

«Allora, Bryant», disse Keats, avvicinandosi, «come fai a conservare la tua sanità mentale?»

«Ehi, ho ancora le orecchie», disse Kim.

«Devo tornare nel mio laboratorio in fondo al corridoio per riordinare i detriti», disse la dottoressa A.

«Detriti?», chiese Kim.

«Frammenti vari. Né carne né metallo. Domani avrete modo di vederli».

«Grazie, dottoressa», la salutò Kim.

Gli altri due uomini si limitarono a guardarla allontanarsi.

«Dio ci salvi dalle donne brillanti che sono molto più intelligenti di noi», commentò sottovoce Keats.

«Ti perdoniamo», disse Kim.

«Non sei nemmeno qui», rispose lui, spostandosi dall'altro lato della stanza. «Non so esattamente perché non sei qui, ma so che l'accusa è giusta e che sei assolutamente colpevole di quello che ti è stato imputato».

«Accidenti, Keats, grazie...».

«Allora, Bryant, veniamo al motivo per cui ti ho chiamato. Abbiamo ricevuto i risultati degli esami tossicologici sui primi campioni di tessuto prelevati dal nostro uomo nel cubo».

«E?», chiese Bryant.

«Come le altre quattro vittime, anche lui aveva un'alta concentrazione di Baclofen nel sangue».

# Capitolo 90

«Allora aggiungerò questo nome al mio elenco», disse Stacey, scrivendo "Billie Styles".

Al momento, stava cercando di rintracciare Joel Greene all'estero e indagando sulle persone scomparse per identificare l'uomo nel cubo. Aveva già controllato le denunce degli ultimi diciotto mesi, ma non c'era nessuno che potesse corrispondere a Rubik.

«Qualcuno vuole occuparsi di lei?», chiese Stacey. «Penn?»

«Mi dispiace, il capo ha detto che la mia priorità è trovare Duggar», rispose lui.

«Alison?»

«No», si limitò a dire lei.

«Stai ancora lavorando su Duggar e Nina Croft?», le chiese Stacey.

«Sì, e penso…».

«Con Nina Croft stai perdendo tempo», la interruppe Stacey. «Non è lei».

Alison si voltò a guardarla. «Come fai a esserne così sicura?»

«Istinto», rispose Stacey. «Ce l'abbiamo tutti ed è difficile da definire, ma ogni poliziotto fa affidamento sul proprio istinto».

«E non sbaglia mai?»

«Be', a volte… insomma…».

«Quindi questa donna è meschina, manipolatrice, connivente, astuta, piena di risorse e odia il tuo capo con tutta sé stessa. Si adatta perfettamente al profilo ma noi la ignoriamo perché l'istinto ci dice che non è lei?»

«Qualcosa del genere».

«Okay, ho capito. Ma se ti dicessi che presta anche volontariamente i propri servizi legali al centro comunitario di Stourbridge, cosa mi risponderesti?»

«Oh, merda!», esclamò Stacey, prendendo il telefono.

# Capitolo 91

«Bryant, lo so che vuoi andare alla prigione, ma dopo quello che ci ha detto Stacey dobbiamo prima vedere Nina Croft. Anche se tutti, me compresa, nutrono dubbi su un suo coinvolgimento, non possiamo ignorare la possibilità che abbia avuto dei contatti con le nostre prime due vittime», disse Kim.

«E cosa mi dici dei Phelps? Non c'è alcun collegamento con loro o con Rubik».

«Non possiamo escluderlo con certezza. Lascia che se ne occupi Alison e vedremo cosa scoprirà».

Bryant le lanciò un'occhiata mentre proseguiva verso Cradley Heath. «Alison comincia a piacerti, vero?»

«Non esageriamo».

«Ti stai affezionando a lei, me ne sono accorto».

«Come vuoi tu, Bryant», rispose lei voltandosi dall'altra parte.

Non era sicura che *affezionarsi* fosse la parola giusta, ma ammirava la tenacia di quella donna. Contro ogni buon senso, era stata lei a scoprire che qualcosa non quadrava e a trovare un collegamento.

«E cosa pensi di Rubik?»

«Penso che dobbiamo trovare al più presto Duggar. Sembra avere le mani in pasta dappertutto».

«So che all'inizio lo avevamo escluso, ma adesso pare essere l'indiziato numero uno».

«Per favore, puoi smettere di parlare come il poliziotto di una serie tivù americana?», chiese Kim mentre lui parcheggiava davanti al negozio di tappeti.

«Ieri sera ho visto *Law & Order*», rispose Bryant sorridendo.

«Non farlo mai più», disse Kim mentre scendevano dall'auto e avanzavano lungo la strada. «Chissà se questa volta ci offrirà un caffè?», si domandò mentre salivano le scale dell'ufficio di Nina Croft.

«Improbabile», rispose Bryant, raggiungendola davanti alla porta.

Kim allungò la mano per bussare ma poi cambiò idea e preferì entrare senza annunciarsi.

«Buongiorno, signora Croft, noi...».

Si interruppe fissando Nina Croft dietro la sua scrivania.

E la persona che era seduta di fronte a lei.

# Capitolo 92

«Questa ragazza è una vera e propria contraddizione», disse Stacey ad alta voce.

Nessuno rispose, ma lei continuò imperterrita. Il silenzio la esasperava.

Nell'ultima mezz'ora aveva indagato su Billie Styles e sentiva di conoscerla molto bene. Era presente su tutte le piattaforme di social media e i suoi account erano tutti pubblici e accessibili.

«È come se usasse ogni piattaforma in modo diverso. Su Twitter dà voce alle sue convinzioni politiche, su Instagram posta fotografie di cibo e cuccioli e su Facebook interagisce con gli amici».

«Non è poi così insolito», osservò Alison. «I social media non sono uno specchio affidabile poiché non catturano tutto di noi, sono soltanto un'istantanea di come ci percepiamo».

«Come sarebbe a dire?», chiese Stacey.

Penn si era tolto un auricolare, che ora gli penzolava sulla nuca.

«Dimmi tre aggettivi per descriverti», le chiese Alison.

«Laboriosa, appassionata…».

«Non il tuo lavoro, la tua personalità».

«Divertente, nerd e premurosa».

Alison annuì. «Su questo sono d'accordo», disse, digitando sul telefono.

Il telefono di Stacey emise un *ding*. «Mi hai chiesto l'amicizia su Facebook?», chiese a Alison dopo aver controllato la notifica.

«Per dimostrare una cosa».

Stacey accettò, Alison tacque e un sorriso le increspò le labbra mentre leggeva sul cellulare.

«Cosa c'è?», le chiese Stacey.

«Aspetta un minuto».

Stacey lanciò un'occhiata a Penn, che ora le stava guardando con aria interessata.

«Nel corso dell'ultima settimana hai condiviso delle battute della pagina "Zia acidella", hai commentato alcuni post sulla protezione dei dati, spiegando come funziona il regolamento che disciplina il modo in cui vengono trattati, e hai condiviso un appello per un cane smarrito».

«Sì», confermò Stacey. Sapeva cosa aveva postato su Facebook.

«Divertente, nerd e premurosa. I tuoi messaggi confermano le parole che hai usato per descriverti».

«Quindi?»

«A volte sei anche un po' scontrosa. Metti il broncio. Di tanto in tanto sei invidiosa e spesso non sei soddisfatta della tua forma fisica».

Stacey sentì le guance avvampare.

«Tutte sensazioni perfettamente normali», osservò Alison. «Ma quello che sto cercando di dire è che sui social media mostriamo soltanto ciò che vogliamo far vedere alla gente. Billie non ha problemi a mostrare aspetti diversi della propria personalità, ma non tutti nello stesso posto».

«Ma lo fa in modo così netto», disse Stacey, grata di poter distogliere la conversazione da sé stessa. «Guarda qui. Poche settimane fa, lo stesso giorno, ha sollevato un polverone su Twitter esprimendo le sue opinioni sull'aborto e ha postato alcune foto della pasta che ha mangiato alla Park Lane Tavern».

«Dove?», chiese Penn.

«La Park Lane Tavern a Colley Gate. Perché?»

«Perché è dove lavorava John Duggar».

# Capitolo 93

«Cazzo, King!», sbottò Symes. «Dovrai fare di meglio», disse strofinandosi la mandibola. Il pugno in bocca gli aveva fatto male, ma il risultato non era quello che voleva.

«Fallo tu, Preece», disse. Symes aveva pensato che l'ex leader della gang sarebbe stato in grado di tiragli un pugno come si deve, ma forse, dopo tutto, il topo di biblioteca sarebbe stato la scelta migliore.

Preece fece un passo avanti e si scrocchiò le dita.

«Qui», disse Symes. «Quel bastardo non ha le palle, ma tu sai a cosa o a chi pensare mentre lo fai».

Symes vide la rabbia negli occhi di Preece e si preparò all'impatto.

Il pugno lo colpì esattamente dove aveva indicato, con una forza che non si sarebbe aspettato. "Bisogna dare alle persone la motivazione giusta", pensò, sentendo il sapore amaro del sangue in bocca. Subito dopo si fece strada anche il dolore.

«Così va meglio, cazzo», disse annuendo e massaggiandosi la mandibola.

Uscì dalla cella e chiamò la guardia. «Gennard...».

«Cosa...?», fece Gennard, vedendo il sangue colargli dalla bocca. «Cosa diavolo è successo?», chiese, aprendo il cancello e lanciando un'occhiata a King e Preece, che si strinsero nelle spalle.

«Sono inciampato», disse Symes, aprendo la bocca per mostrare a Gennard quanto si era fatto male.

«Cristo santo!», esclamò la guardia.

Toccandosi con la lingua, Symes aveva già capito di essersi spezzato un dente, che però non era venuto via del tutto. Perfetto.

Gennard fece una rapida valutazione dei rischi. «Vieni con me, hai bisogno di una medicazione».

Symes si strinse la mandibola gemendo e seguì la guardia in infermeria. Due detenuti erano in attesa davanti alla porta dell'ambulatorio del dentista. Quando si avvicinarono, la porta si aprì.

«Emergenza», disse Gennard mentre uno dei due in attesa si alzava.

«Oh, mio Dio!», esclamò il giovane dentista, facendoli entrare.

«Siediti, siediti», disse a Symes; Gennard, intanto, chiudeva la porta alle sue spalle. Il detenuto sapeva che la guardia si augurava che il dente potesse essere curato lì, perché dover ricorrere a un dentista esterno avrebbe richiesto un sacco di documenti. Cosa che gli andava più che bene. Per quel giorno, almeno.

Symes aprì la bocca. Il dentista, che il badge sul camice identificava come "Dennis", si sedette accanto a lui e gli infilò in bocca due cilindri di garza, accese la lampada chirurgica e sostituì la garza con un tubicino per aspirare il sangue e la saliva.

Symes emise un gemito per impressionarlo.

«Apra di più la bocca», disse il dentista.

Symes seguì le istruzioni, trattenendo un sorriso. Il piano stava funzionando alla perfezione. Farsi prendere a pugni il giorno in cui Marcia era di riposo. Avendo lavorato in quella prigione per più di dieci anni, Marcia aveva maturato una certa esperienza e conosceva tutti i trucchi. Nonostante fosse alta appena un metro e cinquanta, avesse superato i quarant'anni e pesasse qualche chilo di troppo, quella donna era l'oggetto delle fantasie di molti detenuti. Nessuno, però, osava scherzare con lei.

Al contrario, i "rimpiazzi", come i detenuti chiamavano i suoi assistenti, non erano particolarmente svegli e commettevano un errore dopo l'altro. Il più grave era dimenticarsi dove si trovavano e con chi avevano a che fare.

«Il primo molare destro richiede un'estrazione», disse Dennis a Gennard.

Perché lo stava dicendo alla guardia? Non era della sua stramaledetta bocca che stava parlando!

Gennard annuì.

Dennis si voltò e prese una siringa. «Ti inietterò un anestetico locale per attutire il dolore. Sentirai un leggero pizzicore».

Symes non disse nulla e rimase immobile mentre Dennis iniettava l'anestetico in tre punti diversi. Iniziò a sentire subito l'effetto.

Gennard spostava il peso da un piede all'altro mentre Dennis allineava gli strumenti che gli sarebbero serviti. Il momento giusto si stava avvicinando.

Dennis si alzò, si spostò sul lato sinistro, coprendo Gennard, con in mano le pinze per l'estrazione. Symes allungò la mano destra e raggiunse il vassoio degli strumenti. Poi ritirò lentamente la mano e se la infilò in tasca.

Symes sentì la pressione delle pinze sul dente. Perfetto.

Balzò in piedi, lanciando un urlo di dolore, e fece cadere a terra il dentista e tutti i suoi strumenti.

Gennard rimase spiazzato per un attimo, poi si chinò per aiutare Dennis a rialzarsi. Symes ne approfittò per infilarsi il bottino nei jeans.

«Cosa diavolo t'è preso?», disse Gennard.

«Maledetto macellaio», gridò Symes, stringendosi la mandibola. «Tu non sei un vero dentista, cazzo. Non osare toccarmi di nuovo», disse, scendendo dalla poltrona.

«Non essere ridicolo, Symes. Torna a sederti e lascialo finire…».

«Se mi tocca ancora lo denuncio», rispose lui. «Aspetterò fino a domani, quando tornerà Marcia. È una mia decisione».

Symes si incamminò verso la porta mentre Dennis si chinava a raccogliere gli strumenti.

Gennard esitò un istante, aprì la porta e scosse la testa. «Okay, come vuoi tu, ma non cambiare idea quando finirà l'effetto dell'anestetico, perché quel dente ti farà un male cane».

Symes uscì dall'ambulatorio.

Ottimo. Aveva preso quello che gli serviva.

# Capitolo 94

«Cosa diavolo ci faceva qui Harry Jenks?», chiese Kim dopo aver visto l'uomo uscire frettolosamente dall'ufficio.

«Non sono tenuta a dirtelo», rispose in tono altezzoso Nina.

«Parlavate d'affari?», la pungolò Kim, mettendosi a sedere.

«Nulla che ti riguardi», ribatté Nina.

«Se era un incontro di piacere, lo capisco. Se ricordo bene, ti piacciono magri e...».

«Cosa vuoi, ispettore Stone?», chiese Nina, coprendo con la mano un foglio.

«Ah, allora si trattava di affari?», disse Kim. «Ti ha chiesto consiglio su come comportarsi se si viene accusati di molestie sessuali? Qualcuna ha finalmente avuto il coraggio di denunciarlo?».

Nina avvampò e Kim capì che aveva colpito nel segno.

«Come ho già detto, non sono affari tuoi. Immagino tu non sia venuta qui per parlarmi di Harry Jenks, quindi...».

«A dire il vero, Nina, sono qui anche per lui. Come l'hai conosciuto?»

«Abbiamo lavorato insieme, in passato».

«Passato lontano o vicino?»

«Vicino, suppongo».

«Quando facevi volontariato al centro comunitario di Stourbridge?».

Nina annuì.

Cavoli, non era facile scucirle informazioni.

«E come mai hai fatto volontariato in quel centro?»

«Scusa, ma questo non ti riguarda».

«Non mi sembri affatto un tipo caritatevole», disse Kim in tutta sincerità.

«Non mi conosci bene come credi».

«So però che gli oppressi, gli svantaggiati, i poveri e i senzatetto non ti hanno mai attirato».

«Pensa quello che vuoi», rispose Nina, che sembrava divertita dalla perplessità di Kim.

«Il fatto è che alcune persone del centro comunitario sono morte in circostanze poco chiare».

Kim non poteva dire se l'espressione scioccata sul volto della donna fosse autentica o meno.

«Chi?»

«Una giovane coppia, Amy e Mark...».

«I due drogati?», chiese lei, storcendo la bocca.

«Una risposta davvero molto caritatevole, Nina, a riprova che il servizio che prestavi in quel centro non era disinteressato».

«Non ho molta pazienza con quelli che si fanno del male da soli...».

«Hai poca pazienza con chiunque non possa pagare i tuoi servizi legali, quindi cosa ci guadagni di preciso offrendoli gratuitamente agli oppressi?»

«Cosa ci *guadagnavo*, ispettore. Stiamo parlando del passato. Non offro più a nessuno i miei servizi legali».

Kim sentì salire la frustrazione. Una risposta chiara, tanto per cambiare, sarebbe stata gradita.

«Allora per quanto tempo l'hai fatto?»

«Un paio di mesi».

«Nina, se continui così ti incrimino per avere ostacolato...».

«Calma, ispettore. In realtà è tutto molto semplice. Hai ragione quando dici che quella gente e le loro patetiche storie non mi interessano. Se li avessi visti morire stecchiti nel giro di ventiquattro ore, non me ne sarebbe potuto fregare di meno. Ho fatto la volontaria perché volevo qualcosa. Mi servivano per uno scopo preciso; una volta raggiunto lo scopo, me ne sono andata».

# Capitolo 95

«Allora, secondo te cosa dovrei fare?», chiese Alison quando Penn uscì dalla stanza per andare a parlare con i genitori di Billie Styles.

Alison si rendeva conto di approfittare del tempo di Stacey, ma non sapeva a chi altri rivolgersi.

Stacey incrociò le braccia sul petto. «Ovviamente uno di loro sta mentendo. Ieri sera hai parlato con Tom e la sua versione è stata coerente; forse adesso è il caso di parlare con lei», le suggerì Stacey.

«E come faccio? Non posso fingermi un'agente di polizia».

«Chiedi a Penn di farlo al posto tuo, è da anni che recita la parte del poliziotto. *Bum!*».

«Se fosse seduto lì, sarebbe stato davvero divertente», disse Alison indicando la sedia vuota.

«E comunque», aggiunse Stacey, «ti fingeresti un'agente di polizia soltanto se dichiarassi di esserlo. Devi essere creativa».

Incoraggiata da Stacey, Alison digitò il numero del telefono di casa di Tilly Neale. Le rispose una burbera voce maschile che la innervosì. Stacey la incoraggiò con un cenno del capo.

«Posso parlare con Tilly, per favore?»

«Chi la vuole?»

«Mi chiamo Jane Lowe», rispose Alison, usando il suo secondo nome.

«Til, ti vogliono al telefono», la chiamò l'uomo.

Si udì un rumore di passi sulle scale.

«Grazie, ci vediamo dopo», disse Tilly, poi si sentì il rumore di una porta che si chiudeva.

«Pronto?»

«Tilly Neale? Il mio nome è Jane Lowe e sto firmando delle dichiarazioni sul caso di Beverly Wright. Posso rileggerle la sua testimonianza? Non le ruberò troppo tempo».

«Certo», rispose lei.

Collaborativa. Cauta.

Alison le lesse alcune frasi chiave e attese la sua approvazione.

«E poi lei e Tom Drury siete andati a pulire i bagni».

«Giusto».

«Okay, aspetti un attimo. Drury ha dichiarato invece che eravate andati in ufficio a contare l'incasso».

Silenzio. Le parve di sentirla scervellarsi.

«Lui deve... io devo... uno di noi due deve essersi confuso, ma sono sicura che eravamo andati a pulire i bagni».

«Curtis però ha detto...».

«Cosa ha detto Curtis? Avete parlato con lui? Si è ricordato di qualcosa?».

Il panico nella sua voce mise Alison in allerta.

«Non eravate né nei bagni né in ufficio, vero, Tilly?».

Silenzio.

«Non sono un'agente di polizia, ma deve dirmi la verità».

«Oddio, non posso. Se lui scopre... Oh, no, mio marito... mi ucciderà...».

«Risponda alla mia domanda, Tilly», la sollecitò Alison, sentendo il sudore imperlarle la fronte.

«Okay, Curtis Swayne era con me. Stavamo facendo sesso nella mia auto».

Alison trattenne a stento un urlo di trionfo. Non si era sbagliata sul conto di Curtis.

Adesso lui aveva un alibi per l'aggressione a Beverly Wright.

Mentre Tom Drury non ce l'aveva.

# Capitolo 96

«Tu le credi?», chiese Bryant quando risalirono in macchina. «Credi davvero che Nina volesse aggiungere il volontariato al suo curriculum per poi tornare a esercitare privatamente?».

Kim si strinse nelle spalle. «In un certo senso la capisco. Avere uno studio legale alle spalle le permette di lavorare meglio. Le piacciono la struttura, il senso di appartenenza, avere un nome importante che le faccia da scudo. Non ama lavorare da sola. Altrimenti perché sarebbe rimasta con Richard Croft, dopo tutto quello che ha scoperto su di lui?»

«Eppure…».

«Se riusciamo a collegarla all'auto bruciata in cui hanno perso la vita i Phelps, non avrà scampo».

«Dai tempo a Alison, vedrai che troverà qualcosa», disse Bryant scherzando solo in parte. «Adesso possiamo finalmente andare alla prigione?», le chiese mentre il telefono di Kim si metteva a suonare.

Lei guardò il display senza rispondere e sorrise. «Oh, Frost, mi piacerebbe tanto risponderti, ma non posso. Il capo dice che non mi è permesso parlare con la stampa e avrei proprio voluto darti un'esclusiva sul caso, ma…».

«Capo, sei fuori di testa», ridacchiò Bryant quando il cellulare smise di suonare.

Mentre Kim lo rimetteva in tasca, ricominciò a squillare. «Cristo, è davvero insistente. Ah, è Stacey», disse, e rispose. «Di qualsiasi cosa si tratti non possiamo farlo», dichiarò Kim, lanciando un'occhiata al collega. «Il capo ad interim qui vuole che andiamo assolutamente a Winson Green».

«Bene», replicò Stacey senza fiato. «È esattamente dove voglio che andiate. Ho trovato il figlio dei Phelps, Joel Greene. Non era in viaggio, è in prigione da poco più di un anno».

# Capitolo 97

Penn bussò alla porta della villetta a schiera a Colley Gate.

Quando le due piste d'indagine che lui e Stacey stavano seguendo si erano congiunte, avevano deciso che lui sarebbe andato a parlare con la famiglia di Billie e lei avrebbe continuato a cercare Duggar. Penn doveva ammettere che stava cominciando ad avere un pessimo presentimento riguardo a John Duggar.

Ad aprire fu un uomo dall'aspetto fragile con gli occhi arrossati.

«Signor Styles?», chiese Penn.

L'uomo annuì e si spostò di lato.

Penn entrò. «Sono qui per Billie», disse. Il padre era molto più anziano di quanto avesse immaginato.

«Quella poliziotta gentile mi ha detto che sarebbe venuto qualcuno», disse lui, trascinando i piedi lungo il corridoio. Dall'esperienza con sua madre, Penn immaginò che quell'uomo avesse bisogno di una protesi all'anca.

Lo seguì in un piccolo soggiorno, che benché vecchio stile, sembrava pulito e accogliente.

L'uomo si sedette lentamente su una sedia.

Penn prese posto sul divano.

«Come sta Billie?», chiese l'uomo.

«Non è andato a trovarla?», non poté fare a meno di domandargli.

Lui scosse tristemente la testa e Penn si domandò se avesse problemi di mobilità.

«Le sue condizioni sono stabili», rispose. «Non è ancora fuori pericolo, ma è viva, e alla luce della natura e della gravità…».

Il signor Styles alzò una mano e scosse la testa. «Mi scusi, non posso sentire di nuovo quelle parole».

«Posso chiederle se Billie è…».

«Mia nipote», disse lui, fissando il tappeto. «Mia figlia è morta di tumore al seno all'età di quarantacinque anni. Quando è venuta a stare da noi, Billie aveva nove anni ed era sola al mondo».

«E suo padre?»

«Non l'ho mai conosciuto. C'erano solo Sylvia e Billie finché…». Si interruppe per asciugarsi gli occhi con il dorso della mano.

«E sua moglie?», chiese Penn in tono gentile, percependo il silenzio che regnava in quella casa.

«È morta cinque anni dopo. Infarto. Io e Billie abbiamo dovuto cavarcela da soli».

Penn provò un profondo senso di empatia per quell'uomo che aveva dovuto affrontare già troppe tragedie nella sua vita.

«Signor Styles, se ha bisogno di qualcuno che l'accompagni a trovare…».

«Grazie, ma non è necessario», rispose lui scuotendo la testa. «Non sopporterei di vederla in quelle condizioni… Mi dispiace, ma…».

«D'accordo, signor Styles», disse Penn. Anche se il suo pensiero andò subito alla giovane donna che giaceva in un letto d'ospedale, sola e a malapena cosciente, provava comunque un'immensa pena per quell'uomo.

«C'è qualcuno che posso chiamare perché venga ad aiutarla in casa?».

Lui scosse la testa. «Me la cavo da solo, grazie. Cosa posso fare per lei?»

«Vorrei che mi parlasse degli amici di Billie. Conosce un uomo di nome John Duggar?».

Un lampo nei suoi acquosi occhi azzurri rivelò a Penn che la mente del signor Styles non stava invecchiando alla stessa velocità del corpo.

«Pensate che…?»

«Diciamo soltanto che stiamo valutando questa opzione».

«Immagino che potrebbe… Oh, mio Dio!».

«Si conoscevano bene?».

Lui annuì. «Si sono frequentati per un paio d'anni. Si erano incontrati nel pub dove lavorava lui. A Billie erano sempre piaciuti gli uomini alti e lui aveva in più il fascino dell'ex criminale. Non aveva però rinunciato del tutto al suo passato, e nonostante gli fosse stato offerto un lavoro decente, continuava a frequentare pessimi soggetti. Era uno dei motivi per cui non mi piaceva. Ho cercato di metterla in guardia da quell'uomo, ma lei continuava a sostenere che fosse cambiato. Billie aveva trovato un lavoro come assistente di un dentista e si manteneva da sola, non potevo interferire più di tanto nella sua vita».

«Sembra una ragazza molto giudiziosa», osservò Penn, riportando la conversazione al presente. Dopotutto, non era morta.

«E questo rendeva il loro rapporto ancora più strano. Era come se fosse affascinata dalla sua immagine di cattivo ragazzo. Ma poi ha cominciato a rendersi conto di come stavano le cose».

«Era violento con lei?».

Il signor Styles scosse la testa. «Non che io sappia. Gli piaceva spaventarla, ma...».

«Mi scusi, non credo di aver capito».

«Lasci che le spieghi. La prima volta che è stato arrestato per ricettazione lei l'ha perdonato. Andava a trovarlo in prigione, convinta che fosse davvero pentito del suo errore. Dopo aver scontato la pena è tornato in libertà, ma poi ci è ricascato e lei non era più disposta a perdonarlo. Così ha aspettato che uscisse di prigione per dirgli che tra loro era finita».

«E lui come l'ha presa?»

«Bene, apparentemente, finché Billie non ha cominciato a sentire degli strani rumori in piena notte e a ricevere chiamate anonime».

«Ha denunciato la cosa?», chiese Penn, anche se negli archivi della polizia non aveva trovato nulla in proposito.

«Non aveva prove che fosse lui ed era convinta che se l'avesse ignorato si sarebbe stufato e l'avrebbe smessa».

«È stato così?»

«Non credo. Quando l'ho sentita, qualche giorno fa, riceveva ancora quelle chiamate».

Penn rifletté qualche istante. Nonostante le innumerevoli morti che costellavano il caso, Duggar non sembrava un tipo incline alla violenza. Ma da quanto aveva appreso, emergeva anche un altro particolare, ancora più interessante. Quando John Duggar si focalizzava su qualcosa, non era disposto a mollare la presa.

# Capitolo 98

«Sta arrivando un temporale», disse Bryant parcheggiando davanti a Winson Green. Le nuvole si stavano addensando ed era già riecheggiato qualche tuono. Sicuramente stavano tutti guardando il cielo speranzosi.

«Forse ci passerà soltanto sopra», disse Kim, dirigendosi verso l'ingresso.

Dopo aver superato gli stessi controlli di sicurezza della volta precedente, furono scortati da un agente taciturno fino alla sala delle visite.

Questa volta la stanza era più affollata, ma Kim notò subito l'uomo seduto da solo con la testa china e si fece strada tra la gente per raggiungerlo. Avanzò ignorando gli sguardi curiosi che non smettevano mai di sorprenderla: pareva che i detenuti avessero una sorta di sesto senso in grado di rilevare la presenza di poliziotti nell'edificio.

«Joel Greene?», chiese sedendosi.

L'uomo sollevò la testa e annuì.

«Non è stato facile trovarla», disse Kim.

«Non mi sono mai nascosto», rispose lui, guardandosi attorno.

«Immagino sia al corrente di quello che è successo ai suoi genitori».

«Lui non era mio padre. E sì, l'ho visto al telegiornale».

Kim sentì un moto di tristezza invaderla. «Mi dispiace molto che sia venuto a saperlo in questo modo».

«Sì, è stato orribile, ma quando l'ho detto a Gennard, mi ha mandato a smistare dei libri».

Kim rifletté un istante e poi capì cosa intendeva. Quello non era un posto dove si potessero mostrare le proprie emozioni e Gennard gli aveva offerto un momento di privacy.

«Il suo cognome ha complicato le cose, insieme al fatto che tutti ci hanno detto che era in viaggio», spiegò Kim.

Lui fece un sorriso triste. «Sì, era la scusa che usavano i miei genitori ogni volta che finivo qui dentro».

Kim si accorse di avere una strana reazione di fronte a quell'uomo. Non aveva nemmeno trent'anni, eppure c'era in lui un senso di disperazione di cui non riusciva a capacitarsi.

«Quante volte è stato in prigione?», chiese Bryant.

«Sei, sette, e ci tornerò di certo», rispose lui con sincerità.

«Non era legato ai suoi genitori?», domandò Kim.

Lui si strinse nelle spalle. «Non proprio. Non fraintendetemi, gli ero affezionato, ma non ci capivamo. Non riuscivano a spiegarsi come mai io finissi sempre nei guai e io non riuscivo a capire come la vita che facevano potesse renderli felici. Mi volevano bene, ma non ero esattamente il tipo di persona che mia madre aveva sperato io diventassi».

A questo punto, Kim voleva saperne di più.

«Continui», lo spronò.

«Avevano lavorato per uno stipendio mediocre tutta la vita, vivevano in una casa mediocre e frequentavano amici e vicini mediocri. Non che ci sia qualcosa di sbagliato in questo, è un'esistenza pulita, ordinata, rispettabile. Il contrario di quello cui ambisco io. Voglio essere ricco, e per esserlo sono anche disposto a infrangere la legge. È così che voglio vivere. Mi libereranno e poi mi arresteranno di nuovo. Lo so. Ma loro non riuscivano a capacitarsi del fatto che non avessi alcuna intenzione di cambiare vita».

Kim ammirò la sua franchezza, anche se avrebbe voluto seguirlo il giorno del suo rilascio per essere lei ad arrestarlo quando avrebbe commesso un altro crimine.

«Le viene in mente qualcuno che avrebbe voluto far loro del male?», chiese Bryant.

Joel li guardò con aria incredula. «State scherzando? Nessuno dei due aveva mai offeso qualcuno. Vorrei tanto che l'avessero fatto, ma erano le due persone più inoffensive del pianeta. Potete chiederlo anche alla gente qui dentro. Ogni volta che venivano a trovarmi, compravano panini e caffè agli altri detenuti e chiacchieravano amabilmente con i visitatori. Per loro era più facile che stare seduti qui a parlare con me».

Kim si rese conto che non sarebbe riuscita a cavargli nient'altro. Lui e i Phelps avevano vissuto in due mondi distinti.

«Quando la scientifica avrà terminato i rilievi, sarà celebrato il funerale e lei potrà avere un giorno di permesso».

«Non andrò al funerale», disse lui, voltandosi dall'altra parte. Deglutì un paio di volte prima di girarsi di nuovo verso di loro con gli occhi arrossati. «Immaginate se mi presentassi lì, ammanettato a Gennard. Non farei altro che alimentare i pettegolezzi degli amici e dei vicini, e a loro questo non piacerebbe affatto. Non gli farei mai una cosa del genere. Darò l'ultimo saluto privatamente».

Kim pensò che in fondo anche Joel Greene aveva una sua etica. Lo ringraziò per il tempo che le aveva concesso e si alzò.

Gennard aveva raggiunto il poliziotto taciturno accanto al distributore di caffè e stava tenendo d'occhio la stanza per assicurarsi che non ci fossero problemi.

«Proprio l'uomo che stiamo cercando», disse Kim a Bryant.

Soltanto quando raggiunse l'altro lato della sala si rese conto di non aver visto né Dale Preece né Symes.

# Capitolo 99

Stacey chiuse la porta alle spalle di Charlie e Barney. Il vicino era venuto a prendere il cane per la passeggiata pomeridiana.

«Coraggio, Alison, adesso puoi scendere dallo sgabello. Il cane se n'è andato», disse.

«Sto bene qui», rispose lei testardamente. «Anche se avrei urgente bisogno di andare in bagno», ammise.

Stacey ridacchiò. Alison era appollaiata su quello sgabello da quasi sei ore.

«Dov'è?», chiese.

«La porta accanto a quella del garage».

Quando ci era andata lei, Stacey non aveva resistito alla tentazione di dare una sbirciata al garage, dove Kim teneva la sua scintillante Ninja, e aveva visto i pezzi di ricambio e i vari componenti sparsi sopra un telo sul pavimento.

Stacey sapeva che nel tempo libero il capo restaurava motociclette classiche, ma aveva immaginato che i pezzi arrivassero sotto forma di kit, con la colla e le istruzioni, come gli aeroplani che suo padre assemblava da giovane. Non si aspettava che il garage assomigliasse al retro del furgone di un rigattiere.

«Oh, mio Dio!», esclamò quando il campanello suonò di nuovo. «Il capo ha bisogno di un maggiordomo. Ah, sei tu», disse aprendo la porta a Penn.

«Sì, scusami», rispose lui, togliendosi la giacca. Si sedette e si guardò attorno. «Abbiamo perso un cane e una profiler?», chiese.

«Sono andati entrambi a fare pipì», rispose Stacey, sedendosi di fronte a lui. «Allora, che cosa hai scoperto?»

«Duggar e Billie erano effettivamente una coppia, come pensavamo, ma lei l'ha mollato qualche mese fa. Ne aveva abbastanza di essere la moglie di un detenuto. Lui però non l'ha presa molto bene e ha continuato a molestarla».

«Violenza?».

Penn scosse la testa. «Stranamente no. Duggar ci ha detto la verità quando ha sostenuto che non gli piacciono i conflitti».

«Sì, ma vista la brutalità con cui è stata aggredita Billie…».

«Lo so, ma Duggar non c'entra, non ha mai alzato le mani contro la sua ragazza e non ha mai commesso crimini violenti. Non è mai stato trovato in possesso di un coltello o qualche altra arma».

«Cosa ne pensi di Duggar, Alison?», chiese Penn quando lei tornò a sedersi sullo sgabello.

«Le prove sembrano dire che il colpevole è lui. Ha visitato l'appartamento dove sono stati uccisi Amy e Mark e quindi ha avuto accesso alla chiave. È stato lui a portare l'auto nel deposito dei rottami e poteva aver incontrato i Phelps in prigione. Sappiamo inoltre che è collegato con Billie Styles. Ma, e questo è un grande *ma*, non combacia affatto con il profilo del killer. Siamo tutti d'accordo sul fatto che il nostro colpevole deve odiare a morte Stone. Lui invece è stato gentile, molto collaborativo e sincero, quindi la mia opinione è… Non ne ho idea».

Stacey non riuscì a trattenere una risatina sentendo l'ammissione di Alison. In qualche modo, la rendeva più umana.

«Il capo rientrerà presto da Birmingham e sono sicura che si aspetterà qualcosa di più da noi».

# Capitolo 100

Alison attese che Penn chiudesse la porta quando uscì per farsi uno spuntino. Contò fino a tre e poi disse: «Stace, hai un minuto libero?»

«Mi vuoi assegnare un altro compito?», chiese lei, voltandosi.

«Mi dispiace», disse Alison, ed era vero. Dopo la chiamata della sera precedente, Stacey stava dando prova di grande pazienza, ma Alison sapeva che stava andando oltre le sue competenze. Stacey le aveva già detto di aver consegnato l'orecchino a qualcuno di nome Mitch, e adesso lei le stava chiedendo di nuovo aiuto.

Aveva già pensato di rivolgersi a Penn, ma non sapeva se avesse lavorato con Merton. Se quei due erano amici, Penn avrebbe potuto rifiutarsi di aiutarla.

«Non so proprio cosa fare. Se chiamo Merton so che non mi risponderà. Non posso riferire queste informazioni, la squadra della West Mercia mi ritiene inutile».

«Non c'è qualcuno coinvolto nell'indagine di cui ti puoi fidare?», le chiese Stacey, voltandosi di nuovo verso il suo computer.

A Alison venne in mente Jamie, ma era così legato a Merton che probabilmente l'avrebbe tradita senza nemmeno rendersene conto.

Scosse la testa. «Sento di dover fare qualcosa. E se avessero preso l'uomo sbagliato e il vero killer fosse ancora a piede libero? Potrebbe aver già preso di mira la prossima vittima».

«Mi dispiace, devo…».

«È possibile che nessuno mi ascolti?», sbottò Alison, picchiando un pugno sul tavolo. «La mia carriera è andata a rotoli, la mia reputazione distrutta. Molto probabilmente nessuno chiederà più la mia consulenza. Hanno concentrato tutti i sospetti sull'uomo sbagliato e non ne posso più di…».

«Te la stai prendendo con me?», chiese Stacey, sgranando gli occhi.

«Prova a metterti nei miei panni», rispose Alison, sforzandosi di non sfogare la propria frustrazione contro l'unica persona che aveva cercato di aiutarla. «Sto per perdere tutto e so di avere ragione. Un uomo innocente andrà in prigione per il resto della sua vita e il killer è ancora a piede libero. In qualità di agente di polizia che…».

«Alison, stai cercando di usare i tuoi poteri su di me?», chiese Stacey.

«Non ho…».

«Sto scherzando, Alison».

La donna si chiese come facessero i membri della squadra di Kim a restare sani di mente. Lei non avrebbe mai potuto scherzare con i nervi a fior di pelle.

Eppure loro avevano a che fare tutti i giorni con cose del genere.

Stacey le lanciò un'occhiata. «Okay, che elementi abbiamo? Un orecchino rinvenuto dove Beverly è stata rapita e una barista che sostiene che il cantante era con lei».

«Io so per certo che non è stato Curtis».

«Lasciamo perdere questo, per il momento», disse Stacey. «Visto che non disponi di nessuna prova…».

«Ho le loro dichiarazioni».

«E le telecamere di sorveglianza?».

Alison scosse la testa. Non aveva mai visionato le riprese delle telecamere.

«Maledizione. Ci serve qualcosa di più per dare una svolta all'indagine. Non sai nemmeno se quella donna confermerà la sua testimonianza. Se non puoi smentire Curtis, non ti resta che trovare il vero killer».

«Ma come?»

«Silenzio, sto pensando», disse Stacey, aprendo Google Earth.

Alison fissò lo schermo, guardandola navigare in rete, cliccare, ingrandire, con velocità e accuratezza.

«Aspetta un attimo…».

«Cosa?»

«Shhh», fece Stacey.

Alison si rese conto che doveva imparare a comprendere quando le persone parlavano con lei e quando non lo facevano.

Osservò Stacey navigare su Google Maps, posizionare la figura blu in strada e guardarsi intorno.

«Dammi solo due…».

Alison non fiatò.

«Jackson Little», disse Stacey, prendendo il telefono.

«Chi è?».

Stacey sollevò una mano e Alison l'ascoltò citare date e ore, dando il proprio indirizzo email.

«Non capisco», disse Alison.

Stacey le mostrò la schermata della mappa. «Okay, hai detto che le telecamere di sorveglianza del locale non hanno rilevato nulla e che la ricerca su quelle pubbliche si è concentrata sul furgone di Curtis, partendo dal presupposto che fossero usciti insieme dal club. Ma adesso sappiamo che non è andata così, quindi Beverly è uscita da sola? Sono certa che tutte le targhe delle auto nel parcheggio sono state controllate e non è emerso alcun indizio».

«D'accordo», annuì Alison.

«E se invece Beverly se ne fosse andata a piedi e il killer l'avesse seguita? È stata trovata a meno di un chilometro dal locale, quindi è possibile che non sia mai salita in un'auto».

Stacey le indicò la mappa sullo schermo.

«Se segui il percorso dal pub alla scena del crimine, per circa quattrocento metri, lungo Lissett Road, gli unici locali industriali sono quelli di un'azienda produttrice di sistemi di fissaggio con l'ingresso per i fornitori proprio qui», disse passando alla vista satellitare.

Alison annuì, sforzandosi di seguire il suo ragionamento.

«Se siamo fortunate, il *ding* che abbiamo sentito è una raccolta dei filmati provenienti dalle loro telecamere esterne. Potremmo scoprire se Beverly ci è passata davanti e, soprattutto, se era sola».

«Tutto questo è legale?»

«No, Alison, ma in qualità di agente di polizia, sento di poter commettere ogni sorta di crimine», rispose Stacey. «Certo che è legale. È una telecamera di sorveglianza privata e la polizia ha tutto il diritto di controllare le riprese».

«Stacey, credo che potrei prendermi una cotta per te».

«Sono impegnata, ma grazie lo stesso. Adesso guardiamo le riprese».

Stacey cliccò sulla prima delle due icone.

«Com'era vestita?»

«Jeans gialli e scarpe da ginnastica».

«Una tenuta insolita per una barista», osservò Stacey.

«Non stava lavorando», le spiegò Alison. «Era andata al club soltanto per bere un drink e ascoltare un po' di musica».

«Le riprese sono al rallentatore, ma se è passata di lì riusciremo facilmente a identificarla», disse Stacey mentre Alison avvicinava una sedia al computer.

La finestra di mezz'ora indicata da Stacey trascorse nel silenzio mentre entrambe fissavano lo schermo.

«Niente», disse Alison quando finì.

«Proviamo l'altra telecamera».

«Oh!», esclamò Alison quando si accorse che era puntata verso il basso e inquadrava una piccola apertura nella recinzione.

«Sì, non ci sarà molto utile», disse Stacey. «Da questa angolazione si vede soltanto la parte inferiore delle gambe...».

«Aspetta!», fece Alison.

«Ehi, calma, adesso rivediamo».

«È lei», disse Alison, quasi incapace di parlare. «È Beverly, guarda, con i jeans gialli e le scarpe da ginnastica».

Stacey tornò indietro, fece scorrere di nuovo le immagini e rividero le gambe di Beverly entrare e uscire dall'inquadratura.

Alison avrebbe voluto gridare alla telecamera di girarsi, seguirla, proteggerla dalle cose orribili che stavano per succederle.

«Mi dispiace, sembra proprio che fosse sola», sospirò Stacey.

Alison sentì arrivare la delusione mentre continuava a fissare lo schermo. Per un momento aveva creduto di poter dimostrare di aver avuto sempre ragione, che Curtis era innocente.

Stacey stava per chiudere la finestra sullo schermo quando Alison la afferrò per un braccio.

«Aspetta», sussurrò, la gola improvvisamente secca. «Fammi vedere di nuovo gli ultimi secondi».

# Capitolo 101

«Grazie per il tempo che ci concede, signor Gennard», disse Kim mentre entravano nel minuscolo ufficio riservato al responsabile di turno. In assenza di una vera e propria bacheca, elenchi e memo erano stati appiccicati con lo scotch sulla parete di cemento tinteggiata di bianco.

«Abbiamo sentito che lei ha molte informazioni su numerosi detenuti e vorremmo sapere qualcosa di più su Symes, Dale Preece, John Duggar e Joel Greene».

«Be', posso dirvi che Joel Greene è diverso dagli altri. Entra, sconta la sua pena, si tiene alla larga dai guai, non si schiera con nessuno e non ha nulla in comune con gli altri tre».

Quelle parole procurarono a Kim uno strano senso di sollievo.

«Gli altri fanno tutti parte del suo fan club e...».

«Ne è al corrente anche lei?».

Gennard aggrottò la fronte. «Se non lo sapessimo, significherebbe che la nostra capacità di reperire informazioni è davvero pessima», rispose lui.

«E permettete tutto questo?», chiese Bryant.

«Aspetti un attimo, non gli diamo mica una stanza e il necessario per fabbricare una bambola voodoo. Controlliamo ogni momento delle loro giornate: quando si alzano, dormono, mangiano, pisciano, vedono i parenti, ma non possiamo certo monitorare quello che pensano o i discorsi che fanno».

«E come fate a impedire che una cosa simile sfugga al controllo?», chiese Bryant.

«Abbiamo i nostri metodi, e non posso aggiungere altro».

«Avete una spia nel gruppo, vero?», domandò Kim. Il suo pensiero andò subito a Duggar, l'uomo che aveva solo finto di avercela con lei.

«Davvero, non dirò altro».

Quale modo migliore per controllare il gruppo se non avere all'interno qualcuno che segnali se la situazione sta sfuggendo di mano?

«Come possiamo scoprire se uno di quei tre si è fatto spedire qui un libro?»

«Abbiamo un registro con tutta la posta che entra ed esce dalla prigione».

Gennard digitò sul computer nell'angolo dopo aver tolto un paio di post-it appiccicati allo schermo. Cliccò sull'icona del sistema e apparvero i dati.

«Okay, da quando è qui, Symes ha ricevuto diciassette lettere, tutte da donne diverse».

«Davvero?»

«I gusti son gusti», rispose Gennard.

Quell'uomo non aveva né fascino né personalità. Era crudele, meschino e il suo unico scopo nella vita era infliggere sofferenza. Che tipo di donna poteva essere attratta da lui?

«Anche Dale Preece ha ricevuto un paio di lettere da delle fan. Non allo stesso livello di Symes».

Kim lo capiva: non si poteva negare che fosse attraente.

«E il resto sono pacchetti regalo da sua madre. Nessuno dei due ha mai ricevuto un libro».

«Ne ha controllati soltanto due», obiettò Kim. «Cosa mi dice di John Duggar?»

«Non c'è bisogno di controllare. Duggar non avrebbe mai ordinato un libro. Non sa né leggere né scrivere».

# Capitolo 102

«Allora, cosa ne pensi?», chiese Bryant mentre uscivano dal carcere.

«Non saper leggere o scrivere non impedisce a qualcuno di ordinare un libro, ma almeno Gennard ha controllato».

«Ha reagito piuttosto male quando gli hai suggerito che potrebbe averlo ordinato una guardia per poi passarlo a un detenuto», osservò Bryant.

«Sì, nonostante la sua spocchia, non ha potuto escluderlo a priori. Andiamo, sappiamo che le guardie si fanno convincere, corrompere, o vengono minacciate, affinché introducano cellulari, sigarette, droghe o armi. Se poi si tratta soltanto di un libro, immagino non ci perdano il sonno».

«Le mie guardie sono affidabili e moralmente integre...», disse Bryant imitando la voce di Gennard.

Kim scoppiò a ridere, allentando un po' della tensione che sentiva addosso.

Nonostante fosse stata esautorata dal caso, era stata una giornata molto lunga, e dovevano ancora affrontare il traffico della sera.

«Okay, Bryant, torniamo...». Si interruppe all'improvviso quando vide una BMW metallizzata parcheggiare due file dietro di loro e Mallory Preece scendere dall'auto con una borsa in mano. «Aspetta un attimo, Bryant», riprese aprendo la portiera.

Quando scorse Kim avanzare verso di lei, Mallory scosse la testa. «Mi lasci in pace, ispettore, non ho nulla da dirle, e neppure mio figlio».

«Non ero qui per vedere Dale», rispose Kim, seguendola. «Ma tanto per sapere, sa per caso se suo figlio ha ordinato un libro?»

«Come potrei sapere se...?»

«Il libro parla di me».

Mallory si fermò e si voltò a guardarla. «Chi crede di essere, Stone? Perché diavolo qualcuno dovrebbe scrivere un libro su di lei?»

«Non è questo il punto, ma immagino lei sappia quanto suo figlio mi odi», rispose Kim.

«Come biasimarlo?», commentò Mallory. «Per colpa sua ha perso il nonno e il fratello e adesso è rinchiuso lì dentro. Era molto legato a entrambi, ma soprattutto al nonno, che...».

«Mallory, suo padre era un bastardo spietato e spregevole che...».

«Non ho intenzione di stare qui ad ascoltare...».

«D'accordo, ma ho bisogno di sapere se ha ordinato quel libro. In carcere c'è un club di persone che mi odiano, e a quanto pare suo figlio è uno dei fondatori. Se scopre qualcosa su quel libro, me lo farà sapere?»

«Certo, ispettore, dopo essere bruciata fra le fiamme dell'inferno».

Kim emise un profondo sospiro. «Lo sa che degli innocenti stanno perdendo...».

«Non potrebbe importarmene di meno», rispose freddamente Mallory. «A me interessa soltanto di mio figlio, e se esiste davvero un libro su di lei, di sicuro se l'è procurato. Sembra che lei sia al centro dei suoi pensieri», disse amaramente. «E per quanto io gli voglia bene, non avrò mai pace per quello che ha fatto».

«Non...».

«Poteva scegliere, ispettore: salvare suo fratello oppure lei. E non ho mai capito perché abbia scelto lei».

# Capitolo 103

«Ragazzi, spero che abbiate qualche buona notizia», disse Kim entrando in casa insieme a Bryant.

«Ci stiamo arrivando, capo», rispose Stacey, facendo ruotare la testa per allentare la tensione al collo.

«Ancora nessuna traccia di Duggar», disse Penn, mangiando l'ultima barretta di un KitKat. «È stato visto l'ultima volta dal suo agente di sorveglianza ieri mattina e…».

«Stace, dobbiamo parlare con questo…».

«Ho già fissato un appuntamento con lui per domani mattina».

Kim sorrise, si tolse la giacca e si diresse verso la macchina del caffè in cucina. Aveva bisogno di una ricarica.

Mentre preparava il caffè, aggiornò i compagni sulla sua visita alla prigione. «Escludo che Joel Greene possa essere coinvolto in questa storia, ma i suoi genitori potrebbero essere entrati in contatto con John Duggar».

«Ho scoperto molte cose su di lui», disse Stacey, scorrendo i suoi appunti. «Nato nel 1986 da una madre alcolizzata che l'ha abbandonato con le due sorelle quando aveva tre anni. La nonna si è presa cura di lui per un po', e poi, al compimento del suo settimo anno, l'ha affidato ai servizi sociali insieme a una delle sorelle. Lei si è tenuta la più grande e non ha più visto gli altri due».

«Non certo un cuore tenero», commentò Bryant.

Stacey annuì e continuò. «A scuola non ha avuto vita facile, lo prendevano in giro per la sua statura e lo consideravano uno stupido. Spesso marinava le lezioni ed è stato espulso da tre scuole, finché, a quattordici anni, ha smesso definitivamente di andarci. Sua sorella se l'è cavata meglio e, dopo una lunga adozione con una buona famiglia, ha lasciato la scuola, dopo aver conseguito un minimo di titoli di studio. Lavora in un ufficio amministrativo e otto anni fa si è trasferita con il marito sull'isola di Wight. Ho cercato di contattarla per scoprire se sa qualcosa ma non mi ha ancora risposto. E adesso lascio continuare Penn mentre io finisco quest'ultimo controllo».

«Ottimo lavoro, Stace», disse Kim, anche se le sue informazioni non le sarebbero state di molto aiuto. Confermavano però le parole di Gennard, secondo il quale Duggar era analfabeta.

«Com'era inevitabile», continuò Penn, «è entrato nel giro della piccola criminalità ed è finito per la prima volta in prigione all'età di diciannove anni. Ha cercato più volte di mettersi in contatto con la nonna, ma lei si è sempre rifiutata di vederlo».

«Cristo!», esclamò Bryant. «Non ha avuto certo una vita facile».

«Ma questo non implica che sia diventato un individuo violento», intervenne Alison. «In realtà, in molti casi esperienze del genere instillano un bisogno di appartenenza, di far parte di qualcosa di più grande. Le persone che spiccano fisicamente spesso non vogliono particolare attenzione. Sono state isolate tutta la vita a causa della loro diversità».

«Stai dicendo che è per questo che è entrato nel club dell'odio?», chiese Kim.

Alison si strinse nelle spalle. «Forse, ma potrebbe anche spiegare il suo rifiuto di rigare dritto. La vita in prigione gli è familiare. Oltre alla punizione, c'è un senso di accudimento, i pasti preparati, un posto dove dormire, una routine».

«Cristo santo, Alison, Winson Green non è mica un centro benessere», ribatté Kim.

«Prova a dirlo all'uomo che dorme davanti alla porta del negozio di Gregg, quando fuori ci sono meno due gradi. Chiedigli se vuole un letto e un pasto. Quello che sto cercando di spiegare è che abbiamo certi bisogni di base, come i bambini: protezione, confini, sicurezza, amore, incoraggiamento, e quando ci vengono a mancare continuiamo a cercarli. Un bambino che non riceve mai una pacca sulla schiena, da grande tenderà a compiacere gli altri».

Kim non riusciva a conciliare le due immagini conflittuali di John Duggar.

«Qualche anno fa, in uno dei suoi tentativi di tornare sulla retta via, ha incontrato Billie Styles», intervenne Penn. «Si sono messi insieme e...».

«Aspetta un attimo», disse Kim. «Quei due stavano insieme?»

«Non di recente. Lui non ha voluto cambiare il suo stile di vita e lei si è stufata di andarlo a trovare in prigione, così l'ha mollato. Ma non è stato semplice».

«Lui l'ha molestata?», chiese Bryant.

Penn annuì.

«Ragazzi, questa storia non ha senso», commentò Kim. «Duggar non ha nessun precedente per atti di violenza e le nostre vittime sono morte tutte in modo orribile. Siamo d'accordo sul fatto che il killer nutra un odio viscerale per me, ma Duggar non ha assolutamente...».

«Merda, capo, credo di avere appena trovato qualcosa».

Rimasero tutti in silenzio mentre Stacey cominciava a leggere. E quando la vide leccarsi il labbro inferiore, Kim capì di avere motivo di preoccuparsi.

«Sei anni fa», disse Stacey. «Un incendio in una casa in Sutton Road. Due ragazzini sono stati salvati da due agenti che avevano sentito la chiamata radio».

Kim annuì. Ricordava bene quell'incidente. Travis aveva afferrato il ragazzo e lei aveva portato fuori la ragazza.

«Dopo che li avevamo portati fuori, sono arrivati i pompieri e non hanno lasciato entrare nessuno».

«La madre è morta in quell'incendio», disse Stacey.

Kim deglutì e annuì. La donna si era nascosta sotto il letto nella camera matrimoniale e quando erano entrati, Kim e Travis non l'avevano vista.

«Si chiamava...».

«Abigail Turner», disse Kim, ricordando bene il nome della donna.

«Ma prima si chiamava Abigail Duggar, quindi, a prescindere da quello che ha detto John Duggar, immagino che, indirettamente, tu abbia davvero ucciso sua sorella».

# Capitolo 104

Erano quasi le sette quando Kim si rese conto che era ora di buttare fuori di casa la squadra.

Lei avrebbe continuato a lavorare ancora un po', ma gli stiracchiamenti di Stacey e le occhiate che Penn lanciava all'orologio le dissero che la giornata lavorativa era già stata abbastanza lunga.

La rapidità con cui tutti raccolsero borse e giacche le confermò che era arrivato il momento di accomiatarsi.

«Tu resta, Alison», disse mentre lei si avviava verso la porta tenendosi alla larga da Barney.

Kim colse l'occhiata che si scambiarono la comportamentalista e Stacey mentre Bryant apriva la porta.

«La tua parente è ancora malata?», chiese Kim quando Alison tornò a sedersi.

«Sì, proprio così», rispose lei in tono vago.

Stone sapeva che stava mentendo e che le sue bugie avevano in qualche modo coinvolto Stacey.

«Vuoi spiegarmi cosa sta succedendo tra te e Stacey?».

Alison scosse la testa. «Non è nulla. Mi sta solo aiutando a fare una cosa».

«C'entra con il caso?», domandò Kim a braccia conserte.

«No».

Kim si rese conto che non le avrebbe detto altro, perciò decise che più tardi avrebbe chiamato Stacey.

«Volevi qualcosa da me?», chiese Alison.

Kim distese le braccia e trattenne un sorriso. La franchezza era una qualità che le piaceva e che ammirava.

«La tua opinione», rispose Kim.

Alison scoppiò a ridere. «Stai scherzando, vero? Per tutta la settimana non mi hai mai chiesto cosa pensavo o hai ignorato deliberatamente ciò che pensavo».

Kim alzò gli occhi al cielo. «Ah, dammi tregua. È stata una settimana dura e adesso voglio sapere qual è la tua opinione prima di ignorarla». Le scoccò un sorriso per farle capire che stava scherzando, visto che con lei non era mai chiaro. «Cosa ti dice l'istinto su John Duggar e questa nuova informazione?».

Alison inarcò un sopracciglio. «Non è l'istinto a ispirare la mia opinione professionale. Preferisco basarmi sui miei studi e la mia laurea in…».

«Perché lo fai?», le chiese Kim, versando due tazze di caffè.

«Faccio cosa?»

«Sfoggi sempre i tuoi studi e i tuoi titoli», rispose Kim, porgendole una tazza. «Continui a citare il tuo curriculum mentre io voglio soltanto parlare con te».

«Tu non ti fidi di me», sbottò Alison, avvampando e distogliendo lo sguardo.

«Invece sì», protestò Kim. «Per quanto mi possa fidare di qualcuno… be'… d'accordo… mi hai beccata».

Con sua grande sorpresa, Alison scoppiò a ridere, ma non era una risata derisoria come quella di qualche istante prima. Era sincera, di pancia.

«Non è che non mi fido di te, semplicemente non credo ai presupposti che sono alla base della tua professione. Funzionano bene nelle serie televisive, ma non nel mondo reale». Kim sollevò una mano quando Alison aprì la bocca per protestare. «Comunque, questa volta sei stata coinvolta nel caso praticamente fin dall'inizio, come il resto di noi. Hai maturato una conoscenza delle persone con cui abbiamo a che fare e dei crimini commessi. E mettendo insieme queste informazioni con la tua competenza, potremmo lavorare bene insieme. Quindi, adesso vuoi rispondere alla mia domanda?»

«Insomma, siamo amiche adesso?», chiese Alison con aria divertita.

Kim socchiuse gli occhi.

Alison respirò a fondo. «Okay, questa nuova informazione cambia le cose, ma non cambia niente».

Kim sollevò le braccia in aria mentre Alison beveva un sorso di caffè.

«Mi spiego. Non hai ucciso la sorella di Duggar, ma non l'hai nemmeno salvata. Lei e suo fratello non erano cresciuti insieme, non avevano avuto modo di rafforzare il loro legame di sangue. Duggar non la conosceva nemmeno. Pensiamo che l'autore di questi crimini ti odi perché hai cambiato la sua vita in modo irreversibile. Ma non hai cambiato la vita di Duggar perché non hai salvato sua sorella».

«Quindi non credi che sia lui?»

«Non ho detto questo. Se Duggar fosse un sognatore e avesse investito molte emozioni nella vita che avrebbe potuto condurre insieme alla sorella, allora potrebbe ancora odiarti abbastanza per averlo privato di questa possibilità».

«Dal tuo tono intuisco che c'è un *ma*».

«Per mettere insieme tutti i tasselli dobbiamo conoscere meglio i tratti della sua personalità dominante. Spero che riusciremo a farlo domani, dopo che avrai parlato con il suo agente di sorveglianza. Non risultano precedenti di violenza contro Billie, ma le sue ferite erano...».

«Orribili», concluse al posto suo Kim.

«Esattamente».

«Ma l'assenza di precedenti violenti non lo esclude completamente?», chiese Kim, sforzandosi di capire.

«Temo di no», rispose Alison. «Gli eventi traumatici possono produrre comportamenti diversi e indurre le persone a comportarsi in modo inaspettato».

«In questa misura e per un periodo così lungo?»

«Sì».

«Quindi, sostanzialmente, stai dicendo che...».

«Non posso darti la risposta che vuoi e affermare con certezza se Duggar è o non è il nostro uomo. Potremo avere un'idea più chiara soltanto dopo avere raccolto altre prove e informazioni».

Kim ebbe la sensazione che Alison avesse usato un sacco di parole per non dirle nulla.

«Okay, Alison, grazie per avermi concesso il tuo tempo...».

«...ma non mi sei stata di alcun aiuto», concluse Alison alzandosi in piedi.

«Apprezzo comunque i suggerimenti che mi hai dato», rispose Kim, sorridendole.

«Okay, ne prendo atto», disse Alison dirigendosi verso la porta. «Ci vediamo domani».

Kim le augurò la buonanotte e lei uscì.

«Mi spiace, ragazzo mio, adesso siamo di nuovo soli», disse a Barney che stava ancora fissando la porta. A quanto pareva, Alison gli piaceva più di quanto lui piacesse a lei.

Nonostante la conversazione con Alison, Kim non sapeva ancora cosa pensare di John Duggar. Quando Stacey le aveva rivelato che la vittima dell'incendio della casa di Sutton Road era sua sorella, per Kim era stato uno shock. Ricordava ancora quanto lei e il suo ex collega, Travis, si erano sentiti in colpa quando avevano appreso che la madre era morta nell'incendio, anche se non avrebbero comunque potuto fare niente.

Eppure John Duggar era stato franco, amichevole e apparentemente disponibile quando avevano parlato con lui, nonostante sapesse tutto. Kim non riusciva a capacitarsene.

E poi pensò a quello che Alison aveva detto all'inizio della settimana a proposito del gran finale: era l'unica cosa che gli restava da fare. La stava tenendo d'occhio, in quel momento? Era scomparso perché si stava preparando a ucciderla?

«Cristo santo!», esclamò quando il telefono prese a squillare, facendola trasalire.

«Buonasera, signore», disse al suo capo.

«Bryant mi ha appena aggiornato. Credi davvero che sia quel John Duggar?»

«Tutti gli indizi sembrano convergere su di lui», ammise Kim.

«Bene, immagino ti farà piacere sapere che il problema delle pulci in ufficio è stato risolto e la squadra può tornare nella sua stanza già domattina».

«La squadra, signore?», chiese lei.

«Tutta la squadra, Stone. A quanto pare si è trattato soltanto di un falso allarme, ma sono sicuro che un giorno di riposo ti ha permesso di sbollire e di ripensare alle tue azioni».

«Certo, signore», annuì Kim con un sospiro di sollievo per la fine del castigo.

«Un'ultima cosa. Il rapporto giornaliero di Alison è incentrato sul gran finale, come lo chiama lei, quando il killer smetterà di replicare eventi del passato e rivolgerà la sua violenza direttamente contro di te».

«È un'ipotesi, signore», rispose lei, chiedendosi perché non fosse a conoscenza dei rapporti giornalieri di Alison.

«Non voglio che tu corra dei rischi, quindi, considerato il livello delle minacce, esigo che tu sia sempre in compagnia di un collega».

«Sì signore», ripose lei. "Povero Bryant", pensò.

«Un'auto sorveglierà la tua casa per tutta la notte. Arriverà tra quindici minuti».

Kim stava per obiettare, ma poi cambiò idea.

«Grazie, signore».

«Quindici minuti», ripeté Woody chiudendo la comunicazione.

Kim apprezzò il gesto di protezione da parte del suo capo.

Ma doveva uscire di casa, e non poteva aspettare quindici minuti.

# Capitolo 105

Alison si fermò e respirò a fondo prima di entrare all'Elite, consapevole che lo stava facendo senza il supporto della polizia della West Mercia.

Non che non ci avesse provato. Le sue prime tre chiamate a Merton erano state interrotte e alla quarta lui aveva risposto seccato.

Era riuscita a dire soltanto che Curtis era innocente prima che lui le rispondesse che avrebbe inoltrato un reclamo ufficiale contro di lei e le sbattesse il telefono in faccia. Alison non ci aveva riprovato.

Aveva fatto un'altra telefonata e scoperto che c'era un'unica persona che avrebbe potuto aiutarla.

Il parcheggio era pieno a metà e quasi tutti gli avventori avevano portato fuori i loro drink, davanti all'ingresso a baldacchino, per godersi la brezza inaspettata. Alison entrò nel locale e vide Jamie Hart seduto in un angolo. Gli fece un cenno e si voltò verso il bancone. Tom la vide e le scoccò un sorriso. Ma quando si accorse della direzione in cui stava andando, il sorriso svanì e tornò a occuparsi degli avventori.

Alison non voleva la sua attenzione. Non ancora.

«Gra… grazie per essere venuto», disse, sedendosi di fronte a Jamie.

«Va tutto bene?», le chiese lui, porgendole un bicchiere. «Bianco e secco, sembra proprio che tu ne abbia bisogno. Cosa succede?».

Alison ne bevve un sorso. Soltanto uno.

«Ho cercato di parlare con Merton ma non mi ha voluta ascoltare. Sporgerà un reclamo contro di me. Dice che ho ostacolato l'indagine».

Jamie bevve un sorso del suo drink e trattenne un sorriso. «Dal suo punto di vista, sei stata una seccatura».

«Lo immagino», disse lei, guardando oltre le spalle di Jamie. «Ma non sapevo chi altri chiamare, e l'altra sera hai accennato al fatto che ci sono delle crepe nelle indagini, così sapevo di potermi fidare…».

«Non ho parlato di crepe, ma…».

«Non è stato lui, Jamie», disse Alison. «Curtis ha un alibi. Era con Tilly».

Jamie aggrottò la fronte, dubbioso. «Allora perché non l'ha detto?»

«Probabilmente lui non se lo ricorda, ma lei sì. Ricordi che Tom e Tilly si sono forniti un alibi a vicenda?».

Jamie annuì. «Hanno dichiarato di essere in ufficio».

«Questo è ciò che ha detto Tom, ma la versione di Tilly era un po' diversa e ha ammesso di avere mentito per proteggere il proprio matrimonio».

«Accidenti, ne sei sicura?», chiese lui, strofinandosi il mento.

«Certo che sì, se Tilly dicesse la verità, avrebbe molto da perdere».

«Aspetta un attimo», disse Jamie, cogliendo le implicazioni. «Questo significa che Tom Drury non ha più un alibi per l'aggressione a Beverly».

«Esattamente», annuì Alison. «Adesso capisci perché ti ho chiamato?»

«Ali, devi parlarne con Merton, devi esporgli i tuoi sospetti su Drury».

Alison scosse la testa. «Non mi crederà. Ma potrebbe credere a te».

Jamie rifletté sulle sue parole mentre osservava Tom dietro il bancone.

«Quindi avevi ragione fin dall'inizio. Il profilo che avevi tracciato era corretto. È giovane, di bell'aspetto e di successo, probabilmente laureato…».

«In economia», confermò lei.

«Vive nel quartiere e…».

«E tu sai che non è stato lui, vero, Jamie?», disse Alison, fissandolo negli occhi. «Perché sei stato tu».

James mascherò prontamente lo shock con un sorrisetto. «Ti ha dato di volta il cervello?»

«Hai ostacolato in continuazione la mia indagine, hai messo in dubbio il mio lavoro e coinvolto persone che non c'entravano niente soltanto perché il profilo che avevo tracciato ti assomigliava troppo. Tu hai ucciso Jennifer e poi hai fatto in modo di collaborare al caso, depistando le indagini verso Curtis, ma la squadra dava ascolto a me. Non sei riuscito a trattenerti. Dovevi farlo di nuovo. Riprovare l'emozione che hai provato strappando l'orecchino a Jennifer, mentre lei ti implorava di risparmiarle la vita. E hai scelto qualcuno che era collegato con Curtis, sapendo che la polizia l'avrebbe sospettato ancora di più. E Curtis ha fatto il tuo gioco, visto che non riusciva a ricordare nulla».

«Una storia fantastica. Ti prego, continua», disse lui, divertito.

«Vedi, Tom ha molti punti in comune con il mio profilo, ma non coincide perfettamente», continuò Alison, rovesciando deliberatamente il bicchiere.

Jamie afferrò subito una salvietta per asciugare il vino.

«Il mio profilo diceva anche che è un maniaco dell'ordine», osservò Alison.

«Questo non significa nulla. È soltanto perché non mi piacciono i tavoli sporchi», disse lui, aggrottando la fronte.

«Una qualità ammirevole», commentò in tono sarcastico Alison. «E la madre di Jennifer ti invia i suoi migliori saluti, bastardo. Dice che li hai aiutati ad affrontare la perdita della figlia. Ma in realtà l'hai fatto per rivivere quel momento, prolungare la tua estasi, abusare del tuo potere…».

«Non riesci a trovare nulla di meglio, Ali?», le chiese lui con un ghigno, e all'improvviso lei seppe senza alcuna ombra di dubbio di avere ragione.

«Direi proprio di no», rispose Alison. «Ho l'orecchino che hai portato qui l'altra sera».

Jamie sbiancò in volto ma non disse nulla.

«Sapevi che le accuse contro Curtis stavano crollando e così hai deciso di usare il mio profilo per far puntare l'attenzione su Tom Drury. Pensavi che l'orecchino sarebbe stato trovato subito, ma non è stato così perché l'addetta alle pulizie si era ammalata ed è finito nel parcheggio, dove io l'ho trovato, imbustato e mandato ad analizzare».

Jamie non rideva più.

«Se l'hai toccato a mani nude, sopra ci sarà il tuo DNA e sarai nella merda».

«È facile da confutare», commentò lui, sforzandosi di riacquistare un contegno. «Visto che anche io ero là, il mio DNA può esserci finito sopra in centinaia di modi diversi».

Era comunque un'ammissione del fatto che il suo DNA poteva essere presente sul trofeo che aveva preso.

«E c'è anche qualcosa di meglio», aggiunse Alison, prendendo un profondo respiro. «Quando Beverly è uscita da sola dal club, l'hai seguita lungo Lissett Road, oltre la ditta di sistemi di fissaggio sul lato sinistro della strada».

«Come fai a saperlo? Non c'è…».

Jamie s'interruppe all'improvviso, rendendosi conto di ciò che stava per dire.

«Nella fretta ti eri dimenticato di togliere la molletta sulla gamba destra dei pantaloni che usi quando vai in bicicletta. L'hai seguita a cinque passi di distanza e sono sicura che dalle riprese della videocamera di sorveglianza la scientifica riuscirà a trovare e riconoscere sia i pantaloni sia la molletta a casa tua».

L'espressione di Jamie passò dalla rabbia al compiacimento.

«Complimenti, Ali, sei più brava di quanto pensassi. Ma vedo che sei venuta qui da sola, senza alcun agente di supporto. Nessuno crederà mai…».

«Io le credo», disse Stacey, spuntando alle sue spalle. «Sono la detective Wood e ho sentito tutto quello che vi siete detti».

# Capitolo 106

Kim si fermò al negozio dell'ospedale prima di dirigersi verso il reparto. Quando Penn le aveva raccontato del nonno di Billie ne era rimasta molto rattristata, ma sapeva che a volte i parenti maschi reagiscono così a un'aggressione sessuale e non riescono più a guardare in faccia la moglie, la figlia o la nipote.

Kim sorrise all'infermiera che aveva visto la sera precedente.

«Non la faccia stancare, è molto fragile», le raccomandò con aria preoccupata.

Kim annuì, e quando entrò nella stanza si accorse che c'era già un'altra persona seduta accanto al letto.

«Ehi…», fece Kim. Si interruppe, non volendo usare l'unico nome con cui conosceva l'uomo.

L'agente che aveva quasi preso a pugni si alzò in piedi.

«Signora…». Avvampò e guardò in basso verso il pavimento.

«Come sta?», chiese Kim, avvicinandosi all'altro lato del letto.

«Va a momenti. Non parla molto. Piange e poi si riaddormenta».

«Hai provato a chiederle…?»

«No, signora. Non sono di turno», rispose lui pacatamente, rimettendosi a sedere. «Sono soltanto venuto a scusarmi per quello…». Scosse la testa. «Aveva ragione a…».

«No, non avrei dovuto afferrarti in quel modo e mi dispiace», ammise Kim. «Ma… come ti chiami?»

«Twonk».

«Non intendevo il soprannome».

Qualunque cosa avesse fatto di sbagliato, non l'avrebbe chiamato in quel modo.

«Calvin, signora», rispose l'agente.

«Se posso darti un consiglio che ti servirà per tutta la carriera, non dimenticare che dietro ogni vittima c'è una persona. È sempre la sorella, il fratello o la madre di qualcuno e merita il tuo rispetto».

«Capito, signora, ma non penso di essere tagliato per questa carriera».

«Perché dici questo?»

«Non funziona come pensavo, non sono adatto», rispose lui stringendosi nelle spalle.

«Non sono d'accordo».

«Ma lei non sa...».

«Sei venuto qui», lo interruppe. «Fuori dall'orario di lavoro, per scusarti con una persona che non ha nemmeno sentito quello che hai detto, e questo mi dice molto su di te», rispose Kim mentre Annie entrava nella stanza con una grande tazza di caffè.

«Scusate, non sapevo...».

Kim le fece segno di non preoccuparsi. Annie indossava un paio di jeans e una T-shirt e Kim si domandò quando avesse trovato il tempo per andare a casa a cambiarsi.

«Adesso devo andare», disse Calvin, alzandosi. Lanciò un'ultima occhiata a Billie e rivolse un cenno del capo a entrambe prima di uscire.

Kim lo guardò allontanarsi e si voltò verso Annie.

«Fammi un favore, se puoi. Di' a tutti che è venuto a trovarla».

Annie sorrise. «Lo farò».

Quelli che lo chiamavano Twonk dovevano sapere che sotto sotto era ancora una persona per bene.

«J... John...», sussurrò una voce fievole dal letto.

Annie posò la sua tazza di caffè, si sedette e prese la mano della ragazza.

«Ehi, Billie, sono io, Annie», le disse in tono pacato.

«E... era... John... quel... quello?»

«No, tesoro, era un agente di polizia che voleva sapere come stavi».

Billie sbatté le palpebre, aprì gli occhi e si guardò intorno nella stanza, notando Kim. Si accigliò e guardò di nuovo Annie, la cui presenza sembrava rassicurarla.

«Questa signora è una detective che scoprirà chi ti ha aggredita, Billie», disse Annie.

Lei chiuse di nuovo gli occhi e una lacrima le scivolò lungo la guancia.

«John è il tuo ragazzo?», le chiese Annie.

Lei scosse la testa e poi annuì deglutendo.

«Lo era…».

Kim temette che sprofondasse di nuovo nel sonno. Si avvicinò al letto e le posò una mano sul braccio.

«È stato John a farti questo, Billie?», le chiese dolcemente.

La giovane scosse di nuovo il capo, ma poi fece cenno di sì con la testa mentre un'altra lacrima le rigava la guancia.

«L'ho… i… incontrato… ma…».

«L'hai incontrato al parco?».

Billie assentì.

«Ma… ma… non è vio… violento», disse, sospirando per lo sforzo.

Kim lanciò un'occhiata interrogativa a Annie. «Nemmeno io sono riuscita a ottenere una risposta chiara. Domani ridurranno il dosaggio dei farmaci e spero che sarà un po' più…».

Annie si interruppe vedendo qualcuno apparire alla porta. Era un uomo anziano che aveva occhi soltanto per la ragazza nel letto.

«Billie», sussurrò avvicinandosi.

Kim fu sorpresa di vedere Penn alle spalle dell'uomo.

Si scostò mentre Annie si alzava per cedere il posto al nonno di Billie.

«L'hai accompagnato tu?», chiese a Penn.

Lui annuì. «Dovevo dargli un'altra possibilità, capo. Quella povera ragazza ha bisogno della sua famiglia».

L'uomo toccò il braccio di Billie con le lacrime che gli inondavano il viso. «Tesoro, sono io. Il nonno».

Billie aprì gli occhi, lo fissò per qualche istante e poi scoppiò a piangere anche lei.

«Nonno», disse mentre lui la stringeva tra le braccia.

«Sono qui, tesoro, sono qui», le sussurrò, stringendola più forte.

Kim deglutì il nodo che le serrava la gola.

«Ottimo lavoro, Penn. Ottimo lavoro».

«Grazie, capo».

Kim incrociò lo sguardo di Annie per dirle che se ne stava andando.

«Scendo con te, capo. Mangio qualcosa e poi lo riaccompagno a casa», disse Penn.

Kim capì perché continuava a guardare l'orologio, prima. Di questo passo non sarebbe tornato a casa prima delle dieci.

«Billie ha detto qualcosa?», chiese Penn quando uscirono dall'ascensore.

«Ha detto che si era incontrata con Duggar ma che non è un violento…».

«È un controsenso», osservò Penn, «visto che abbiamo cinque vittime e possiamo ricollegarle quasi tutte a lui».

Kim annuì.

«Vai dritta a casa, capo?».

Normalmente gli avrebbe risposto in modo brusco, ma aveva capito perché glielo stava chiedendo.

«Sì, Penn, vado dritta a casa», rispose con una smorfia.

Kim lasciò Penn e si diresse verso l'uscita con un pensiero fisso in testa.

Tutte le persone con cui avevano parlato sostenevano che John Duggar non fosse un tipo violento. I casi erano due: o non era lui il responsabile degli omicidi, oppure aveva tenuto in serbo tutta la sua violenza solo per lei.

# Capitolo 107

«Buongiorno, ragazzi», disse Kim entrando nella stanza della squadra per la riunione delle sette di mattina. «Prima di tutto voglio ringraziare Stacey per avermi aggiornata ieri sera riguardo un problema che aveva avuto Alison con il suo caso precedente e l'arresto per duplice omicidio di una persona che non ho mai sentito nominare. Non sono sicura che per aggiornarmi fossero necessarie quasi due ore, ma grazie lo stesso, Stace. E poi, come per magia, quando lei se n'è andata per impacchettare le sue cose e il computer, è apparso Bryant. Dopo averlo buttato fuori di casa ho ricevuto almeno una decina di messaggi da te, Penn. Non è che l'avete fatto apposta per controllare che stessi bene?»

«È una coincidenza», risposero tutti all'unisono.

«Be', sono certa che vi rassicurerà sapere che un'auto della squadra mi ha scortata al lavoro, questa mattina, anche se posso garantirvi che sono perfettamente in grado di badare a me stessa».

I tre si scambiarono un'occhiata divertita.

Kim alzò gli occhi al soffitto. «Okay, qualcuno vada alla lavagna».

«Non aspettiamo Alison, capo?», chiese Stacey, alzandosi.

Da quando, dopo la sua morte, aveva preso la scrivania di Kevin Dawson, era lei la più vicina alla lavagna.

«Credo stia assistendo la squadra della West Mercia adesso che hanno trovato il vero killer. Immagino che presto riceveremo da Woody una notifica ufficiale del suo trasferimento».

«Mi manca già», disse Bryant guardando la scrivania vuota.

Anche Kim ormai si era abituata alla sua presenza.

«Toc toc», sentirono dire all'improvviso dalla porta.

Kim sorrise alla dottoressa A, che entrò con in mano un vassoio di plastica. La fece accomodare nella stanza.

«Buongiorno», la salutò.

La dottoressa A aggrottò la fronte. «È qui, oggi, oppure non è qui, come ieri, quando c'era ma non c'era?», chiese a Kim scuotendo la testa. «Voi inglesi siete davvero strani».

«Sono qui», confermò Kim.

La dottoressa A posò il vassoio sulla scrivania vuota e porse la mano a Penn.

«Piacere di conoscerti, *Penny*», disse all'ultimo arrivato nella squadra. «E *Bryan*», aggiunse, «e l'adorabile Stacey».

Kim non poté evitare di chiedersi per la centesima volta se storpiasse davvero le parole o lo facesse solo per divertimento.

Stacey si illuminò in viso per il complimento, Bryant si limitò a scuotere la testa e Penn si guardò attorno con aria perplessa.

«Ho portato i frammenti di cui vi parlavo ieri», disse, indicando il vassoio. «Non sono identificabili, né carne né metallo. Tutti fotografati ed esaminati per cercare tracce di DNA. Forse potranno esservi di aiuto, o forse no, spetterà a voi deciderlo, io sono stremata e il mio lavoro qui è finito».

«Grazie per averci assistito con così poco preavviso, dottoressa A», disse Kim.

«Non c'è di che, ma adesso devo lasciarvi e tornare all'università, dai miei studenti protestanti».

Kim comprese che cosa intendesse dire in realtà e la ringraziò di nuovo per l'aiuto.

Quando la dottoressa A fu uscita, si radunarono tutti attorno al vassoio per guardare i reperti.

«Oh», fece Kim, leggermente delusa.

Sul vassoio c'erano alcuni pezzi di plastica non più larghi di un centimetro, un fermaglio schiacciato e dei frammenti di tessuto blu.

Kim spostò il vassoio a sinistra. «È tutto tuo, Penn. So quanto ti piacciono i puzzle». Era stato lui a trovare le lettere mancanti di un messaggio enigmatico su un pezzo di carta, permettendo alla squadra di salvare la vita di Stacey Wood.

«Grazie, capo», disse Penn portando il vassoio sulla sua scrivania.

«E adesso le domande alle quali voglio dare una risposta. Facciamo un elenco, Stace».

Stacey scrisse il numero uno in cima alla lavagna.

«Come ha fatto Duggar ad attirare Amy e Mark nell'appartamento a Hollytree?».

Kim aspettò che Stacey finisse di scrivere e poi continuò.

«Qual è il significato della droga iniettata a Amy, Mark, i coniugi Phelps e Rubik? Domanda successiva. Dov'è finito il libro spedito in carcere? Quattro: Duggar ha conosciuto i Phelps a Winson Green ed è così che li ha scelti? Joel Greene, loro figlio, ha detto che trascorrevano molto tempo a chiacchierare con altri detenuti. Cinque: perché Duggar è stato così violento con Billie? E infine, chi diavolo è Rubik?»

«Forse Duggar è diventato violento perché Billie si è rifiutata di rimettersi con lui?», si chiese Stacey, picchiettando con il pennarello sulla lavagna.

«Non è detto», obiettò Kim. «Fino a quel momento non era mai stato violento e da quel poco che ci ha detto Billie sembrerebbe che non lo fosse mai stato con lei, nonostante al momento dell'aggressione fossero insieme».

Kim fece spallucce davanti ai loro sguardi interrogativi. «Sì, lo so. Questa mattina Annie cercherà di farsi dire qualcosa di più».

«C'è altro, capo?», chiese Stacey, finendo di scrivere alla lavagna.

«Ci sono un paio di altre cose che non mi tornano», ammise Kim. «Il rapporto tra Jenks e Nina mi insospettisce».

«Lo aggiungo alle domande, capo?»

«Lascia soltanto un appunto sulla lavagna», rispose Kim, scuotendo la testa.

«Ma non stiamo cambiando direzione, vero, capo?», domandò Bryant. «Voglio dire, Duggar è il nostro uomo, giusto?».

Kim guardò le domande sulla lavagna e annuì.

«Oh, sì. Duggar è decisamente il nostro uomo».

# Capitolo 108

Dopo che Kim e Bryant ebbero lasciato la stanza, Stacey continuò a fissare la lavagna per qualche minuto.

«Ci pensi mai, Penn?», chiese al collega.

«A cosa?»

«Questi crimini e il capo. Li associ mai?».

Lui scosse la testa. «In realtà cerco di non farlo».

«Qualcuno ha scritto un libro sulla sua infanzia. Gli abusi fisici e mentali perpetrati dalla madre mentre lei cercava di proteggere suo fratello. L'aveva persino incatenata al termosifone».

«Come ti ho detto, cerco di non pensarci», rispose lui.

«E poi ci sono Keith ed Erica, che l'avevano adottata, le volevano bene e...».

«Non hai sentito quello che ho detto? Cerco di non...».

«E quella violenta aggressione sessuale contro Billie Styles che...».

«A quella davvero non voglio proprio pensare, Stace», disse con fermezza Penn.

«Quello che sto cercando di dire è che quel lurido bastardo sta offrendo in pasto a tutti gli eventi tragici della sua vita. Tutto quello che lei cercava di tenere segreto e nascosto da...».

Si interruppe all'improvviso fissando la lavagna.

Penn seguì il suo sguardo. «Da quale di queste domande vuoi cominciare?».

Stacey aggrottò la fronte e afferrò la borsa.

«Lascio scegliere a te», disse.

Perché all'improvviso anche a lei erano venute in mente delle domande.

# Capitolo 109

A Kim era capitato più di una volta di doversi recare al Servizio nazionale della libertà vigilata, con sede nella Hope House in Gastlegate Way, a Dudley. Quel giorno fu accolta da una donna paffuta con due gufi che le pendevano dai lobi delle orecchie. I capelli sale e pepe avevano un taglio corto e severo che metteva in risalto gli orecchini.

«John Duggar», esordì Kim. «Può dirmi quando l'ha visto l'ultima volta?»

«Due giorni fa», rispose lei, controllando il registro. «Verso l'ora di pranzo».

«E com'era?»

«Agitato, non sembrava lui».

«Lo conosce bene?», le domandò Bryant.

La donna sorrise. «Sta diventando sempre più difficile», ammise. «Abbiamo molte più persone di cui occuparci rispetto ai vecchi tempi, e sono qui da ventisei anni, ma John è fra quelli che conosco abbastanza bene».

«Quando l'ha incontrato la prima volta?»

«Circa nove anni fa. Dopo la sua seconda o terza condanna. Lo considero un po' come un gigante buono. Non ha mai fatto male a una mosca».

Kim rivide Billie nel letto d'ospedale e non si sentì troppo sicura di poter essere d'accordo con lei.

«Ci parli di lui», la sollecitò.

«La sua storia non è poi così insolita: abbandonato dalla madre e poi affidato ai sevizi sociali da una nonna che non poteva prendersi cura di tre bambini ma aveva ancora abbastanza energia per fare provviste di sidro ogni sera al negozio di alcolici».

«Però ha tenuto la bambina più grande», osservò Bryant.

«Era meno impegnativa dei due più piccoli e poteva darle una mano in casa. Poi è morta, la più grande. In un incendio in una casa qualche…».

«Lo sappiamo», disse Kim. «E come ha reagito John?»

«Non bene», rispose lei, scuotendo la testa. «Aveva perso i contatti con l'altra sorella, insieme alla quale era stato dato in affidamento. Lei era una bambina molto più pacata, ubbidiente e rispettosa, che è stata adottata molto prima di lui, credo. John veniva bullizzato per la sua stazza, aveva difficoltà di apprendimento. Era un bambino solitario. Aveva bisogno di qualcuno che gli stesse vicino. Cercò di contattare la sorella maggiore, nonostante non si fossero mai conosciuti, e lei accettò di incontrarlo. Ma lei morì prima di riuscire a vederlo».

«Merda», sussurrò Bryant.

Kim lo guardò di traverso. Anche per lei era difficile ricordare che quello era l'uomo che stava cercando di ucciderla. Non le era certo di aiuto che anche il collega perdesse di vista questo particolare.

«E dopo che è morta la sorella?»

«È stato come se avesse perso ogni speranza in un futuro migliore. Come se tutto ciò che aveva inseguito fosse diventato irraggiungibile. E ha smesso di aspettarsi qualcosa di buono dalla vita, finché non ha conosciuto Billie».

Kim rimase in silenzio e aspettò che la donna continuasse.

«Non l'avevo mai visto così felice. Era la sua prima relazione seria, è stato come se avesse scoperto il segreto che tutti gli avevano nascosto. Naturalmente non è durata, ma…».

«Perché non è durata, se era così felice?», chiese Kim.

«John è stato risucchiato dalla sua vita da piccolo criminale, ispettore. Crimini che l'hanno portato a commettere altri crimini, un circolo vizioso a cui difficilmente riuscirà a sfuggire».

Kim non riusciva a decidere se quella donna fosse pessimista o realista, ma non era d'accordo con quella teoria senza speranza, che si augurava non venisse attribuita anche ai criminali più giovani.

«Nonostante avesse conosciuto Billie, era destinato a ricaderci. E prima o poi lei non l'avrebbe più tollerato».

«Quindi lei sapeva già quale sarebbe stato il destino di quella coppia?», chiese Kim.

La donna si strinse nelle spalle. «Dopo oltre vent'anni di esperienza… e alla fine, avevo ragione, no?».

Il tono di trionfo della sua risposta irritò Kim.

L'uomo di cui stavano parlando la odiava con tutta l'anima e stava cercando di ucciderla. C'era qualcuno che non l'avesse abbandonato nel corso degli anni?

«E nemmeno quella rottura l'aveva reso violento?», chiese Bryant.

«Non credo ci sia qualcosa che lo farebbe diventare violento. Non è nella sua natura. È un po' come lo scemo del villaggio», rispose la donna. «A John piace compiacere la gente, sono le opinioni degli altri a guidare le sue azioni e può essere facilmente manipolato».

A Kim tornarono in mente le parole di Alison sul suo bisogno di appartenenza.

«Quindi, nelle circostanze giuste, può essere indotto ad agire contro la sua natura».

La donna rifletté un istante. «John Duggar non si aspetta di piacere agli altri. Sono molto pochi quelli che hanno trovato gradevole la sua compagnia, quindi direi che può essere persuaso a fare qualsiasi cosa da qualcuno che è stato gentile con lui».

# Capitolo 110

Penn terminò l'email che stava scrivendo e lanciò un'occhiata alla scrivania vuota al di là del pannello divisorio in plexiglass.

Il capo aveva affidato il puzzle a lui, intendendo forse che se ne sarebbe dovuto occupare quando non aveva nulla di meglio da fare, ma visto l'elenco di domande sulla lavagna, non gli sarebbe rimasto tempo per fare altro.

Eppure c'era qualcosa che lo spingeva a pensarci subito. Soprattutto perché era ammirato dal fatto che il cubo di carne e metallo che aveva visto qualche giorno prima fosse diventato quel che ora aveva davanti. La donna che era riuscita in quel compito poteva permettersi tranquillamente di sbagliare il suo nome.

Quasi contro la sua volontà, spinse indietro la sedia e si avvicinò alla scrivania vuota.

Gli ci volle un istante per valutare il contenuto del vassoio e scostò gli oggetti che non avrebbero potuto aiutarlo: tre frammenti di filo, un paio di monete piegate che dovevano essere nella tasca della vittima, quattro bottoni e una cerniera.

Rimanevano tre pezzi di carta, di approssimativamente due centimetri quadrati, un fermaglio e tre frammenti di tessuto blu. Li tolse dal vassoio e li posò sulla scrivania, girandoli con una matita per osservarli meglio.

I frammenti di tessuto blu erano delle strisce lunghe all'incirca dieci centimetri e larghe uno, con le fibre strettamente intrecciate. Le accostò per controllare se i margini combaciassero, ma non era così. C'erano dei frammenti mancanti e l'insieme doveva essere più lungo dei trenta centimetri che aveva davanti agli occhi.

Li mise da parte e rivolse la sua attenzione al fermaglio appiattito. Il meccanismo per aprirlo si era rotto e i dentini a tenaglia erano spezzati. Lo mise da parte insieme ai frammenti di tessuto e avvicinò i tre pezzi di carta, spostandoli con la matita per vedere se combaciassero in qualche modo, ma anche in questo caso non era così.

Tutti e tre i pezzi erano bianchi su un lato.

Li guardò più da vicino. Sul primo c'era un tratto grigio in alto a sinistra, e a destra riuscì a distinguere tre lettere. Prese un blocco per appunti e trascrisse "VIZ".

Anche sul secondo pezzo c'erano un paio di lettere. Penn trascrisse "AL" e passò all'ultimo pezzo. Su questo non c'erano lettere, ma quella che sembrava una parte di un arco bianco che si ispessiva gradualmente e che gli fece venire in mente un'artistica guarnizione di salsa in un ristorante stellato.

Si sedette e osservò ciò che aveva scoperto. Non era molto, ma era comunque qualcosa e adesso spettava a lui trovargli un significato.

# Capitolo 111

Stacey si avvicinò al pannello divisorio. «Mi scusi, aveva detto che di qui a poco qualcuno sarebbe venuto a parlarmi, ma è passata quasi mezz'ora e…».

«Agente, quando le ho detto "di qui a poco", intendevo che forse sarebbe dovuta ritornare domani o il giorno dopo. Questi sono i servizi sociali e non ce ne stiamo seduti a mangiare pasta fredda tutto il giorno».

«E se volessi segnalare un bambino in pericolo?», chiese Stacey, rifiutandosi di credere che fosse così difficile ottenere un colloquio in tempi rapidi.

«Davvero?», chiese la donna.

Stacey scosse la testa.

«Le assicuro che le persone che vuole vedere in questo momento stanno stilando nuovi rapporti o affrontando casi già in essere».

«Chi si occupa dei vecchi casi?», domandò Stacey. «Diciamo degli ultimi trent'anni».

«Be', nessuno», rispose lei accigliandosi. «Perché oggi non sarebbero più bambini, non le pare?»

«Voglio dire chi si occupa dei dossier dei vecchi casi», specificò Stacey, sforzandosi di non perdere la calma.

«Sono nell'archivio centrale. Tutti gli assistenti sociali possono accedervi».

«C'è un modo per sapere chi ha consultato di recente un dossier?»

«Di trent'anni fa?».

Stacey annuì.

«All'epoca non era tutto digitalizzato, per accedere all'archivio bisognava registrarsi, ma sul registro c'era soltanto il nome della persona, non il dossier che aveva consultato mentre si trovava lì».

Maledizione, pensò Stacey mordendosi il labbro.

Mentre guardava la lavagna con Penn, prima, era rimasta colpita dalla quantità di dettagli che Duggar aveva evocato ricreando quegli eventi. Il luogo dell'aggressione, il riferimento alla bottiglia, la banconota da cinque sterline strappata. Nessuno di quei particolari appariva nel libro perché l'autore non li conosceva. Il suo racconto riguardava il passato, la morte di Mikey fino ai due anni successivi alla presa in carico di Kim da parte dei servizi sociali.

Dubitava fortemente che Kim avesse condiviso con qualcuno quei dettagli e sospettava che potessero essere stati attinti soltanto dal dossier.

Aveva sperato che qualcuno riuscisse a entrare nel sistema per dirle chi avesse consultato negli ultimi mesi dei documenti riguardanti Kim Stone nel registro elettronico, e avere così una traccia da seguire.

«Se è di questo che vuole parlare con uno dei nostri assistenti sociali, domani le converrà portarsi il pranzo al sacco. Potrebbe dover aspettare intere settimane».

«Sì, lo so. Sono tutti molto impegnati, lo siamo tutti, ma non serve a nulla continuare a ripeterlo», disse Stacey allontanandosi. Avrebbe impiegato meglio il proprio tempo alla stazione di polizia, a cercare di rispondere alle domande sulla lavagna.

«Grazie per il suo tempo», salutò, avviandosi verso la porta. Si fermò quando udì squillare il cellulare.

«Wood», rispose.

«Stace, sei ancora a Dudley?», le chiese Penn

«Sto per andarmene. Non ho ottenuto nulla...».

«Riesci a vedere un membro dello staff?».

Lei si voltò. La donna era al telefono. «Ehm... sì».

«La sua tessera di riconoscimento è bianca e grigia?».

Stacey si avvicinò al divisorio di vetro per vedere meglio.

«Sì», rispose.

La donna le lanciò un'occhiata interrogativa, continuando a parlare al telefono.

«Ha un cordino blu?», continuò Penn.
«Sì».
«Con sopra la scritta "Servizi Sociali"?»
«Sì».
«E il logo di Dudley con l'arco bianco…».
«Ancora sì. Penn, vuoi spiegarmi…?».
All'improvviso le tornò in mente il vassoio della dottoressa A.
«Oh, merda, non penserai che…?»
«Proprio così», rispose Penn.
«Ti richiamo», disse Stacey chiudendo la chiamata e bussando al divisorio di vetro.
La donna la fulminò con lo sguardo prima di posare il telefono.
«Penso sia ora che lei…».
«C'è qualche membro dello staff malato o assente?», chiese Stacey, sentendo il cuore martellarle nel petto.
La donna esitò prima di annuire. «Sì, uno dei nostri assistenti sociali, Ernest Beckett, manca da qualche giorno. Non riusciamo a contattarlo…».
«Mi scusi se la interrompo, può descrivermelo?», chiese Stacey, tirando fuori il cellulare.
A quanto pareva, Rubik aveva finalmente un nome.

# Capitolo 112

«Bryant, a essere sincera qualcosa mi dice che non si tratta di lui».

«Quando fai così, capo, mi viene un'irresistibile voglia di fumare una sigaretta».

«Hai smesso da quasi quattro anni, Bryant, non scordarlo», disse Kim. Prima fumava un pacchetto al giorno.

«Ma siamo tutti d'accordo che Duggar è il nostro uomo. Il suo nome compare ovunque. Dovremmo ignorarlo?»

«Non possiamo ignorare nulla», rispose Kim. «Nemmeno gli indizi che sembrano discolparlo».

«Ma d'altro canto, nulla lo scagiona. Certo, ha avuto una vita di merda, ma a Winson Green ci sono almeno un centinaio di persone con lo stesso passato e lo stesso background. Non è un caso particolare e non riesco a capire i tuoi dubbi...».

Bryant s'interruppe sentendo suonare il telefono di Kim. Avrebbero continuato quella conversazione più tardi.

«Stace?», ripose Kim.

«Capo, sono nell'ufficio dei servizi sociali di Dudley».

«Ehm... perché?». Non le risultava che ci fosse alcun collegamento tra le domande sulla lavagna e quell'ufficio.

«I frammenti», rispose Stacey.

Kim ascoltò la sua spiegazione e si sorprese di non averci pensato per prima.

E Stacey non l'avrebbe chiamata se non avesse scoperto qualcosa.

«Continua», la spronò.

«C'è un assistente sociale che corrisponde esattamente alla descrizione di Rubik che ci ha dato la dottoressa A. Da qualche giorno non si presenta al lavoro e potrebbe avere avuto accesso ai tuoi dossier».

«Pensi che abbia passato alcuni dettagli a Duggar?»

«Sì, capo», rispose Stacey.

«Okay, puoi recuperare il suo indirizzo?»

«Si chiama Ernest Beckett e abita al 17 di Wilmslow Avenue a Norton, Stourbridge».

«Stace...».

«Devo lasciarti, mi stanno chiamando».

«Okay, fammi un favore quando torni in ufficio».

«Sì, capo».

«Prendi la pianta dalla scrivania di Penn».

«Lo farò», rispose lei, chiudendo la comunicazione con una risatina.

«Okay, Bryant», disse Kim con rinnovata energia. «Andiamo a vedere se Ernest Beckett è in casa».

# Capitolo 113

Stacey seguì l'uomo allampanato attraverso un ufficio fino a una stanza sul retro, un locale anonimo che presumibilmente doveva fungere da sala riunioni.

«Posso sapere perché le interessa il signor Beckett?», le chiese con voce grave.

Stacey esitò un istante. Nell'arco di mezz'ora era passata da una fredda sala d'attesa, dove aveva aspettato invano che qualcuno le spiegasse i protocolli per accedere a un vecchio dossier, al nucleo operativo del responsabile dell'archivio, il signor Tweedy. Le era bastato menzionare Ernest Beckett.

Ma Tweedy voleva qualcosa da lei, e lo voleva subito.

Lei, invece, non aveva alcuna fretta.

«Signor Tweedy, ho bisogno di sapere se Beckett ha avuto accesso al dossier di una ragazza di nome Kimberley Stone. Finché non avrò questa informazione non sarò in grado di rispondere alla sua domanda…».

«Sì, abbiamo ragione di credere che abbia consultato quel dossier. Due mesi fa ha chiesto di accedere all'archivio».

«C'è modo di sapere quali documenti ha visionato?»

«Dopo di lui soltanto due persone sono entrate nell'archivio. E una delle due sono io. Non sono in molti a entrare in quella stanza. I dossier conservati lì sono molto vecchi».

«Perché è così sicuro che abbia consultato proprio quel dossier?», chiese Stacey, confusa.

«Perché il dossier è scomparso», rispose pacatamente Tweedy.

«Ha preso tutto il contenuto?».

Tweedy annuì e Stacey si domandò se si rendesse conto della gravità della cosa. Tutta l'infanzia del suo capo era in quel dossier, che non era più custodito in un luogo sicuro, lontano da occhi indiscreti e lingue pettegole. Se fosse finito nelle mani sbagliate…

Stacey doveva andarsene al più presto.

Spinse indietro la sedia e si alzò.

«Aspetti un attimo», protestò Tweedy. «Non mi ha ancora detto in che modo Ernest Beckett è collegato con la vostra indagine».

«Mi dispiace, sono informazioni riservate che non posso condividere».

Tweedy emise un profondo sospiro. «Può almeno dirmi se l'avete trattenuto in custodia?».

Stacey rifletté sulla domanda e annuì. Sì, gran parte di quell'uomo era in loro custodia.

«Può dirmi di cosa è stato accusato?».

Cosa lo induceva a pensare che il suo collega fosse accusato di qualcosa?

«Sembra molto preoccupato per il signor Beckett», osservò Stacey.

«Devo solo sapere se l'indagine è collegata a una denuncia contro di lui che abbiamo ricevuto questa settimana. Una denuncia molto grave».

# Capitolo 114

«C'è un forte odore», disse Kim, sollevando la testa dalla buca delle lettere. «Non credo sia un corpo in decomposizione, ma non è nemmeno Chanel N°5».

«Pensi che sia lui il nostro uomo nel cubo?», chiese Bryant, guardandosi attorno.

Kim intuì cosa volesse fare Bryant e lo seguì. Si scambiarono un'occhiata d'intesa guardando le tre piante in vaso sul davanzale della finestra.

«Quale?», chiese Bryant.

«Quella a destra», rispose Kim.

«Io dico quella al centro», sogghignò lui.

Kim incrociò le braccia al petto mentre Bryant faceva gli onori di casa. Sollevò prima il vaso a sinistra. Niente. Poi quello al centro ed emise un gemito. Infine quello a destra, sotto il quale videro luccicare la chiave.

«Come hai fatto a indovinare?», chiese Bryant, prendendo la chiave.

«Quello al centro è troppo ovvio. Tutti lo sceglierebbero per primo».

«Grazie», borbottò Bryant

«Quello a sinistra è troppo vicino alla porta, è come se fosse il più esposto, l'unico che rimane è quello a destra. Semplice», rispose Kim mentre lui apriva la porta.

«Avevi ragione sull'odore, capo», disse Bryant facendo una smorfia.

Kim si chinò e raccolse la piccola pila di posta sul pavimento. In quell'istante il suo telefono si mise a suonare.

Lei lo tirò fuori e gemette. «Frost, ho ricevuto il messaggio. Non posso parlarti. Ordini del capo», urlò, chiudendo la comunicazione.

«Visto che il capo sei tu, ti lascerò controllare la cucina e io mi occuperò del soggiorno».

«Grazie», rispose Kim, certa che l'odore provenisse da lì.

«Cristo santo!», esclamò tra sé entrando in cucina.

Ernest Beckett doveva essere uno che lavava la roba soltanto quando non aveva più niente di pulito da usare.

Nel lavandino e sul ripiano accanto erano ammucchiati piatti, tazze e bicchieri con avanzi di cibo e bevande. Quando si avvicinò, un nugolo di mosche si levò dal lavandino per posarsi sul piano di lavoro, dove Beckett aveva cominciato a prepararsi uno spuntino. Un pezzo di formaggio era rimasto esposto al sole accanto al bollitore macchiato di unto.

Un tubetto di margarina giaceva accanto a un coltello sporco.

Beckett doveva essere uscito di casa di gran fretta, ma non c'era alcun segno di colluttazione. La porta era stata chiusa e la chiave di riserva lasciata nel solito posto.

«Non si può certo dire che fosse un tipo molto ordinato», commentò Bryant raggiungendola in cucina e scacciando una mosca che gli ronzava davanti al naso. «E la camera al piano di sopra è messa anche peggio».

«*Puah!*», fece Kim.

«E pensare che mia moglie non mi lascia mangiare nemmeno una fetta di pane tostato a letto», commentò Bryant.

«È incredibile come certi uomini si lascino andare quando sono abbandonati a sé stessi».

«Una volta anche io mi sono ridotto così», disse Bryant, aprendo e chiudendo le ante della credenza. «Mia moglie era andata a trascorrere un weekend in un centro termale nel Cheshire insieme a sua sorella. Ti ricordi il film *Mamma ho perso l'aereo*, dove Macaulay Culkin fa tutto quello che gli pare in giro per casa in assenza dei genitori? Ho fatto esattamente lo stesso. Il sabato sono rimasto tutto il giorno in pigiama, ho mangiato e bevuto tutto quello che volevo e scaricato decine di stupidi film d'azione».

«Ti sei trasformato in un bambino di dieci anni, insomma», commentò Kim.

«Proprio così, ma la mattina dopo sono tornato in me e ho trascorso tutta la domenica a rimettere in ordine. Però mia moglie si è accorta lo stesso che avevo mangiato un toast a letto».

«Tua moglie sembra un detective migliore di…».

«Ti interrompo prima che tu dica qualcosa di cui potresti pentirti».

«Cosa ci dice tutto questo sul nostro uomo?»

«Che non gli importava nulla o che fingeva di non vedere il caos che lo circondava», rispose Bryant. «E che probabilmente non aspettava visite».

«Non ci dice però se è lui l'uomo nel cubo», osservò Kim.

«No, ma il computer in soggiorno potrebbe aiutarci».

«Bryant, ma potremmo…».

«Rilassati», rispose lui. «Stacey e Mitch stanno già arrivando. Non pensare nemmeno di toccare quel computer finché non saranno qui».

# Capitolo 115

«Davvero, capo?», chiese Stacey, guardando alternativamente lei, Mitch, Bryant e il tavolo.

Il laptop era stato avviato da Mitch, che poi l'aveva imbustato in un sacco di plastica attraverso il quale era comunque possibile usare i tasti.

«Coraggio, Stacey, hai lavorato in condizioni ben peggiori di questa», disse Kim, avvicinandosi alle sue spalle.

«Sì, ma non sono abituata a farlo attraverso un gigantesco profilattico», rispose lei, voltandosi verso i tre colleghi che sbirciavano da dietro le sue spalle. «Lasciatemi almeno un po' di spazio, per favore».

I tre indietreggiarono e Stacey cominciò a digitare. «Credo di sapere cosa troverò», disse.

Kim fissava il monitor mentre Stacey passava da una finestra all'altra. La sua capacità di capire esattamente che cosa stava guardando non finiva mai di sorprenderla. A lei ricordavano i corridoi sul retro di uno stadio, le aree di servizio e i passaggi segreti dietro le scene in cui soltanto chi aveva dimestichezza con il luogo era in grado di orientarsi.

«Ti va di dirlo anche a noi?», le chiese Bryant.

«Se lo volessi lo farei», rispose Stacey. «Quello che mi interessa davvero è come hanno...».

Si interruppe, e Kim sapeva che pungolarla non sarebbe servito a nulla. Stava parlando con sé stessa più che con loro.

«Devo lasciarvi», disse Mitch, raccogliendo le sue cose. «Fatemi sapere se avete bisogno di altro».

«D'accordo», rispose Kim. Aveva già spiegato di non avere alcuna certezza che quell'uomo fosse Rubik.

Per quanto ne sapevano, il padrone di casa sarebbe potuto entrare da un momento all'altro con una spiegazione ragionevole per la sua assenza da casa e dal lavoro. Anche se dopo quello che le aveva detto Stacey sul dossier scomparso, Kim ne dubitava fortemente.

«Vuoi che cominci a cercarlo?», le chiese Bryant, intuendo i suoi pensieri.

«Non servirebbe a nulla», rispose Kim, scuotendo la testa. «Se Ernest Beckett ha preso il mio dossier, non l'ha fatto per avere qualcosa da leggere prima di andare a dormire. Avrebbe potuto leggerlo tranquillamente al lavoro, senza rischiare il posto e la carriera. Sono convinta che l'abbia preso per conto di qualcun altro».

«Sono d'accordo con te», annuì Stacey.

Kim e Bryant la ignorarono.

«Ehi, sto parlando con voi, adesso!», esclamò divertita.

Si avvicinarono entrambi al tavolo.

«Proprio come sospettavo. Questo file è pieno di pedopornografia. Oltre tremila immagini, per essere esatti».

«Bastardo!», esclamò Bryant. E Kim sperò che, se l'uomo nel cubo era davvero Beckett, fosse stato ancora vivo quando era finito nella pressa.

«Non così in fretta», disse Stacey, fermando il mouse sopra una stringa di dati.

«Questa è l'unica immagine che è stata visionata».

«Perché?», chiese Kim, sorpresa. «Non è un comportamento normale da parte di un pedofilo».

«Per controllare, credo», rispose Stacey. «Non penso che sia stato lui a scaricare queste immagini. Non intenzionalmente, in ogni caso. Sono arrivate sul suo computer tutte lo stesso giorno. Prima e dopo non ce n'è nessuna. Ha aperto solo quell'immagine come per controllare se fossero arrivate».

«Un ricatto?», chiese Kim.

«Così pare. Ho trovato l'email alla quale erano allegate. Sono di bassa qualità e piuttosto amatoriali, ma a occhio nudo abbastanza convincenti. E appena ha cliccato sul link per entrare, le immagini sono stata scaricate in automatico. Doveva esserci un messaggio allegato per spiegargli cosa fare, lo cercherò nelle email».

«Hai detto che c'era stata una denuncia contro di lui al lavoro?».

Stacey annuì. «Una lettera anonima che lo accusava di comportamento inappropriato con uno dei suoi casi».

«Ma se aveva fatto tutto quello che volevano, perché ricattarlo?», chiese Bryant. «Aveva procurato loro il dossier e…».

«Forse ha avuto un improvviso scrupolo di coscienza e ha minacciato di rivolgersi alla polizia», ipotizzò Bryant.

«È possibile», annuì Kim, prendendo il telefono. Tirò fuori il biglietto che aveva prelevato prima e digitò il numero.

L'agente di sorveglianza di John Duggar rispose al secondo squillo.

Kim le spiegò in poche parole cosa avevano scoperto e poi le chiese quello che le stava a cuore. L'agente rispose senza esitazioni.

«Assolutamente no», disse. «John Duggar non sarebbe mai capace di fare una cosa del genere».

Era proprio quello che aveva pensato anche lei.

«Ma credo conoscesse un uomo che invece potrebbe».

# Capitolo 116

Bryant chiuse la chiamata e si voltò verso Kim.

«Sì, Gennard ha confermato che Duggar ha condiviso per cinque mesi la cella con un certo Derek Lowry, arrestato per furti informatici e vendita di identità false. Potrebbe essere stato lui a inviare quel messaggio con le immagini allegate».

«Fantastico! Hai il suo indirizzo?».

Bryant annuì. «Fino a tre giorni fa risiedeva all'HPM Bristol dopo aver violato la libertà vigilata».

«Ma quel luogo è per i minori e...».

«Derek ha diciassette anni».

«L'ho trovata», disse Stacey. Entrambi si voltarono verso di lei. «L'email è arrivata il giorno dopo il download delle immagini. Eccola qui».

Kim la lesse da dietro le sue spalle.

Signor Beckett,

la prego di leggere con attenzione quanto segue. Non è SPAM, la sua reputazione e la sua carriera dipendono dalla precisione con cui seguirà queste istruzioni.

Ieri alle 10:05 ha scaricato sul suo computer migliaia di immagini pedopornografiche. Le troverà nella cartella delle foto, in una sottocartella che si chiama "Giochi per bambini". Se cercherà di cancellarle, resterà comunque una traccia.

Se non seguirà le seguenti istruzioni, contatteremo la polizia e i suoi colleghi.

1. Si procuri il dossier di Kimberley Stone, che è stata affidata ai servizi sociali il 15 giugno 1988.

2. Depositi il dossier nel bidone giallo in Llewellyn Avenue, a Lower Gornal, alle 11 di venerdì sera.

3. Torni a casa e cancelli questo messaggio.
Il mancato rispetto di queste istruzioni comporterà un'immediata denuncia alla polizia.

«Cristo santo!», esclamò Kim. «Se ci avesse contattato, avrebbe potuto risparmiarsi tutto questo e noi avremmo potuto arrestare subito il responsabile».

«Dobbiamo andare a controllare la via indicata?»

«Non ce n'è bisogno», disse Kim. «Era dove abitava la mia prima famiglia adottiva».

«Ma perché?»

«Perché lo sapeva, Bryant. Sapeva che avremmo seguito questa pista. È soltanto un altro schiaffo in faccia a me», ringhiò Kim, camminando su e giù per la stanza. «Giuro su Dio che la prossima...».

Lo squillo del telefono la interruppe.

«Keats», disse bruscamente, cogliendo lo scambio di sguardi tra i due colleghi.

«Be', se eri incazzata prima che chiamassi, presto lo sarai ancora di più. Vieni all'ingresso del Netherton Tunnel e ti mostro perché».

# Capitolo 117

Il Netherton Tunnel era stato inaugurato nell'agosto del 1858 ed era l'ultimo grande tunnel navigabile costruito in Inghilterra durante la cosiddetta *canal age*, profondo otto metri e lungo quasi tre chilometri. Consentiva il passaggio di chiatte in entrambe le direzioni ed era fiancheggiato da alzaie.

Kim ricordò quando Keith l'aveva portata a fare una passeggiata nel tunnel in un soleggiato pomeriggio domenicale, guidandola attraverso il buio e indicandole lo spicchio di luce all'altra estremità, a circa tre chilometri.

Mentre avanzavano verso l'uscita, le aveva mostrato i marcatori di distanza sulla parete orientale del tunnel e raccontato delle chiatte trainate dai cavalli. Lei si era sforzata di ignorare l'acqua che sgocciolava dalle prese d'aria sul soffitto, lasciandosi affascinare dai suoi racconti.

Kim tornò bruscamente al presente. C'erano molte emozioni che avrebbe dovuto provare, ma quando abbassò lo sguardo sul corpo di John Duggar, si sentì invadere dalla tristezza.

Quell'uomo non aveva iniziato la sua vita nel modo migliore e il destino si era accanito contro di lui fino alla fine. La sua mole, il retroterra e l'ignoranza l'avevano reso il bersaglio della crudeltà dei suoi simili. Aveva avuto degli sprazzi di speranza. Il lavoro e la relazione con Billie erano stati per lui opportunità per cambiare vita.

«Era questo l'uomo che stavate cercando, ispettore?», chiese Keats.

Kim annuì. «Sì, era sospettato di molte delle cose accadute questa settimana».

«Se è successo dopo mercoledì notte non può essere stato lui perché è morto da circa trentasei ore».

«Ed è stato trovato soltanto adesso?», chiese Kim.

«Era laggiù, coperto di foglie», rispose Keats, indicando il lato dell'ingresso del tunnel, «il cane di un cacciatore è tornato dal padrone con una delle sue scarpe in bocca ed è così che è stato trovato. A quanto pare, è stato ucciso da una pugnalata al cuore».

Kim indietreggiò e studiò la scena del crimine. Anche se a Duggar non piaceva lottare, non era facile atterrare un uomo della sua stazza, e sul corpo non c'era nessuna ferita da difesa, né sulle mani né sulle braccia.

«C'è altro, Keats?», chiese Kim,

«A giudicare dalla pozza di sangue laggiù, il corpo non è stato spostato».

Per farlo ci sarebbe voluto un piccolo esercito, pensò Kim.

«Un coltello di dimensioni contenute e un colpo ben mirato, non deve aver sofferto molto. Potrò darti altre informazioni dopo averlo esaminato».

«Okay, grazie», disse Kim allontanandosi.

Aveva fatto solo tre passi.

«Ispettore, non hai dimenticato qualcosa?», le chiese Keats.

Kim si voltò. «Cioè?»

«Un atteggiamento irrispettoso, una richiesta da soddisfare in tempi irrealistici, del fastidiosissimo sarcasmo, patetici tentativi di fare dell'umorismo. Cose del genere».

Lei gli rivolse un fugace sorriso prima di incamminarsi di nuovo verso l'auto.

«Potrebbe essere tutto finito, sai?», disse Bryant, raggiungendola. «Dopo la morte di Duggar non c'è più stato nessun omicidio. Sappiamo che era con Billie e poi è scomparso. Potrebbe essersi trattato di un incidente senza alcun collegamento con il nostro caso. Non è credibile che quell'uomo non avesse nemici. Forse uno di loro l'ha raggiunto giusto in tempo e ci ha fatto un favore».

«Mmm...».

«Non sembri convinta».

«Mmm...», ripeté lei.

«Non so più cosa pensare», disse lui, grattandosi la testa. «Se non credi che Duggar fosse il nostro uomo e che la sua morte segni la fine di questa catena di delitti, perché non hai fatto altre domande a Keats?».

Kim rimase in silenzio e salì in auto.

Bryant non aveva capito che vedere il corpo di John Duggar a terra senza vita le aveva detto tutto quello che aveva bisogno di sapere.

Sì, non c'era dubbio che John Duggar l'avesse odiata.

Ma c'era qualcuno che la odiava ancora di più.

# Capitolo 118

«Allora, dov'era il sangue?», chiese Kim mentre Bryant cercava ancora di convincerla che Duggar fosse il loro uomo.

Una telefonata a Keats aveva confermato che sui vestiti e sulle scarpe non c'erano tracce di sangue che non fossero compatibili con la ferita che gli era stata inferta.

Penn e Stacey continuarono a seguire lo scambio di battute tra i due come se fosse una partita di tennis.

Bryant si grattò la testa, frustrato. «Io non…».

«Se Duggar avesse aggredito Billie con quella bottiglia, su di lui ci sarebbero state tracce del sangue della ragazza».

Bryant fece una smorfia. «Keats potrebbe essersi sbagliato. Come ha fatto a stabilire che c'erano soltanto tracce del suo stesso sangue?».

Kim prese il cellulare. «Ha alle spalle dieci anni di formazione e trenta di esperienza, ma sei libero di chiamarlo e mettere in dubbio le sue conclusioni. Non credo che poi sarai ancora il suo detective preferito, ma fai pure».

Bryant ignorò la sua frecciata. «Duggar potrebbe avere avuto il tempo di cambiarsi e…».

«Dove?», chiese lei, sentendo montare la frustrazione. «Siamo stati a casa sua. Dei vestiti macchiati di sangue avrebbero attirato la nostra attenzione, non credi?»

«Non abbiamo perquisito la casa, capo», rispose pazientemente Bryant.

«E come rispondi a queste domande?», gli chiese, indicando la lavagna.

«Come ha fatto Duggar ad attirare Amy e Mark nell'appartamento a Hollytree? Come si è procurato la droga trovata in quasi tutte le nostre vittime? Chi ha ordinato il libro e dov'è ora? Duggar ha conosciuto i Phelps in prigione? Perché Duggar è diventato all'improvviso violento con Billie? E adesso dobbiamo aggiungerne un'altra: qual è il ruolo di Ernest Beckett in tutto questo?».

Nella stanza calò il silenzio.

«Maledizione, ragazzi», ringhiò Kim, colpendo la scrivania con un pugno. «Volete davvero accettare la morte di Duggar come un colpo di fortuna e ignorare queste domande alle quali non abbiamo ancora trovato una risposta?».

Tutti distolsero lo sguardo e alla fine fu Penn a rompere il silenzio. «Ma capo, possiamo collegare Duggar ad almeno…».

«Almeno non è abbastanza, Penn», rispose Kim, scuotendo la testa. «Quanto a te, Bryant, il fatto che tu desideri che sia finita non significa che lo sia davvero. Vado a fare rapporto a Woody, se quando tornerò sarete riusciti a rispondere a queste domande, potremo chiudere il caso e andare al pub a festeggiare. Il primo giro lo offro io».

# Capitolo 119

«Pronti?», chiese Symes a Lord e Preece.

Loro annuirono e lui sentì crescere l'eccitazione. Di lì a non molto sarebbe uscito da quel posto per dare a quella troia esattamente ciò di cui aveva bisogno. Dopodiché, con ogni probabilità si sarebbe consegnato. Forse sarebbe stato di ritorno addirittura prima dell'ora di andare a letto.

«Basteranno un paio di minuti».

«Ricevuto», dissero gli altri due mentre Lord si avvicinava al tavolo che meno avrebbe tollerato la presenza di un uomo di colore.

«Salve fratelli», disse sedendosi.

Il gruppo di skinhead si scambiò un'occhiata interrogativa e tutti fissarono Lord. «Hai fatto qualche scommessa, fratello?», gli chiese uno di loro, sottolineando l'ultima parola.

«Soltanto su quanto peso riesco a sollevare».

«Amico, per il tuo bene…».

«Siamo in un Paese libero», disse Preece, avvicinandosi. «Ci si può sedere dove…».

Sette skinhead si alzarono nello stesso istante e l'attenzione dell'intero raggio si concentrò sul loro tavolo.

Symes avanzò verso il centro delle ostilità e si mise in posizione. «Andiamo, lasciatelo…».

Ammutolì all'improvviso quando il capo degli skinhead allungò un pugno a Lord, che gli afferrò il braccio e glielo torse dietro la schiena, spingendolo verso i suoi compagni. La reazione degli skinhead fu immediata. Symes si chinò a terra e iniziò a contare, a pochi passi dal centro della zuffa.

Riusciva a udire le guardie urlare ordini dal cancello, ma non sarebbero entrate senza avere prima indossato la tenuta antisommossa.

Prese lo strumento che aveva rubato nell'ambulatorio del dentista e si conficcò nel cuoio capelluto il gancio che normalmente serviva per fare leva sul dente da estrarre. Il sangue gli colò subito sul viso.

Aveva scelto di ferirsi in quel punto perché era irrorato da una fitta rete di capillari. Le ferite alla testa, benché sanguinassero profusamente, erano spesso meno gravi di quanto sembrassero, ma dovevano essere esaminate con attenzione per escludere traumi cranici o danni cerebrali.

Le urla attorno a lui erano diventate assordanti e i detenuti si scagliavano l'uno contro l'altro senza nemmeno sapere perché, ma una zuffa era una zuffa.

Un prigioniero gli crollò addosso mentre si procurava la seconda ferita e il sangue gli colò negli occhi. Perfetto.

Udì il cancello aprirsi e i tonfi degli stivali delle guardie in tenuta antisommossa.

I detenuti cominciarono a scostarsi, creando il vuoto attorno a Symes, sdraiato a terra con gli occhi chiusi e immerso in una pozza di sangue.

«Merda, venite qui, presto!», urlò Lord. «Quest'uomo ha bisogno di un'ambulanza».

# Capitolo 120

«Per essere un venerdì pomeriggio, non hai l'aria di una che si appresta a godersi un weekend di riposo, Stone», disse Woody con un accenno di sorriso. «E ho sentito che devo fare le congratulazioni per…».

«No, signore, niente congratulazioni», rispose lei, sedendosi prima che lui la invitasse a farlo, il che destò subito la preoccupazione del suo capo.

«Ma ho sentito che il principale sospettato è stato trovato morto e…».

«Signore, ha una linea diretta con Bryant di cui io non sono a conoscenza?»

«L'ho visto sul sistema, Stone», rispose lui. «E non capisco perché non dovrebbe essere una buona notizia».

«Ci sono troppi punti oscuri, troppi collegamenti che non siamo in grado di spiegare tra Duggar e le cose che sono successe», rispose lei, sforzandosi di mitigare la propria frustrazione.

«Per esempio?», chiese Woody, intrecciando le dita sotto il mento.

«Non riesco a trovare un collegamento tra Duggar e Amy e Mark».

«Non aveva visitato l'appartamento in cui sono stati trovati i due ragazzi?».

Kim annuì. «Certo, può essersi procurato una copia delle chiavi, ma quando li ha chiamati per farli andare lì, perché loro gli hanno portato dei fiori?»

«Sono arrivati con i fiori?», chiese Woody.

«Non lo so», rispose in tutta franchezza Kim.

«Quindi quei fiori potevano essere per qualcun altro. Non si può escludere che li avessero consegnati lungo il tragitto e che non ci fosse alcun collegamento con le loro morti».

Kim non era solita ragionare per esclusione, ma dovette ammettere che era una spiegazione plausibile.

«Non so come Duggar possa essersi procurato la droga che...».

«Un ex prigioniero in grado di procurarsi delle droghe. Sì, questo sembra un po' azzardato, in effetti».

«Ma perché Duggar è diventato così violento con Billie? Dopotutto, l'amava».

«Ma in realtà Billie non c'entrava, no? Il punto era l'odio che nutre per te».

«Signore, stiamo facendo troppe concessioni, troppi se e troppi potrebbe. Dove sono le prove concrete?»

«Nulla di ciò che ho detto ti sembra plausibile?», chiese Woody.

«Plausibile, ma non sicuro. Non abbiamo mai affrontato un caso ragionando in questi termini».

Era come se stessero componendo un puzzle in cui cercavano di infilare con la forza i tasselli in ogni spazio disponibile per finirlo più in fretta.

«Non tutti i casi hanno soluzioni limpide e perfette, Stone. Ma cosa non ti convince?»

«Il gran finale. Non c'è, signore. All'inizio del caso era chiaro che l'obiettivo era farmi più male possibile, esasperandomi psicologicamente. Tutti questi omicidi non hanno alcun senso, se alla fine io rimango viva. Chi mi odia a tal punto ha bisogno di vedermi morta. È l'unico finale possibile. Ma Duggar è morto e non c'è un finale, né alcun indizio che ce ne sarebbe stato uno. Qual era il suo piano? Cosa aveva intenzione di farmi? Sapevamo tutti che era questo l'obiettivo dopo che Alison...».

«E lei cosa ne pensa? Crede che Duggar sia il tuo uomo?»

«Bella domanda, signore. Avrei voluto chiederglielo anche io. Ha scelto proprio il momento giusto per farsi riassegnare alla West Mercia». Kim aggrottò la fronte davanti all'espressione perplessa di Woody.

«Stone, non so di cosa stai parlando, Alison Lowe non è stata trasferita».

# Capitolo 121

«Prova a chiamarla di nuovo, Stace», disse Kim, camminando su e giù nell'ufficio. «E tu, Penn, controlla se l'auto della squadra è già arrivata a casa sua».

«D'accordo, capo», risposero all'unisono, prendendo il telefono.

«Lo so che sono passati soltanto pochi minuti, ma ogni secondo può contare».

«Nessuna risposta, capo», disse Stacey. «È scattata direttamente la segreteria telefonica».

«L'ispettore capo Merton ha detto che se n'è andata ieri sera. A che ora?»

«Mezz'ora dopo di me», rispose Stacey. «Verso mezzanotte. Ha rilasciato una dichiarazione e un'auto della squadra l'ha portata direttamente a casa. Merton le ha detto che se durante l'interrogatorio di Jamie Hart avesse avuto bisogno di qualcosa l'avrebbe contattata, ma da allora non ha più parlato con lei».

«Okay, guardiamo le riprese delle telecamere di sorveglianza per controllare a che ora è entrata e uscita questa settimana. Voglio sapere se ha usato un'auto diversa dalla sua».

Stacey annuì e si collegò con le telecamere di sorveglianza.

«Penn?», disse quando lui terminò la telefonata.

Il collega scosse la testa. «Ancora qualche minuto. Chiameranno appena arrivano».

«Okay, cos'altro possiamo controllare? Cosa sappiamo di lei?», chiese Kim.

«Mangia un sacco», disse Stacey, mentre Penn si stringeva nelle spalle.

«Questa donna ha lavorato con noi per tutta la settimana e sappiamo soltanto che non le piacciono i cani e che ha un sano appetito?».

I colleghi non dissero nulla. Kim non era arrabbiata soltanto con loro, ma anche con sé stessa.

«Non credo sia importante», disse Bryant fissando la lavagna.

«Bryant, giuro che se provi a dirmi che si tratta soltanto di una strana coincidenza e che Duggar è il nostro uomo e Alison è solo andata in un ristorante all-you-can-eat, ti farò…».

«Non sto dicendo questo, capo», rispose lui. «Sto dicendo che non credo sia importante dov'è stata o cosa ha fatto fino a questo momento. L'unica cosa che conta, se ci abbiamo visto giusto, è dove si trova ora, e l'unica persona che può dircelo sei tu».

Nella stanza calò il silenzio.

«Io?», chiese lei.

Lui annuì. «Il primo omicidio è stato quello di Amy e Mark, inscenato come se foste tu e Mikey in un appartamento identico a quello in cui vivevate. Il secondo è stato l'omicidio di una coppia di mezza età che replicava la morte di Keith ed Erica in un posto che per te aveva un significato speciale. L'aggressione a Billie Styles…».

«Vieni al punto, Bryant», lo spronò Kim, intuendo già dove voleva andare a parare.

«Se segue lo stesso schema, dobbiamo concentrarci su un evento traumatico che ha coinvolto uno dei tuoi colleghi».

«Dawson», sussurrò Kim.

Stacey deglutì e Penn abbassò lo sguardo sul pavimento.

Lo squillo del telefono di Penn li fece sobbalzare tutti.

Lui l'afferrò prontamente e ascoltò.

«Niente, capo», disse. «La sua auto è nel vialetto, ma in casa non risponde nessuno».

«Autorizzali a forzare la porta», disse Kim.

Penn riferì il messaggio e lei si voltò verso Bryant.

«Dammi le chiavi. Voglio controllare di persona e questa volta tocca a me guidare».

# Capitolo 122

Kim non disse nulla mentre si districava a tutta velocità nel traffico, con Bryant aggrappato alla maniglia che pregava affinché gli fosse risparmiata la vita. Ma non le chiese mai di rallentare.

Lei accostò bruscamente al marciapiede, sfiorando il paraurti posteriore dell'auto della squadra.

«Grazie per non esserti schiantata contro un'altra macchina, capo», fece Bryant scendendo.

La porta era aperta, e c'erano due agenti davanti all'ingresso.

«Non c'è nessuno qui, signora», disse uno dei due.

«Nessun segno di colluttazione», aggiunse l'altro.

«Grazie, ragazzi», replicò Kim, superandoli e guardandosi attorno nel soggiorno.

Di solito si dirigeva subito in cucina: era lì che in genere si trovavano le tracce di un'attività recente, proprio come era successo a casa di Ernest Beckett, che si stava preparando uno spuntino prima di uscire di fretta.

Spesso il soggiorno indicava la personalità del proprietario, e cavoli, quella stanza aveva senza dubbio una spiccata personalità. Un elegante tributo agli anni Sessanta tappezzato da una soffice moquette arancione con motivi a spirale che le ricordarono un caleidoscopio. Nell'angolo in fondo c'erano un grammofono e un mobiletto con una pila di vinili, ma il pezzo forte era il gigantesco televisore con lo schermo curvo incassato nella parete, con un altoparlante accanto e un subwoofer dall'altra parte della stanza. Un grande divano quadrato dalle gambe affusolate era piazzato davanti al televisore, e accanto c'era una poltrona girevole e inclinabile a forma di mezzo uovo.

L'arredo non rispecchiava affatto la personalità della proprietaria e quel pensiero le strappò un sorriso. Alison l'aveva sorpresa, e la cosa le piacque. Quella stanza diceva a Kim che Alison viveva per sé stessa e per nessun altro. Le piacevano i mobili vintage, ma anche le apparecchiature high-tech. Non aveva cercato di adeguarsi a uno stile, ma aveva scelto soltanto quello che le piaceva. La casa di Kim era ariosa e arredata in modo spartano perché a lei piaceva così e non avrebbe mai comprato soprammobili e gingilli per far sentire gli altri più a loro agio.

Kim si diresse verso la cucina, dominata da un enorme frigorifero rosa in stile americano.

Non c'era spazio sufficiente per un tavolo, perciò c'erano soltanto due sgabelli infilati sotto un piano di lavoro in marmo. A destra c'era una lavastoviglie con bicchieri, tazze e una decina di piattini. Stacey aveva ragione, a quanto pareva Alison mangiava continuamente, ma si nutriva di spuntini e solo di rado di pasti completi.

«Al piano di sopra non c'è niente tranne alcuni strani mobili, che come vedo anche qui sono un motivo ricorrente», disse Bryant.

Kim annuì mentre il telefono le segnalava l'arrivo di un messaggio.

Lo tirò fuori dalla tasca e vide che proveniva da un numero sconosciuto.

Lo lesse e sbiancò in viso.

Bryant stava aprendo le ante della credenza mentre lei rileggeva il messaggio.

«Cosa succede?», le chiese, notando il suo silenzio.

Kim doveva decidere in fretta.

«Un aggiornamento di Keats», rispose, rimettendo in tasca il telefono.

«Cosa dice?»

«Non molto», ribatté Kim, mentre il suo cervello già elaborava un piano.

Bryant le lanciò un'occhiata sospettosa.

«Nulla che possa aiutarci a trovare Alison», aggiunse Kim, cercando di non aggravare la propria bugia, ma rendendosi conto che ogni secondo sarebbe stato fondamentale.

«Bryant, io vado a controllare il bagno, tu dai un'occhiata a quel capanno in giardino».

Bryant ignorava che lei sapesse già che era una perdita di tempo. Era stato il messaggio a dirglielo.

Lui si avviò verso la porta sul retro e prima di uscire si voltò.

«Va tutto bene, capo? Sembri un po'...».

«Tutto bene, Bryant, adesso va' a controllare, così poi potremo andarcene».

Appena lui superò la porta sul retro, Kim si voltò e uscì dalla casa.

# Capitolo 123

Bryant aprì la porta del capanno con una spiacevole sensazione che non era causata dal timore di quello che avrebbe potuto trovare. Anche lui, come Kim, era convinto che Alison non fosse in casa, né morta né viva.

No, era l'espressione sul viso di Kim quando aveva letto il messaggio di Keats.

Bryant era sicuro che gli avesse mentito. Se fossero stati a casa sua, a bere caffè e lei fosse stata soltanto Kim, lui gliel'avrebbe detto. Ma dato che in quel momento era il suo capo, non era affatto una buona idea.

Quello di cui Kim non si rendeva conto, e lui non aveva alcuna intenzione di farglielo sapere, era che nonostante fosse brava a mentire, era evidente che non le piaceva farlo. Era sempre diretta e sincera, e lui aveva imparato a interpretare il suo sguardo. Mentre parlavano, ci aveva scorto un'ombra di rimpianto.

Nel capanno c'erano un barbecue piuttosto malconcio, un ombrellone strappato e un vasto assortimento di attrezzi da giardino coperti di ragnatele. Nulla d'interessante.

Bryant tornò indietro verso la casa. Se le avesse chiesto di nuovo chi le avesse mandato quel messaggio, non le avrebbe dato della bugiarda, ma soltanto offerto una seconda occasione per dire la verità.

«Ehi, capo, chi hai detto che…».

Non ci mise molto a capire che nella stanza non c'era nessuno. Diede un'occhiata in soggiorno e poi ricordò che gli aveva detto che sarebbe salita a controllare il bagno.

«Ehi, capo!», chiamò dal fondo delle scale.

«Non è di sopra, amico… mi spiace».

«Dov'è allora?», chiese voltandosi verso uno dei due agenti di guardia alla porta.

«È partita a bordo di una Astra Estate soltanto pochi…».

Bryant imprecò, tornò in cucina e prese il telefono.

Digitò il numero di Kim e il telefono continuò a suonare finché non partì la segreteria telefonica. Riprovò, ma il risultato fu lo stesso.

«Maledizione!», ringhiò, facendo il numero di Stacey. A che diavolo di gioco stava giocando?

«Ehi, Stace, hai sentito il capo?»

«No… Perché?»

«Sei stata tu a contattarla poco fa?»

«No».

«Ci sono novità da Keats?»

«Aspetta un attimo… No, niente. Posso…».

«Cazzo!», esclamò Bryant, guardandosi attorno.

L'auto della squadra doveva rimanere lì a sorvegliare la casa.

«Stace, manda un'auto a prendermi».

«Okay, Bryant, ma cosa diavolo è…».

«Stone è scomparsa».

# Capitolo 124

Kim ignorò la settima chiamata sul suo cellulare e accostò lungo il marciapiede.

Sapeva che alcune chiamate erano di Bryant e alcune probabilmente di Stacey.

Non le era piaciuto abbandonare in quel modo il collega, e non soltanto perché l'aveva lasciato a piedi, ma il messaggio era stato molto chiaro.

Estrasse il telefono per leggerlo di nuovo.

Sai chi c'è con me e sai chi voglio. Vieni da sola, altrimenti lei morirà. Sai dove sono.

Quella settimana erano già morte abbastanza persone per la sua sete di vendetta contro di lei. Non poteva rischiare un'altra vittima.

E la persona che aveva inviato quel messaggio aveva ragione.

Sapeva dove avrebbe trovato Alison.

Non sapeva però con chi fosse.

# Capitolo 125

Alison cercò di arginare il panico che sentiva salirle dentro, ma la paura che l'attanagliava era incontrollabile.

Sapeva di essere all'aperto, sentiva i capelli mossi dalla brezza e la freschezza dell'aria attorno a lei.

Sapeva di essere sdraiata supina, con le nuvole temporalesche che le veleggiavano sopra.

Sentiva la ruvida superficie di un mattone graffiarle la pelle delle braccia e il cuoio capelluto.

Sapeva di essere su una sorta di cornicione perché il braccio destro penzolava nel vuoto.

Non sapeva da quanto tempo fosse lì, ma non riusciva a muoversi, era come paralizzata, i suoi muscoli non rispondevano ai comandi del cervello.

La mente era lucida, concentrata, ma per quanto si sforzasse di inviare messaggi ai nervi, le comunicazioni erano state interrotte.

Non aveva idea di che ora fosse e il suo ultimo ricordo risaliva alle prime ore del mattino.

Ricordava di essersi alzata, aver bevuto un tè verde e indossato la tuta da jogging. La corsa mattutina alleviava il suo senso di colpa per gli spuntini troppo frequenti e quel giorno le serviva anche per espellere dal suo sistema l'adrenalina accumulata la sera precedente.

Era uscita di casa poco prima delle sette e in fondo alla strada aveva girato a sinistra, tagliando attraverso la zona industriale per raggiungere il parco. Aveva incrociato altri corridori, fatto una breve pausa a metà strada vicino ai bidoni e poi…

Poi non ricordava più nulla. Faceva quella strada tutte le mattine, un percorso di circa tre chilometri. E ricordava di averlo fatto anche quel giorno.

Chiuse gli occhi, sforzandosi di ricordare cosa era successo dopo quella pausa vicino ai bidoni.

*Uscita di casa.*

*Girato a sinistra.*

*Attraversato la strada.*

*Zona industriale.*

*Entrata nel parco.*

*Uomo con barboncino.*

*Corridore.*

*Persone sedute sulle panchine.*

*Signora in bicicletta.*

*Pausa vicino ai bidoni.*

*Chinata in avanti per riprendere fiato.*

*Ahi.*

Di nuovo il muro di mattoni, ma prima c'era stato qualcos'altro. Un pizzico, come una puntura alla schiena, e lei si era piegata in avanti, con le mani sulle ginocchia, respirando affannosamente.

E poi più niente.

Nessun ricordo.

Era stata aggredita, violentata? Cosa diavolo stava succedendo?

La consapevolezza di essere stata drogata non bastava a mitigare la sua paura: ora sapeva perché non riusciva a muoversi e che non avrebbe potuto farci nulla.

# Capitolo 126

«Forza, ragazzi, parlatemi», intimò Bryant ai colleghi nella stanza della squadra. «Cosa sta succedendo?»

«Il messaggio doveva essere del killer», disse Penn, per spezzare il silenzio.

«Ma perché non ci risponde?», domandò Bryant, frustrato.

«Niente. Forse ha la batteria scarica», disse Stacey, posando il telefono.

Sembrava che stessero cercando qualcuno che non voleva essere rintracciato.

«Sulle telecamere di sorveglianza non ho trovato nulla», disse Penn. «Potrebbe essere ovunque».

Non aveva ancora informato Woody che Stone era scomparsa, e non sapeva per quanto avrebbe potuto nasconderglielo. Kim era a una telefonata di distanza da un gran mucchio di merda, cosa che, al momento, era l'ultima delle sue preoccupazioni, ma se non fosse riuscito ad avere sue notizie era una chiamata che sarebbe stato costretto a fare.

A che cosa e a chi stava andando incontro Stone?

«Forse il killer le ha detto di andare da sola. Questo spiegherebbe perché ha abbandonato in quel modo Bryant», disse Penn.

Bryant sapeva che aveva ragione. Se Stone avesse temuto di mettere a repentaglio la vita di qualcun altro, sarebbe andata sicuramente da sola.

«Pensate che avremmo dovuto dare retta a Alison?», domandò Stacey. «Ci ha sempre spronati a cercare altri potenziali sospettati, ma noi ci eravamo fissati su Duggar. Forse avremmo…».

«Non importa, Stace», disse Bryant, fissando la lavagna. «Sapere chi è non ci sarà di alcun aiuto. Quello che conta è seguire le briciole, la logica del killer. È l'unico modo per scoprire dov'è».

Rimasero tutti e tre in silenzio per qualche minuto guardando la lavagna.

«Ognuno di questi incidenti ricostruisce in modo minuzioso un evento reale. I due ragazzi in un appartamento identico a quello in cui viveva Kim, solo pochi piani più sotto. Le manette. Il termosifone, il pacchetto di cracker...».

«La coppia di mezza età, rispettabile, simpatica, bruciata viva davanti a un posto che per tutti loro aveva un significato particolare», disse Stacey.

«E l'aggressione a Billie», aggiunse Bryant, «nel punto esatto dove quel bastardo portava le ragazze per abusare di loro. La banconota strappata nella sua tasca. Cosa ci dicono queste cose?», domandò, aggrottando la fronte.

«È tutto nei dettagli», disse Stacey. «Il nostro killer ricostruisce eventi reali nel modo più accurato possibile per procurare la massima sofferenza».

«Allora la morte di Dawson...», disse Penn. «Sta usando Alison al posto del collega che...».

«Deve essere in un punto elevato», lo interruppe Stacey. «Alison deve cadere da una grande altezza».

«E quel posto deve avere un significato particolare per il capo», aggiunse Penn.

All'improvviso a Bryant tornò in mente una cosa che gli aveva detto Kim qualche giorno prima.

«Forza, ragazzi», disse afferrando la giacca. «Penso di sapere dove dobbiamo andare».

# Capitolo 127

Kim parcheggiò l'auto, sollevò gli occhi al cielo e rabbrividì. Nessuno sarebbe sopravvissuto a una caduta da quell'altezza.

Si sforzò di scacciare l'inquietudine che le ispirava quel luogo e cominciò a salire le scale verso la cima.

Aveva l'assoluta certezza che Alison era stata portata lì. Era l'unico posto che avesse senso.

Avrebbe voluto salire più in fretta, due gradini alla volta, ma doveva risparmiare le forze. Era una lunga salita e, con il cuore che le martellava nel petto, si ripeté che lo spettacolo non sarebbe iniziato senza di lei. Lo spettacolo era per lei.

Il killer voleva che lei assistesse alla morte della collega prima di morire a sua volta. Sapeva che la perdita di Dawson era stata l'ultima sofferenza inflittale dalla vita e che la ferita era ancora aperta.

Ma come avrebbe potuto salvare Alison, e sé stessa, se non sapeva nemmeno contro chi stava combattendo?

Lui sapeva tutto di lei, che invece non sapeva nulla di lui.

Sentì crescere il proprio slancio. I piedi cercavano di tenere il passo con i pensieri.

Doveva ritornare all'inizio. Scoprire con chi aveva a che fare, contro chi doveva battersi: soltanto così lei e Alison avrebbero potuto salvarsi.

L'istinto le aveva detto che, a dispetto delle prove, non era Duggar la persona giusta. Il suo colloquio con lui e tutto ciò che era riuscita ad apprendere dopo le avevano confermato quella sensazione, nonostante tutte le tracce sembrassero indicarlo come il colpevole.

Mentre saliva, Kim pensò a Amy e Mark, giovani e dipendenti

dalla droga, senza una famiglia che li sostenesse e con un disperato bisogno di appartenenza e di una casa tutta per loro.

I Phelps erano due brave persone, costretti a fare visita al figlio in un posto a loro del tutto estraneo, un ambiente che li metteva a disagio.

John Duggar, nella sua necessità di compiacere gli altri, faceva semplicemente ciò che gli diceva chi era stato gentile con lui.

Billie Styles era stata attratta in un luogo isolato dall'ex fidanzato che probabilmente non sapeva che sarebbe stata aggredita.

Ernest Beckett, ricattato e minacciato di ritrovarsi con la vita e la reputazione rovinate.

Symes e il suo club dell'odio, i cui tentacoli si allungavano ben oltre le mura della prigione.

Ma Kim non sapeva ancora chi avesse ordinato il libro e l'istinto le diceva che era il tassello più importante.

Da quanto aveva visto, aveva capito che quella persona la odiava ciecamente. E sapeva che era spietata e astuta, con ghiaccio nelle vene al posto del sangue. Una persona capace di uccidere senza un attimo di esitazione, disposta a tutto pur di ottenere ciò che voleva.

«Oh, merda!», esclamò Kim, cominciando a collegare tutti i puntini.

«Merda!», ripeté, accelerando il passo.

Finalmente sapeva chi avrebbe incontrato.

# Capitolo 128

«Quanti gradini ci sono per arrivare fino in cima?», chiese Bryant mentre saliva sulla torre di guardia del castello di Dudley insieme a Penn e Stacey.

Lo spazio stretto e claustrofobico li costringeva a procedere in fila indiana, ognuno con una torcia in mano.

«Circa duecento, credo», rispose Penn alle sue spalle, preceduto da Stacey.

«Grazie per averci fatto entrare, Penn», sussurrò Bryant.

«Qui in paese tutti conoscono la scorciatoia».

Avevano parcheggiato l'auto davanti all'ingresso principale.

«Da adolescente partecipavo spesso alla Passeggiata dei fantasmi», disse. «Ero uno scheletro, ma poi dovevo scendere al pub per interpretare anche la Dama grigia», raccontò Penn.

Era stato lui a guidarli al buio su per la collina e oltre il cannone sul lato nord del castello.

«Credi davvero che sia qui?», chiese Stacey a Bryant mentre si avvicinavano alla cima della torre.

«All'inizio della settimana il capo ci ha raccontato che Keith ed Erica la portavano sempre allo zoo e al castello. Oltre a essere maledettamente in alto, questo posto ha un significato speciale per lei, e immagino che il killer lo sappia», spiegò Bryant.

E se non è qui, pensò, significa che è già morta.

# Capitolo 129

Kim salì l'ultimo scalino e raggiunse la cima dell'edificio.

Respirò a fondo e aprì la porta che dava accesso al tetto della Chaucer House.

I suoi occhi si adattarono rapidamente alla penombra mentre posava lo sguardo sulla figura che la stava aspettando.

Kim salì sul tetto.

«Buona sera, Mallory, come stai?»

«Molto meglio adesso che ti vedo, Stone», disse in un tono che le gelò il sangue.

«Dov'è Alison?», chiese Kim, sforzandosi di mantenere la voce ferma. «Adesso che hai me, puoi lasciarla andare».

«Oh, non vuoi davvero che lo faccia», disse Mallory con una risatina beffarda, abbassando lo sguardo a terra.

Kim seguì il suo sguardo e vide una fune uguale alla maledetta fune di una campana che aveva ucciso Dawson.

Per un istante fu di nuovo lì, a terra, a strisciare sul ghiaino gridando di fare attenzione mentre la corda sfilacciata si spezzava, facendo precipitare il collega.

Kim inspirò a fondo e si accorse che la donna di fronte a lei stringeva in mano un coltello.

«La lascerò andare quando sarò pronta».

Kim seguì il percorso della corda sul tetto piatto dal punto in cui era fissata al supporto di un impianto di riscaldamento fino al cornicione, dove Alison giaceva immobile, supina.

Il cornicione era talmente stretto che sarebbe bastato un movimento falso per farla precipitare di sotto, e Kim non sapeva quanto saldamente fosse legata alla corda.

L'unica cosa che sapeva era che doveva interrompere quell'ultimo atto. Se Mallory voleva restare fedele al copione, avrebbe spinto Alison oltre il cornicione lasciandola lì appesa per torturarla prima di ucciderla. Un'altra vita persa per colpa sua.

Doveva trovare un modo per scambiare la vita di Alison con la propria.

«È me che vuoi», disse Kim, facendo un piccolo passo avanti.

Mallory fece lo stesso, diretta verso Alison.

«Se cerchi di avvicinarti, la spingo giù», la avvertì. «Dovresti sapere che sono io a controllare il gioco e che otterrò quello che voglio».

Kim rimase immobile. «Se volevi così tanto la mia attenzione, avresti potuto chiamarmi, Mallory. Potevamo pranzare insieme. Era proprio necessario uccidere tutte quelle persone?», le chiese, sforzandosi di mantenere la voce ferma. In quel momento era Mallory al comando, ed era a pochi passi da Alison.

Kim aveva fatto esattamente quello che le aveva chiesto nel tentativo di salvare la vita di Alison, ma adesso che era lì non sapeva se ci sarebbe riuscita. E nessuno sapeva dove si trovasse.

Mallory aveva ragione su due cose: era lei a controllare il gioco e Kim era completamente sola.

La donna le sfoderò un sorriso sdolcinato, quasi morboso, e fece due passi indietro. Nei suoi occhi c'era una luce malvagia.

Allungò una mano delicata e curatissima e spinse Alison oltre il bordo del cornicione.

# Capitolo 130

«Che ore sono?», chiese Bryant mentre si precipitavano verso l'auto.

«Le otto meno dieci», rispose Stacey.

«A che ora è morto Dawson?»

«Circa tre minuti dopo le otto».

Bryant se la prese con sé stesso per essersi sbagliato. Se a Alison o al capo fosse successo qualcosa, non sarebbe mai riuscito a perdonarselo.

«Allora, siamo d'accordo?», chiese appena salirono sull'auto di Penn. «Il palazzo di Hollytree dove abitava il capo».

«È l'unico posto che ci rimane», disse Stacey, e proprio in quel momento il telefono di Bryant cominciò a suonare.

«Maledizione!», imprecò lui, vedendo il nome di Woody sul display. Aveva la sensazione di essere fuori tempo massimo su tutti i fronti.

«Signore…».

«Bryant, ti prego, dimmi che l'incidente sul tetto della Chaucer House non ha nulla a che fare con il tuo capo, con te o con l'indagine che state…».

«Che tipo di incidente?»

«Non conosciamo ancora i particolari. Un'auto è appena partita per recarsi sul posto, ma cosa diavolo…?»

«Grazie, signore», disse Bryant chiudendo la chiamata e facendo un rapido calcolo del tempo che ci avrebbero messo per raggiungere Kim.

«Okay, Penn, vediamo come te la cavi alla guida», disse, allacciandosi la cintura.

Mentre il collega avviava il motore e usciva dal parcheggio, Bryant aveva la stessa sensazione che si prova quando al mattino si fa tutto di corsa per arrivare puntuali al lavoro nonostante l'orologio indichi che è già troppo tardi.

# Capitolo 131

«Tutte quelle persone sono morte solo perché tu mi odi così tanto?», chiese Kim, fissando la fune legata all'impianto di riscaldamento che salvava Alison da una morte certa.

«Non cercare di distrarmi, Stone. Sono sicura che hai già messo insieme tutti i tasselli».

«Stando ai miei calcoli, se vuoi seguire il tuo copione manca ancora qualche minuto. Cosa posso fare per fermarti?», chiese Kim, allargando le braccia. «Non ho armi con cui combatterti e Dawson è caduto tre minuti dopo le otto, quindi hai tempo per parlare con me. Perché tutte quelle persone?», domandò, cercando disperatamente di escogitare qualcosa. Non aveva niente. Nessuna arma, nessun modo per distrarre il nemico e guadagnarsi un vantaggio.

L'unica cosa che poteva fare era prendere tempo.

*Tempo*… All'improvviso capì.

Kim guardò di proposito la fune. Mallory seguiva ogni suo movimento. Stone si avvicinò di un passo all'impianto di riscaldamento, sapendo che la donna avrebbe fatto lo stesso.

«Eri tu l'assistente sociale che ha dato a Amy e Mark le coperte e offerto loro un pasto, guadagnandoti così la loro fiducia. Hai detto loro che avresti potuto aiutarli a trovare un appartamento e li hai attirati laggiù usando la copia della chiave fatta da Duggar?»

«Ah, sì, John, davvero un ragazzo adorabile».

«L'hai conosciuto in prigione, vero?», chiese Kim, avanzando di un altro passo verso la fune.

Mallory fece lo stesso.

Kim si ripeté che era tutta una questione di tempistica.

«Hai capito subito che quel gigante buono poteva essere manipolato con qualche parola gentile. Voleva soltanto essere trattato come un essere umano».

«E l'ho fatto», rispose lei, «traendone tutti i vantaggi».

«Lui non aveva idea di quello che stava facendo, vero? Tu gli hai dato le istruzioni e lui le ha semplicemente eseguite. Ha fatto spedire dal suo compagno di cella la lettera di ricatto a Beckett. Non sapeva cosa avresti fatto a Billie, ma l'ha attirata in quel boschetto dove l'hai brutalmente aggredita».

Mallory si strinse nelle spalle, impassibile.

«È scappato come una stupida ragazzina», commentò, il tono di voce sgradevole come quello del padre. «Aveva svolto il suo compito, e così l'ho eliminato. Era la cosa migliore da fare», spiegò, come se si fosse trattato di un animale ferito che non si poteva curare.

Kim si sforzò di celare il proprio disgusto: sapeva di dover lottare contro le proprie emozioni se voleva avere qualche possibilità di salvare Alison. Doveva fare in modo che Mallory non staccasse gli occhi da lei.

Fece un altro passo avanti.

Mallory fece altrettanto e impugnò il coltello. «Stone, ti avviso che…».

«E i Phelps sono stati un regalo inaspettato, vero?», continuò. «Una coppia rispettabile che andava a trovare il figlio in prigione. Scommetto che consideravano la tua compagnia rassicurante: sapevi un sacco di cose sul sistema carcerario. Joel mi ha detto che trascorrevano molto tempo chiacchierando con gli altri visitatori. Erano due persone innocenti e fiduciose, e per te è stato molto facile metterli fuori gioco. È bastata una rapida iniezione prima di dare fuoco alla loro auto».

«Più alta è la dose, più veloce è l'effetto», spiegò Mallory. «Dal sedile posteriore dell'auto non è stato difficile praticare loro l'iniezione e bloccare i pulsanti delle cinture di sicurezza».

Kim pensò alla coppia imprigionata da un dispositivo concepito per salvare loro la vita.

«Hai appiccato il fuoco all'interno dell'auto, così hai avuto abbastanza tempo per uscire e allontanarti, mentre loro erano seduti paralizzati con le fiamme che cominciavano a divorarli».

«L'ho trovato molto ingegnoso», disse Mallory, compiaciuta.

Kim avrebbe voluto scagliarsi contro di lei, ma doveva rimanere concentrata. Sapeva che il tempo stava per scadere.

«Ma perché uccidere Ernest Beckett?», le chiese. «L'avevi già ricattato per farti consegnare il dossier...».

«Perché era un uomo debole e patetico che avrebbe potuto raccontare tutto alla polizia».

«Così hai drogato anche lui e poi l'hai ucciso? Solo un altro cadavere da aggiungere agli altri». Kim sputò a terra, incapace di reprimere le proprie emozioni. Il disprezzo di quella donna per la vita umana le aveva rivelato quanto assomigliasse al padre.

«E la droga? Era quella che iniettavi a tuo padre per fargli rilassare i muscoli...».

Kim si interruppe all'improvviso rendendosi conto che si trattava di un miorilassante.

«Oh, mio Dio, tuo padre non era paralizzato, vero?». Kim si domandava perché mai una persona che non provava emozioni potesse aver bisogno di un farmaco del genere. «Eri tu a tenerlo inchiodato a quella sedia?»

«Così era più facile da gestire», disse Mallory, incurvando la bocca in una smorfia di disgusto. «Per la prima volta nella mia vita ero io ad avere il controllo. Potevo trattarlo come aveva fatto lui con me per tanti anni».

Kim pensò che nell'indagine per i crimini d'odio avevano scoperto molti segreti della famiglia di Preece, ma forse non tutti.

Fece un altro passo avanti.

E Mallory la imitò.

«Cosa diavolo ti aveva fatto, Mallory?»

«Nulla di cui non lo abbia ripagato con gli interessi appena ne ho avuto l'occasione», rispose lei in tono gelido. «E poi avevo un figlio che era esattamente come lui. Bart era fatto della stessa stoffa».

Kim non poté evitare di notare che, ironia della sorte, anche lei era identica.

«Ma il mio Dale ha reso tutto migliore», disse Mallory. «Era il figlio che volevo, quello al quale tenevo veramente. Gli altri non hanno mai contato nulla per me».

Kim non riuscì a trattenersi dal lanciarle un'occhiata confusa.

«Quindi sarebbe questo il motivo», disse. «Mi odi per via di tuo padre e tuo figlio, perché indirettamente te li ho portati via?».

Mallory sgranò gli occhi, sorpresa. «È questo che pensi? Credi davvero che l'abbia fatto per quei due bastardi? Che sia questa l'origine della mia rabbia?»

«Certo».

Mallory scoppiò a ridere.

«Non ti odio per ciò che hai fatto a loro. Sono morti entrambi e io li detestavo. Ti odio per ciò che hai fatto a quello che è ancora vivo».

# Capitolo 132

«Ora?», chiese Bryant quando Penn frenò bruscamente davanti alla Chaucer House.

«Mancano due minuti alle otto», rispose Penn, guardandosi attorno.

Alcuni capannelli di persone stavano indicando il tetto e c'era gente che rideva come se si trattasse di uno spettacolo.

«Merda!», esclamò Bryant mentre gli altri seguivano il suo sguardo.

«È lei», sussurrò Stacey. «È Alison».

La donna era appesa a una fune legata attorno alla caviglia e Bryant si rese subito conto che il suo corpo era inerte.

Un'auto della squadra si fermò dietro di loro.

«Fate allontanare tutti», ordinò Bryant precipitandosi nell'edificio insieme ai due colleghi.

Bryant aveva visto la propria auto parcheggiata poco più avanti e si maledisse ancora una volta per essersi sbagliato.

«Maledetti ascensori», imprecò scorgendo il cartello che diceva "FUORI SERVIZIO".

«Le scale», disse, spingendo le pesanti porte antincendio.

Una figura oscura apparve davanti a loro.

«Dove stai andando, amico?»

«Togliti di mezzo», rispose Bryant.

L'uomo tese una mano. «C'è un pedaggio...».

Bryant lo afferrò per la gola e lo spinse da parte.

«Chi è il più veloce?», chiese ai colleghi.

Penn non si preoccupò nemmeno di rispondere e iniziò a salire di corsa le tredici rampe di scale.

# Capitolo 133

«Di cosa diavolo stai parlando?», chiese Kim, avanzando di un altro passo verso la donna, che stava chiaramente delirando.

«Non l'hai capito?», sibilò lei. «Lui è ossessionato da te. Non riesce a pensare ad altro. Ha ucciso suo fratello per salvarti, e persino in prigione...».

«Mi odia», disse Kim, cercando di farla ragionare.

«Vorrei che fosse così. Ho fatto di tutto perché ti odiasse. Lui è l'unico di cui mi sia mai importato qualcosa. Mio padre e Bart non hanno mai contato nulla per me. Ho sempre amato soltanto Dale, e lui non fa altro che pensare a te. È come se tu fossi in quella prigione con lui e continuerai a essere al centro dei suoi pensieri anche quando uscirà. È per questo che ti detesto, ed è per questo che devi morire. Perché solo così, poi, sarà di nuovo mio».

«Mallory, hai perso la testa», disse Kim, facendo un altro passo avanti, concentrata su Alison che penzolava nel vuoto.

Mallory fece altrettanto, sollevando il coltello.

«Ti ho avvisata, fermati, oppure...».

Kim avanzò ancora, augurandosi di aver scelto il momento giusto.

# Capitolo 134

«Non lo prenderemo mai», ansimò Stacey mentre salivano quella che le sembrava la decima rampa di scale, anche se era probabile che ne avessero fatte molte meno.

Penn era schizzato a tutta velocità come un levriero. Ma loro non stavano andando sul tetto.

«Da questa parte», disse Bryant, lasciando la rampa di scale. Si fermò un istante, cercando di orientarsi. Svoltò a sinistra, corse alla finestra e poi si diresse verso la prima porta, battendo i pugni e urlando.

«Bryant, cosa…?». Stacey si interruppe, capendo all'improvviso. «Okay», disse, piegando la testa e aprendo la buca delle lettere mentre Bryant continuava a bussare forte contro la porta.

«Fateci entrare!», urlò Stacey. «Polizia, fateci entrare!».

La porta accanto si aprì. «Ehi, cosa succede?», chiese un ragazzino con i jeans a vita bassa e i capelli legati in una coda.

«Chi abita in questo appartamento? Dobbiamo entrare», disse Stacey continuando a bussare.

«La vecchia signora Thomas, ma è venerdì sera, giusto? Non tornerà a casa dal bingo prima delle dieci».

«Merda!», esclamò Bryant, guardandosi attorno e afferrando l'estintore. Sapeva che quello era l'appartamento dal quale avrebbero potuto cercare di raggiungerla.

«Stacey, entra, cerca una finestra e chiamala. Dille che la faremo scendere».

Stacey fece rientrare il ragazzino mentre Bryant sbatteva l'estintore contro la porta, che si scheggiò ma senza muoversi di un millimetro.

Indietreggiò e riprovò, con tutte le sue forze, mirando alla maniglia.

Questa volta la porta si aprì.

Bryant si affacciò all'ingresso e vide il torso di Alison che penzolava fuori dalla finestra.

Si asciugò il sudore dalla fronte e attraversò di corsa il soggiorno, rischiando di inciampare in un deambulatore.

La finestra prendeva tutta la lunghezza della parete dal pavimento al soffitto ed era divisa in tre parti: la parte inferiore, che arrivava all'altezza della vita era di gran lunga la più grande, e davanti c'erano la testa e le spalle di Alison. Gli altri due pannelli erano grandi la metà e soltanto uno si poteva aprire. Ma era troppo piccolo per riuscire ad afferrare la corda e tirare dentro Alison.

«Merda, merda, merda», imprecò Bryant, strofinandosi la fronte.

L'unica opzione era rompere il pannello più grande, correndo il rischio di ferirla con le schegge di vetro, accecarla o addirittura farla cadere e ucciderla.

Afferrò l'estintore e lo lanciò contro il pannello.

Ma il vetro non si ruppe e l'estintore gli rimbalzò addosso.

# Capitolo 135

Mallory fece l'ultimo passo verso la corda tesa e si chinò brandendo il coltello.

L'impianto di riscaldamento accanto a lei entrò rumorosamente in funzione, puntuale, alle otto.

Kim approfittò dell'attimo di distrazione della donna e le balzò addosso.

Mallory era riuscita a tagliare un altro po' la corda prima che Kim la facesse cadere all'indietro.

La fune non era stata recisa a sufficienza, ma il peso di Alison, appesa all'altro capo, rischiava di sfibrarla ulteriormente.

«Vai… via…».

Kim rotolò sul pavimento sopra Mallory, che impugnava ancora il coltello e si dibatteva per raggiungere la corda.

«Devo… uccidere…».

«Non ucciderai nessun altro, stronza maledetta», ringhiò Kim, dando finalmente voce alla propria rabbia.

Sapeva che la sua collega era appesa a una corda che avrebbe potuto rompersi da un momento all'altro, ma non poteva lasciar andare quella donna finché impugnava il coltello.

«Si sta per spezzare», ansimò Mallory, guardando le ultime fibre che si tendevano.

Kim tastò prima una mano della donna sotto di sé, poi l'altra.

Niente. Il coltello non c'era.

Le sollevò la testa e gliela sbatté contro il pavimento, ma lei continuò a contorcersi. Kim non sapeva dove fosse finito il coltello, ma

Mallory sì, e se avesse allentato la presa, la donna avrebbe potuto riprenderlo e recidere la corda.

«Dove l'hai messo, brutta stronza?», gridò, facendola rotolare leggermente a destra.

Nessuna risposta.

«Aaaaahhhh....», urlò Kim mentre la smuoveva verso sinistra e sentiva il suo peso sopra la vecchia ferita alla gamba.

Il coltello era lì, sotto il suo fianco.

Kim lo afferrò, offrendo a Mallory l'opportunità per colpirla con un gomito alla tempia.

Per un istante le si appannò la vista, che era quello che serviva a Mallory per togliersela di dosso, ma Kim stringeva ancora saldamente il coltello.

Mallory le allungò un'altra gomitata alla testa.

Kim rotolò su un fianco, così Mallory si alzò e avanzò verso la corda. Non aveva più il coltello, ma poteva sciogliere il nodo.

«Oh, no, non farlo!», urlò Kim, rimettendosi in piedi e affondando il coltello dietro il ginocchio della donna, che cacciò un urlo e crollò a terra.

Kim si precipitò ad afferrare la corda, ma le si spezzò in mano. L'afferrò con entrambe le mani e il peso di Alison la trascinò verso il bordo del tetto. Si assicurò la corda attorno ai palmi delle mani e puntellò i piedi contro il muro.

«Non ti lascerò andare», gridò, con la corda che le scavava la pelle dei palmi. Le pareva che le si stessero strappando i muscoli delle braccia e delle spalle.

«Non mollerò la corda», urlò ancora, sperando che Alison riuscisse a sentirla.

Era pronta a farsi trascinare giù insieme a lei, piuttosto che lasciarla andare.

Lanciò un urlo di dolore, le spalle che sembravano voler uscire dalla loro sede.

«Non mollare. Non mollare. Non...», si disse, mentre Mallory si rialzava in piedi. Si sfilò il coltello da dietro il ginocchio e avanzò zoppicando, lanciando un urlo per il dolore a ogni movimento.

«Stai indietro, Mallory», le urlò Kim, rendendosi conto di non poter fare nulla. Non poteva difendersi senza lasciar andare la corda alla quale era appesa la vita di Alison.

Mallory continuò ad avanzare verso di lei, incurante del sangue che le sgorgava dal ginocchio.

«Adesso la farò finita», ringhiò quando era ormai a tre passi da Kim.

Lei strinse ancora più forte la corda.

Non avrebbe lasciato andare Alison.

Fissò lo sguardo carico di odio di Mallory.

«Non la lascerò...».

Si interruppe udendo il rumore della porta del tetto che si apriva.

Il suono distrasse Mallory il tempo necessario a Penn per piombarle addosso e farla atterrare sulla schiena.

Kim non era mai stata così contenta di vedere qualcuno in vita sua.

«Non la lascio andare, Penn», disse, con la corda che le solcava i palmi delle mani. «Giuro che non la lascio andare. La tengo».

Penn afferrò la corda insieme a lei.

«Lo so, capo, e adesso la tengo anch'io».

# Capitolo 136

Per la folla radunata sotto, era uno spettacolo insolito persino per gli standard di Hollytree.

Sei auto della polizia, quattro ambulanze e un camion dei pompieri che era stato chiamato quando avevano visto Alison penzolare nel vuoto. Per fortuna, al secondo tentativo Bryant era riuscito a sfondare il pannello di vetro, consentendo a Stacey e a un ragazzino di nome Brad di afferrare Alison e metterla al sicuro.

«Va tutto bene?», chiese Bryant mentre guardavano allontanarsi l'ambulanza con a bordo Mallory Preece.

L'ambulanza era seguita da due auto della polizia e da Penn, che aveva insistito affinché la donna fosse sorvegliata dopo l'intervento d'emergenza al ginocchio.

«Ho un'aria ridicola, vero?», disse Kim, sollevando le mani bendate. Un'iniezione aveva sedato il dolore, per il momento, ma le spalle non ne avevano tratto alcun giovamento. Grazie a Dio Penn era arrivato in tempo per aiutarla a reggere Alison finché Bryant non l'aveva messa in salvo.

«Mi hai rubato la macchina!», le disse Bryant.

«Presa in prestito», lo corresse lei. «Te l'avrei restituita. Insomma, se proprio dovessi rubare qualcosa, allora avrei scelto…».

«Ehi, la mia auto non ha niente che non vada». Bryant socchiuse gli occhi. «Ma sul serio, potevi almeno lasciarci un indizio».

Kim scosse la testa. «Il messaggio diceva che dovevo venire qui da sola e non potevo mettere a rischio la vita di Alison. Questa settimana sono già morte abbastanza persone».

«Capo, quante altre volte dovremo avere questa conversazione?»

«Un sacco di volte», rispose lei, sorridendo e mettendosi a sedere nel retro dell'ambulanza.

«Giuro che uno di questi giorni...».

«Sì, sì, lei dov'è?», chiese Kim.

«Sull'ambulanza a sinistra», rispose lui, seguendola.

«Ehi!», fece Kim aprendo la portiera dell'ambulanza, dove Stacey era seduta accanto a Alison.

Il viso della donna aveva ripreso un po' di colore, ma i suoi occhi erano ancora terrorizzati.

«Stai riacquistando sensibilità?».

Lei confermò con un leggero cenno del capo. «Sono ancora tutta informicolata», disse con voce roca. «Se non foste arrivati...».

«Ma siamo arrivati, Alison», la interruppe Kim, allungando una mano e togliendole una scheggia di vetro dai capelli. «Siamo arrivati tutti».

Una lacrima scivolò lungo la guancia di Alison mentre un'infermiera si chinava su di lei.

«Le faremo qualche analisi, ma tra poche ore l'effetto di quell'iniezione dovrebbe essere finito».

«Vado con lei, capo», disse Stacey.

Kim non ne fu sorpresa.

«Ispettore...».

Kim si avvicinò.

«Non so cosa... non ci sono...».

«Risparmia le energie, Alison».

Kim non poteva immaginare il terrore che aveva provato quando si era ritrovata tra le grinfie di Mallory senza poter controllare il proprio corpo. Ci avrebbe messo un po' a sentirsi di nuovo normale.

«Adesso stai tranquilla, ti sottoporranno a qualche esame e poi sarà tutto finito. E Stace, per l'amor del cielo, procurale qualcosa da mangiare prima possibile». Kim le sentì entrambe ridacchiare mentre si incamminava sull'acciottolato.

«Ehi, Stone», udì alle sue spalle e non ebbe bisogno di voltarsi per capire chi era.

Kim gemette. «Bryant, non ho già fatto abbastanza buone azioni nella mia vita per...».

«Soltanto un minuto, Stone, maledizione», la chiamò Frost.

Kim cambiò direzione e si avvicinò alla giornalista.

«Che cosa c'è, Frost?», le chiese.

«La tua segreteria telefonica si è inceppata?»

«Funziona perfettamente, grazie. Ho ricevuto precise istruzioni dal mio capo di stare alla larga dalla stampa, perciò anche se mi lasci migliaia di messaggi non posso certo richiamarti per condividere con te particolari su un'indagine in...».

«Oh, mi piacerebbe davvero lasciarti continuare la tua predica e renderti ancora più ridicola», rispose Frost, incrociando le braccia al petto e facendo oscillare sulla schiena la lunga coda di cavallo bionda. «Ma immagino che chiuderai subito la bocca appena ti dirò che nel portabagagli dell'auto di Bryant c'è un dossier molto grosso».

Un dossier? Il suo dossier?

«Sì», rispose Frost. «Quella stupida bastarda me l'ha inviato pensando che l'avrei pubblicato».

Mallory Preece continuava a colpire.

«E non sei stata tentata di farlo?», le chiese Kim.

«Non sei poi così importante. Questa settimana ci sono notizie molto più interessanti», rispose lei.

«Ma l'hai letto?», domandò Kim. Dopo tutto, Frost era una giornalista.

Lei scosse la testa. «Come ho detto, non sei così importante».

Kim le sorrise e si allontanò, compiaciuta dal fatto che la gente riuscisse ancora a sorprenderla.

# Capitolo 137

Kim strofinò contro il fianco il palmo della mano destra aspettando di entrare nella sala delle visite.

I giorni successivi allo scontro sul tetto con Mallory le ferite alle mani avevano cominciato a guarire, e a prudere.

Mallory Preece era stata accusata degli omicidi di Amy Wilde e Mark Johnson, John Duggar e i coniugi Phelps. La pubblica accusa nutriva qualche dubbio sull'omicidio di Ernest Beckett, visto che l'unico collegamento era l'uso del Baclofen, ma non c'era alcuna prova che fosse stata lei a iniettarglielo. La squadra di Kim non aveva però rinunciato a incriminarla anche per questo e stava proseguendo le indagini. L'unico caso di cui non avevano potuto accusarla era la brutale aggressione a Billie Styles, che non aveva né visto né sentito l'aggressore ma soltanto risposto a un messaggio di John Duggar che le aveva dato appuntamento nel parco.

Mallory si era avvalsa della facoltà di non rispondere, trincerandosi dietro un costoso avvocato. Kim non sapeva cosa sperasse di ottenere, ma la pubblica accusa era convinta che avrebbe avuto il massimo della pena.

La madre di Amy era rimasta mortificata quando aveva scoperto che i suoi sospetti sul coinvolgimento della figlia nella sua aggressione erano infondati. Le indagini della squadra di Kim avevano confermato che il modus operandi era stato lo stesso di sette altre aggressioni perpetrate da una gang del Lincolnshire a cui Amy era totalmente estranea. Kim sperò che adesso che l'orrore era svanito, avrebbe ricordato la figlia con l'affetto che meritava. Non aveva però trovato nessuno che rimpiangesse la scomparsa di Mark.

Kim si consolò pensando che, ovunque fossero, adesso Mark e Amy erano insieme, come avevano sempre desiderato. Tranne qualche piccolo furto, non avevano mai fatto male a nessuno, e non c'era alcun dubbio sul fatto che si amassero profondamente.

I colleghi di Ernest, ai servizi sociali, erano sinceramente dispiaciuti per la sua morte. Era stato un grande lavoratore e un uomo cordiale che aveva sempre una buona parola per tutti. Kim era contenta che avessero messo a tacere le voci sulla falsa denuncia e che il suo ricordo e la sua reputazione fossero intatti.

Alison era in via di guarigione ed era uscita presto, quella mattina, per la sua prima corsa, accompagnata da Stacey, che aveva sostenuto di avere bisogno di perdere qualche chilo. Kim era curiosa di sapere per quanto avrebbe continuato. Non perché le mancasse la determinazione, ma perché, che se ne rendesse conto o meno, Stacey si piaceva così com'era.

Grazie alla tenacia di Alison e all'assistenza di Stacey, Jamie Hart era stato interrogato e accusato di un omicidio e un tentato omicidio. Una sua impronta digitale era stata trovata sull'orecchino con il fenicottero di Beverly, e durante una perquisizione della sua casa era stato trovato l'orecchino d'argento di Jennifer. Curtis era stato rilasciato e i genitori di Jennifer si erano riconciliati con lui.

A tutte le domande era stata data una risposta. Tranne una.

Da quando si era scontrata sul tetto con Mallory, Kim sapeva di dover affrontare quella conversazione, ma l'idea non la entusiasmava.

La guardia le fece un cenno.

Kim entrò nella sala delle visite e lo vide subito. L'ansia traspariva dai suoi occhi.

«Dale», disse, sedendosi di fronte a lui.

«Ispettore...».

«Kim», lo corresse lei.

Si scrutarono in silenzio per qualche istante.

Dale si strofinò la fronte. «Non so nemmeno cosa dirti. Anche se mi scusassi, cosa cambierebbe?»

«Niente», rispose Kim. «Ma non è stata colpa tua».

«Come ho potuto non accorgermene? È mia madre».

Kim colse il suo sincero stupore e i sentimenti contrastanti che lo attanagliavano.

«Anche lei è come tuo nonno, Dale. Ha ereditato da lui la sua crudele spietatezza».

«E l'ha passata a Bart. Perché io, invece, sono stato così fortunato?»

«Fortunato?», chiese Kim, guardandosi attorno.

«Preferisco questo che essere dominato dall'odio», rispose lui, chiudendo gli occhi e scuotendo la testa. «Di quante morti è responsabile la mia famiglia?», chiese. «E quanti di loro hanno cercato di ucciderti?»

«Sono io ad attrarli», rispose Kim con un sorriso.

Lui non ricambiò. «Tutta quella povera gente ha perso la vita perché mia...».

«Non puoi cambiare le cose, Dale, e non puoi nemmeno considerarti colpevole. Non sei stato tu a ucciderli, è tua madre che dovrà subire le conseguenze di quello che ha fatto».

Kim sapeva che le sue parole non sarebbero servite a nulla. Dale Preece era l'unico essere umano decente in quella famiglia e si sarebbe assunto la colpa delle azioni della madre come aveva già fatto con il fratello e il nonno, convinto che così avrebbe aiutato in qualche modo le vittime o le loro famiglie.

«Ho visto le notizie alla tivù. Il tetto di quel palazzo. Le hai parlato?».

Era la domanda che Kim stava aspettando.

Annuì.

«E ti ha dato una spiegazione? Ha ammesso di aver fatto tutto questo perché ti ritiene responsabile della morte di mio fratello e del nonno?».

"No, Dale, l'ha fatto per te. Ha ucciso tutte quelle persone perché non aveva tutta la tua attenzione. Ha amato sempre e soltanto te e si è fatta prendere da un folle attacco di rabbia e gelosia perché tu pensavi a me. Quindi, indirettamente, la morte di quei sei innocenti è riconducibile a te. Ma adesso devi ingoiare il senso di colpa...". Ecco cosa avrebbe dovuto rispondere se avesse voluto essere sincera.

Kim sollevò gli occhi e incrociò il suo sguardo. «È esattamente quello che mi ha detto», mentì. Quell'uomo le aveva salvato la vita e non aveva alcuna intenzione di farlo sentire ancora più in colpa per i crimini commessi dalla madre, nonostante nella sua logica aberrante lei sostenesse di averlo fatto per lui.

«Non riesco ancora a capire...».

«Perché hai comprato quel libro?», chiese Kim, incrociando le braccia.

«Per curiosità», rispose lui.

«E?», lo pungolò lei, spingendo in fuori il mento.

«Non l'ho nemmeno letto», disse Dale. «Sono arrivato soltanto alla fine della prima pagina. L'ho trovato troppo invasivo. Non l'hai scritto tu, e non hai potuto controllare il suo contenuto. Non mi piaceva la sensazione che provavo leggendolo».

Kim apprezzò la sua onestà.

«Quindi l'ha preso tua madre?».

Dale annuì e Kim immaginò Mallory che divorava il libro, usando le informazioni per procurarle più dolore possibile.

E adesso l'ultimo tassello del puzzle.

«Eri tu la talpa del club dell'odio di Symes?».

Fino a quel momento avevano pensato che fosse John Duggar.

Dale annuì. «Symes mi ha avvicinato poche ore dopo il mio ingresso a Winson Green e io, nella mia ingenuità, l'ho subito detto a Gennard. Da allora ho sempre fatto finta di odiarti».

«Forse dovresti odiarmi davvero».

«Ma non è così», rispose lui, stringendosi nelle spalle.

«Quindi adesso cosa ne sarà di te?», chiese lei. Non ci era voluto molto per scoprire che era stato Dale a informare Gennard del piano di Symes. Sapeva che, una volta fuori dalle mura della prigione, Symes avrebbe sfruttato l'opportunità per trovare un modo di eludere la sorveglianza e venire a cercarla.

Symes era stato comunque trasferito in ospedale, ma sotto lo sguardo vigile di due agenti armati.

«Questo pomeriggio mi trasferiranno a Featherstone. Qui non sono più al sicuro. Ma sappi che Symes continuerà a cercarti. Se riuscirà a evadere dall'ospedale, verrà subito da te. L'odio che nutre nei tuoi confronti continua a crescere di giorno in giorno. Non parla d'altro. Non pensa ad altro».

«Lo so», rispose lei, sentendo un brivido correrle lungo la schiena.

Dale rimase in silenzio e Kim capì che non c'era altro da aggiungere, così si alzò.

«Ti stringerei la mano, ma non è permesso», disse con sincerità.

«E per me sarebbe davvero un onore stringere la tua».

«Abbi cura di te, Dale, e non sentirti in colpa».

Kim si voltò e si allontanò, seguita con lo sguardo da Dale.

Uscendo, lanciò un'occhiata all'orologio sulla parete.

Era giunto il momento di occuparsi del vero motivo per cui era andata lì.

# Capitolo 138

Kim parcheggiò l'auto davanti al crematorio, in un punto dal quale avrebbe potuto controllare l'ingresso.

Guardò in silenzio i due carri funebri avanzare lentamente lungo la strada verso il gruppo di amici e vicini che si erano radunati lì davanti.

Kim cercò di ignorare l'ironia del fatto che i Phelps volevano farsi cremare. Il forno avrebbe avuto meno lavoro del solito.

Le auto si fermarono e gli addetti vestiti di nero trasportarono la prima bara all'interno dell'edificio per poi far avanzare il carro funebre e scaricare la seconda.

Kim non poté fare a meno di chiedersi se il funerale di Keith ed Erica si fosse svolto nello stesso modo. La sorella di Erica non le aveva permesso di assistere alla cerimonia perché non faceva parte della "vera" famiglia, ma era stata adottata solo per una sorta di coscienza civile. Ma per Kim e per loro non era così. L'avevano amata e trattata come se facesse parte davvero della famiglia.

Nonostante l'eccitazione della figlia, la madre di Gemma era riuscita a mettersi di nuovo nei guai poche ore prima del rilascio dalla prigione e un altro mazzo di fiori era finito nel bidone dell'immondizia. Kim non si compiacque di averlo previsto fin dall'inizio della settimana.

Una settimana ricca di emozioni, che ora dovevano essere tutte seppellite. Troppi ricordi da evitare e ignorare, o in alcuni casi semplicemente negare. Mallory Preece aveva violato la sua privacy, scegliendo gli eventi più traumatici per distruggerla. E ci sarebbe riuscita, se Kim non avesse deciso di reprimere di nuovo tutto quanto.

In verità, quando aveva visto Mark e Amy incatenati insieme in quell'appartamento, avrebbe voluto raggomitolarsi sotto le coperte. Aveva immaginato di stringere a sé Mikey, rievocando il suo sorriso, il suo dolore e la sua morte.

Quando aveva visto l'auto bruciata davanti al vecchio autodromo, le erano tornati in mente i tre anni vissuti insieme a quell'adorabile coppia e il senso di sicurezza provato nella loro casa, ma anche il terrore che l'aveva invasa quando entrambi avevano perso la vita.

Non c'erano parole per descrivere le emozioni che le aveva destato la vista del corpo brutalizzato di Billie Styles nel bosco.

Kim capiva la preoccupazione di Bryant per il suo rifiuto di affrontare il proprio passato e si chiese se seppellire in quel modo i ricordi fosse come inghiottire una bomba a orologeria che poteva esplodere da un momento all'altro. Ma non c'era il rischio che accadesse in quel momento, e nessun altro sarebbe morto per la morbosa gelosia che qualcuno nutriva nei suoi confronti.

L'unica cosa, l'unica emozione che non era riuscita a mettere a tacere, era stata il rimpianto di non aver potuto dire addio agli unici genitori che avesse mai conosciuto.

Qualche tempo dopo la loro morte, aveva visitato il cimitero per rivolgere loro un ultimo saluto, ma le ceneri erano state sparse nel giardino delle rose e la placca con i loro nomi non era ancora pronta. Non era stato l'addio che voleva, e quella mancanza l'aveva sempre perseguitata.

Guardò entrare nell'edificio l'ultimo partecipante alla cerimonia funebre e allungò una mano nel vano portaoggetti per prendere l'ultima copia rimasta di *La bambina perduta*, il libro sulla sua vita. Qualcosa da leggere mentre aspettava.

Si voltò verso Joel Greene, in completo scuro e senza manette.

«Vai, Joel. Va' a dire addio ai tuoi genitori», gli sussurrò, commossa.

# Una lettera da Angela

Prima di tutto, voglio ringraziarti per aver scelto di leggere *La memoria dei morti*, il decimo capitolo della serie di Kim Stone.

Se vuoi rimanere aggiornato su tutte le mie ultime uscite, segui il link qui sotto per iscriverti alla newsletter. Prometto di contattare solo te e di non condividere con nessun altro il tuo indirizzo email.

www.bookouture.com/angela-marsons

Questo libro è l'esempio perfetto di come i personaggi possano improvvisamente prendere una direzione inaspettata. La mia mente è sempre un paio di libri avanti rispetto a quello che sto scrivendo, e sapevo già quale sarebbe stato il tema principale del decimo libro, ma evidentemente non era ancora destino. Quando ho iniziato a lavorare a questo romanzo, un'altra idea continuava a interrompere i miei pensieri.

Me la sono annotata, convinta che così sarei riuscita a metterla a tacere, ma ho ottenuto esattamente l'effetto opposto, e sono scaturiti altre idee, linee di trama e personaggi. Dopo settimane a combattere, mi sono dovuta arrendere e ho ricominciato il libro dall'inizio.

L'idea che non voleva saperne di abbandonarmi riguardava un assassino che voleva ricreare gli eventi traumatici della vita di Kim, spingendola ad analizzare sia il proprio passato sia i casi precedenti affrontati insieme alla sua squadra. Ero davvero curiosa di sapere come avrebbe gestito una situazione del genere e spero che il risultato sia stato di tuo gradimento.

Se il libro ti è piaciuto, vorrei davvero sapere cosa ne pensi: la tua opinione potrebbe anche aiutare altri lettori a scoprire i miei romanzi per la prima volta. Se non hai ancora letto i libri precedenti della serie di Kim Stone, eccoli: *Urla nel silenzio*, *Il gioco del male*, *La ragazza scomparsa*, *Una morte perfetta*, *Linea di sangue*, *Le verità sepolte*, *Quelli che uccidono*, *Vittime innocenti*, *Promessa mortale*.

Grazie mille per il tuo sostegno, lo apprezzo tantissimo.

Angela Marsons
www.angelamarsons-books.com
Facebook: angelamarsonsauthor
Twitter: @WriteAngie

# Ringraziamenti

Prima di tutto devo ringraziare la mia compagna, Julie, che tratta ogni libro come fosse il primo e affronta tutto il processo della stesura con entusiasmo e spesso con più convinzione di me. La sua pazienza e la sua fiducia non vengono mai meno e nemmeno la sua disponibilità ad aiutarmi in ogni fase del processo. Va detto che, sebbene a volte sia brutalmente onesta, conosce le mie capacità meglio di me, e trova sempre il modo di entrare in contatto con la visione del libro che ho in mente e di aiutarmi a trovare il modo migliore per esprimerla. Sei e sarai sempre la mia complice.

Grazie a mia madre e mio padre che continuano a diffondere la parola con orgoglio a chiunque voglia ascoltare. Grazie anche a mia sorella Lyn, a suo marito Clive e ai miei nipoti Matthew e Christopher per il loro sostegno.

Grazie ad Amanda e Steve Nicol che ci supportano in tanti modi, e a Kyle Nicol perché avvista i miei libri ovunque vada.

Ringrazio il team di Bookouture per il continuo entusiasmo nei confronti di Kim Stone e delle sue storie, e in particolare Oliver Rhodes che ha dato a Kim Stone l'opportunità di esistere.

Un ringraziamento speciale alla mia editor, Claire Bord: apprezzo molto la tua pazienza e comprensione, e la tua reazione quando hai letto il romanzo mi ha deliziata e rassicurata. Penso che abbiamo fatto un ottimo lavoro, mia cara, e non vedo l'ora di lavorare insieme al prossimo libro.

Un grazie a Kim Nash (Mamma Orsa) che lavora senza sosta per promuovere i nostri libri e proteggerci dal mondo. Grazie alla fantastica Kim Slater, che è stata per me un sostegno e un'amica incredibile per tanti anni, e alle favolose Caroline Mitchell, Renita D'Silva e Sue Watson, senza le quali questo viaggio non sarebbe possibile.

La mia eterna gratitudine va ai meravigliosi autori di blog e recensioni che hanno deciso di conoscere Kim Stone e di seguire la sua storia. Queste persone stupende fanno sentire la propria voce e la diffondono con grande generosità, non per lavoro, ma per passione. Non mi stancherò mai di ringraziare questa comunità per il sostegno offerto a me e ai miei libri. Grazie a tutti voi.

Infine, grazie di cuore a tutti i miei favolosi lettori, soprattutto a quelli che trovano un momento per visitare il mio sito, la mia pagina Facebook, Goodreads o Twitter.

# Indice


| p. | |
|---|---|
| 7 | Prologo |
| 9 | Capitolo 1 |
| 12 | Capitolo 2 |
| 15 | Capitolo 3 |
| 17 | Capitolo 4 |
| 20 | Capitolo 5 |
| 25 | Capitolo 6 |
| 27 | Capitolo 7 |
| 29 | Capitolo 8 |
| 32 | Capitolo 9 |
| 34 | Capitolo 10 |
| 37 | Capitolo 11 |
| 39 | Capitolo 12 |
| 42 | Capitolo 13 |
| 45 | Capitolo 14 |
| 47 | Capitolo 15 |
| 48 | Capitolo 16 |
| 52 | Capitolo 17 |
| 54 | Capitolo 18 |
| 57 | Capitolo 19 |
| 61 | Capitolo 20 |
| 63 | Capitolo 21 |
| 65 | Capitolo 22 |
| 67 | Capitolo 23 |
| 69 | Capitolo 24 |
| 70 | Capitolo 25 |
| 74 | Capitolo 26 |
| 77 | Capitolo 27 |
| 79 | Capitolo 28 |
| 82 | Capitolo 29 |
| 85 | Capitolo 30 |
| 87 | Capitolo 31 |
| 89 | Capitolo 32 |
| 93 | Capitolo 33 |
| 95 | Capitolo 34 |
| 97 | Capitolo 35 |
| 100 | Capitolo 36 |
| 102 | Capitolo 37 |
| 104 | Capitolo 38 |
| 107 | Capitolo 39 |
| 110 | Capitolo 40 |
| 112 | Capitolo 41 |
| 116 | Capitolo 42 |
| 119 | Capitolo 43 |
| 122 | Capitolo 44 |
| 124 | Capitolo 45 |
| 127 | Capitolo 46 |
| 129 | Capitolo 47 |
| 133 | Capitolo 48 |
| 138 | Capitolo 49 |
| 140 | Capitolo 50 |
| 143 | Capitolo 51 |

p. 145 Capitolo 52
148 Capitolo 53
153 Capitolo 54
156 Capitolo 55
158 Capitolo 56
162 Capitolo 57
165 Capitolo 58
167 Capitolo 59
170 Capitolo 60
173 Capitolo 61
175 Capitolo 62
177 Capitolo 63
180 Capitolo 64
183 Capitolo 65
186 Capitolo 66
188 Capitolo 67
190 Capitolo 68
193 Capitolo 69
196 Capitolo 70
199 Capitolo 71
202 Capitolo 72
204 Capitolo 73
207 Capitolo 74
209 Capitolo 75
213 Capitolo 76
215 Capitolo 77
217 Capitolo 78
220 Capitolo 79
225 Capitolo 80
229 Capitolo 81
233 Capitolo 82
235 Capitolo 83
238 Capitolo 84
240 Capitolo 85
242 Capitolo 86
245 Capitolo 87
248 Capitolo 88
p. 250 Capitolo 89
252 Capitolo 90
254 Capitolo 91
256 Capitolo 92
258 Capitolo 93
261 Capitolo 94
263 Capitolo 95
265 Capitolo 96
267 Capitolo 97
271 Capitolo 98
274 Capitolo 99
276 Capitolo 100
280 Capitolo 101
282 Capitolo 102
284 Capitolo 103
287 Capitolo 104
292 Capitolo 105
296 Capitolo 106
300 Capitolo 107
303 Capitolo 108
304 Capitolo 109
307 Capitolo 110
309 Capitolo 111
312 Capitolo 112
314 Capitolo 113
316 Capitolo 114
319 Capitolo 115
322 Capitolo 116
324 Capitolo 117
327 Capitolo 118
329 Capitolo 119
331 Capitolo 120
333 Capitolo 121
335 Capitolo 122
338 Capitolo 123
340 Capitolo 124
341 Capitolo 125

p. 343 Capitolo 126
345 Capitolo 127
347 Capitolo 128
348 Capitolo 129
350 Capitolo 130
352 Capitolo 131
356 Capitolo 132
357 Capitolo 133
p. 358 Capitolo 134
360 Capitolo 135
363 Capitolo 136
366 Capitolo 137
371 Capitolo 138

373 *Una lettera da Angela*
375 *Ringraziamenti*

Angela Marsons

# Promessa mortale

Volume di 320 pagine

Per la detective Kim Stone non è raro trovarsi di fronte a brutali casi di omicidio, ma stavolta c'è qualcosa di diverso.
La vittima infatti è il dottor Gordon Cordell, un uomo dal passato oscuro coinvolto in una precedente indagine, e Kim continua a domandarsi chi potesse desiderarne la morte. Uno strano senso di inquietudine la accompagna mentre muove i primi passi a ritroso nella vita della vittima. Quando il figlio di Cordell finisce in coma in seguito a un drammatico incidente e, pochi giorni dopo, viene rinvenuto il corpo di una donna morta in circostanze sospette, Kim non può fare a meno di ipotizzare un collegamento tra le vittime. Tutti gli indizi sembrano puntare verso il Russells Hall, l'ospedale dove Gordon Cordell lavorava, su cui aleggia un'oscura e impenetrabile rete di segreti e omertà. Se i sospetti della detective Stone dovessero rivelarsi fondati, ad attenderla potrebbe esserci il più spietato serial killer che abbia mai incontrato.

NEWTON COMPTON EDITORI

## Angela Marsons

# Vittime innocenti

Volume di 384 pagine. Euro 3,90

La giovane Sadie Winters era un'adolescente "problematica". Per questo il suo salto nel vuoto dal tetto dell'esclusiva scuola privata che frequentava viene rapidamente classificato come suicidio. L'ultimo gesto disperato di una ragazza fragile. Quando però un altro studente resta vittima di un fatale incidente nella stessa scuola, la detective Kim Stone fatica a credere che possa trattarsi di una tragica coincidenza. Tanto più che, nel corso delle indagini, Kim si rende conto che sull'istituto aleggia una pesante cappa di segreti e omertà, che non risparmia neppure gli insegnanti. Nessuno parla, nessuno sa nulla. Solo una professoressa sembra disposta a rompere il muro di silenzio, ma proprio quando Kim crede di essere vicina a ottenere le risposte che cerca, la donna viene trovata morta. Ormai è chiaro che, finché l'assassino non verrà fermato, nessuno dei ragazzi della scuola sarà al sicuro. Possibile che il responsabile di quegli efferati delitti si nasconda tra loro?

NEWTON COMPTON EDITORI